EINE *Hochzeit* UND EIN *Earl*

#4 DIE DUCHESS SOCIETY

VON

TRACY SUMNER

ÜBERSETZT VON SARAH ZAHN

WOLF PUBLISHING

Eine Hochzeit und ein Earl
von Tracy Sumner

Umschlaggestaltung, Illustration: Victoria Cooper
Lektorat, Korrektorat: Ulrike Storny
Übersetzung: Sarah Zahn

Verlag: WOLF Publishing UG (haftungsbeschränkt)

ISBN Paperback: 978-3-98536-402-2
ISBN e-Book: 978-3-98536-401-5

WOLF Publishing - Das sind wir:

Zwei Schwestern. Zwei Persönlichkeiten. Eine große Liebe!

WOLF PUBLISHING

Geschichten, die uns eintauchen lassen in eine Welt voller Träume, Romantik, herzlicher Emotionen, liebenswerter und witziger Charaktere, etwas Humor als auch etwas Mystery! Denn wir wollen Alles! Die besten historischen Liebesromane!

Besuchen Sie unsere Website, um alles über uns, unsere Autoren und Bücher zu erfahren!

Tragen Sie sich in unsere Mailing-Liste ein, um Informationen über Neuerscheinungen, Werbegeschenke und Aktionen aus erster Hand zu erhalten, sowie exklusive Verlosungen und Sneak-Peeks!

Scannen Sie den unteren QR Code und gelangen Sie direkt zur Anmeldung!

WWW.WOLF-PUBLISHING.COM/DE

Bücher von Tracy Sumner

WOLF PUBLISHING

Die Duchess Society

Die DUCHESS SOCIETY ist eine leidenschaftliche neue Reihe aus der Regency-Ära. Kommen Sie mit auf einen skandalösen Ritt mit den unverbesserlichen Ladies der *Duchess Society,* während sie die bösen Schurken Londons zähmen! Zweite Chance, Vernunftehe, Feinde werden zu Liebenden, verbotene Liebe, Leidenschaft, Skandal, ROMANZEN.

Wenn Sie verkommene Dukes, ehemalige Earls und sexy Schurken, sowie ungezähmte Blaustrümpfe und rebellische Ladies der High-Society mögen, ist die DUCHESS SOCIETY die richtige Reihe für Sie!

#1 Die Wette des tollkühnen Blaustrumpfs

#2 Eine kühne Lady für den Duke

#3 Das Missgeschick des verruchten Mauerblümchens

#4 Eine Hochzeit und ein Earl (September 2025)

#5 Zwei Skandale und ein Schotte (Dezember 2025)

#6 Drei Sünden und ein Schurke (2026)

Weihnachtsnovellen: Das Glücksspiel der Gouvernante, Das Abenteuer der waghalsigen Debütantin

EINE *Hochzeit* UND EIN *Earl*

Er ist mehr ich selbst als ich selbst. Woraus auch immer unsere Seelen gemacht sein mögen, die seine und die meine sind gleich.
Emily Brontë

Prolog

ERKENNTNISSE

Seine Seite

Ein Junge findet heraus, dass sein Vater ein wirklich grausamer Mann ist

Ollies Magen zog sich zusammen, als der Wachtmeister seinen Bruder den langen, geschwungenen Pfad weg vom Anwesen zerrte.

Xander Macauley wehrte sich nicht und sah nicht einmal zu Ollies Fenster hinauf. Xander würde ihm diesen Fehltritt nie verzeihen, niemals. Ollie hatte die Chance gehabt, so etwas wie eine Familie zu haben, und er hatte sie komplett ruiniert. Er war zu feige gewesen, etwas zu sagen, und jetzt war es zu spät.

Als die Silhouetten am Horizont verschwunden waren, schluckte Ollie mit einem dicken Kloß im Hals seine Trauer herunter. Er stieß einen Fluch aus, den kein elfjähriger Junge kennen sollte, und ließ den Kopf gegen das Fenster sacken. Seine Schulter tat immer noch höllisch weh. Vor einer Woche hatte er sie sich ausgekugelt und sein Bruder, den er diesen Sommer kennen- und lieben gelernt hatte, hatte sie ihm wieder eingerenkt.

Und dieser Bruder dachte nun, dass Ollie ihn betrogen hatte.

Oliver. Sein Vater präferierte Oliver und von jetzt ab würde er nie wieder Ollie sein.

Sein Ärger verwandelte sich in einen tosenden Fluss, ein Gefühl, das er sich selten erlaubte. Man hatte ihm seine gehobene Stellung als der zukünftige Earl schon seit Kindesbeinen eingetrichtert, weshalb er stets jede seiner Handlungen hinterfragte. Noch vor seinem nächsten Atemzug marschierte er den Korridor entlang und geradewegs in das Arbeitszimmer seines Vaters. Die schwere Tür aus poliertem Walnussholz, die ihn sonst immer ausgesperrt hatte, schlug laut gegen die Wand.

Sein Vater sah von dem Tisch voller Kontobücher auf und seine grauen Augen - genau der gleiche Farbton wie bei Ollie *und* Xander - funkelten Ollie wütend durch die Brille an. Die Augenfarbe, ähnlich wie angelaufenes Silber, war sehr ungewöhnlich. Ollie hatte in ganz England noch nie jemanden mit dieser Augenfarbe gesehen. Vielleicht auch in der ganzen Welt, aber davon hatte Ollie noch nicht viel gesehen. Aber es war Beweis genug, dass Xander unbestreitbar der uneheliche Sohn seines Vaters war.

„*Oliver!*" Sein Vater legte augenblicklich die Schreibfeder ab, was zeigte, wie entnervt er trotz des ruhigen Tonfalls wirklich war. Sein Gesicht war rot vor Wut, sein Haar durcheinander und seine Kleider zerknittert. Im Raum stank es nach Brandy und Schweiß. Seit dem Tod seiner Frau war der Earl nicht mehr zu bändigen, auch wenn es darum ging, sich langsam selbst umzubringen. „Du weißt ganz genau, dass du mich nicht unterbrechen sollst, wenn ich arbeite. Die Grafschaft führt sich nicht von allein. Ich bete dafür, dass du deinen Teil dazu beitragen wirst, wenn es so weit ist. Und dass du nicht aus den Augen verlierst, wofür dieser Titel steht, wie es bei so vielen jungen Erben gerade der Fall zu sein scheint."

Ollie traute sich so weit in den Raum hinein, bis seine Knie gegen den riesigen Mahagonitisch stießen. Ein Familienerbstück, das sein Urgroßvater 1788 in einem Pferderennen gegen den Earl of Manchester gewonnen hatte. Glücklicherweise verdeckten die dicken Wollhosen nicht nur die blauen Flecken, die ihm sein Vater regelmäßig zufügte, sondern gerade auch seine zitternden Knie. Oliver träumte oft davon, wie er auf dem riesigen Tisch zusammenbrach und starb und all die Schulden ihn verschluckten. „Xander hat deine Taschenuhr nicht gestohlen."

Der fünfte Earl of Stanford warf den Kopf in den Nacken und lachte laut und kaltblütig und man konnte die Verachtung für seine Kinder darin hören. Er kramte in seiner Westentasche nach einer Zigarre, nahm sich die Streichhölzer und steckte sie an. „Das weiß ich doch, du dummer Junge. Es war dieser Schwachkopf von einem Diener, Alexander. Ich habe ihn ohnehin nur eingestellt, um meinem Anwalt einen Gefallen zu tun. Seine Familie und unsere kennen sich schon seit dem Mittelalter und er wollte ihn von den brutalen Straßen Londons holen und aufs Land bringen." Der Earl zog lange an seiner Zigarre und stieß dann einen stinkenden, dunklen Rauchschwaden aus. Schwer wie der Nebel über den Wiesen des Anwesens blieb der Rauch um den Kopf des Earls hängen. „Aber er wird gebührend bestraft werden und dann schickt man ihn zurück nach London, wo er sich nach bestem Wissen durchschlagen muss. Ich war großzügig genug und habe ihm eine Anstellung als Schornsteinfeger gefunden. Sei bloß froh, dass dein Halbbruder zu breite Schultern hat, um einen Kamin hinunterzuklettern, oder ihn hätte das gleiche Schicksal ereilt."

Ollies Blickfeld verschwamm, als Tränen seine Augen füllten. Xanders Strafe war sogar noch schlimmer als das. „Wenn du es aber gewusst hast, dass er unschuldig ist, dann ... *Warum* hast du deinen Sohn weggeschickt? Warum hast du ihn glauben lassen, dass ich sein Vertrauen missbraucht habe? Man wird ihn ins Arbeitshaus zurückschicken, mein Lord, das *Arbeitshaus*." Xander hatte ihm schreckliche Schauergeschichten von diesem Ort erzählt, von Schlägen und altem Haferschleim mit schimmeligem Brot. Ein Ort voller Krankheit und Verzweiflung, Dinge, die ein Kind eigentlich nicht sehen sollte. Er meinte, Ollie würde mit seinen schwachen Lungen und seiner gutmütigen Natur keinen Monat dort überleben. Ollie hatte protestieren wollen, aber sich zurückgehalten, denn er fürchtete, sein Bruder hatte recht gehabt.

Xander Macauley vergab einem nicht schnell. Seine Streitsucht war eine der Eigenschaften, die sein Überleben sicherten. Nur die härtesten Menschen überlebten in einer so unnachgiebigen Welt.

Der Earl stützte sich mit den Fäusten auf dem Tisch ab. Dann erhob er sich, nah genug, um auszuholen, und die unausgesprochene Drohung ließ Ollie einen Schritt zurücktreten. „Er ist nur der Sohn einer Dirne, mit der ich mich in meiner Jugend fälschlicherweise abgegeben habe. Sie war die schönste von allen und er sieht ihr sehr ähnlich, das muss ich zugeben. Das ist meine Erklärung dafür. Er gehört nicht zu uns, Oliver. Aber diese verdammten Augen ... sie haben mir keine andere Wahl gelassen, ich musste ihn anerkennen. Du hast sie auch, verdammt nochmal. Und da kam mir die gestohlene Uhr gerade recht, die perfekte Lösung. Niemand erwartet von mir, einen gemeinen Dieb – eine Ratte aus der Gosse – bei mir unterzubringen, nur weil das gleiche Blut durch unsere Adern fließt." Er schlug dreimal bestimmt mit der Faust auf den Tisch. „Am besten vergisst du ihn und das *bald,* mein Junge."

Ollie holte tief Luft, sie stank und schmeckte nach Rauch. Mit eisernem Willen hielt er sich vom Husten ab, aber seine Lungen brannten vor Anstrengung. Er führte jedes Mal einen Kampf mit sich selbst während dieser Unterhaltungen, um seine Stimme vom Zittern abzuhalten. Er wollte selbstsicher klingen, wie Xander, und nicht schwach krächzen.

Seine Lungen waren in der Tat *schwach*, er war dürr, aber er wuchs jeden Tag. Xander hatte gesagt, er würde womöglich eines Tages so groß sein wie er. Und Ollie würde verschwinden, sobald er die Chance dazu hatte. Er würde seinen Bruder finden und sich entschuldigen. Er würde betteln, wenn er musste. Von Harrow aus konnte er einen Brief schicken, eine Kutsche nehmen und ihn in der Stadt treffen. In weniger als einem Monat würde er zurück zur Schule gehen, sein Plan musste nicht lang warten.

Ollie würde diesen Schlamassel beheben, denn kein Junge sollte ohne seinen Bruder aufwachsen. Das war für sie beide das Beste.

„Ich kann dich grübeln sehen, mein Junge. Verdammt nochmal, du bist wirklich genauso unfähig, deine Gefühle zu verstecken wie deine Mutter – dein Gesicht ist ein offenes Buch. Aber wenigstens ist es ein hübsches Gesicht. Charakterlos *und* hässlich wäre eine Herausforderung geworden." Er beugte sich so weit vor, dass sein stinkender Atem Ollies Wange streifte. Eine Weile hörte man nichts, außer dem Wind, der sich heulend gegen die Fensterscheiben drückte, und dem Ticken der Uhr auf dem Kaminsims, welches das Ende seiner Kindheit einläutete. „Du wirst nicht nach Harrow zurückkehren. Ich habe der Schule schon geschrieben, dass du nicht zurückkommst und dir einen Privatlehrer besorgt. Man hat mir gesagt, Derbyshire ist das Beste für deine Lungen und hier kann ich meinen kränklichen Erben gut im Auge behalten. Genau der Erbe, der sich alberne Vorstellungen über das Leben mit seinem unehelichen Halbbruder gemacht und sich all das selbst zuzuschreiben hat."

Ollie kniff fest die Augen zusammen, um das selbstgefällige Grinsen seines Vaters nicht sehen zu müssen. Er würde sich gleich übergeben, über den verdammten Tisch, den sein Vater mehr liebte als seine eigenen Söhne. Ollie stolperte rückwärts, ließ sich in einen Sessel fallen und vergrub das Gesicht in den Händen. Er bekam nicht genug Luft, um weiter zu stehen. „Das kannst du nicht machen. Das wirst du nicht machen. Du kannst nicht leiden, wenn ich in deiner Nähe bin. Schick mich weg, lass mich gehen."

„Oh, mein lieber Junge, du weißt ganz genau, dass ich das kann. Ich werde es tun, habe es schon *getan*. Von jetzt an gibt es nur noch dich und mich."

Ihre Seite

Ein Mädchen lernt die wahre Bedeutung des Wortes ‚allein'

Necessity Byrne schob den zerfetzten Vorhang beiseite und sah hinunter auf die schmutzige Straße, auf der sie ihr gesamtes Leben verbracht hatte. Shoreditch blieb von Unheil verschont, aber hier oben in diesem kleinen Domizil war die Stille erdrückend und die Luft dick von Krankheit und Tod.

Sie hielt sich vom Fluchen ab – und auch davon, jeden angeschlagenen Teller auf dem zerkratzten Holzboden zu zerschmettern. Da draußen hatte sich *gar nichts* verändert, aber hier, in diesem gemütlichen, kleinen Nest, das einst ihr Zuhause gewesen war, herrschte nun eine andere Realität. Das Klappern der Pferdehufe auf der unebenen Straße, das Geschrei der Händler, die Fisch und gebackene Kastanien verkauften, Wagen, Kinder, Hunde und der immerwährende Dreck. Das übliche Durcheinander des Armenviertels.

Mit ihrem zerschlissenen Schuh schob sie ein verwelktes Blütenblatt hin und her. In der Vase auf dem Tisch steckten zwei Rosen – eine für jedes Jahrzehnt, das ihre Eltern verheiratet waren. Letzte Woche noch waren sie scharlachrot gewesen, jetzt waren sie verwelkt und grau. Genau wie Necessitys Zukunft, es sei denn, sie fasste bald einen Plan.

Sie kämpfte mit den Tränen, als sie ihre Manteltaschen abklopfte und auf den Rucksack zu ihren Füßen sah.

Wenn sie *sparsam* rationierte, dann würden ihre Vorräte für eine Woche reichen. Außerdem hatte sie fünfzig Schilling in dem Lederbeutel, den sie unter der Strohmatratze ihrer Eltern hervorgeholt hatte. Der Perlenring ihrer Mutter und die Taschenuhr ihres Vaters. Sie vermutete, sie würde sie bald verkaufen müssen. Es würde sie zerreißen, aber sie war praktisch veranlagt und wusste, dass schreckliche Dinge nötig waren, um zu überleben. Und sie hatte ihr Notizbuch voll mit Anmerkungen zum Kräutergarten, den sie im Frühling pflanzen wollte. Ein Päckchen mit Lavendel- und Rosmarinsamen, das sie vor zwei Wochen auf dem Markt in Spitalfields gekauft hatte. Mit den medizinischen Eigenschaften von Pflanzen kannte sie sich sehr gut aus und war außerdem eine talentierte Gärtnerin. Eines Tages wollte sie damit ein Geschäft aufbauen.

Sie hatte also einen Plan und noch dazu das Feuer, ihn zu verwirklichen. Wenn man die Verzweiflung miteinbezog – denn Necessity hatte *keine* Seele mehr auf der Welt, auf die sie zählen konnte –, dann hatte sie gar keine andere Wahl, als zu gewinnen. Also strich sie ihren Mantel glatt und zog ihre Hosen hoch. Die gehörten eigentlich ihrem Bruder, aber er würde sie nicht mehr brauchen.

Sehnsuchtsvoll legte sie die Hand gegen das Fenster und die Kälte kroch bis in ihr Herz. Als sie langsam Luft holte, konnte sie noch immer das Parfüm ihrer Mutter riechen. Das Aroma des gebratenen Fleischs hing noch immer in der Luft – eine Delikatesse, die sie sich nicht oft hatten leisten können, aber die sich die Familie dennoch gegönnt hatte, um den Geburtstag ihres Bruders Tom zu feiern. Das Zimmer war belebt von rauem Gelächter gewesen. Sie sah Jane vor sich, im Sessel vor dem Kamin, mit einem Buch in der Hand. Alfie, der malte, seine Lieblingsbeschäftigung, und mit seinem zahnlosen Lächeln alles erhellte.

All das waren nur noch leblose Erinnerungen. Sie verblassten Tag um Tag, wie Leinen, das zu lang in der Sonne lag. Cholera hatte ihre gesamte Familie dahingerafft, von einem Tag auf den anderen, wie eine Sense, die Gras schnitt. Aus unerfindlichen Gründen war nur sie übriggeblieben.

Sie setzte den Rucksack auf und warf einen letzten Blick auf die abgenutzte, aber ordentliche Wohnung. Ein letzter Blick, dann rief sie ihre Zukunft. Sie hatte keine andere Wahl, als ihr hinterherzurennen. Auch wenn sie das Geld hatte, die Miete noch für einen Monat oder zwei zu bezahlen, konnte sie nicht bleiben. Mister Santander, der Besitzer des Hauses, hatte ihr seine ‚Hilfe' sehr deutlich angeboten. Ein angemessenes Zimmer in der Anning Street, zum Schnäppchen von nur zehn Schilling im Monat. Das war zumindest *seine* Meinung, was er als angemessen ansah. Aber Necessity wusste, dass das gesamte Haus voller Ratten und abscheulich war. Er würde ihr dieses Dreckloch im Gegenzug für gewisse Dienste vermieten, die er detailliert genug beschrieben hatte, dass sie wusste, dass sie wegrennen musste.

Während ihrer Kindheit hier im Armenviertel hatte sie Dinge gesehen, die kein junges Mädchen jemals sehen sollte. Zwielichtige Geschäfte in dunklen Gassen und Angebote in Ecken von Kneipen, an denen ihre Mutter sie immer hastig vorbeigezogen hatte. Grunzen und Stöhnen, laute, raue Atemzüge, krampfende Hände und Körper, die aufeinanderprallten. Sie *wusste genau*, was Santander wollte, jeder im Viertel wusste es. Er mochte junge Mädchen. Deswegen hatte ihr Vater seine Töchter immer versteckt, wenn er vorbeikam, um die Miete einzutreiben.

Sie zitterte und krallte sich in die Träger ihres Rucksacks. Von dieser Sache wollte sie nichts wissen und konnte sich auch nicht vorstellen, wie man so etwas freiwillig machen konnte.

Weinend schloss sie die Tür hinter sich, lehnte die Stirn gegen den

Türrahmen und wischte sich den nassen Kummer aus dem Gesicht. Necessity ließ das einzige Zuhause hinter sich, das sie jemals gekannt hatte, und hoffte, eines Tages wieder stark genug zu sein, Liebe zu finden. Eine Familie zu haben. Glücklich zu sein.

Beide Seiten
Ein Earl und eine Gärtnerin treffen aufeinander

Oliver Aspinwall, der frisch entstellte Earl of Stanford, wachte auf und sah, dass jemand neben seinem Bett saß.

Eine Frau, die er noch nie zuvor gesehen hatte. Eine Angestellte von Leighton, stellte er sofort fest. Dreckige Fingernägel, ein Schmutzfleck an der Wange, die übliche schwarze Kleidung. *Männerkleidung*, denn Mantel und Hosen waren zu lang, ein Seil diente als Gürtel und der ausgefranste Hut war tief ins Gesicht gezogen. Doch die weichen Rundungen unter all den Schichten waren ganz und gar nicht männlich. Sie roch schwach nach Muskatnuss.

Er drehte den Kopf, um besser zu sehen, denn selbst im schwachen Kerzenlicht sah er, dass sie etwas Umwerfendes an sich hatte. Als seine verletzte Wange das Kissen berührte, stöhnte er vor Schmerzen auf. Die Stiche juckten so sehr, es trieb ihn in den Wahnsinn. *Verdammt* hatte ihn dieses betrunkene Arschloch gut erwischt.

„Es ist nicht so schlimm, wie es aussieht, Sir. Die Knochensäger haben gute Arbeit geleistet. Narben machen einen Mann erst interessant, und Sie werden eine beeindruckende davontragen. Falls Sie jemals nicht adelig aussehen wollten, dann hat sich der Wunsch erfüllt", flüsterte sie und legte ihm sanft einen kühlenden Lappen auf die Wange.

Er hob die Hand, um die Stelle anzufassen, aber sie hielt ihn auf.

„Glücklicherweise hat er knapp Ihr Auge verpasst. Meine Mutter war gewissermaßen auch eine Heilerin und eine Hebamme. Sie hat auch mehrere Messerstechereien behandelt. Aber in Ihrem Fall hat der Angreifer Glas benutzt, was zu einer schlimmeren Wunde führt.

Gezackt. Der war ein echt dreckiger Kämpfer. Ich habe das Tuch in Tee aus Bertramwurz getaucht. Hinter dem Arbeitshaus hatte ich einen kleinen Garten, an einem wirklich schlechten Fleck. Aber er ist trotzdem gewachsen, weil ich einen grünen Daumen habe. Das Kraut wird Ihrer Haut guttun, wenn Sie es nutzen. Jeden Tag. Ich lasse genug für einen Monat da. Aber keiner der hohlköpfigen Mediziner wird es Ihnen empfehlen. Fragen Sie gar nicht erst danach. Und ich wusste, sie würden mich direkt wieder aus dem Zimmer schicken, wenn ich es vorschlagen würde. Ich hab' gesehen, wie sie Sie reingetragen haben." Sie zuckte mit den Schultern, als wäre es das Selbstverständlichste der Welt. „Und jetzt bin ich hier."

„Mein Lord", murmelte er schwach und war nicht einmal sicher, warum er jemanden korrigierte, die freiwillig zu ihm gekommen war, um zu helfen. Es war nicht einfach, diesen Titel-Quatsch zu ignorieren.

Sie war clever, kniff die Augen zusammen und wusste sofort, was er meinte. Er konnte nicht wegsehen. Ihre Augenfarbe war außergewöhnlich, beinahe bernsteinfarben. Der letzte Tropfen Whisky am Boden des Glases. „Dann eben mein hochwohlgeborener Lord", sagte sie und wrang den Lappen in der Schüssel auf ihrem Schoß aus. Ihre Berührung war dennoch sanft. Offensichtlich war sie nicht nachtragend. „Marquess, oder?"

Er atmete durch den Schmerz hindurch. „Earl."

„Warum kein Laudanum, Herr Earl? Ich habe keine Flaschen auf Ihrem Nachttisch gesehen."

Er schüttelte den Kopf, so gut er konnte. *Ich kann nicht.*

„Ah." Erneut tunkte sie den Lappen in das Wasser und drückte ihn gegen seine Wange. „Ärger mit den Opiumhöhlen. Das geht vielen Soldaten so, die zurückkommen. Eigentlich geht es vielen so, da, wo ich herkomme. Sie liegen einfach ohnmächtig in der Gasse und Leute steigen über sie drüber, als wären sie Müll. Sie kommen in Scharen aus den Bordellen gestolpert. Die Welt ist oft sehr deprimierend."

Er zwinkerte, um sie klarer zu sehen. Ihr Gesicht war himmlisch, wirklich atemberaubend unter all dem Dreck. „Wie viel weißt du über mich?"

„Alles, was sie so in diesen schrecklichen Zeitungen drucken. Manchmal bekommen wir welche im Armenhaus. Uralt, fleckig und zerknittert, aber sie tun's noch. Das neuste Gerücht sagt, dass Sie und der Schrank, der mich gerettet hat, verwandt seid. Der Schmuggler, dem halb London gehört. Ich glaube sogar, das stimmt, dass Sie Brüder oder vielleicht Cousins sind. Erst recht, nachdem er über eine Stunde im Flur draußen auf und ab gegangen ist, bevor er sich verdrückt hat. Er hatte traurige Augen und die lügen nicht. Abgesehen von Ihren Augen habe ich diese Farbe noch nie gesehen. Der Zug ist also abgefahren."

Doch sie schien zu merken, dass es ein schwieriges Thema für ihn war und winkte seine Ängste ab. „Machen Sie sich keine Sorgen, mein Lord, ich habe abgewartet, bis keiner zugeschaut hat, bevor ich hier reingekommen bin. Ich weiß sehr wohl, dass meine medizinische Hilfe von der hohen Klasse nicht wertgeschätzt wird. Immerhin bin ich nur als Gärtnerin angestellt. Dieser dumme Hausmeier schaut mich krumm an, seitdem ich angekommen bin."

Stanford schluckte schwer und fragte sich, ob sie ihm entgegen seinen Wünschen doch Laudanum gegeben hatten. Ihm war schwindelig und dieses dreckige, kleine Kind aus der Gosse trug nicht gerade zum Gegenteil bei. Wenigstens roch sie nicht so schlimm, wie sie aussah. „Wer *bist* du?" Der Hausmeier dachte sicherlich darüber nach, wie er ihr sagen sollte, dass sie niemanden hinters Licht führen konnte, nur weil sie sich wie ein Mann anzog.

„Necessity Byrne, von den Shoreditch Byrnes. Eigentlich heiße ich Josephine. Aber mein Papa hat mich immer ‚seine kleine Notwendigkeit' genannt und daher kommt der Name. Meine Mama hat mich Josie genannt. Sie war gebildet, hatte sogar mal eine Gouvernante, als sie klein war. Ihr Vater war ein Schuster in Beaconsfield. Wir konnten alle lesen und sie hat nicht geduldet, dass wir wie Leute sprechen, die aus der Gosse kommen."

„Die Shoreditch Byrnes ...", wiederholte er, seltsam fasziniert. Ihr Cockney-Akzent war wirklich schwach.

„Aber mittlerweile sind sie alle tot. Cholera. Seitdem ich 12 bin, bin ich auf mich allein gestellt. Deswegen war ich auch im Arbeitshaus. Meine Kräuterkenntnisse haben mich gerettet. Meistens habe ich Kräuter von meinem kleinen Feld verkauft. Deswegen habe ich mich wie ein Junge angezogen. Ich weiß doch, dass Sie sich wundern. Zum Schutz, wenn Sie wissen, was ich meine."

„Langsam wird es aber schwieriger, nicht wahr?"

Sie sah mürrisch an sich herab und kam sich betrogen vor. „Ein bisschen."

Sie hatte ihm ihre traurige Geschichte überraschend gefasst erzählt. Ohne mit der Wimper zu zucken oder nervös mit den Fingern zu spielen. Ihre Stimme war so fest, als würde sie Brot kaufen. Ollie hatte das Gefühl, dass sie viel Übung darin hatte.

Sie erhob sich und überraschte ihn wieder. Groß und schlank, wie ein junges Fohlen. Wären ihre Gesichtszüge nicht so fein, die Lippen nicht so voll oder die Rundung ihrer Brüste nicht da gewesen, dann hätte man sie wirklich für einen Jungen halten können.

„Ich habe die Bertramwurz dort liegen gelassen", meinte sie und deutete auf den Nachttisch. „Wenn Sie mich brauchen, dann finden Sie mich im Garten. Bis zum Herbst habe ich sicher ein schönes Kräuterfeld. Benutzen Sie das Kraut jeden Tag, bis sich die Wunde schließt und sie nicht mehr so empfindlich ist."

Stanford stützte sich auf seine Ellenbogen und sie hielt inne. Seine Wange pochte im Einklang mit seinem Herzen, aber seine Neugier, was diese Frau anging, war stärker als sein Elend. Und er wollte erst recht nicht allein sein. „Xander Macauley hat dich hier angestellt? Du arbeitest im Garten?"

An der Tür blieb sie stehen, zog sich die Mütze vom Kopf und klopfte sich damit gegen den Schenkel. Ihr Haar ergoss sich über ihre Schultern, wie warmer Honig. Erregung packte ihn von Kopf bis Fuß und setzte sich tief in seine Brust – was er nicht erwartet hatte. „Nein, das war die Lady, in die er verliebt ist. Lady Philippa hat mich und noch eine andere, die Glück hatte, hier angestellt. Ich habe die Blicke gesehen, die er ihr zugeworfen hat, heiß wie ein Brennstab. Eine Sekunde reichte aus. Aber die Lady war so nett und hat noch niemandem erzählt, dass der Gärtnerlehrling kein Junge ist, weder ihrem Bruder noch dem anderen. Wir warten ab, bis es zu spät ist. Ich bin wirklich gut mit Grünzeug, müssen Sie wissen. Alles, was ich anfasse, wächst wie wild und dann werden sie mich nicht mehr gehen lassen können. Mein Traum für die Zukunft, mein lieber Lord Earl, ist es, die berühmteste Gärtnerin in ganz England zu werden. Abgesehen von Capability Brown natürlich."

Und mit dieser lächerlichen Aussage verschwand Necessity Byrne mit der Anmut einer Königin aus dem Armenviertel aus dem temporären Schlafzimmer des Earls of Stanford.

Sie hinterließ den verwundeten Earl vollkommen gelähmt.

Kapitel Eins

IN WELCHEM EINE GÄRTNERIN EINEN GARTEN (UND EINEN EARL) FINDET, DER HILFE BRAUCHT

Derbyshire 1828

Narben machten einen Mann erst aus.

Necessity Byrne hatte ihm das schon vor langer Zeit gesagt, als sie noch vor jugendlicher Arroganz gestrotzt hatte. Selbstsicher zu glauben, dass jedes ihrer eigenen Worte der ungeschönten Wahrheit entsprach. Vollkommen der falschen Vorstellung erlegen, dass jemanden die Meinung eines schmuddeligen Waisenkindes interessieren würde.

Allerdings hatte sie nicht nur die äußeren Narben gemeint. Und sie war sich nicht sicher, ob sie das ausreichend klar gemacht hatte.

Nun stand sie auf dem kleinen Hügel am Ende des Seitengartens, seine ausgedehnte mittelalterliche Festung im Rücken, und fragte sich, ob er sich an sie erinnerte.

Denn sie erinnerte sich definitiv.

Oliver Aspinwall. Earl of Stanford. Gepeinigter Kriegsheld. Schurke. Außenseiter. Opiumabhängig. Im Besitz eines der ältesten Titel überhaupt. Sein Halbbruder einer der bekanntesten Schmuggler

Englands. Der begehrteste Junggeselle im Land, trotz der Narbe, die sein schönes Gesicht entstellte. Jeder Duke weit und breit war entweder schon vergeben oder uralt, daher erhofften sich die Damen viel von einem jungen, heiratsfähigen Earl.

Und das trotz seiner dunklen Vergangenheit.

Necessity umklammerte ihr Notizbuch fester – es war voll von unvollständigen Plänen für die heruntergekommenen Gärten des Anwesens. Wie konnte sie ihn jemals vergessen? Die Erinnerung spukte ihr noch immer im Kopf herum ... Seine Augenfarbe war so selten wie eine Geisterorchidee. Ein Farbtupfer wie eine leuchtende Blume in einer farblosen Welt. Ein seltenes Grau, wie Mondlicht, das auf Stein traf. Asche auf Ziegelsteine. Abgesehen von seinem Halbbruder hatte sie solche Augen noch nie gesehen. Ein Alleinstellungsmerkmal, das ihr beim Earl erst aufgefallen war, als Xander Macauley ihr vor einem Monat diesen Auftrag gegeben hatte. Denn diese Besonderheit verband sie, ein Leben lang. Niemand konnte bestreiten, dass sie Brüder waren.

Ihre Arbeit hier war ein Geschenk an ihn, hatte Macauley behauptet.

Ein Geschenk, das der gezeichnete Earl anscheinend nicht wollte.

Necessity nahm ihr Bonnet vom Kopf und hielt sich schützend eine Hand über die Augen, um ihn besser sehen zu können. Immerhin ließ sie eine gute Gelegenheit nie an sich vorbeiziehen. Er würde noch herausfinden, dass sie selten vor etwas zurückschreckte.

Lord Stanford stapfte über den ungepflegten Rasen seines Anwesens in Derbyshire. Der Saum seines Hemds umspielte seine schlanken Hüften, seine Arme waren muskulöser als in ihrer Erinnerung und er ließ sie steif an seiner Seite hinunterhängen. Er war eine einzige lange und schlaksige Silhouette, das Gesicht im Schatten versunken. Die grauen Türme seines Hauses erhoben sich in seinem Rücken, eindrucksvoll und bezaubernd zugleich. Seine Körperhaltung wirkte genervt und seine Kleidung sah so aus, als hätte er körperliche Arbeit geleistet. Und auch wenn sie sein Gesicht mit diesen erstaunlichen Augen gerade nicht sehen konnte, malte sie es sich genau aus. Seinen Anblick hatte sie genau genommen nie vergessen.

Mit der Frustration von Männern wusste sie umzugehen. Sie war dem schon oft entgegengetreten. Immerhin schätzte niemand aufdringliche Brüder oder sture Gärtnerinnen mit beeindruckenden Meinungen. Dass sie hier in Aspinwall-House angestellt war, um die Gärten wiederzubeleben, war ein Zeichen brüderlicher Kontrolle und nichts weiter. Necessity hatte es sofort gewusst, auch wenn sie den Grund dahinter nicht kannte. Familienprobleme waren die komplizierteste Sache der Welt und sie wollte damit nichts zu tun haben.

Allerdings ... wenn Xander Macauley schon jemanden einstellte, um seinem Halbbruder dabei zu helfen, die einst schönsten Anlagen von ganz Derbyshire wiederherzustellen, dann doch die beste Landschaftsarchitektin in ganz England. Also *sie*.

Und niemand würde ihre Meinung dazu ändern können.

Bei ihrem ersten Treffen mit dem Earl hatte sie sich als Junge verkleidet – eine lächerliche Verkleidung, die Lord Stanford sofort durchschaut hatte. Ihre weiblichen Rundungen hatten sich entfaltet wie eine Rosenblüte, nur die Natur konnte sie so hintergehen.

Damals hatte sie endlich die Stelle bekommen, die sie sich die ganze Zeit gewünscht hatte: eine Gärtnerlehre im Haushalt des Duke of Leighton. Dank ihrem Geschick mit Kräutern hatte sie sich bereits in der ersten Woche an der Bettseite des verletzten Earls wiedergefunden. Er hatte sich diese schreckliche Verletzung bei einer Schlägerei hinter der Spielhalle seines Bruders zugezogen. Ein betrunkener Baron hatte ihm mit einer dreckigen Glasscherbe die Wange aufgeschnitten und das nur wegen Geld, das er an diesem Abend verspielt hatte. Sie hatte sich in Lord Stanfords Krankenzimmer geschlichen – denn nur wenige Leute wussten die Kraft von Heilkräutern wirklich zu schätzen. Dabei galt Bertramwurz allgemein als heilungsfördernd.

Nachdem ihr falsches Spiel aufgeflogen war, hatten der Duke und die Duchess of Leighton sie damit überrascht, dass sie Necessity trotzdem weiter bei sich hatten arbeiten lassen. Seitdem trug sie alte Kleider. Nach zwei Jahren hatte sie genug gespart, um *Byrne Cultivation and Design* zu eröffnen. Und sie war lang genug geblieben, dass die großzügigen Besitzerinnen der *Duchess Society* – die Duchess of Leighton war eine davon – ihr geholfen hatten, zu lernen, ein Geschäft zu führen, das mit dem *ton* handelte.

Sie verfiel schon lange nicht mehr in Schockstarre, wenn sie edle

Teetassen und gravierte Gabeln sah. Jetzt wusste sie, wie man sie benutzte. Sie hatten ihr außerdem den Cockney-Akzent abtrainiert, wie bei einem Hund. Ihre Kleider waren nun von der besten Schneiderin in London, die sie sich leisten konnte, komplett mit Bonnets. Die richtige Haltung und ein Besuch beim Friseur und schon sah sie aus wie eine von ihnen.

Dabei war sie es nicht und würde es auch nie sein.

Das verzweifelte, zwölfjährige Mädchen, dessen Familie von Cholera dahingerafft worden war, steckte noch immer in ihr. Jeder einzelne Schilling unter ihrer weichen Federmatratze war der Beweis dafür, dass Necessity Byrne aus Shoreditch das Armenviertel nicht hinter sich lassen konnte. Dieses Leben verfolgte sie wie Nebel auf der Straße und würde es immer tun.

Außerdem konnte sie dem Earl an den Kopf schmeißen – denn sein Ärger erhitzte nun auch *sie* –, dass sie unter anderem den Duke of Leighton, zwei Viscounts, Tobias Streeter, Marquess Elderberry *und* die verwitwete Countess of Crumwall als Klienten hatte. Im letzten halben Jahr hatte sie so viele Projekte erworben, dass sie fünf zusätzliche Gärtner einstellen musste. Was bedeutete, dass sie nun insgesamt neun Leute auf ihrer Gehaltsliste hatte. *Ihrer* Liste, für *ihr* Geschäft. Dabei hatte sie diesen Auftrag in der Wildnis von Derbyshire – und die Gärten des Earls konnte man sehr wohl als Wildnis bezeichnen – nur angenommen, weil Xander Macauley sie mit seinem gewitzten Lächeln und einem feinfühligen Angebot umschmeichelt hatte, und sie nicht hatte widerstehen können. Jeder sagte, er konnte noch einem König eine Krone verkaufen, die er nicht brauchte, und dann noch zum Abendessen eingeladen werden.

Und sie alle hatten recht.

Sie hatte nicht einmal auf das Land hinaus ziehen wollen. Ihre Heimat waren die Straßen von London. Die verstand sie und die verstanden sie. Die Eindrücke und Geräuschkulisse füllten sie wie Regenwasser ein Fass. Der Dreck, der Ruß, das Chaos, das alles ergab Sinn für sie. Aber sie musste zugeben, dass der Nebel über den Wiesen und das hohe, grüne Gras, das ihre Knöchel umspielte, einen Reiz hatten. Luft, die nach Holzfeuer und Blumen duftete, übertrumpfte den Gestank von Kohlestaub und geröstetem Fleisch, so viel war sicher. Allein heute Morgen hatte sie wildes Geißblatt entdeckt, das sich um den Stamm eines bestimmt hundert Jahre alten Vogelaugenahorn gewickelt hatte. Rätsel, die sie nicht erwartet hatte, weil sie nicht einmal von ihnen gewusst hatte. Immerhin hatte sie London noch nie zuvor verlassen.

Necessity wandte ihren Blick vom Anwesen ab, hin zum Besitzer selbst. Leider passte er wunderbar in diese atemberaubende Landschaft.

Als Lord Stanford nah genug war, trug eine Frühlingsbrise den Duft seiner Rasierseife zu ihr hinüber. Ihre Blicke trafen sich und das Sonnenlicht schien das Grau seiner Augen zu dem von Asche zu verdunkeln. Sie waren genau, wie sie sie in Erinnerung hatte. Geduldig wartete sie, während er sie anstarrte und schließlich einmal zwinkerte, um sich aus seiner Trance zu holen. Seine Anerkennung kam verspätet, widerwillig und zurückhaltend – aber sie war da. Darin, wie sich seine Pupillen weiteten, er tiefer atmete und sich ein bisschen streckte.

In Schönheit lag Macht.

Auch wenn sie mehr Wert auf ihren Verstand legte, ihr Wissen um Blumen, Kräuter und Erde, ihre Katze Delilah, ihre saubere, kleine Wohnung über einem Geschäft in der Bond Street oder das frische Malzbrot, das sie jeden Morgen in der Bridle Lane kaufte, hatte Necessity schon gemerkt, dass es sich auszahlte, ein attraktives Äußeres zu besitzen. Sie nutzte es für sich, wie wahrscheinlich jeder. Wer konnte es ihr schon verübeln – ein Mädchen, das ohne jegliche Vorteile aufgewachsen war, abgesehen von ihrer Leidenschaft für Pflanzen und einem netten Gesicht.

„Hat er Sie geschickt? Er hat eine Restauration meines Anwesens beauftragt, ohne mir Bescheid zu sagen?" Der Earl war leicht außer Atem, das Ebenbild eines bedrohlichen Aristokraten, der seinen Ausflug auf das Land nicht genoss. Kein Mantel, zerzaustes Haar, Schweiß auf der Stirn, die Ärmel hochgekrempelt und ein Dreitagebart. Seine Worte waren präzise, stark, bestimmt. Die Narbe auf seiner rechten Wange verlieh ihm eine harte Eleganz, die er sich verdient hatte – wenn nicht in der Seitenstraße hinter der Spielhalle, dann in Indien, wo er tapfer für England gekämpft hatte und beinahe gestorben war.

Die feine Gesellschaft Londons steckte in seiner adligen Tasche und seine Zukunft war ordentlich von dem eindrucksvollen Steinbau hinter ihr vorherbestimmt. Er konnte im Prinzip tun und lassen, was er wollte. Regeln und Anstand würden ihm nichts anhaben können.

Männer haben so ein verdammtes Glück, dachte sie, mit einer Prise Missgunst. Ohne jegliche Einschränkungen einfach machen.

Und dann drehten sie sich um und erwarteten immer noch mehr.

Necessity setzte trotzig ihr Bonnet wieder auf, klemmte sich die Akte unter den Arm und band die Bänder wieder unter ihrem Kinn. Er hatte schon genug von ihr gesehen. „Ich habe keinen Schimmer, von wem Sie sprechen, mein Lord. Und dann auch noch so unhöflich, wenn ich das einmal so sagen darf. Sie könnten auch völlig falsch liegen, was mich angeht. Was ist, wenn ich gekommen bin, um Ihre Vorhänge zu flicken?"

Seine breiten Schultern hoben sich mit einem besonders tiefen Atemzug, die Ader an seiner Schläfe pulsierte im fieberhaften Takt seiner Gedanken. Das Sonnenlicht streifte seine kohlrabenschwarzen Haare und hob einige silberne Strähnen hervor. Er bot ein beeindruckendes Bild, als der gutaussehende, beleidigte König hier in seinem Schloss. Zu ihrer beider Überraschung streckte er die Hand nach ihrer aus und strich – nur federleicht – über ein bisschen Dreck darauf. „Ich glaube, ich habe die Situation schon richtig eingeschätzt."

Sie atmete tief aus und beschloss, ihren Stolz hinunterzuschlucken und noch einmal von vorn anzufangen. „Xander Macauley hat mich angestellt, mein Lord. Und er hat mir Anmerkungen hinterlassen, wo ich am besten mit der Aufforstung beginnen soll, falls Sie zu beschäftigt sein sollten, mir Anweisungen zu geben. Und mich leider außerdem dazu gezwungen, Ihnen all das auszurichten. Ich bin auch nicht glücklich darüber, dass er mich allein *zurückgelassen* hat, um es Ihnen zu sagen. Wieso er es getan hat, weiß ich nicht. Ich kümmere mich nur um Pflanzen und nicht um Familienangelegenheiten."

„Verdammt nochmal, er kann auch keine Minute Ruhe geben", murmelte der Earl, drehte sich auf dem Absatz um und stapfte den Kiesweg entlang, der dringend neuen Kies brauchte. Sie eilte ihm nach und machte gedanklich schon eine Liste. Die Steine bei McKinsey bestellen. Die Tulpenzwiebeln von *Archibald and Sons*. Salbei, Schwertlilie und Lilie. Die Fenster im Wintergarten ausmessen. Einen Entwurf für das freie Stück Land am westlichen Rand zeichnen, das einen wunderbaren Gemüsegarten abgeben würde. Die Erde bei der kränkelnden Ulme im Vorgarten überprüfen.

Vor ihren inneren Augen entfalteten sich seine renovierten Gärten prächtig. Gepflegter, grüner Rasen und blühende Büsche, deren Duft sich mit der schon vorhandenen Pracht vermischte.

Das ist also aus dem verrückten Earl geworden, schlussfolgerte sie und strengte sich an, ihren Blick auf dem überwuchernden Lolch und den ungepflegten Azaleen zu lassen und nicht auf seinem durchtrainierten Hintern. Kräftig wie der eines Hafenarbeiters, kein bisschen weich. Die meisten der feinen Leute, mit denen sie bisher zu tun gehabt hatte, saßen den ganzen Tag nur auf ihrem herum, also mussten sie gut gepolstert sein, nicht wahr? Das letzte Mal, als sie den Earl gesehen hatte, hatte er verletzt im Gästezimmer eines Dukes gelegen, sein Gesicht notdürftig verbunden und ohne Schmerzmittel zu bekommen – denn er hatte leider den Fehler begangen, sich nach seiner Rückkehr aus Indien dem Opium hinzugeben. Seitdem hatte er mindestens zehn Kilo zugenommen – jetzt sah er aus wie ein Schläger aus dem Armenviertel. Die Spekulationen, dass er sein Anwesen selbst wieder aufbaute, mussten also wahr sein – etwas, wovon man im *ton* vorher noch nie gehört hatte. Aber seine Muskeln sprachen von *Arbeit*.

Meine Güte, dachte sie, als er ihr mit seiner beeindruckenden Form kurz die Sprache verschlug. Nur an die Arbeit zu denken, würde sich also genauso schwer herausstellen, wie Lord Stanford überhaupt erst einmal davon zu überzeugen, dass sie an seinen Gärten arbeiten durfte. Denn sie wollte diesen Auftrag, diese wunderbaren Gärten nicht aufgeben, jetzt, da sie sie einmal gesehen hatte. Der Mann? Er war nett anzusehen, daran lag kein Zweifel. Sie durfte ihn nur nicht *anfassen*. Immerhin kannte sie die Grenzen: Mädchen aus der Gosse und Adelige durften sich nicht vermischen.

Herausforderung um Herausforderung, aber bei Gott, sie liebte sie.

Aber sie musste ihn auch herausfordern. „Sie wollen also das Geschenk ausschlagen, mich hier zu haben, und das, obwohl Ihr Bruder die Rechnung zahlt? Immerhin kann ich alles tun, was Sie möchten, und es geht auf seine Kosten. Nächste Woche bekomme ich sehr teure Zitronenbäume aus Spanien, die würden sich wunderbar in Ihrem alten Wintergarten machen. Natürlich müsste man vorher etwas an dem Gebäude selbst machen.“ Die Fenster und die Granitplatten, die sie sich dafür vorgestellt hatte, würde sie ein andermal ansprechen.

Mit einem tiefen Atemzug und einem schrecklichen Fluch, den sie natürlich gehört hatte, spannte er die Schultern an und hielt plötzlich mitten auf dem Weg an, so dass sie beinahe gegen ihn prallte.

Aber sie fing sich, trat vor ihn und hielt dem Earl ihr Notizbuch voller Skizzen vor die Nase. Sie wusste, dass diese kurzzeitige Unentschlossenheit ihr den Auftrag sichern konnte. Sie deutete auf die grobe Skizze seines Seitengartens. „Ich würde die Sonnenuhr mit Hortensien umranden. An die Ostseite soll eine Mischung aus Gardenien, Buchsbaum, blauer Stechpalme und Wacholder. Die Abgrenzungen bekommen neue Steine und im Wintergarten habe ich kaputte Vasen gesehen, die wahrscheinlich aus diesem Bereich stammen, und wir könnten sie dort wieder aufbauen, nachdem sie repariert wurden. In zwei Tagen kommen drei Assistenten, meine begabtesten Gärtner. Zusammen können wir bereits dort anfangen und uns dann zu den größeren Flächen im Westen vorarbeiten. Alles in allem glaube ich, dass meine Angestellten und ich alles in einem Monat wiederherstellen können.“

Der flüchtige Blick, den er ihrer Zeichnung schenkte, zeugte von Desinteresse. Normalerweise hätte sie das wütend gemacht, aber er sah so verloren und hilflos aus, dass es ihr eher zu Herzen ging. „Die Instandhaltung klingt teuer. Bezahlt das auch mein neugieriger Bruder?“

Sie gab ein undefinierbares Summen von sich, aber dennoch beeindruckt davon, wie schnell der Earl zum Punkt kam. Nur wenige dachten überhaupt über die Zeit nach der Reparatur nach. „Darüber müssten wir noch reden, ich wurde nicht für zukünftige Besuche bezahlt.“

Er grummelte nur vor sich hin. Trotzdem hörte er ihr zu. Er trat nervös von einem abgewetzten Stiefel auf den anderen, als suchte er eine Gelegenheit, sich aus dem Staub zu machen ... aber er schenkte ihr Gehör.

Sie wich seinem kraftvollen Blick aus, der flüssigem Silber glich und sprach weiter. „Ich würde gerne Zugriff auf Ihre Bibliothek erbitten, damit ich die Notizen des vorherigen Gärtners durchkämmen kann. Da wäre beispielsweise der Kastanienbaum auf der Wiese …"

„Irgendwann mitten im 18. Jahrhundert gepflanzt, unter dem dritten Earl. Ursprünglich waren es einmal fünf, aber nur einer hat den Winter von 1807 überlebt." Er winkte unbekümmert mit der Hand ab, als ob seine Antwort nichts zu bedeuten hätte – dabei sah sie genau, dass sie sehr wohl etwas zu bedeuten hatte. Sie sah, dass er tiefer mit diesem Ort verwurzelt war, als ihm lieb war. Fast schon gebieterisch, als spräche er über eins seiner Pferde. Das war eine interessante Entwicklung, mit der sie nicht gerechnet hatte.

Er liebt dieses Anwesen und hat ihm sein Herz geschenkt – zumindest das, was davon noch übrig ist.

„Der dritte Earl", wiederholte sie leise, um die Unterhaltung nicht versiegen zu lassen, auch wenn es so schien, als wolle er nicht mehr reden.

Er strich sich über das Gesicht und wischte dabei einen Schweißtropfen weg, den sie eingehend beobachtet hatte. *Er hat Hornhaut an den Fingern*, stellte sie erstaunt fest. Noch nie hatte sie einen Adligen getroffen, der Hornhaut hatte. „Er mochte die Natur und arbeitete am Garten zusammen mit Capability Smith – wenn ich mich recht erinnere. Die Anlagenbücher sind in den unteren Regalen in der Bibliothek, die beim Fenster, das zur Rückseite hinaus zeigt, auf der linken Seite. Sie sind in Leder eingeschlagen, aber schon brüchig. Die Rechnungen dürften dort auch dabei sein, ich habe schon jahrelang keinen Blick mehr darauf geworfen, aber ich weiß, dass sie da stehen."

Vor lauter Begeisterung vergaß sie kurz alles, was die *Duchess Society* ihr beigebracht hatte, all die Erinnerungen an höfliches Benehmen und anständiges Verhalten, und zog an seinem Ärmel. Eine einfache Geste von einem einfachen Mädchen. Ihre nackten Finger streiften sein Handgelenk und erst danach fiel ihr auf, dass sie einen Fehler gemacht hatte. Seine Haut war warm und sie konnte seinen Puls unter ihren Fingerkuppen spüren. Die Haare auf seinem Arm waren weich und dunkel. Ihre Wangen wurden heiß und die Neugier über diesen Mann stieg nur weiter. Das hier war definitiv das unglücklichste Ereignis des Tages. Aber was er ihr soeben offenbart hatte, war unglaublich. „Capability *Brown* hat an diesen Gärten gearbeitet?"

Beinahe unmerklich und somit auch nicht unhöflich trat er einen Schritt zurück, sodass sie ihn nicht mehr erreichen konnte. Er entzog sich ihrem Griff, so wie er es offensichtlich mit jedem getan hatte, seit seinem Unfall. „Die Obstbäume sind von Ranken überwuchert. Die Fenster des Wintergartens sind zerbrochen. Um den Rasen, die Büsche und alles darum herum hat sich niemand mehr ordentlich gekümmert, seitdem mein Vater 1820 gestorben ist. Hier sieht alles aus, als spuke es verdammt noch einmal und der Garten ist nur der Anfang. Warum man dafür London verlassen würde, selbst nur für zwei Wochen, kann ich nicht nachvollziehen. Arbeiten Sie nicht mit Tobias Streeter an seinen Villen in Islington? Das sollte doch eigentlich genug sein, um Sie zu beschäftigen."

Sie war überrascht, dass er überhaupt etwas von ihr wusste, auch wenn die Klatschblätter sie hier und da schon einmal erwähnten. Necessity drehte sich langsam im Kreis und ließ alles auf sich wirken, die üppigen Weiden, die grünen Hügel und den süßen Duft des Frühlings, der durch die Luft schwebte. Rhododendronbüsche, die nur wenig Blüten trugen, weil sie seit Jahren nicht mehr ordentlich gestutzt worden waren. Eibenholz, das ungehindert bis über ihren Kopf gewachsen war. Lange Grashalme kitzelten ihre Knöchel und kahle Stellen, an denen man die torfige Erde sehen konnte. Es war gesunde Erde, die nur ein bisschen Liebe brauchte. Die Villa, die sie noch erkunden musste, sah mindestens genauso notleidend aus, aber sollte prächtig sein, wenn man den Geschichten glaubte. Dabei hatte sie noch nie ein Schloss erkundet. Und in der Ferne konnte sie einen Fluss im Sonnenlicht glitzern sehen.

Die schiere Freude übermannte sie beinahe ...

Capability Brown hatte an diesen Gärten mitgearbeitet. Sie konnte es kaum *erwarten*, die Anlagenbücher in die Hände zu bekommen. Und die Rechnungen. *Originalrechnungen*. Vielleicht sogar Notizen, Skizzen, Diagramme! Der Earl of Stanford war unwissentlich im Besitz einer ganzen Sammlung von gartenbaulichen Artefakten und es interessierte ihn nicht im Geringsten.

Sie jedenfalls interessierte es sehr.

„Für Sie und Ihre *Angestellten* wird es hier nicht angenehm werden", wiederholte er, dabei konnte er genau sehen, dass sie den Auftrag unbedingt haben wollte. „In fast jedem Schlafzimmer leckt es. Und der Wind, der nachts durch die mittelalterlichen Steine pfeift, ist auch nicht gerade angenehm. Mein Koch ist höchstens mittelmäßig. Ich habe weniger Angestellte, als nötig wären, und die wenigen, die noch übrig sind, sind alles andere als glücklich, nachdem sie jahrelang missachtet wurden. Kein Nachmittagstee oder frisch gebügelte Seidenlaken. Noch nicht, zumindest. Überall sind Spinnwebe, lose Dielen und die Teppiche sind ausgefranst. Überall riecht es nach Schimmel. Ganz zu schweigen von einigen Flügeln des Hauses, über die man besser nicht nachdenkt. Wer sich einmal darin verläuft, kommt nie wieder raus."

Für Necessity klang das ehrlicherweise alles faszinierend, denn so etwas hatte sie in ihrem Leben noch nie gesehen, aber sie dachte, dass es wohl besser war, ihre schelmische Natur für sich zu behalten. Männer hielten nichts von neugierigen Frauen.

Was das Anwesen anging, so konnte sich Necessity noch genau an das erste Mal erinnern, dass sie auf Seidenbettwäsche geschlafen hatte. Genau genommen auch das erste Mal, dass ihr der Hunger abends kein Loch in den Magen gefressen hatte. Oktober 1823. Die Erinnerung an die Tage und Wochen nach dem Tod ihrer Eltern überkam sie. All die Armut, der Mangel und der damit verbundene Ekel durchfuhren sie von oben bis unten. Der Verfall des Anwesens störte sie nicht im Geringsten. Er war nichts im Vergleich. Aber sie wusste auch nicht, welche Erinnerungen ihn plagten, wenn er all das hier sah. Gerüchten zufolge hatte er eine schreckliche Kindheit gehabt. „Ich bin im Armenviertel aufgewachsen, mein Lord, falls Sie sich erinnern. Ich denke, mit einem löchrigen Dach und Spinnweben komme ich schon zurecht."

Einen Augenblick lang war er still. „Die Shoreditch Byrnes ...", murmelte er und offenbarte die Erinnerung an ihre gemeinsame Zeit, wenn sie auch kurz gewesen war.

Ihre Blicke trafen sich und Necessity konnte ein Lächeln nicht zurückhalten. Und sie konnte zusehen, wie sein Atem stockte. Der

Mund stand ihm offen und irgendetwas lang Verstecktes spiegelte sich auf seinem Gesicht wider.

Er *erinnerte* sich an sie.

„Er versucht wirklich, ein guter Bruder zu sein", meinte sie plötzlich, in der Hoffnung, ihn aufzuheitern, was sie wirklich verzweifelt versuchte. Was sie wiederum überraschte, denn eigentlich verbrachte sie den lieben langen Tag damit, sich um *Pflanzen* zu kümmern und nicht Menschen. Die schwierige Beziehung zwischen dem Earl of Stanford und seinem Halbbruder war ein gefundenes Fressen für die Klatschpresse und ganz sicher nicht ihre Angelegenheit. Diese Last würde sie sich nicht auf ihre starken, wenn auch schmalen Schultern packen.

Der Earl rieb sich die Wange, die keine Narbe trug, und verschmierte so ein wenig Dreck in seinem Gesicht. Eine Geste völliger Verwirrung, die sie ungewöhnlich liebenswert fand. Ein kleiner, verlorener Junge. „Er steckt seine Nase ungebeten in alles hinein, seitdem ich aus Indien wieder da bin. Jetzt weiß ich zumindest, warum er hier ist", rief er laut über seine Schulter, als er sich wieder zum Haus umdrehte. Dabei schnellte sein Blick zu einem der Fenster hoch, hinter dem höchstwahrscheinlich gerade Xander Macauley hauste. „Aufdringlicher Drecksack."

„Also lassen Sie mich die Auftragsbücher sehen und ich kann die Arbeit in zwei Tagen beginnen? Wir können uns auch zusammensetzen und jeden Schritt genauestens besprechen, wenn Sie wollen. Und wenn es Skizzen der Originalpläne gibt, dann werde ich versuchen, mich daran zu halten. Außerdem ist die Unterbringung hier mehr als nur akzeptabel, bitte machen Sie sich um diesen Teil meines Aufenthalts keine Sorgen. Ihre Haushälterin Mrs McKinstry – die mir prompt mitgeteilt hat, dass sie schon vor der Französischen Revolution hier gearbeitet hat – hat mir ein Zimmer zugeteilt, das nicht ... schrecklich war." In den Ecken waren Spinnweben und eine dicke Staubschicht bedeckte alle Oberflächen. Er hatte nicht übertrieben, aber Necessity hatte keine Angst vor ein bisschen unerwarteter Arbeit. Sie konnte ihr Zimmer selbst putzen.

Als sie sich den grübelnden Mann vor ihr noch einmal genauer ansah, schien es ihr, als scheute er auch nicht vor harter Arbeit zurück.

„Machen Sie damit, was Sie wollen. Ich bin ziemlich sicher, dieser Capability hatte Ahnung, was er tat." Wieder sah er zu dem Fenster hoch und sein Unterkiefer – ein wirklich nettes Exemplar – spannte sich an. „Als ob ich wirklich eine Wahl habe. Xander und ich geben unser Bestes, um uns zu vertragen, und in diesem Fall bin ich der böse Bruder, also habe ich zu allem verdammt noch einmal Ja und Amen zu sagen."

Auch wenn sie keine Ahnung hatte, auf was er sich bezog, war sie diejenige, die sein flegelhaftes Benehmen abbekam wie Peitschenhiebe.

Sie biss fest die Lippen zusammen, erinnerte sich daran, was die *Duchess Society* ihr beigebracht hatte, und hielt mit einer Retourkutsche zurück. Sie bewahrte Fassung. *Frauen, selbst diejenigen, die ein Geschäft besitzen, selbst wenn sie recht haben, müssen oft still bleiben.* Es war nicht gerade ein sympathisches Willkommen, aber der Earl of Stanford war auch nicht bekannt dafür, angenehm zu sein. Aber er gab ihr komplette, kreative Freiheit, zu machen, was auch immer sie wollte, und das steigerte ihren Enthusiasmus für dieses Projekt. Vor ihrem inneren Auge malte sie sich schon aus, was sie mit dem vielen Geld alles machen konnte.

Immerhin würde sie Xander Macauley gut dafür bezahlen lassen, dass er sie in diese unangenehme Situation gebracht hatte.

Und schließlich – aber mit Abstand das Wichtigste überhaupt – war da noch Capability Brown, in jeglicher Hinsicht ihr Vorbild. Die Erde unter ihren Füßen war von seinen Händen umgegraben worden. Genau wie sie es tun würde. Das war das erste Mal, dass sie sagen konnte, ein wahrer *Lebenstraum* wurde wahr.

„Warum lächeln Sie?", fragte der Earl schnippisch und strich sich eine kohlrabenschwarze Locke aus der Stirn.

Die Finger um ihr ledergebundenes Notizbuch zitterten. Irgendetwas an ihm ließ ihre Knie weich werden, es war unbekannt und erschreckend. Vielleicht lag es an seinem jungenhaften Charme, der sich trotz allem durch seine hochmütige Art zog. Leider war er attraktiv, heiß genug, um Butter auf kaltem Toast schmelzen zu lassen – wie ihre Mutter zu sagen gepflegt hatte. Und das trotz der grässlichen Narbe auf seiner linken Wange. Er hatte breite Schultern, grübelte ständig, war ungeduldig und unsympathisch, er strotzte nur so von männlicher Arroganz. Ein wirklicher, echter Griesgram. Und er hatte leider ihr Interesse – und mehr – geweckt.

Er schnipste mit den Fingern und holte sie so ins Hier und Jetzt zurück. „Dieses Anwesen verfällt um mich herum, Miss Byrne. Die Gärten brauchen nicht nur viel Talent, sondern auch viel Geld."

Sie betrachtete ihn, aber er wandte den Blick ab. Er wollte offensichtlich nicht genötigt werden, noch mehr von seiner momentanen Situation preiszugeben. Nicht mehr als das, was er ihr ohnehin schon gegeben hatte.

„Die Herausforderung", antwortete sie schließlich auf seine Frage und meinte natürlich die Pflanzen und nicht den Mann. „Es geht mir nicht um das Geld. Immerhin habe ich genug Kunden in London auf der Warteliste." Und Capability Browns Notizen. Die durfte sie auf keinen Fall vergessen.

„Das ist alles?" Skeptisch sah er sich um, als würde er versuchen, sein Anwesen durch ihre Augen zu sehen.

Sie biss sich von innen auf die Wange. Und außerdem war da noch diese eine Sache, dass sie sich ein wenig, aber wahrnehmbar zu ihm hingezogen fühlte. Vielleicht sogar mehr als nur ein bisschen, wenn sie genauer darüber nachdachte. Er war attraktiver als in ihrer Erinnerung. Und auch wütender. Diesmal strahlte er Stärke aus wie die Hitze eines Kaminfeuers. Intelligent, anspruchsvoll und heldenhaft, auf seine ganz eigene mürrische Art.

Charakterzüge, die sie an Menschen mochte.

Aber sie hatte sich noch nie für einen Kunden interessiert.

Eine starke Windböe blies plötzlich über die weiten Felder, zog an seinem Hemd und Haar und hatte so viel Kraft, dass er einen Moment auf sie zu stolperte, einen Herzschlag lang. Über seinen Lippen hatte er eine kleine Sommersprosse, die aussah wie ein Stern. Dieser kleine, charmante Punkt verlieh seiner steinernen Miene gleich etwas Liebevolles. Sie drückte ihr Notizbuch fester an die Brust, um nicht den schrecklichen Fehler zu begehen und ihn zu berühren – noch einmal. Sie konnte ihren Instinkt nicht missachten, ganz besonders nicht, wenn ihr Leben von ihrer *eigenen* Zuverlässigkeit abhing.

Die erwartungsvolle Anspannung, die sie normalerweise nur überkam, wenn sie mit jemandem um ein Landschaftsprojekt wetteiferte, durfte nicht ignoriert werden. Das tiefe Bewusstsein dafür, dass er ein möglicher Gegner sein konnte, mit einer Prise Aufregung.

Definitiv aber kein Freund und *erst recht* kein Liebhaber.

Dieser Moment fühlte sich bedeutend an, aber sie war nicht bereit, mehr darüber nachzudenken. Und gleichzeitig fühlte er sich ungünstig an. Mit gerunzelter Stirn sah sie dabei zu, wie seine schlechte Laune wuchs, und wünschte sich, sie könnte etwas tun, das ihn zum Lächeln brachte. Lachen. Oder zumindest vor Entzücken stöhnen.

Gefährliche Fantasien. Wie konnte sie es nur wagen, sich so etwas mit einem Mann, der so weit über ihr stand, vorzustellen?

Der Earl schüttelte den Kopf und vertrieb so die dünnen Fäden der Anziehung mit einem vernichtenden Blick.

Nur ein Blick, nicht mehr. Dann machte er auf dem Absatz kehrt und lief ohne ein weiteres Wort zum Anwesen zurück.

Er musste ahnen, dass er sie endlos fasziniert hatte. Herausgefordert. Neugierig gemacht.

Und eine neugierige Frau war gefährlicher als alles andere.

Kapitel Zwei

IN WELCHEM EIN EARL SEINEM LÄSTIGEN BRUDER EINE ATEMPAUSE GÖNNT

Das war nicht das erste Mal, dass eine Frau Stanford so angesehen hatte – mit einem Blick, der Stein schmelzen könnte.

Obwohl er gehofft hatte, es würde die Leute von ihm fernhalten, hatte er feststellen müssen, dass alle seine Narbe mochten. Sonst wäre sie zumindest heute für etwas gut gewesen. Stattdessen war es das erste Mal seit Jahren, dass er diese Frau mit dem sehnsüchtigen Blick tatsächlich in sein Schlafzimmer ziehen und ihr das Kleid vom Leib reißen wollte. Ein uraltes, scheußliches Kleid, das an Necessity Byrnes sinnlichem Körper ausgesehen hatte wie das Kleid einer Königin.

Stanford zog scharf die Luft ein und zwang seinen Körper dazu, seine hungrigen Gedanken zu ignorieren.

Wie sollte das einen Monat lang funktionieren? Seine Hose wurde enger, sobald diese verdammte *Gärtnerin* nur in seine Nähe kam. Hätte Xander nicht einfach irgendeinen alten Mann anstellen können? Stattdessen hatte Stanford nun eine Gärtnerin, die er nicht einmal wollte, die unter seinem undichten Dach lebte. Eine mit besonders weich aussehender Haut und goldenem, ungezähmtem Haar, das sich über ihre ausgesprochen fülligen Brüste ergoss.

Aber schon auf den ersten Blick konnte man sehen, dass er definitiv Hilfe mit seinen Gärten benötigte. Und auf den zweiten Blick, hin zu seiner Gärtnerin ...

Verdammt, fluchte er in Gedanken.

Der zweite Blick hatte ihm nur gezeigt, was er lieber verstecken sollte.

Was ihn dazu noch so auf die Palme brachte, dass er ein Loch in die Wand schlagen konnte, war, dass sein Bruder eindeutig einkalkuliert hatte, dass Necessity Byrne mehr tun sollte, als nur seine Hecken zu stutzen. Diese kleine Sache war ihm keinesfalls entgangen. Oder dessen passende, erwartungsvolle Reaktion.

Dabei war er nicht einsam.

Aber Xander war umgeben von neuentdeckter Liebe und wollte das Glück mit jedem teilen.

Erneut zog ein kräftiger Windstoß an seinem zerrissenen Hemd, das er nur zum Arbeiten trug. Seine Hosen gehörten eigentlich schon lange in den Lumpensack. Sein Haar war zu lang und er hatte sich schon lange nicht mehr rasiert. Eindeutig nicht auf Besuch vorbereitet, aber er hatte auch nicht gewusst, dass er an diesem wunderschönen Frühlingstag welchen empfangen würde.

Lästig, nervig, gerade zum Verrücktwerden. Denn die Sorgen, die sich sein Bruder nun um ihn machte – und das, nachdem er sich jahrelang ohne ihn durchgeschlagen hatte –, weichten langsam die harte Schale um sein Herz auf, an die er so gewöhnt war. Aber er würde Xander und seinem Pack aus Halunken – die jetzt irgendwie auch zu ihm gehörten – ganz sicher nichts davon erzählen. Die Dukes Leighton und Markham, Tobias Streeter, Dashiell Campbell, Chance Allerton Viscount Remington, wenn er sich einmal blicken ließ. Sie alle waren jetzt seine Freunde. Stanford kickte einen Stein in die Büsche, die seine neue Gärtnerin so gerne behandeln wollte.

Also war er doch nicht *einsam*.

Mit jedem Knirschen seines Stiefels auf dem Kies konnte er die ungebetenen Angebote, die er allein diesen Monat erhalten hatte, aufzählen. Seit dem Vorfall hinter der Spielhalle musste er die Frauen praktisch von sich stoßen. Anscheinend gefiel ihnen ein vernarbter Earl besser als ein makelloser. Und genau deswegen misstraute er ihnen. Denn das Mysterium um sein neues Gesicht und der bedeutsame Adelstitel, der strahlend auf den ersten Seiten von *Debrett's* gestanden hatten, zeichneten das Bild von einem Mann, von dem jede Mutter im *ton* dachte, dass ihre Tochter ihn zähmen könnte. Zähmen sollte, *würde*.

Seine verdammte Grafschaft – Gott möge ihm beistehen – war eine der ältesten, wenn nicht sogar die älteste im Land. Ein beachtliches Zuckerstück, das da lockte.

Trotzdem wusste er, was sie wirklich wollten: den Halunken heilen, den Schuft zügeln, den Proleten beruhigen, das Biest bezwingen, den Earl erziehen. Er hatte alle Sprüche schon gehört. Tagein, tagaus las er sie in den Zeitungen, während er seinen Bohea-Tee trank. Dabei hatte er seit dem Kampf hinter dem *Devil's Lair* nichts mehr getan, was ihre Aufmerksamkeit auf ihn hätte lenken sollen.

Davor allerdings war das anders gewesen. In der Dämmerung war er aus Opiumhöhlen gestolpert, hatte seine Mitgliedschaft bei *White's* und *Boodle's* aberkannt bekommen, auf der Bruton Street hatte er einen Zweisitzer zum Umfallen gebracht und ein Boot in der Themse versenkt. Zahllose unangemessene Damen hatten ihm das Bett gewärmt und an einem besonders feuchtfröhlichen Abend wäre er beinahe aus den oberen Rängen des Opernhauses gefallen, wenn ihn nicht irgendein Duke rechtzeitig beim Kragen gepackt hätte.

Aber seit der Messerstecherei war es still. Er lebte so fromm wie eine Nonne.

Und falls nicht, ging er seinen Lastern nur im Stillen nach.

Er war ein braver Schüler mit einem Bruder, der ihn überwachte, und einer immer größer werdenden Schar an vornehmen Freunden und nicht so vornehmen Freunden. Und wenn er die Augen nur stark genug zusammenkniff, dann konnte er am Horizont den Schimmer einer Zukunft erspähen. Von allen Veränderungen war das die Bedeutendste, dass er es überhaupt wagte, zu hoffen.

Er schlug die Tür des Dienstboteneingangs auf und nahm zwei Stufen der Treppe auf einmal, hinauf in den Salon, den er zu seinem Arbeitszimmer umfunktioniert hatte.

Er hatte seitdem wirklich nichts getan, das die Aufmerksamkeit auf ihn richtete. Abgesehen natürlich davon, dass er Xander Macauleys Halbbruder war.

Dieser Mann zog Aufmerksamkeit auf sich, ob er wollte oder nicht, jeder Blick lag auf ihm, sobald er den Raum betrat. Und egal, wie sehr er im Schatten leben wollte, das Licht seines Bruders schien unaufhörlich auf Stanford. Manche Leute waren einfach mit unbeschreiblich starkem Charisma geboren. Und er konnte einfach nicht verhindern, dass die unersättliche Neugier der Gesellschaft nicht auch auf den jüngeren Bruder überschwappte. Der unbeugsamste Schläger, den London je erlebt hatte, war nun zahm wie ein Kätzchen. Für den *ton* die beste Unterhaltung seit George III., dem verrückten König. Lady Philippa, oder besser gesagt Pippa, die Schwester des Duke of Leighton, ein guter Freund von Macauley und nun auch von Stanford, hatte den König des Armenviertels zu Fall gebracht.

Es war eine wirklich einzigartige Darbietung gewesen.

Und jetzt, ob aus Langeweile oder kindischer Rache war schwer zu sagen, hatte Xander ihm dieses exzentrische Mädchen in den Weg gesetzt. Oder besser gesagt, diese Frau. Sie war erwachsen geworden. Offensichtlich erwachsen. Necessity Byrne war die gefährlichste Frau, die hier in seinem selbstauferlegten Exil in Derbyshire hätte auftauchen können.

Sie war ein Skandal, den es *nicht* interessierte, dass er einer war.

Solch blinde Gleichgültigkeit zog den *ton* an wie Marmelade die Fliegen. Er brauchte sicher keinen Wirbelsturm, den man nicht so schnell vergaß, mit einem hübschen Gesicht – und Körper -, und der noch dazu den Frieden störte, um sich bei Laune zu halten.

Mein Traum für die Zukunft, mein lieber Lord Earl, ist es, die berühmteste Gärtnerin in ganz England zu werden.

Denn er erinnerte sich verdammt nochmal an alles von ihrem ersten Treffen, auch wenn sie es vielleicht nicht tat. Und dieses kleine Detail bereitete ihm große Sorgen.

Stanford blieb am oberen Ende der Treppe stehen, als sich Necessitys Worte in seinen Verstand bohrten. Geistesabwesend strich er mit der Hand über das Eichengeländer, das er als Junge einmal heruntergerutscht und als Bestrafung für diesen schrecklichen Regelverstoß prompt zwei Tage ohne Mahlzeiten in seinem Zimmer eingesperrt worden war.

Sie hat es verdammt nochmal geschafft, dachte er, *sie ist beinahe so berühmt berüchtigt wie mein Bruder.* Stanford erinnerte sich noch genau daran, wie fasziniert er von diesem verspielten Mädchen gewesen war, das in Jungenkleidung neben seinem Bett gesessen hatte. Aber die Wölbung ihrer Brust hatte ihm sofort verraten, dass es kein Junge war, der ihm half.

Er hatte immer gedacht, dass ihre Schönheit nur ein Fiebertraum gewesen war.

Nun hatte er den Gegenbeweis.

Die Farbe ihres Haars glich den Sternen, die er nachts durch sein Teleskop betrachtete. Mit goldenen Strähnen und dunkleren Honigtönen. Die Vorstellung davon, wie es sich wie Sonnenlicht über sein Kissen ergoss, verbesserte seine Laune auch nicht gerade, im Gegenteil. Er brauchte keine Versuchung in Form einer frechen Landschaftskünstlerin – oder wie auch immer sie sich nannte. Dafür hatte er zu sehr um seine friedliche Existenz hier gekämpft.

Für solche Sachen hatte er eine liebenswerte, etwas schüchterne, aber *sehr* gastfreundliche Witwe im Dorf. Wenn das Verlangen ihn packte. Kontrolliertes, *zivilisiertes* Verlangen.

Und Necessity Byrne war ganz und gar nicht schüchtern. Sie hatte nicht einmal in mädchenhaftem Anstand zu Boden gesehen. Sie sah Personen direkt in die Augen. Quasi durch sie hindurch. Wie ein Mann. Sie forderte ihn heraus, mit diesen unglaublichen Augen, die die Farbe von Macauleys unglaublichem Whisky hatten. Der neue Jahrgang, der beim Einschenken bernsteinfarben leuchtete. Sie duftete nach Regen, Erde und vor allem Ärger. Und in ihrer Gegenwart juckte seine Narbe, wie sie es tat, wenn sich ein Sturm anbahnte.

Alles keine guten Anzeichen.

Er streckte seine Finger. Da, wo sie ihn mit ihren nackten Fingern am Handgelenk berührt hatte, brannte seine Haut noch immer.

Necessity Byrne hatte ihm ihre volle Aufmerksamkeit geschenkt. Bedauerlicherweise setzte es ihn in Brand.

Er konnte sich diese Ablenkung nicht leisten. Seine einzigen Prioritäten lagen darin, eine Beziehung zu seinem Bruder aufzubauen *und* sein Anwesen wieder auf Vordermann zu bringen. Es würde Jahre dauern, alles in Derbyshire wiederherzustellen, was sein Vater hatte verrotten lassen. Und dann noch etliche Jahre, um die schlechten Erinnerungen durch gute zu ersetzen.

Stanford hatte herausgefunden, dass das der Schlüssel war. Ohne Albträume aufzuwachen, glücklich zu sein, *vollkommen* zu sein. Ganz sicher zog er keine fremde Person in seinen Ärger hinein und erst recht nicht in seine Suche nach Zufriedenheit. Und um genau diese Stabilität zu finden, musste er sich von London fernhalten. Weit weg von den Opiumhöhlen, Spielhöllen und vor allem von den hungrigen, habgierigen Müttern.

Der Krieg in Indien hatte ihm gereicht, er würde sich keinen weiteren in Mayfair liefern.

Liebe machte einen Menschen verwundbar und dafür war er nicht bereit. Besonders nicht dann, wenn sein Bruder erst zum zweiten Mal hier in Aspinwall-House zu Besuch war, seit Stanford ihn vor fünfzehn Jahren betrogen hatte.

Und langsam, aber sicher hatte er diese Schuld abbezahlt, hoffte er.

An der Tür des Arbeitszimmers angekommen holte Stanford tief Luft. Der schwache Duft von Leinsamenöl und Zitrone stieg ihm sofort in die Nase. Die Wandleuchter waren angezündet, das Glas frisch poliert, und sie strahlten hell. Seine kleine Besatzung hatte sich endlich zu diesem Teil des Hauses vorgearbeitet. Stein um Stein meißelte er aus seiner Vergangenheit eine Zukunft.

Er legte sich eine Hand auf den Bauch und spürte, wie er zitterte.

Das war nur die Nervosität.

Auf seinem Schreibtisch türmten sich die Rechnungen. Mittlerweile war das Wetter gut genug, dass die Arbeiten am Stall *und* am Wintergarten starten konnten. Der Dorfpfarrer war auf ihn zugekommen und hatte gefragt, ob er bei Reparaturarbeiten an einem Gebäude helfen könnte, das sie im kommenden Winter als Schule nutzen wollten. Diese Anfrage konnte er wohl kaum ausschlagen, nachdem sein Vater jahrelang alles vernachlässigt hatte. Und obendrein hatte er Gäste, auf die er nicht vorbereitet war, in zwei schäbigen Schlafzimmern. Sein Koch war genervt. Sein Kammerdiener, der Einzige, der rund um die Uhr in Aspinwall-House residierte, war erschöpft. Und die Haushälterin drohte damit, in den Ruhestand zu gehen und bei ihrer Schwester in Gloucestershire einzuziehen.

Die Sahne auf der Torte? Eine wunderschöne, unglaublich intelligente, aber auch leichtsinnig sorglose Frau, deren Saum von ihrer ‚Arbeit' verdreckt war, zu Gast. Und sie würde nur fünf Zimmer entfernt von ihm schlafen, im grünen Schlafzimmer, wie seine Mutter es immer genannt hatte.

Der einzige freie Raum, in dem er sie sofort und unvorbereitet unterbringen konnte.

Er ließ es sich vielleicht nicht anmerken, aber er kannte jeden Zentimeter dieses Hauses, jeden losen Ziegel, jede mittelalterliche Inschrift, jede Kerbe und jeden Kratzer. Er hatte sich in den Schränken und unter Betten versteckt, hinter Vorhängen und in den Geheimgängen. Immerhin hatte er keine andere Wahl gehabt, jedes Mal, wenn die Wut seines Vaters heißer gebrannt hatte als das Feuer im Kamin.

Er liebte jeden Steinhaufen, die Wiesen und Felder, den Fluss, der im Westen durch die Lichtung im wunderschönen Eichenwald floss und die hügeligen Weiden. Und im Winter stach ihm der Duft von brennendem Holz und Kiefernzapfen in die Nase und ins Herz.

Und er hasste alles. Er verabscheute jeden Grashalm und jede Kuhle im Walnussholzgeländer und die damit verbundenen Erinnerungen. Die Präsenz seines Vaters war noch immer spürbar, aber sie verblasste langsam. Mit der Zeit verging alles, sagte man doch. Und er konnte dem nur zustimmen.

Das Dilemma lag nur darin, genug Geduld aufzubringen, um herauszufinden, welches Gefühl gewinnen würde.

Dashiell Campbell lehnte leger im Türrahmen des Arbeitszimmers, als würde es ihm gehören, als würde ihm alles hier gehören.

„Ich vermute mal, du wusstest, dass sie kommt", meinte Stanford kurz angebunden, er konnte die Schärfe in seinem Ton nicht zurückhalten. „Und ihre *Angestellten* – was auch immer das zu bedeuten hat – kommen in zwei Tagen dazu. Dabei habe ich kaum Unterkünfte für dich und Xander und erst recht keine für Londons berüchtigtste Gärtnerin, geschweige denn für die Leute, die für sie im Dreck graben."

Dash stieß sich vom Türrahmen ab und lächelte ihn strahlend an. Er hatte sich passend für das Land angezogen und trug ein Hemd und gewachste, braune Hosen. Dazu passend eine Paisleyweste, die zu seinen tiefblauen Augen passte. Seine Stiefel waren auf Hochglanz poliert, sodass sich die abgeschliffenen Planken und der ausgeblichene Teppich darin spiegelten, sie waren mit Sicherheit auch von Hoby. Alle behaupteten, er wäre der attraktivste Mann in ganz England – Stanford wollte gar nicht darüber nachdenken, was das bedeutete. Es war sicher noch schlimmer, als einen schrecklichen Adelstitel zu tragen. „Aye, das war geschickt, nich' wahr? Dein Bruderherz hat mich schwören lassen, dass ich dir nix verrate. Tut mir leid, Kumpel, ich muss meine Anweisungen befolgen. Und ich weiß ja nicht, ob *du* es wusstest, aber Miss Byrne gräbt viel selbst im Dreck. Haste sie nicht ordentlich angeschaut? Falls doch, kann ich mir nicht vorstellen, warum du dich darüber beschwerst, dass dieses hübsche Stück ein, zwei Wochen herumhängt. Sie verschönert diesen Ort hier auf mehr als nur eine Weise."

„Ich habe sie wohl gesehen", grummelte Stanford und drängte sich an Dash vorbei. „Gut genug, vielen Dank."

Dash lachte laut auf und warf ein Set Spielwürfel immer wieder von einer Hand in die andere. Stanford entging der hinterhältige Blick nicht, den er ihm dabei zuwarf. Ständig berechnete er seinen nächsten Zug. In seinen jungen Jahren war Dash ein sehr bekannter Falschspieler im Kasino gewesen und dann hatte er sich vor gut einem Jahr hingesetzt und ein Buch darüber geschrieben, wie man am besten das System überlistete. Das Buch machte ihn schon bald mindestens genauso berühmt wie sein hübsches Gesicht. Es einfach nur als *beliebt* zu bezeichnen, war eine Untertreibung.

Aber Dash steckte mitten in seiner eigenen Krise, auch wenn er selbst noch nicht davon wusste. Stanford kannte dieses Verhalten zu gut. Er erkannte es bei anderen schon aus weiter Ferne. Dash hatte letzte Woche auf der St. James Street eine Kutsche umgefahren und er war hier auf dem Land, bis sich die Lage in der Stadt wieder beruhigt hatte. Sein Arbeitgeber hatte darauf bestanden.

Dash machte eine ausladende und vollkommen unnötige Geste, als wolle er den Earl in sein eigenes Domizil einladen. „Dieses Byrne-Mädel ist angeblich ein richtiges Genie mit Blumen und so. Meiner Meinung nach solltest du sie ein bisschen in deinen traurigen Gärten herumpfuschen lassen. Immerhin hat Macauley schon bezahlt.

Kannst das Reben-Mädel dann ja schlecht wieder nach London schicken."

„Was für ein wunderbares Geschenk", grummelte Stanford, schubste Dash beiseite und suchte in der dunklen Kammer nach seinem Bruder. „Es fühlt sich mehr wie eine Strafe an. Außerdem haben Reben mit Wein zu tun, Campbell. Was du meinst, sind Büsche."

Dash hielt sich die Hand vor den Mund, um nicht zu lachen, folgte Stanford und schloss hinter ihnen die Tür mit einem leisen *Klick*. Falls es doch zu einer Schlägerei kam, war eine geschlossene Tür besser für alle. „Mal ganz ehrlich, so eine Strafe hätt' ich auch gern'. Sie hat mir eine zu starke Meinung, aber wenn sie in so einer hübschen Hülle daherkommen, wen interessiert da schon ein bisschen Gemecker von einer Frau? Oder glaubst du, Jasper Noble verfolgt sie so, weil er sich für ihr Händchen mit Petunien interessiert?"

Abrupt blieb Stanford stehen und spürte einen Pieks von einem Gefühl, das er gar nicht gebrauchen konnte. „Noble?"

„Ja, obwohl an dem nichts Nobles dran ist. Ich habe ihn letzte Woche an den Faro-Tischen über die reizende Gärtnerin reden hörn. Der meinte, sie wär' das hübscheste Mädel in London und das laut genug, damit's alle gehört haben. Kein Anstand, egal, ob's wahr is'."

„Er hat keinen Anstand", murmelte Stanford, da Dash ihn gebeten hatte, ihn zu berichtigen, jedes Mal, wenn er in das Sprachmuster zurück verfiel, das die *Duchess Society* ‚faul' nannte. Er hatte Anfragen erhalten, sein Buch auf den unterschiedlichsten Veranstaltungen vorzustellen, was sie alle überrascht hatte, denn Dash war ganz und gar kein Redner. Aber er wollte nicht wie ein ungebildeter Schotte klingen, auch wenn genau das zutraf. Er hatte sich schon gebessert – Ausdrucksweise, Kleidung und Benehmen – und konnte schon fast, aber auch nur *fast*, als einer der vornehmen Leute durchgehen, die er früher bis aufs letzte Hemd ausgenommen hatte. Wenn man den hinterhältigen Blick und die flinken Finger ignorierte, die immer noch ab und zu in fremden Taschen landeten.

Stanford hielt direkt vor dem kleinen Sofa an, auf dem sein Bruder sich ausgestreckt hatte. Ein Arm über den Augen, um das Licht des Kaminfeuers auszublenden. Seine Brust hob und senkte sich gemächlich, ausnahmsweise konnte der erschöpfte Vater schlafen. „Du hast gut reden. Dein Gesicht ist auch nicht gerade hässlich", murmelte Stanford und überlegte sich gerade, was wohl die schlimmste Art war, jemanden zu wecken. Macauley hatte ihn gestern seinen ‚Baby-Bruder' genannt und allein dafür wollte er ihn ohrfeigen.

Dash zuckte nur mit den Schultern und ließ sich in einen Brokatsessel fallen, der sofort in einer großen Staubwolke explodierte. „Ich kann nich' sagen, dass ich nich' gesegnet bin."

Stanford warf ihm einen kurzen Blick über die Schulter zu und fragte dann – mit hoffentlich genug gelangweiltem Desinteresse: „Jasper Noble? Ist das nicht der Typ, dem der Duke of Markham letztes Jahr in Epsom ins Gesicht geschlagen hat?" Xander hatte behauptet, dieser Mann wäre ein Gauner. Und er wusste, wovon er sprach. Seit über einem Jahr kämpften die beiden um die Geschäfte am Hafen von Limehouse. Man konnte ihre Beziehung nicht gerade als freundlich bezeichnen.

Dash gähnte und ließ den Kopf in den Nacken fallen, sein Blick wanderte über die Zimmerdecke. Und dann zeigte er auf etwas. „Da ist ein großer Riss, um den musst du dich kümmern."

Stanford biss sich auf die Zunge. „Ich weiß, danke. Es gibt mindestens einen in jedem Raum."

„Außerdem war es übrigens Leighton, der sich mit Noble angelegt hat und in Ascot. Er hat angeblich etwas Unangebrachtes über Leightons Frau gesagt. Immerhin hat der Duke eine kurze Zündschnur, und das, obwohl seine Frau eher am Rande der feinen Gesellschaft steht. Er ist der heißblütigste Adelige, den ich kenne, aber ein guter Boxer." Dash strich sich über den Unterkiefer. „Ich habe im *Gentleman Jackson's* auch schon ein, zwei Haken abbekommen. Er hat mich beinahe umgehauen. Mir beinahe die Zähne ausgeschlagen."

„Mh", machte Stanford nur und fragte sich wirklich, was das komische Gefühl in seinem Bauch war. Was interessierte es ihn, ob die Männer Necessity Byrne hinterherliefen? Was kümmerte es ihn, wenn sie – eine Bürgerliche und so frei wie eine Blüte im Wind – sich dafür entschied, sich mit einem zwielichtigen Mann abzugeben? War es nicht sogar passend? Gleich und gleich gesellte sich gern.

Aber er konnte Dashs dreister Einschätzung auch nicht widersprechen.

Sie hatte *wirklich* eine hübsche Hülle. Und jemand sollte sie anknabbern. So *waren* Männer nun einmal.

„Schreiten Sie voran mit Ihrem Racheplan, mein Lord, is' in Ordnung“, murmelte Dash, dem die Augen langsam schwer wurden. „Als Assistent Ihres Bruders haben Sie meine Zustimmung. Wecken Sie ihn auf, soll er dafür büßen.“

Stanford kreiste die Schultern und seufzte. Die beiden waren wirklich wie zwei Katzen, sie lagen auf jedem freien Möbelstück herum und verschliefen den gesamten Nachmittag.

Dash steckte seine Würfel in die Westentasche, kreuzte die Beine und machte es sich gemütlich. „Aye, wir wissen doch alle, was Macauley vorhat. Er will dich verkuppeln, auch wenn ich's nich' glauben kann. Er hat sich einige schlechte Ideen diesen Furien der *Duchess Society* abgeschaut. Was ist nur aus dem harten Kerl aus dem Armenviertel geworden, der mich aufgenommen hat, dass er jetzt so voll von Liebe ist? Jetzt schickt er das Mädchen, das deine aufgeschlitzte Wange geheilt hat, um den Rest auch noch zu heilen, nich' wahr? Und wenn alles nach Plan verläuft, dann diesmal ohne einen Fetzen Kleidung.“

Dashs korrekte Einschätzung der Situation verärgerte Stanford und er trat gegen den zerkratzten Fuß des Sofas. Sein Bruder rührte sich kein bisschen. „Seitdem er hier ist, hat er fast zwanzig Stunden geschlafen. Ist er krank?“

„Die arme, zerlumpte Seele bekommt zuhause keine Minute Ruhe wegen dem neuen Kind. Und die andern sind schon auf'm Weg hierher, nicht wahr? Seine kleine Familie. Er will keine Minute ohne sie sein.“ Dash gähnte wieder, seine Worte wurden langsam unverständlicher. „Und das sagt einiges über die Sorgen aus, die er sich um *dich* macht, ob du es zu schätzen weißt oder nicht.“

Stanford verzog das Gesicht und grübelte, wie und wo er noch mehr Besucher unterbringen sollte. Der charmante, mittelalterliche Kerker war ironischerweise der trockenste Platz im ganzen Haus. Vielleicht konnte er Macauleys Familie ja dort unterbringen.

„Wann kommen sie an, *Bursche*?“, bohrte Stanford nach.

„Morgen. Sie reisen zusammen mit Tobias Streeter und seiner Sippe. Und dem Duke of Markham mit seiner immer größer werdenden Familie. Nächste Woche will der eine Feier veranstalten, weil die Frühlingspflanzzeit vorbei ist. Für seine Angestellten und Pächter. Streeter hat dafür nichts übrig, aber Hampton Hall ist nicht weit weg und seine Pächter sind auch eingeladen. Und soweit ich weiß, kommt der Duke of Leighton auch. Das ganze Leighton-Pack – wie der *ton* sie nennt - an einem Ort und London hat Ruhe vor ihnen."

Uns, korrigierte Stanford im Stillen. Eine Gruppe Freunde, von denen er mit Absicht – und *sehr* gerne – ein Teil war. Aber dieses kleine Geheimnis behielt er für sich.

Dash raffte sich noch einmal auf, um seine Stiefel mit einem lauten Krach abzustreifen, bevor er sich endgültig seiner Müdigkeit hingab. „Leighton. Kommt. Morgen. Hier. Derbyshire."

Stanford ließ seinen brabbelnden Freund zurück – genauso wie den Plan, seinen Bruder vom Sofa zu kippen – und ging zu der Mahagoni-Anrichte hinüber, die schon seit Jahrhunderten im Familienbesitz war. Nicht zum ersten Mal diese Woche wünschte er sich, er könnte sich einen Whisky einschenken. Einen ordentlichen Schluck, das Glas bis zum Rand gefüllt. Wenn es nach ihm ginge, dann Gin. Einmal war er so tief gesunken und hatte das Zeug von einem Straßenverkäufer in Seven Dials gekauft, der es direkt aus dem Fass heraus verkaufte. An die nächsten zwei Tage konnte er sich nicht erinnern. Vielleicht war es auch Limehouse gewesen. Er war sich nicht mehr sicher.

Aber Gin führte zu Whisky. Und Whisky führte oft zu Opium.

Also trank er vorerst Oolongtee.

„Bringt Theo ihren Verlobten mit und ist das vielleicht der Grund, warum du so schlecht gelaunt bist, Dash, mein Junge? Ich weiß, ihr beiden habt euch wegen etwas gestritten." Stanford schenkte sich einen Tee ein und stieß mit dem Löffel extra gegen die Tasse, damit sein Freund nicht fälschlicherweise dachte, er schenkte sich etwas ganz anderes ein. „William heißt er doch, oder?"

„Edward", erwiderte Dash scharf und sprang auf.

Stanford goss ein wenig Milch in den Tee und fing langsam an, diese Unterhaltung zu mögen. „Er ist ein Professor oder sowas in der Art? In Cambridge?" Er legte den Kopf schief und tat, als würde er überlegen. „Oder war es doch Oxford? Jedenfalls ist er in seinem Feld sehr hoch angesehen. Ich bin sicher, er hat auch schon ein oder zwei Bücher geschrieben. Vielleicht auch schon genug, um eine Bibliothek zu füllen."

Dash riss seinen Mantel vom Haken bei der Tür und zog ihn wütend an. „Mein Buch verkauft sich schneller, als sie's drucken können, wollt' ich nur mal gesagt haben. Und ich habe auf jeder verdammten Gala, auf der auch nur Gurkensandwiches und Ratafia serviert wurden, einen Vortrag gehalten. Verkauft sich auf jeden Fall besser als so'n Scheißbuch über Mathematik."

Stanford lachte auf, das erste Mal seit Tagen. Er lehnte sich gegen die Anrichte und sah Dash dabei zu, wie er verzweifelt versuchte, einen alten Hut mit Karomuster aufzusetzen. „Mathematiker sind *sehr* gut mit Details, Campbell. Und ein schlauer Mann kann eine Frau recht einfach herumkriegen, wenn er sie ihr alle aufzeigt."

Das war zumindest sein Grundsatz – nach *sehr* viel Übung. Stanford hatte gut aufgepasst.

Dash murmelte eindeutig eine Beleidigung und stürmte wütend aus dem Arbeitszimmer und zurück nach unten.

„Musste das sein?", meinte Macauley, der endlich aufgestanden war und sich nun auch einen Tee holte. Abgesehen von dem gemeinsamen Hass auf ihren Vater hatten die Brüder wenig gemeinsam. Er war schmal und Macauley breit gebaut. Stanford fühlte sich oft, als wäre er der Knappe und sein Bruder der Ritter – ein *wenig* erniedrigend. „Ich habe den Jungen mitgebracht, um ihn davon abzuhalten, noch einen Unfall zu bauen oder sein Leben auf eine noch kreativere Art zu gefährden, die mir noch nicht eingefallen ist. Und wenn du ihn anstachelst, dann geht er ins Dorf und sucht in der erstbesten Kneipe Streit. Dann redet er immer von schottischer Unabhängigkeit oder diesem schrecklichen Kampf bei Culloden und das sind Themen, die Leute sehr schnell wütend machen."

„Er ist kein Junge mehr, Xander. Seit drei Jahren leitet er erfolgreich deine Spielhalle und hat das beliebteste Buch seit Jane Austen geschrieben. Er stolpert gerade so von einem seidenen Rock zum nächsten und häuft dabei noch ein Vermögen an. Hat er nicht erst letzten Monat diesem Baron, der alles in deinem Lokal verloren hat, ein Haus abgekauft? Auf einer Seite ein Viscount, auf der anderen eine verwitwete Herzogin. Sie sind sicherlich begeistert, dass Dashiell Campbell ihr neuer Nachbar ist. Ich wünschte mir wirklich, ich könnte zusehen, wie er jeden Tag die Straßen entlangschlendert."

Macauley lehnte sich zu ihm hinüber, um in seine Tasse zu gucken, und Stanford seufzte tief und neigte sie ihm entgegen.

Schau, ich trinke nicht.

Macauley sah ihn verärgert an. Stanford konnte sich in den Augen wiedererkennen. Selbst wenn sie versuchen würden, ihre Beziehung zueinander zu verstecken, würde dieses einzigartige Grau sie verraten. „Ich kann die Beschützerrolle einfach nicht ablegen, wie es aussieht. Du hast mir einmal gesagt, ich soll den Helden spielen, und damals habe ich dich dafür gehasst und jetzt schau mich an, ich bin der verdammte Held. Ich weiß, du magst es nicht. Pippa auch nicht, aber ..." Macauley zuckte mit der Schulter und wurde ein bisschen verlegen. Seine Liebe für Lady Philippa Darlington, die kleine Schwester des Duke of Leighton, war fast schon legendär. Eine Überraschung für die ganze Gesellschaft, aber am meisten für Xander selbst, der sich geschworen hatte, nie im Leben zu heiraten. „Ollie, du bist hierher zurückgekommen, um gegen noch größere Dämonen anzutreten als die in London. Ich glaube, ich wollte einfach sichergehen, dass du sie besiegen kannst."

Ollie.

Nur diesen einen Sommer lang hatte ihn jemand Ollie genannt, bevor sein Vater Xander vom Anwesen verbannt hatte. Er hatte oft versucht, den Spitznamen und diese Zeit zu vergessen, aber Xander ließ es verdammt nochmal nicht zu. Nicht mehr.

Stanford hoffte, sein Gang sah gelassen aus, als er mit der Tasse in der Hand zu seinem Schreibtisch ging, um sein Tagebuch darauf zuzuklappen. Immer wenn die Albträume zurückkehrten, widmete er sich mit seinem Teleskop dem Nachthimmel. Er wollte nicht, dass sein *beschützerischer*, großer Bruder darin las, wie sehr er wirklich mit sich kämpfte.

„Ich bin nicht einsam", meinte Stanford wie aus dem Nichts, was nur deutlich machte, wie nah sich die beiden Brüder in den letzten zwei Jahren gekommen waren. Bei keinem anderen begann er *mitten* im Thema. „Und ich verstecke mich auch nicht."

Macauley hielt inne, Teetasse auf halber Höhe zu seinen Lippen. Er trat von einem Fuß auf den anderen und überlegte, wog seine Antwort anscheinend genau ab. Stanford beobachtete ihn genauestens. Dieser Mann war ein gefürchteter Verhandlungskünstler und es kam nicht oft vor, dass Stanford ihm eine Gelegenheit gab. „Niemand hat behauptet, dass du einsam bist, Ollie, oder dass du dich versteckst."

„Im Dorf gibt es eine Witwe, Mary Stirling, und sie ist sehr zuvorkommend. Außerdem will sie nicht wieder heiraten. Ich habe ihr mit einigen Reparaturarbeiten im Haus geholfen. Ihr Ofen hat Probleme gemacht, eine Tür hat geklemmt, ich habe eine Treppenstufe begradigt und einige Pflastersteine wieder festgeklopft. Und das funktioniert bestens für beide Seiten. Wir sind sehr zufrieden mit diesem Abkommen.

„Wunderbar", murmelte Macauley und versteckte schnell das Grinsen hinter seiner Tasse. „Ich bin froh zu hören, dass ihr euch um eure gegenseitigen ... Belange kümmert."

„Die Grafschaft geht an einen jüngeren Erben, Bertrand, er ist ein entfernter Cousin, und ich kenne ihn nicht besonders gut, aber ich bin sicher, er wird sich gut darum kümmern, wenn ich nicht mehr bin. Und es wird keine Gräfin geben, die gierigen Mamas in London können also wieder abdampfen. Ich habe genug Geld – gerade so, aber genug –, um alles hier wieder aufzubauen. Ich brauche keine Mitgift von einer hochnäsigen Blaublüterin und muss ihr auch nicht die Zukunft mit meiner aussichtslosen verderben. Ich habe keine Lust auf den lebenslangen Tanz des *ton*. Diese Zwänge habe ich zusammen mit der Opiumpfeife hinter mir gelassen."

Macauley überdachte seine Strategie und schenkte sich Tee nach, den er wahrscheinlich nicht einmal trinken würde, nur um Stanford nicht ansehen zu müssen, denn der wurde immer besser darin, seine Blicke zu deuten.

„Du schaust schon wieder so, Xander."

Jetzt sah sein Bruder ihn wieder an, aber seine Miene war finster und er zog fragend eine Augenbraue in die Höhe. Der Junge aus dem

Armenviertel und der uneheliche Sohn des Earls wurden langsam eins, ob er es wollte oder nicht.

„Entschlossener Hochmut. Ich kann mich noch sehr gut an den gleichen Gesichtsausdruck bei unserem Vater erinnern, wann immer er gefragt wurde, ein Problem zu lösen. Oder besser gesagt gezwungen wurde, denn er interessierte sich nicht dafür, Probleme zu lösen, selbst wenn er sie verursacht hatte. Und in deinen Adern fließt auch ein wenig von seinem Blut, auch wenn du es nicht wahrhaben willst. Nicht alles an dir kommt aus Limehouse, *Kumpel.*“ Mit dem Handrücken strich er über seine Narbe und wünschte sich sofort, er hätte sich seine Nervosität nicht anmerken lassen. „Seit dem Vorfall sage ich es immer und immer wieder: Ich bin nicht dein Problem.“

Macauley strich mit den Lippen über den Tassenrand und trank dann langsam und nachdenklich einen Schluck. „Du hast mich vor einem betrunkenen Baron beschützt, indem du für mich ins Messer gelaufen bist. Bis dahin hat nur Tobias Streeter das für mich getan. Also kann ich die Worte nur zurückgeben: Ich war auch nicht *dein* Problem. Und jetzt sind wir für immer verbunden. So ist das mit Blutsverwandtschaft, nich‘ wahr? Man hat keine Wahl, es ist einfach so. Wie mit Liebe. Ich gebe dir den Rat gerne, da er noch nicht in deiner dicken Birne angekommen zu sein scheint. Manches sucht man sich nicht aus. Man. Manchmal *kommt* es auf dich zu.“

„Es war nur eine Glasscherbe, kein Messer.“

Macauley grummelte und schmollte. Sprach nicht gerne über diese Nacht. „Genauso gefährlich, Kleiner. Vielleicht sogar gefährlicher.“

Stanford hielt seine Teetasse schützend vor sich und sah gedankenverloren in das nebelige, nussbraune Gebräu. Anziehung war kompliziert, Liebe noch schlimmer und er wollte oft einfach nichts davon wissen. „Du kannst aufhören, dich schuldig zu fühlen. Mir macht die Narbe nichts aus. Jetzt passt mein Äußeres ein bisschen mehr zu meinem Inneren. Meine Kindheit, der Kampf mit dem Opium, nachdem ich aus Indien wieder zurück war. Wie widerwärtig es war. Wenn mein Gesicht den Leuten Angst macht, dann *gut so*. Sie sollten es als Warnung sehen. Wenn sie in mich hineinsehen könnten ...“, er tippte sich auf die Brust, „... dann würden sie in die entgegengesetzte Richtung rennen.“

Macauley atmete tief ein und sah zum Fenster, zum leeren Kamin, zu der Reihe mürrisch dreinblickender Porträts, die die ausgeblichene Walnussholzverkleidung zierten. Er schaute überall hin, anstatt seinem Bruder in die Augen zu sehen oder sich die lange verheilte Verletzung anzusehen.

Stanford fragte sich zum wiederholten Male, wie es sich für Xander wohl anfühlen musste, zurückzukommen, nachdem er vor Jahren von hier verbannt worden war. Es war schon für ihn – als Besitzer des Anwesens – nicht einfach gewesen. Aber ihr Vater hatte nichts mit einem Bastard zu tun haben wollen, den er nur aus Versehen mit einer italienischen Opernsängerin gezeugt hatte. Man hatte den Jungen nach dem Tod seiner Mutter nach Aspinwall-House eingeladen. Und als ihr Vater ihn beschuldigt hatte, eine Uhr aus ebendiesem Haushalt gestohlen zu haben, war keiner ihm zu Hilfe gekommen.

Denn Xander war natürlich *unschuldig* gewesen. Er war der ehrenhafteste Schmuggler, den Stanford je getroffen hatte.

Stanford trank seinen Tee aus und stellte die Tasse auf einem Buch über Sternbilder ab, das Xander ihm zu Weihnachten geschenkt hatte. „Warum hast du sie hierherkommen lassen?"

Macauleys Lippen bogen sich schelmisch nach oben und schon wieder entbrannte die Wut in Stanford. „Wen?"

„Du weißt verdammt nochmal genau *wen*. Sie ist also nur hier, um meine wuchernden Büsche zu stutzen, ja?"

Macauley lachte laut los und sah seinen Bruder plötzlich doch an.

Verdammter Scheißkerl.

Er hielt sich sogar den Bauch vor Lachen. Als er sich endlich wieder unter Kontrolle hatte, meinte er: „Du bist wunderbar mit Kit, mit Streeters ganzer Meute. Markhams Sohn hat verdammt nochmal seinen Kater Ollie genannt. Die Kinder laufen dir nach, als fielen dir Bonbons aus den Taschen. So jemand wie du sollte Vater werden."

Stanford ließ sich in den schmuddeligen Sessel fallen, in dem Dash eben noch gesessen hatte. Ihm fielen die Augen langsam zu und er konnte spüren, dass sich Kopfschmerzen anbahnten. Er hatte letzte Nacht nicht gut geschlafen. Die Erinnerungen an Raigad plagten seine Träume. Dazu kamen die schlechten Erinnerungen, die über diesem Haus hingen wie bleierner Nebel. Aspinwall-House wurde heimgesucht und das nicht nur von Geistern. „Das beantwortet nicht meine Frage, *Kumpel.*“

Aber er musste zugeben, dass er wirklich gut mit Kindern umgehen konnte. Und auf eine gewisse Art und Weise beantwortete es doch seine Frage.

„Ich hätte besser auf dich aufpassen sollen.“

Stanford strich sich erneut über die Wange und murmelte eine nichtssagende Antwort.

Verdammt noch eins.

„Ich meine nicht die Nacht hinter dem *Devil's Lair*.“ Er hörte Glas klirren, Macauley füllte es ganz sicher nicht mit Tee. Stanford beneidete ihn dafür, ein Glas Whisky haben zu können, ohne sich nach der ganzen Flasche zu sehnen. „Ich meine, als wir jünger waren. Ich wusste, mit wem ich dich da allein lasse. Einmal hast du es mir vorgeworfen und du hattest recht. Ich wusste schon immer, dass es hier mit diesem grausamen Mann schlimmer war, als du mir erzählt hast. Und ich war zu gekränkt, um die richtige Entscheidung zu treffen und dich mitzunehmen. Falls ich das überhaupt *gekonnt* hätte, aber ich bin nicht sicher, ob ich es gekonnt hätte.“ Er nahm einen großen Schluck Whisky. „Deswegen und weil du vor Jahren Interesse an ihr gezeigt hast, ist das meine erfolglose Bemühung, es wiedergutzumachen. Die berüchtigte, liebliche Necessity Byrne – ein Mädchen aus Shoreditch, möchte ich noch einmal betonen – ist hier, um deine Hecken zu stutzen.“

Stanford sah zu seinem Bruder hinüber, der verwirrt in sein Glas starrte, als bereute er seine Entscheidung. Stanford glaubte oftmals, dass diese Brudersache Xander genauso verwirrte wie ihn selbst. „Die Büsche auf dem Anwesen, nicht wahr?“

Macauley lächelte verhalten. „Alle Büsche, die sie stutzen will, Kleiner.“

„Ziehe es nicht ins Lächerliche, wenn du wirklich willst, dass ich die wahre Liebe finde, Xander. Ich habe damals nur nach ihr gefragt, weil ich aufgewacht bin, weil sie einen Teebeutel in mein Gesicht gedrückt hat. Aber du bist ein Romantiker und in ein tiefes Loch gefallen, genau wie die anderen. Streeter, Markham, Leighton. Alle seid ihr Muskelprotze und intelligent ...“, er verzog das Gesicht und deutete auf sein Herz. „... und voller Gefühle. *Ooh*, die Gefühle. Beinahe zu viele für dieses alte Schloss. Jedes Mal, wenn das ganze Leighton-Pack auf einem Haufen ist, ist es für einen alleinstehenden Mann kaum auszuhalten."

Macauley stürzte den Rest seines Whiskys in einem Schluck hinunter und fluchte leise. „Ich bin *kein* verdammter Romantiker."

„Ach ja? Dabei will deine liebe Gärtnerin nichts mit einem entstellten Earl zu tun haben, der angeblich auch ein Einsiedler ist."

Macauley lachte nur trocken und schenkte sich noch mehr Whisky ein. „Rede dir das nur ein, Bruderherz. Dein Gesicht ist gar nicht so schlimm zerstört. Du hast einen beeindruckenden Adelstitel, der dich beinahe zu einem Gott macht, und hast mein gutes Aussehen geerbt."

Langsam wurde es Zeit, dieses Drama zu beenden und die Verkupplungsversuche seines Bruders im Keim zu ersticken. „Angeblich hat sie Noble am Haken."

Sein Bruder hielt augenblicklich inne und warf ihm einen ungläubigen Blick zu. „*Jasper* Noble? Der Dödel, mit dem ich gerade um die Wette biete für einen Handelsvertrag in den Westindischen Inseln? Der Gauner, der mich von meinem Thron an den Docks stoßen will? *Der* ist hinter dieser wunderschönen, eigenwilligen Gärtnerin her?" Sein Bruder nahm erneut einen großen Schluck und überlegte. „Vielleicht ist er doch schlauer, als ich ihm zugetraut habe. Immerhin sieht er, genau wie ich, mehr in Byrne als alle anderen."

Thron an den Docks?

Stanford stöhnte, genervt von der Unterhaltung und dem stechenden Schmerz in seiner Brust.

Wenn er es nicht besser wüsste, würde er sagen, er wäre eifersüchtig.

Nach einer schweren Stille legte sich Macauleys finstere Miene wieder. Und schließlich, als seine gute Laune zurückkehrte, prostete er ihm zu. „Wie sagt man so schön, Konkurrenz macht das Rennen erst interessant. Ich kann es jedenfalls kaum erwarten, zuzusehen, wie du Noble abzockst, dein erster, wirklicher Schwindel. Dann bist du wirklich mein Bruder. Wie war das noch mit dem Sehen und Behalten? Immerhin ist sie dank mir direkt unter deiner Nase. Lass uns unseren wunderbaren, verstorbenen Vater stolz machen. Such‘ dir eine Frau aus, bei der wir sicher sind, dass er sie nicht mögen würde.“

Stanford lehnte sich nach vorn und stampfte mit den Füßen auf. „Ich habe jemanden im *Dorf*. Necessity Byrne kann die echten Büsche stutzen und das war es.“

Natürlich entdeckte er genau in diesem Moment seine Gärtnerin, die hastig an der Tür, die Dash in seinem wütenden Abgang nicht geschlossen hatte, vorbeieilte. Ein undeutlicher Fleck in einem uralten Kleid, das sich perfekt zum Graben eignete.

Stanford sprang auf. „Du verdammtes Arschloch. Ich bringe dich um, nachdem ich mich bei Miss Byrne entschuldigt habe.“

Dabei war er nicht gut darin, sich zu entschuldigen.

Und Miss Byrne war zweifellos nicht gut darin, eine Entschuldigung anzunehmen.

Macauley zuckte nur mit den Schultern – aber lachte zumindest nicht. Andernfalls wäre Stanford ihm auch über die Couch hinweg an den Hals gesprungen. Im letzten Jahr hatte er beinahe 12 Kilo zugenommen und das meiste davon waren Muskeln. Wenn er wollte, könnte er mit seinem Bruder mithalten. „Wenigstens musst du dich nun ordentlich vorstellen, Kleiner. Das ist doch immer das Problem bei dir, nich‘ wahr?“

Wo er recht hatte ...

Und nun hatte Stanford gar keine andere Wahl mehr, als ihr reumütig hinterherzurennen.

Kapitel Drei

IN WELCHEM EINE GÄRTNERIN MIT ENDLOSER GEDULD SIE DOCH VERLIERT

Blaublütiger Prolet. Arroganter Schuft. Earl von *Mir-doch-egal*!

Und dazu kam noch sein herablassender, krimineller Bruder.

Necessity stampfte den Flur entlang und ihre wütenden Schritte hallten von den mittelalterlichen Steinen wider. Zum Glück waren die Wandleuchter hier angezündet, im Gegensatz zu dem ersten Gang, den sie hatte entlang stolpern müssen. Und sie hatte sich *verlaufen*. Sie hatte das Grundstück erkundet und nun keinen Schimmer mehr, wo ihr eigenes Zimmer war. Grün und im westlichen Flügel war alles, was man ihr gesagt hatte. Ihr Koffer hatte schon vor Stunden den Weg nach oben gefunden. Aspinwalls Haushälterin hatte ihr eine Wegbeschreibung gegeben und sie nicht begleitet. Die ältere Angestellte hatte einfach die Hände in die Hüften gestützt und das Gesicht verzogen, als wolle sie sagen: ‚Ich kann dir nicht helfen, dein Zimmer zu finden, aber ich wünsche dir viel Glück dabei.'

Und dann hatte sie die Stimme des Earls durch den Gang hallen hören – seine tiefe, mitgenommene Stimme, die sie festhielt, genau wie seine Finger um ihr Handgelenk. Also hatte sie vor seinem Arbeitszimmer herumgelungert. Ja, wenn sie ehrlich war, hatte sie gelauscht.

Und was hatte ihr das gebracht?

Eine weitere unschmeichelhafte Zusammenfassung, wie man von ihr dachte.

Sie blieb stehen, stieß wütend die Luft aus, ballte die Hände zu Fäusten und zwang die Hitze in ihren Wangen zurück in ihren Bauch. Auch wenn viel seiner Kritik an ihn selbst gerichtet war.

Dabei will deine liebe Gärtnerin nichts mit einem entstellten Earl zu tun haben, der angeblich auch ein Einsiedler ist.

Oh, wie sehr sie sich wünschte, dieser Satz würde der Wahrheit entsprechen. Vielleicht könnte sie ja so tun, als *wäre* es die Wahrheit. Noch nie zuvor hatte sie verstecken müssen, wenn sie Anziehung verspürte – oder auch nicht. Wie schwer konnte es schon sein? Wenn sie ehrlich war, beschäftigte der Earl schon lange ihre Gedanken, auf eine mysteriöse, quälende Art und Weise. Seitdem sie ihn das erste Mal gesehen hatte. Seine Wange war vollkommen zerfetzt gewesen, aber seine wunderbaren Augen ... sie fesselten sie an ihn, wie eine Kette.

Aber sie hätte nie erwartet, dass dieser verbrecherische Tölpel Xander Macauley ernsthaft dachte, ihre Dienste wären mehr als nur wissenschaftlich und gärtnerisch motiviert. Sie hatte zu hart dafür gearbeitet, sich *nicht* verkaufen zu müssen. Sie verkaufte nur ihr Wissen, ihre Leidenschaft. Ihr Körper stand nicht zur Wahl und gehörte nur ihr allein.

„Männer sind Hunde“, flüsterte sie und setzte die Suche nach ihrem Zimmer fort. Aber als sie auf eine weitere Sackgasse stieß, fluchte sie sehr undamenhaft.

Was nun?

Nur einen Augenblick später holte der Earl sie ein und erwischte sie dabei, wie sie durch ein Loch in der Wand die weiten Wälder rund um Aspinwall-House bestaunte. Die Sonne ging gerade unter und der Himmel war ein Farbenspiel aus Purpur und Gold und er grenzte an tiefgrüne, malerische Hügel. Die Luft war schwer mit Kieferndüft und Holzrauch und irgendwo stieß ein Falke - oder eine Eule, jedenfalls kein Vogel, den sie aus der Stadt kannte – einen Schrei aus.

Wenn sie nicht so wütend gewesen wäre, hätte sie es wunderschön gefunden.

„Man nennt es eine Schießscharte“, murmelte er, als er an sie herantrat.

Sie warf ihr Haar über die Schulter und funkelte ihn böse an.

Mit seinem Blick verfolgte Stanford die Bewegung und seine Pupillen weiteten sich.

Mist!, dachte sie, während sie im Stillen vor Wut kochte. Männer waren von den banalsten Sachen begeistert. Der kleinste Blick auf einen Knöchel, eine Locke, die lose herunterhing. Morgen würde sie ihre sture Mähne in dem engsten Chignon feststecken, den sie kannte. Sie würde das hässlichste Kleid tragen, was sie besaß – auch wenn das, was sie gerade trug, auch nicht gerade zum Verführen geeignet war. Sie würde sich schmutzig machen wie ein Hund im Dreck.

Das würde nicht nur *ihm*, sondern auch seinem dämlichen Bruder zeigen, warum sie wirklich hier war. Ihr ging es um die Pflanzen und nichts anderes. Es ging um den wundervollen Wintergarten, der dringend Pflege brauchte, um die Reihe aus stattlichen Ulmen, die die Auffahrt zieren sollten, um die Kräuter und das Gemüse. Der neue Garten würde unendlich viele Schmetterlinge und Vögel anlocken. Der Rasen würde sich bis zum Horizont erstrecken.

Und beinahe am *wichtigsten* waren Capability Browns Aufzeichnungen.

„Mein Lord?“, fragte sie schließlich doch nach und hatte nicht vor, den scharfen Unterton in ihrer Stimme zurückzuhalten.

Sanft schob er sie beiseite und drückte nun sein Auge gegen die gleiche Stelle im Stein. Ein verlockender Duft – Leder und etwas Würziges – ging von ihm aus. Die Hitze von der Stelle, an der seine Schulter ihre berührt hatte, fuhr ihr bis in die Zehen. Sein Haar war schwarz wie Ebenholz, aber zu lang, es lockte sich bei seinen Ohren und streifte seine vernarbte Wange. Er war größer als in ihrer Erinnerung und breiter gebaut. Und er war rauer als jeder Adelige, den sie sonst getroffen hatte. Gemessen an ihrer begrenzten Erfahrung, strahlte er eine unverwechselbare Mischung aus Vornehmheit und Schroffheit aus. Bisher hatte sie nur Männer kennengelernt, die eine dieser Eigenschaften hatten. Entweder man war ein Aristokrat oder ein Bürgerlicher, niemals vereinte ein Mann beides.

„Eine Schießscharte“, wiederholte er und trat einen Schritt zurück.

Diesmal steckte er seine langen Finger in die Spalte und ihr wurde an Körperstellen warm, an die sie nicht denken wollte.

„Sie wurde so gebaut, das Pfeile durch den schmalen Schlitz hier oben geschossen werden konnten und kleine Kanonenkugeln durch die kreisförmige Öffnung hier unten. Ein primitiver Verteidigungsmechanismus. Wenn man darauf achtet, sieht man sie im ganzen Schloss." Er lächelte sie freundlich an und es schien zumindest nicht völlig gefälscht zu sein, aber definitiv darauf ausgelegt, dass sie die obszönen Kommentare von eben vergaß. „Beeindruckend, nicht wahr?"

Necessity vergrub die Hände tief in ihrem Rock, sie würde nicht so einfach nachgeben. Was machte es schon aus, dass er dieses zerfallene, heruntergekommene Schloss liebte? Was interessierte sie das schon! „Ich erkunde nicht, Lord Stanford, ich habe mich verlaufen."

Er schmollte und dabei kam ein Grübchen zum Vorschein, klein und beinahe vollkommen von der Narbe verdeckt, was sie nur noch mehr verärgerte. „Verlaufen? Sie sind im Westflügel untergebracht ..."

„Grünes Schlafzimmer", unterbrach sie ihn. „Das hat mir Ihre Haushälterin schon mitgeteilt und gleichzeitig gemeint, sie kann keine Treppen steigen." Necessity sah in beide Richtungen den Gang entlang. „*Bin* ich im Westflügel? Woher weiß man das?"

Er schüttelte den Kopf und im schwachen Licht der Wandleuchter glitzerten seine Augen amüsiert. „Nein, das hier ist der Ostflügel. Kommen Sie mit mir mit, ich werde es Ihnen zeigen."

Also folgte sie ihm den Gang entlang und sie bogen links ab, an einer Stelle, an der sie rechts abgebogen war. Und sie kämpfte sehr heldenhaft dagegen an, dass ihr Blick nicht nur auf seinem straffen Hintern in den Wildlederhosen lag. Das war heute schon die zweite Gelegenheit dafür. Sie gingen eine beeindruckende Marmortreppe hinunter, durchquerten eine vertäfelte Galerie und stiegen auf der anderen Seite eine identische Marmortreppe wieder hinauf.

Sie konnte sich nicht einmal vorstellen, wie es war, solch eine prachtvolle Villa zu besitzen. Die schiere Größe war erstaunlich und das trotz des Zustands, in dem sie sich befand. Der Earl of Stanford hatte keine Ahnung, wie glücklich er sich schätzen konnte. Die meisten Mitglieder der hohen Gesellschaft hatten nicht mehr die

Mittel, um ihr Erbe zu erhalten, die finanzielle Belastung streckte Geburtsrechte schneller nieder als das Ulmensterben die Bäume.

„Das, was Sie gehört haben ... mein Bruder hat nur einen Scherz gemacht." Dieses Eingeständnis überraschte sie so sehr, dass Necessity über eine Falte im zerrissenen Läufer stolperte. Sofort streckte er die Hand aus und hielt sie stützend am Ellenbogen fest. „Oft kann ich seinen Scherzen nichts abgewinnen. Seine brüderlichen Sticheleien sind verletzend. Xander und ich waren jahrelang getrennt und ich glaube, wir sind jetzt in der Phase angekommen, in der Brüder in ihren jugendlichen Jahren normalerweise sind. Wenigstens haben Sie nicht mit ansehen müssen, wie wir uns gegenseitig durch den Raum prügeln." Er lachte leise und das Geräusch ging auf sie über und ließ ihre Haut kribbeln. „Das kam auch schon einmal vor. Sogar sehr oft."

Sie befreite sich behutsam aus seinem Griff.

Gefährlich, dachte sie.

Dieser Mann war gefährlich. Er fasste sie einfach an, ohne darüber nachzudenken, und schrecklicherweise erinnerte es sie an ihren Vater. Timothy Byrne hatte seine Familie oft umarmt, hatte sie auf die Nasen gestupst, ihnen zur Begrüßung oft die Stirn geküsst und sie abends im Bett eingekuschelt. Jeden Abend. Und es machte ihr Angst, dass ausgerechnet der reservierte Earl of Stanford sie an diese längst vergangene Zuneigung erinnerte.

Aber am meisten überraschte sie, dass er ein recht erstaunliches Geständnis abgelegt hatte. Im Gegensatz zu allen anderen *sagte* er, was er dachte.

„Mein Vater kannte ihn", gestand sie im Gegenzug, ebenfalls überraschend. „Das ist Jahre her, als Xander Macauley und Tobias Streeter zusammen die Docks unsicher gemacht haben. Er mochte ihn, beide sogar und das, obwohl mein Vater nicht einfach zu beeindrucken war."

„Also soll ich ihm das einfach durchgehen lassen, weil er ein guter Mensch ist?"

Necessity lachte und es hallte im Gang um sie herum wider. „Ja, ich glaube schon. Einst hatte ich auch Geschwister und ich habe sie über alles geliebt, bevor sie mir weggenommen wurden. Wenn Sie mehr Glück haben, dann ..." Sie ließ den Satz unvollständig. Es half nichts, in der Vergangenheit zu leben. Cholera hatte in diesem Sommer Shoreditch verwüstet, so war es nun einmal.

Der Earl öffnete den Mund, um etwas zu sagen, aber fand keine Antwort. Das goldene Kerzenlicht unterstrich nicht nur seine Schönheit, sondern auch seine Hilflosigkeit, während er versuchte, ihr Trost zu spenden, obwohl sie noch nie jemand getröstet hatte.

Sie erlöste ihn, indem sie um ihn herum und den Gang entlang weiter ging. „Ich war vorher noch nie in Derbyshire", sagte sie, um das Thema zu wechseln, als er wieder zu ihr aufschloss. „Und ich wurde auch noch nie für so ein umfangreiches Projekt angeheuert. Meistens dreht sich meine Arbeit um städtische Gärten. Die sind zwar auch bezaubernd, aber können in Größe und Umfang nicht mit Ihrem mithalten. In der Stadt gibt es einfach nicht die Fläche dafür. Mit Tobias Streeter arbeite ich bald an einer Reihe Häuser. Dieses Projekt ist auch spannend, aber es beginnt erst im September. Vermutlich habe ich den Auftrag über seine Frau Hildegard bekommen. Ich bin so gesehen eine ihrer Schülerinnen und der Duchess of Markham."

„Ein Fall der *Duchess Society* also. Wundervoll."

Oh, *dieser* Mann! „Was soll das denn heißen?"

„Es ist nicht wichtig", erwiderte er, anstatt sich zu erklären, und in seiner Stimme lag Resignation.

Jetzt wurde sie wirklich sauer. Er machte keinen Hehl daraus, dass er sie trotz ihrer Qualifikationen nicht haben wollte. „Um ehrlich zu sein, jetzt, da ich weiß, dass er hier gearbeitet hat, ist das Wichtigste an Ihrem Auftrag Capability Brown. Seine Aufzeichnung, wenn Sie sie finden können, sind mir wichtiger als Geld." Sie stellte sich aufrecht hin und wollte so bedrohlich wie möglich wirken, auch wenn sie nach oben schauen musste, um ihm in die Augen zu sehen. Bei seiner Größe kam sie sich winzig vor. „Aber wenn Sie oder Ihr Bruder meine Absichten missverstanden haben, dann ..."

„Haben wir nicht", presste Stanford hervor und wurde langsamer. „Ich nehme an, Sie haben gehört, was ich dazu gesagt habe, als Sie vor meinem Arbeitszimmer herumgeschlichen sind. Xander Macauley ist blind vor Liebe und ein dummer Narr. Da Sie aus Shoreditch kommen, können Sie in seinen Augen sowieso nichts falsch machen. Und dass er diese absurde Kuppelei an mir versucht, zeigt nur, wie schlimm es wirklich um ihn steht."

„Weil Sie keine Liebe verdient haben?" Mit keinem Wort erwähnte er die verzweifelten Töchter oder klammernden Mütter. Die Witwen, Schauspielerinnen oder Opernsängerinnen. Sie konnte sich nicht zurückhalten und starrte ihn an, als die Antwort – *Ja* – sich in seinem Gesicht widerspiegelte.

Sie kniff die Zähne zusammen.

Ich falle ganz sicher nicht auf diesen Mann und seine einstudierte Verletzlichkeit herein.

„Außerdem haben Sie im Dorf eine Abmachung."

Vor einer Tür mit lindgrüner Bordüre blieb er plötzlich stehen. Sie hatten endlich das besagte Schlafzimmer erreicht. „Und Sie haben Jasper Noble."

Darüber hatte man also auch geredet. Offensichtlich hatte sie relevante Teile der Unterhaltung verpasst. Männer und ihre verdammte Heuchelei. Sie lästerten viel mehr als Frauen.

Hunderte schreckliche Retourkutschen drohten aus ihr herauszuplatzen, aber stattdessen ging Necessity an ihm vorbei ins Schlafzimmer und sah sich rasch um. Es war eine entzückende Einheit aus großen Mahagonimöbeln, Fenstern, die vom Boden bis zur Decke reichten, ziervollen Stuckleisten und einer Tapete, die einst gestrahlt haben musste. Sobald sie konnte, würde sie jeden Winkel erkunden. Sie wollte jede Schublade öffnen und hinter jeden Vorhang schielen. Wahrscheinlich würde sie es sogar wagen, unters Bett zu schauen, denn selbst in diesem heruntergekommenen Zustand stach es jedes Zimmer aus, in dem sie je gewohnt hatte. Aber sie würde den Teufel tun, ihm *das* zu verraten. „Lord Stanford, ich habe niemanden und gehöre niemandem."

Er lächelte ungläubig. Ihre Einstellung war sehr modern für eine Frau und es überraschte sie keineswegs, dass er ihr nicht glauben wollte. „Dann sind wir uns einig, Miss Byrne."

Sie legte die Hand auf den Türknauf und wollte ihm die Tür in sein schönes, vernarbtes Gesicht knallen.

Aber er blieb einfach stehen. Wie ein Löwe auf der Lauer lehnte er im Türrahmen und sah kurz zu Boden, um seine Gedanken vor ihr zu verstecken. Eine wortlose Herausforderung.

Selten vorher hatte sie solch eine Spannung in ihrem Körper gespürt.

Oh, du Närrin.

Dieser Mann hatte etwas Ungezähmtes an sich. Er ähnelte seinem Bruder mehr, als er dachte. Nicht ungleich den skrupellosen Menschen, mit denen sie im Armenviertel zu tun gehabt hatte. Wenn sie ihm im Hafen über den Weg gelaufen wäre, hätte sie nie vermutet, dass Lord Stanford ein Earl wäre. Vielleicht ein Händler oder ein Schifffahrtsmagnat, aber kein Blaublüter. Kein feiner Schnösel mit einem uralten Adelstitel, der eine ganze Seite in *Debrett's* füllte.

Immer noch sah er sie an und bewegte sich nicht von der Stelle, also hob sie fragend eine Augenbraue. Sie konnte mindestens genauso gut schweigen wie er.

Mit einem schiefen Lächeln gab er das elegante Lehnen auf und stellte sich wieder gerade hin – anscheinend hatte ihm ihre Antwort zugesagt. „Ich habe mich nie bedankt. Für damals, als Sie mir in der Nacht beigestanden haben. Der Arzt meinte, er hätte noch nie eine Wunde so schnell heilen sehen. Welches Kraut auch immer Sie benutzt haben. Irgendwas-wurz?"

Danke?

Vollkommen überrascht wiederholte sie stumm seine Worte. Dabei ließ er sie nicht aus seinen schiefergrauen Augen, es war eher so, als bohrte sich sein Blick nur tiefer in sie. Der Earl of Stanford stand nah genug, sie könnte ihn einfach berühren, wenn sie diesem Drang unbedingt nachgehen wollte. Diesmal fiel ihr eine kleine Sommersprosse an seinem Kinn auf. In seinen Augen konnte sie haselnussbraune Flecken erkennen. Und seine sonnengeküsste Haut duftete verlockend. Die Kleider, die er trug, waren feinste Schneiderware, aber schon abgetragen, dennoch versteckten sie die Muskeln in seinen Armen und Schultern kaum. Sie starrte und er zog ein finsteres Gesicht, sein Unterkiefer spannte sich an.

Vielleicht ging es nicht jeder Frau so, vielleicht nur ihr.

Aber sie fand ihn unglaublich anziehend.

Endlich verstand Necessity. Sie atmete tief ein, um zu verstecken, wie sehr sie sich zu ihm hingezogen fühlte und ignorierte ihr wild schlagendes Herz.

Das war also, was gefehlt hatte.

Obwohl halb London etwas anderes glaubte, hatte sie bisher nur einen einzigen Mann in ihr Bett gelassen. Er hatte sie berührt, sanft, begeistert, anständig. Dabei waren ihre fieberhaften Fantasien alles andere als *anständig*. Sie waren zwei Puzzleteile gewesen, die irgendwie doch zusammengepasst hatten. Er hatte nett gefragt und war lieb und respektvoll gewesen. Auf seine ganz eigene, adrette Art und Weise hatte er sie gewollt. Und sie war sehr, sehr neugierig gewesen, außerdem alt genug, um auf sich selbst aufzupassen. Definitiv kein kleines Mädchen mehr, aber erstaunlicherweise noch unberührt.

Irgendjemand hatte der Erste sein müssen, also warum nicht der hübsche Buchhändler vom Laden am Ende der Straße? Leider waren viele ihrer Fantasien unerfüllt geblieben und die Neugier blieb.

Jedenfalls war es eine angemessene Vereinbarung gewesen, beinahe wie ein Geschäft. Randall Hawkins und sie waren Freunde und dann Liebhaber. Und da sie beschlossen hatten, dass es niemals mehr sein würde, waren sie wieder Freunde.

Noch immer kaufte sie ihre Gartenbaubücher bei ihm.

„Woran auch immer Sie gerade denken, Miss Byrne, es verwandelt Ihre Augen ja geradezu zu geschmolzenem Bernstein ..." Er schüttelte den Kopf, seufzte schwer und massierte angestrengt sein Nasenbein, bis das, was er sagen wollte, in der Nacht verschwunden war.

„Ich denke nur an Ihre Gärten", log sie. „Der Apfelhain, der das ganze Licht der Morgensonne einfängt und die Zitronenbäume, die wir im Wintergarten aufstellen können, sobald die Fenster repariert sind. Wo ich am besten Hortensien und Azaleen pflanze. Und ein Kräutergarten neben der Küche. Es war übrigens Bertramwurz, den ich für Ihre Verletzung verwendet habe." Sie biss sich sanft auf die Unterlippe, was sich nur als Herausforderung für sie beide herausstellte, denn sein Blick tanzte wieder hin und her und er lehnte sich in ihre Richtung, ohne dass es ihm auffiel.

Er war nicht unberührt. Genau wie sie, allerdings hoffte sie, es besser versteckt zu haben.

Jetzt hatte sie also einen Monat Zeit, um den Gefühlen für diesen

Schurken auf den Grund zu gehen, der einst für sein temperamentvolles und sinnliches Talent bekannt gewesen war. Frauen redeten gerne – und sie redeten besonders gern über den Earl of Stanford und seine Vorlieben im Bett.

Necessity konnte also eifersüchtig sein oder einfallsreich.

Falls sie sich doch dafür entschied, Xander Macauley in die Karten zu spielen, dann musste es nichts am Geschäftlichen ändern – wenn sie den Ton angab und selbst danach fragte. Vielleicht würde der Earl sogar Ja sagen, wenn sie ihm nicht mit Heirat drohte und betonte, dass es nur für eine kurze Zeit war.

Stanford rieb sich die vernarbte Wange und überlegte, anscheinend hatte er gemerkt, dass sie ohne ihn Entscheidungen traf. „Ich erlaube Ihnen, meinen Garten umzugestalten, Sie kleiner Kobold. Auch den Wintergarten und die Felder. Es gehört alles Ihnen. Toben Sie sich aus und bitte berechnen Sie meinem Bruder den doppelten Preis."

„Aber nicht Sie, liege ich da richtig? Sie spielen offen die Karten aus, bevor das Spiel begonnen hat. Nur falls mir doch der Sinn danach steht, einen gebrochenen, einsiedlerischen Earl in einen neuen Mann zu verwandeln. Dabei erscheinen Sie mir weniger wie ein Einsiedler und mehr wie ein eingesperrter Panther." Sie zuckte nur mit den Schultern und zupfte beinahe gleichgültig an ihrem Rock, unbeeindruckt von seinem Schweigen. „Aber was weiß ich schon."

Er schnaufte amüsiert, beinahe abfällig. „Um Himmels willen, es kommt wirklich alles über diese hübschen Lippen, was Sie denken, oder? Was für ein verdammter Mut, oder Dummheit. Ich kann mich noch nicht entscheiden. Vielleicht auch beides. Seitdem ich laufen kann, wurde mir beigebracht, so etwas für mich zu behalten."

Als sie definitiv genug von seinen Seitenhieben hatte, wollte Necessity die Tür zwischen ihnen zuknallen, aber er stellte seinen matschigen Stiefel dazwischen und sie konnte sein verschmitztes Grinsen sehen. „Ich glaube kaum, dass Sie dort drin irgendeine Anstandsdame versteckt halten? Falls ich diese Unterhaltung gerne weiterführen wollen würde. Sie hat mich so *erregt*, wie schon lange keine mehr."

Sie schnaufte nur verächtlich. „Ich bin zu alt für eine Anstandsdame, mein Lord."

Er rieb sein Kinn an seiner Schulter und stellte sich dumm. „Und die *Duchess Society* ist damit einverstanden? Immerhin sind Sie jetzt eine von ihren Schützlingen. Hildy und Georgie kommen morgen in Derbyshire an. Streeters Villa ist nur die Straße hinunter. Hat Ihnen das niemand gesagt? Vielleicht mein Bruder, als er dieses Fiasko organisiert hat? Sollten die beiden nicht zumindest über die riskante Situation informiert werden, in der Sie sich befinden? Immerhin sind Sie mit einem bösen Earl in seiner Villa auf dem Land allein, ohne anständige Absicherung. Das klingt alles sehr danach, als würden Sie Hilfe gebrauchen können."

Sie drückte kräftig gegen die Tür, aber er war stärker. „Das würden Sie nicht tun."

„Oh, kleiner Kobold, ich würde. Sie haben keine Ahnung, was Ihre whiskyfarbenen Augen in der letzten halben Stunde bewirkt haben. Ich trinke nicht mehr, aber ich kann immer noch genießen. Wir sind Gegner, das sagt mir mein Bauchgefühl. Aber wieso, das weiß ich nicht. Aber ich schmiede genauso Pläne wie Sie." Mit einem teuflischen Grinsen tippte er sich gegen die Schläfe.

„Das kommt nicht in Frage. Das wäre das erste Mal, dass jemand auf mich aufpasst, seitdem meine Eltern gestorben sind, als ich zwölf war."

Er streckte den Hals, um sie besser durch den Türspalt sehen zu können. Seine schönen Augen musterten sie von oben bis unten, auch wenn er kein Recht dazu hatte. „Wenn jemand davon erführe, wäre das sehr schlecht für Ihr Geschäft. Unsere Gesellschaft unterliegt gewissen Regeln und Sie bewegen sich in der Oberschicht, meine liebe Gärtnerin. Geht es nicht genau darum bei der *Duchess Society*? Dass Sie noch etwas anderes lernen, außer wie man Gänseblümchen und Begonien und dergleichen pflanzt? Und da Sie jetzt mit dem *ton* verkehren – selbst wenn es nur um Ringelblumen geht –, müssen Sie die Regeln befolgen. Ich denke, wenn Sie tatsächlich von Hildy und Georgie unterrichtet wurden, dann haben Sie das alles sicher schon bis ins kleinste Detail gehört." Er lachte, ein echtes Lachen sogar, und es forderte all ihre Geduld. „Sie haben gedacht, Sie können sich davonschleichen und Richtlinien umgehen, die vor 400 Jahren etabliert wurden? Wie naiv, beinahe süß."

„Wenn ich zustimme und sage ‚In Ordnung, besorgen Sie mir für den kommenden Monat eine Begleiterin, mit der ich ohnehin nicht sprechen werde', darf ich dann die Tür schließen und wir sind für heute hier fertig?"

„Eine Sache noch, bevor ich mich um die Aufpasserin kümmere. Haben Sie schon zu Abend gegessen?" Als ob es ihn wirklich kümmerte.

„Ihre Haushälterin hat mir ein Tablett zukommen lassen." Necessity deutete mit dem Daumen hinter sich und tippte ungeduldig mit dem Fuß auf. „Tee, Brot und Käse."

Der Earl zog eine Augenbraue nach oben und lächelte nur noch breiter.

Verdammt nochmal.

„Oh wirklich? Ein Punkt für Sie, Miss Byrne."

Er legte eine Hand flach auf den Türrahmen. Necessity konnte sich seine langen, schmalen Finger genau vorstellen, wie sie über ihren Körper streichelten. Wie er all diese sündhaften Dinge mit ihr tat, die man sich in halbdunklen Salons so über ihn zuflüsterte.

„Ich werde Mrs Violet Rothbottom Bescheid geben, Sie morgen beim Frühstück zu treffen. Sie war für kurze Zeit schon Gouvernante für Tobias Streeter und den Duke of Markham und ich bin ziemlich sicher, dass sie den kommenden Monat frei hat. Bitte bleiben Sie an ihrer Seite? Hier auf dem Anwesen arbeiten einige Männer und Sie sind, ganz offen gesagt, eine Ablenkung, die niemand gebrauchen kann."

„Sie schicken mir also Ihre Freundin? Die Dame, mit der Sie die Abmachung haben."

Necessity hätte sich für den Satz schlagen können, sobald er ihr herausgerutscht war. Was war in sie gefahren? Man sprach mit einem Mann nicht über seine Geliebten! Es war so tabu, es gab nicht einmal eine Regel dafür in all den Büchern über feines Benehmen und wie man sich dem *ton* gegenüber verhielt.

Er drehte sich wieder um – dabei hatte er sich gerade zum Gehen gewandt, verdammt! – und im goldenen Licht der Wandleuchter glühten seine Augen. Wenn sie sich nicht vollkommen irrte – was selten vorkam – dann genoss der Earl diese Unterhaltung. „Ich könnte auch sie zu Ihrer Aufpasserin machen, wenn Ihnen das lieber ist. Aber ich glaube, Sie würden ihre Geduld ein bisschen *zu* sehr strapazieren. Und will weiterhin ein gutes Verhältnis zu ihr haben."

Necessity grummelte und brach eine weitere Regel, indem sie einem Earl die Tür vor der Nase zuschlug.

Und versuchte, sich einzureden, dass Eifersucht rein gar nichts damit zu tun hatte.

Kapitel Vier

IN WELCHEM EIN STARRKÖPFIGES PAAR DIE KUNST DES STREITENS FÜR SICH ENTDECKT

Der Earl und seine Gärtnerin kamen sich drei Tage lang nicht in die Quere.

Obwohl sie Frühaufsteherin war, kam Necessity erst nach ihm im Frühstückszimmer an. Dabei hatte sie vermutet, er würde bis mittags schlafen.

Sie hatte zwei Küchenmädchen belauscht, wie sie darüber gesprochen hatten, dass er im Dorf bei der Sanierung eines Gebäudes half, das bald eine Schule werden sollte. Sie kicherten, wann immer sie davon sprachen, dass der Herr des Hauses in seinem Mantel herumstolzierte, mit offenen Hemdknöpfen und die grauen Strähnen in seinem Haar perfekt zu seinen Augen passten. Und sie philosophierten über seine Narbe, seine schurkenhafte und seltsamerweise ansprechende Narbe. Sie waren vollkommen begeistert von ihren Entdeckungen, Necessity sah es an ihren roten Wangen. Und sie war neidisch. Seit Jahren hatte sie niemand mehr so begeistert.

Sie könnte ihnen verraten, dass der seltsame Earl wahrscheinlich danach noch im Dorf blieb, um seine Freundin zu besuchen. Immerhin musste er seiner skandalösen Abmachung nachgehen.

Männer – zumindest ihrem Verständnis nach – hielten nicht lange ohne Sex durch.

In der Zwischenzeit waren ihre Assistenten angekommen und sie hatten mit der Arbeit am Seitengarten begonnen. In der Nacht entwarf sie über den Sekretär gebeugt Pläne für die größeren Abschnitte des Anwesens, bis ihre müden, blutunterlaufenen Augen zufielen und sie zum Schlafen zwangen. Von ihrem üblichen Händler in der Stadt hatte sie Zitronenbäume bestellt und dazu ein Buch von Randall darüber, wie man eine Orangerie gestaltete, und das hoffentlich vor den Bäumen ankam. Sie hatte sogar schon passende Fenster für den Wintergarten gefunden; ein teures Unterfangen, das Xander Macauley ohne mit der Wimper zu zucken bezahlt hatte.

Der Earl of Stanford würde seinen Bruder wirklich büßen lassen.

In ihrer Freizeit ging sie auf Entdeckungsreise. Die wallenden Hügel und kleinen Dörfer Derbyshires waren die schönsten, die sie je gesehen hatte – dabei war sie ursprünglich von der Idee nicht begeistert gewesen, aufs Land zu reisen. Sie war durch und durch ein Stadtmensch. Plätschernde Bäche, türkise Seen und gewundene Trampelpfade durch die Wälder waren ihr völlig fremd. In den nahegelegenen Kalksteinhöhlen fanden sich unzählige Fossilien, die der Duke of Markham und Leighton – zwei enge Freunde des Earls, die bei Tobias Streeter angekommen waren, – untersuchen wollten.

Ihre Anstandsdame Violet Rothbottom blieb auch während ihrer Erkundungen tapfer an Necessitys Seite. Unter einer riesigen Ulme saß sie auf einem Stuhl und strickte, während Necessity im Dreck wühlte. Mit großer und stiller Sorgfalt stapfte sie mit ihr durch die Wälder und hielt ihr Werkzeug für sie, wann auch immer Necessity sich Notizen zu Pflanzen machte, die sie nicht kannte. Jeden Tag brachte sie Proviant in einer alten Ledertasche mit sich. Etwas, das Necessity selbst immer vergaß, wenn sie zu tief in einem Projekt steckte.

Zuerst hatte Necessity gelacht, als sie ihre Begleiterin, die mindestens 50 Jahre alt war, das erste Mal gesehen hatte. Lockiges, graues Haar, Lachfalten um den Mund und nussbraune Augen, die schon viel gesehen hatten. Dass Necessity tatsächlich geglaubt hatte, dass diese Frau die Geliebte des Earls war, brachte sie immer noch zum Lachen. Sie hätte ihm sogar davon erzählt, wenn sie denn momentan mit dem Mann reden würde.

Ohne es wirklich zu wollen, amüsierte sie Mrs Rothbottom mit ihrem Enthusiasmus oder ihrer Naivität – Necessity war sich nicht ganz sicher. Sie sollte ihr vielleicht erzählen, dass sie noch nie zuvor die Stadtgrenzen von London verlassen hatte. Dieser Auftrag war ein einziges Abenteuer und sie wollte das meiste aus ihm herausholen. Sogar auf die Kosten von jemand anderem, was es noch schöner machte.

Und als i-Tüpfelchen sah es so aus, als würde dieser Abend der bisher interessanteste sein.

Necessity grinste und rieb sich vor Vorfreude die Hände, denn sie war auf dem Weg in die Bibliothek, um Capability Browns Dokumente zu finden. Auf dem Weg durch die Empore und den langen Gang entlang, genau wie der Bedienstete es ihr gesagt hatte.

Sie erinnerte sich an die Worte des Earls.

Das untere Bücherregal, neben dem Fenster, linke Seite, alter Ledereinband.

Sie wollte sie mit ihren eigenen Notizen vergleichen und sehen, wie sehr ihre Ideen sich glichen. Sie hatte ihre Entwürfe erst fertigstellen wollen, um ihr wahres Talent zu testen. Außerdem wollte sie sich nicht vom besten Landschaftsgestalter, den es je gegeben hatte oder geben würde, einschüchtern lassen und ihre Kreativität riskieren. Aber sie konnte von ihm lernen und wollte von ihm lernen.

Der Earl of Stanford küsst wie ein griechischer Gott.

Necessity stieß trotzig die Luft aus. Sie verstand nicht, wieso ihr jetzt dieser Gedanke durch den Kopf schwirrte, wenn sie doch auf einer Mission war. Es war unbedeutendes Gerede, das sie vor Jahren einmal aufgeschnappt hatte, als sie noch für den Duke of Leighton gearbeitet hatte. Nein, der Earl hatte keine Bedienstete geküsst, aber eine Gräfin. Oder eine Marquise. Jedenfalls jemanden, der gesellschaftlich weit oben war und nach dem Kuss damit angegeben hatte. Eine verzweifelte Seele, die sogar durch ein Fenster geklettert war, um zu Lord Stanford zu gelangen, und dafür dann herzlich empfangen wurde.

Und genau jetzt schoss es ihr durch den Kopf, wie eine hartnäckige Erkältung oder ein Bienenstich, etwas, das man nicht wollte, aber dennoch bekam, als sie im Türrahmen der Bibliothek stand. Mitten in der Nacht, mitten in der *verdammten* Nacht. Die große Standuhr im Gand hatte tatsächlich gerade drei Uhr morgens geschlagen.

Eigentlich sollten alle schlafen. Außer denen, die nicht schlafen konnten.

Ein Earl und seine Gärtnerin.

Sie sah an ihren Hosen hinunter – *verdammt nochmal* – und dann zurück zu ihm.

Der Earl stand vor einem großen Erkerfenster und blickte durch ein Teleskop in den Himmel. Mondlicht umhüllte ihn wie Seide, was die Atmosphäre unfairerweise noch romantischer machte. Seine Hosen, die beinahe genauso zerrissen waren wie ihre, saßen tief auf seiner Hüfte, sein Hemd war nicht in eben diese Hosen gesteckt und aufgeknöpft, keine Weste oder Krawatte. Schräg neben ihm stand ein riesiger Schreibtisch, auf dem ein Notizbuch und Schreibwerkzeug bereitlagen. Daneben stand eine Tasse und auf einem Teller lag ein angebissenes Butterbrot.

Vorsichtig trat sie in sein Territorium. Er *benutzte* die Bibliothek sogar, was nicht oft der Fall war. Aber hier lagen Bücher verstreut, die Öllampen waren gefüllt und angezündet und im Kamin brannte ein loderndes Feuer. Der starke Duft des Tees vermischte sich mit der unverwechselbaren Note des Earls. Necessity vermutete Bergamotte. Und Leder, immer roch sie ein bisschen Leder. Wahrscheinlich ritt er viel, noch ein Detail über ihn.

Dieser Raum war eindeutig von einem Mann bewohnt, der nicht ordentlich schlief. Und nun störte eine Frau, die auch nicht schlief, wie es sich gehörte.

Ihr Herz schlug schneller bei dem Gedanken, dass sie *irgendetwas* gemeinsam hatten.

Sie vermutete, diese Faszination mit dem Earl würde noch ihr Glück und ihr Herz aufs Spiel setzen. Schlaflose Nächte und unendliche Sehnsucht waren sicher nicht genug, um die Kluft zu überbrücken, die zwischen einem Earl mit einem heruntergekommenen Schloss und einem armen, aber temperamentvollen Mädchen lag, das die Wahl gehabt hatte, Diebin, Prostituierte oder Gärtnerin zu werden. Und sich für den Dreck entschieden hatte.

Der Earl of Stanford und sie waren einfach zu verschieden. Und er stand zu weit *über ihr*. Sie mochte nicht nach unerreichbaren Dingen greifen. Immerhin war sie realistisch und hatte noch nie nach Dingen gestrebt, die sie nicht haben konnte.

„Kommen Sie herein oder machen Sie einen Rückzug, Miss Byrne?“, flüsterte er, ohne dabei von seinem Teleskop aufzusehen. „Ich warte mit angehaltenem Atem auf Ihre Entscheidung.“

Natürlich musste er sich bei jeder passenden Gelegenheit über sie lustig machen. Auch wenn er recht hatte, sie drückte sich herum wie eine Debütantin auf ihrem ersten Ball. „Herein“, verkündete sie trotzig und stapfte in die Bibliothek.

Er summte zufrieden und es klang so sinnlich, sie konnte das Verlangen in ihrem Bauch spüren. „Habe ich es mir doch gedacht. Tee finden Sie auf der Anrichte und Zimtkekse – schon etwas älter, aber essbar – liegen dort drüben auf dem Teller. Leider kann ich Ihnen keinen Brandy anbieten, weil … Nun ja, Sie und ganz London wissen ja von meinen Problemen.“ Er lehnte sich zur Seite, nahm die Feder vom Tisch – Linkshänder, stellte sie mit einem weiteren Anflug von Wärme fest – und kritzelte Notizen in sein Buch. Dabei murmelte er leise vor sich hin, genau wie sie, wenn sie tief im Unkraut steckte.

Schließlich griff er seine Tasse, nahm langsam einen Schluck und sah endlich zu ihr hinüber.

Diesmal sah er nicht weg.

Sie schluckte schwer und ging zur Anrichte hinüber, um sich ordentlich einen Tee einzuschenken. Genauso vornehm, wie die *Duchess Society* es ihr beigebracht hatte. Eine Königin hätte es nicht besser machen können. Aber für ihre Kleidung würde sie sich nicht entschuldigen. Sicherlich nicht um drei Uhr morgens, wenn eigentlich niemand wach sein sollte.

Trotzdem verspürte sie weibliche Genugtuung, das konnte sie schlecht leugnen. Es machte ihr überhaupt nichts aus, dass ein Mann ihren Körper attraktiv fand, selbst wenn sie ihre gute Erziehung vergaß, um diese Blicke zu ernten.

Als sie einen kurzen Blick über ihre Schulter warf, erwischte sie ihn sogar, wie sein Blick auf ihrem Hintern lag. Genau wie sie zeigte er sich nur wenig reumütig, als sein Blick an ihr nach oben wanderte – offensichtlich genoss er den Anblick. Für eine unbedachte Sekunde loderten seine Augen auf. Heiß, erregt, männlich. Seine Wangen glühten und sein Griff um die feine Teetasse wurde enger, dann zwinkerte er, einmal, zweimal.

Der Magen sank ihr in die Kniekehlen. Verlangen, *Lust*, rauschte durch sie hindurch. Sie war sehr überrascht, denn das hatte sie bei dem Buchhändler definitiv nicht gefühlt. Was anscheinend das Problem war.

Sie starrten sich gegenseitig an und nichts daran war harmlos. Zwischen ihnen entbrannte etwas Hitziges, als hielten sie beide ein Ende eines Seils und zogen feste daran. Solches Benehmen schickte sich in London wahrscheinlich nicht. Aber das hier war Derbyshire, in einer verlassenen Bibliothek mit zwei schlaflosen Eigenbrötlern.

Wer sollte es schon erfahren? Wen würde es überhaupt interessieren?

Necessity. Zumindest ein bisschen, wenn auch nicht *wirklich*. Aber sie war schon beunruhigt. Etwas nagte an ihr, als stünde ihr Untergang bevor. Oder war es besser gesagt *Unvermeidbarkeit*?

Der Earl grummelte in seine Teetasse und schüttelte resigniert den Kopf. „Ich befürchte, Sie haben mich sprachlos gemacht."

Sie nahm einen großen Schluck Tee, zuckte zusammen, da er wirklich widerlich schmeckte, und stellte die Tasse beiseite. Es sah so aus, als könnte er kein ehrliches Kompliment geben, selbst wenn sein Leben davon abhinge. „Das wäre das erste Mal."

„Also haben Sie sich doch wieder für Männerkleidung entschieden? Ich dachte, wir hatten schon vor Jahren an meinem Krankenbett beschlossen, dass die nichts bringt."

Sie strich ihre Hose glatt, aber das half auch nichts gegen dieses Modeunglück. „Werden Sie es der *Duchess Society* petzen, dass ich Hosen trage? Oder meiner Anstandsdame? Das würde Ihnen sicher den Tag versüßen. Aber ihren ruinieren. Mrs Rothbottom nimmt ihre Arbeit sehr ernst. Sie glaubt wirklich, dass sie mich beschützt."

Mit der Hüfte lehnte er sich gegen den Schreibtisch und hielt seine Teetasse schützend in beiden Händen. Seine gesamte Körperhaltung schien beinahe gleichgültig. In seinen prunkvollen, silbernen Augen und seinem wunderschönen, vernarbten Gesicht schimmerten Geheimnisse. Diese Mischung wollte sie unbedingt ergründen. Mit ihrem Verstand und ihren Händen. Vor allem aber mit ihrem *Mund*. Sie wollte ihn beißen und dann mit ihrer Zunge den Schmerz stillen. Und andere dringende Verlangen, die sie mit ihrem begrenzten Wissen nicht selbst stillen konnte.

„Werden Sie Xander berichten, dass ich hier mitten in der Nacht Sterne erforsche? Er macht sich unglaubliche Sorgen darum, dass ich so wenig schlafe, möge Gott uns beistehen. Aber er hat keine Ahnung, wie schlimm es sein kann, und mir wäre es lieber, wenn es so bliebe." Er legte den Kopf schief und deutete mit seiner Tasse zu ihr. „Mein Geheimnis gegen eines von Ihren."

„Ah", stellte sie leise fest. *Verdammt*, er hatte sie am Haken. Ein gerissener Schachzug. Er hatte etwas Geheimes von sich preisgegeben und so konnte sie nicht nein sagen. „Ich werde es nicht tun."

Mit einer Hand rieb er sich die Schläfe und verzog das Gesicht. „Dann sind wir im Geschäft." Seufzend stellte er dann fest, dass er noch eine Schwachstelle von sich preisgegeben hatte. „Kopfschmerzen. Die habe ich seit dem letzten Kampf in Raigad. Ich wurde im Kampf verletzt und das war mein letzter militärischer Einsatz für die Krone. Beinahe auch der letzte auf dieser Erde. Manchmal summen meine Ohren, was beinahe noch schlimmer ist."

Während sie langsam zu irgendeinem Bücherregal ging, da sie nicht sofort zu den Notizen von Capability Brown eilen wollte, nahm sie sich vor, ihm Kamillen- und Nelkentee zu besorgen. Jane Austen, Sir Walter Scott, James Fenimore Cooper – mit den Fingern strich sie über die alten Ledereinbände und atmete lieber den Duft von Reichtum und Verfall ein, als nach Indien zu fragen. Sie hatte schon öfter festgestellt, dass Leute mehr redeten, wenn man sie *weniger* fragte.

„Ich entschuldige mich, falls ich neulich aufbrausender war als angebracht." Beinahe hätte sie mit den Schultern gezuckt, aber sie erinnerte sich rechtzeitig an den Unterricht mit der *Duchess Society* und hielt sich zurück. „Ich kann mit Pflanzen besser umgehen als mit Menschen."

Er seufzte tief, woraufhin Necessity in seine Richtung schaute. Er starrte in seine Tasse. Wieder sah sie ihn verwirrt an. Wie letztens schon verzauberte er sie, ohne es wirklich zu *versuchen*. So verletzlich und das, obwohl er breit gebaut und beschützerisch wirkte. Ein riskantes Spiel.

Nach langer Stille sah er ihr endlich in die Augen und sie war überwältigt von den ungefilterten Gefühlen darin. „Und Sie glauben, *ich* kann mit Menschen umgehen?“

„Die Narben machen einen Mann erst aus“, murmelte sie und war völlig verblüfft, dass er glaubte, er hätte Probleme. Immerhin stiegen Frauen durch Fenster, um zu ihm zu gelangen. Oder hatte er die Marquise etwa schon wieder vergessen? Oder die Frau im Dorf? Die Opernsängerin, die Schauspielerin? War er nicht Cousin des Königs? All die Tinte, die dank seiner Eskapaden gedruckt wurde. Bis er sich in einer Nebenstraße mit einem betrunkenen Baron angelegt und danach verzogen hatte.

Niemand hatte ihn fortgejagt, er war weggerannt.

Nachdenklich strich er mit dem Handrücken über die Wange. „Mh, ja ... das hatten Sie schon einmal erwähnt.“ Unerklärlicherweise zeichnete sich auf seinen Lippen ein schiefes Grinsen ab. Er amüsierte sich über sie und über sich selbst. Necessity gefiel es, dass er so schnell zwischen Freude und Kummer hin- und herwechseln konnte. Sie wusste nie, was der Earl of Stanford sagen oder tun würde, und es trieb sie in den Wahnsinn. Verlockend, frustrierend, fesselnd. „Ich glaube, es sind die Augen, die mein Gesicht retten. Leider habe ich sie von meinem Vater geerbt. Aber ich mache das Beste daraus. Niemand kann das Gegenteil behaupten.“

Sie zog *Stolz und Vorurteil* aus dem Regal und wollte ihm schon sagen, dass es nicht nur seine Augen waren. Es war alles gemeinsam. Ein attraktives Äußeres, Scharfsinn und Verstand. Und die eine Geheimzutat, die die Glücklichen hatten, die Menschen anlockte wie Honig die Bienen. Charisma *hatte* man einfach.

Die meisten Leute fand Necessity lästig.

Wenn es aber um den Earl ging, wollte sie belästigt werden.

Er nickte zu dem Buch in ihrer Hand. „Die Bibliothek muss auch aufgestockt werden. Mein Vater hat ganze Kollektionen verkauft, nur um seine Spielschulden zu begleichen. Ich habe nichts zurückgekauft, um diesen Ort wieder aufzubauen. Noch nicht. Undichte Dächer und zerfallende Balken haben leider Vorrang.“

Eindeutig ein Problem, das nur reiche Leute hatten. Sie hatte nie eine eigene Bibliothek gehabt. *Eines Tages*, dachte sie, während sie blätterte. Nur noch ein paar mehr Aufträge. Nachdem sie die Häuser mit Tobias Streeter fertiggestellt hatte. Dann würde sie sich das Häuschen in Islington kaufen, auf das sie ein Auge geworfen hatte. Mit blauen Fensterrahmen und einem fabelhaften, kleinen Garten. Es hatte einen Salon, den sie einrichten könnte, vielleicht also mit Bücherregalen. Die besten Handwerker Londons lebten in Shoreditch und hatten mit ihrem Vater gearbeitet. Sobald sie Hilfe brauchte, würde sie sie haben.

Der Earl widmete sich wieder seinem Teleskop und sah durch das Okular. „Sie haben sich das Knie aufgerissen, als Sie die uralte Eiche im Nordhain hinaufgeklettert sind."

Necessity stellte energisch das Buch zurück an seinen Platz. „Mrs Rothbottom erstattet Ihnen also Bericht. Der Baum ist *krank*. Ich habe lediglich einen der unteren Äste geprüft."

„Könnte ich sie bitten, auf dem Boden zu bleiben? Bitte? Dash ist ein Hammer auf den Fuß gefallen, als er Sie beim Klettern beobachtet hat. Glücklicherweise waren Sie nicht so angezogen wie jetzt. Er hätte sich noch verschluckt und ich hätte mein Riechsalz auspacken müssen." Er strich an der Seite des Teleskops entlang, um das Gegengewicht einzustellen. Die Muskeln auf seinem Rücken und in seinen Schultern spannten sich an. Seine weißen Ärmel rutschten bis zum Ellenbogen hoch und enthüllten muskulöse Unterarme mit Haar so dunkel wie das auf seinem Kopf. „Und Ihre Mitarbeiterinnen ..."

Necessity verschränkte die Arme vor der Brust und tippte ungeduldig mit dem Fuß.

Und los gehts.

Noch ein herablassender Kommentar. Noch eine Regel, noch ein Urteil. „Haben Sie ein Problem mit Gärtnerinnen? Kompetente, intelligente und qualifizierte Arbeiterinnen, die sich um Ihr Anwesen kümmern, sind plötzlich nicht mehr gut genug, nur weil sie Röcke und Bonnets tragen?"

Unbeeindruckt von ihrem plötzlichen Wutausbruch schrieb er noch etwas in sein Notizheft. „Ich bin sehr dafür, dass Frauen etwas zu sagen haben, Miss Byrne. Besonders in meinem Bett." In ihr brodelte es, denn das war nichts, was er zu einer *echten* Lady gesagt hätte. „Um ehrlich zu sein, hat Ihre Ankunft hier die Moral gebessert. Driscoll, mein einziger Bediensteter, wollte kündigen, bis Sie und Ihre Mitarbeiterinnen gekommen sind. Jetzt macht es ihm nichts mehr aus, altmodische Dienstkleidung zu tragen, solange mehr Frauen mit Schaufeln auftauchen."

„Ob der reizende Schotte sich den Zeh bricht, nur weil er den Angestellten hinterher starrt, ist nicht mein Problem, mein Lord Earl. Genauso wenig wie Ihre unglücklichen Angestellten oder Ihr unerträglicher Bruder. Wollen Sie sich etwa um eine Krankheit Sorgen machen, die ein ganzes Azaleengestrüpp in einer Woche vernichten könnte? Oder über unerwarteten Frost, der eine ganze Frühjahrssaat ruinieren könnte? Sie beschäftigen sich mit Ihren Problemen und ich mich mit meinen."

„Stanford. Oder Oliver, wenn Sie die Grenzen ausreizen wollen. Verdammt, Sie sind auf dem Land, also wieso nicht?" Er schrieb noch etwas auf und dann erlaubte er sich – denn sie wusste, dass er es bewusst tat –, ihr in die Augen zu sehen. „Jedes Mal, wenn Sie so schneidend ‚mein Lord Earl' sagen, klingt es für mich danach, als würde jemand nach meinem Vater rufen. Abgesehen von ‚Earl', was übrigens unnötig, aber sehr charmant ist. Es sticht jedes Mal, wenn ich an ihn erinnert werde." Verblüfft drehte er sich wieder zum Teleskop, um ein weiteres Geständnis zu vermeiden. „Dash ist jung, leicht zu beeindrucken und impulsiv. Und er sieht umwerfend aus, was ihm zum Verhängnis werden könnte. Momentan ist er hier zur Ruhe verdonnert, um den Verlockungen der Stadt zu entgehen. Ähnlich wie ich vor nicht allzulanger Zeit, abgesehen natürlich von seiner unendlichen Schönheit." Dann stellte er die Linsen neu ein und änderte den Winkel, ohne Necessity anzusehen. „Derbyshire mit dem nüchternen Earl ist da genau der richtige Ort, sich auszuruhen.

„Jung also. Wie viel jünger?", fragte sie, als sie mit dem Finger über einen zerrissenen Ledereinband strich. „Zwei Jahre? Drei?"

„Hundert", murmelte er. „Tausend."

Necessity sah zum Regal an der hinteren Wand. Auf der linken Seite. Sie sah Capability Browns Bücher, genau wie der Earl es gesagt hatte. Wie *Stanford* es versprochen hatte. Sie hatte nicht das Verlangen, ihn zu beruhigen oder ihn zu fragen, was seine düstere Antwort zu bedeuten hatte. Sie wollte nicht noch mehr über ihn herausfinden. Dabei sehnte sie sich nach mehr, so sehr sie auch nicht *wollte*, dass sie sich nach mehr sehnte.

„Schon in Ordnung“, sagte er, und der amüsierte Unterton in seiner Stimme entging ihr nicht. Er wusste genau, was sie wollte und warum sie sich vier Stunden vor Sonnenaufgang in seine Bibliothek schlich. „Ich habe sie sogar extra für Sie abgestaubt. Mr Smiths brillante Einfälle warten auf Ihr Urteil.“

Sie ging schnurstracks darauf zu und knetete vor Aufregung ihre Hände. *Brown*, dachte sie noch und wollte ihn schon korrigieren, entschied sich dann aber dagegen. „Ich würde sie gerne mitnehmen, falls es Ihnen nichts ausmacht. Ich werde natürlich vorsichtig sein, immerhin sind sie ...“

„Miss Byrne, kommen Sie einmal hier rüber.“ Er winkte sie mit zwei Fingern zu sich. *Jetzt.*

Sie hätte nein sagen können. Sie hätte ihm sagen können, dass sie keine alten Sterne anschauen wollte, die sich keinen Zentimeter bewegen würden, solange sie lebte. Immerhin veränderte sich der Boden und nicht der Himmel. Aber in seinem Ton lag so viel Freude, sie hatte nicht das Herz, ihn abzulehnen.

Wenn sie Oliver, den Earl of Stanford wirklich entschlüsseln wollte, dann war der Himmel ein guter Anfang.

Er trat einen Schritt zur Seite und drückte den Zylinder des Teleskops ein bisschen nach unten, so dass sie durch das Okular sehen konnte. Er zog es näher an sie heran. Erst jetzt fiel ihr auf, dass er keine Schuhe trug, die lagen zusammen mit seinen Socken neben dem Kamin. Seine Füße waren groß und schmal, wie die der Statuen im Garten.

Ihr Mund wurde trocken.

Es sind nur Füße, Josie, nur Füße.

„Hier. Neigen Sie Ihren Kopf, bis sich ein Bild herauskristallisiert. Los, nun machen Sie schon.“ Er tippte ungeduldig auf das Okular und stellte sich hinter sie. Sie konnte die Wärme seines Körpers spüren. Sie kam sich ein bisschen belagert vor. „Sie können sich verdammt glücklich schätzen, so etwas zu sehen. Und ich muss zugeben, ich habe sonst niemanden, mit dem ich meine Leidenschaft teilen kann.“

Sie musste den Blick fast schon von seinem bezaubernden Lächeln reißen. Und da war wieder das Grübchen, das sie verfolgen wollte. Er strahlte Intelligenz aus, wie warmes Kopfsteinpflaster heißen Dampf. Beeindruckend, er war wirklich wie kein Mann, den sie je getroffen hatte. Er war wie ein Farbspritzer in einer Welt aus Grau.

Geschmeichelt tat sie, wie ihr geheißen wurde, aber sie erwartete nicht viel. Sie hatte den Hang dazu, seit Cholera ihr ihre geliebte Familie genommen und nur Erinnerungen hinterlassen hatte. Sie sah durch die Linse und neigte den Kopf so lange, bis sie etwas erkennen konnte.

Oh! Sie hielt die Luft an, als sie es erblickte. Der Himmel war voller Lichter. Leuchtfeuer, Spuren aus Goldstaub, die sich über den Horizont verteilten. Magie in Streifen. „Oh du meine ..."

„Atemberaubend, nicht wahr?" Er trat näher, aber berührte sie nicht. In ihrem Nacken konnte sie seinen warmen Atem spüren und er ließ sie erschaudern. „Es ist ein sehr seltenes Himmelsphänomen. Oder besser gesagt atmosphärisch. Der erste Schauer wurde schon 1583 festgehalten. Das hier könnte bis zum Sonnenaufgang so weitergehen. Der Himmel vollkommen erleuchtet wie von Zauberkraft. Normalerweise benennt man dieses Phänomen nach dem nahegelegensten Sternbild, auf Latein natürlich. Was genau genommen das Einzige ist, was ich in Harrow gelernt habe, was mir etwas beim Sterndeuten hilft. Ich war nicht gerade der beste Schüler."

Er neigte den Kopf und sah an ihrem vorbei in den Himmel und sein zufriedenes Summen ließ sie beinahe umfallen. Ein intimer Moment zwischen zwei verlorenen Seelen.

Ich kann ganz sicher nicht bis zum Sonnenaufgang mit diesem unwiderstehlichen Mann hierbleiben.

Ihr Herz schlug schneller und ihre Hände zitterten. Sie konnte ihren Körper kaum unter Kontrolle halten. Verwirrt und voller Sehnsucht konzentrierte sie sich lieber auf den Nachthimmel, die alles umfassende Pracht, die er mit ihr geteilt hatte. Sie sah dabei zu, wie ein weiterer Komet explodierte und dann noch einer. Purpurne Blitze mit einem brennenden blauen Schweif. Lachend drückte sie sich enger an das Teleskop, sie war wie gefesselt davon. Von seiner Welt. „Atemberaubend."

„In der Tat“, flüsterte er.

Sie sah zu ihm hinüber, nur aus dem Augenwinkel, musterte ihn und war sich schmerzlich bewusst, wie nah er ihr war. Das Feuer in seinen Augen verriet ihr, dass er nicht von den Sternen sprach.

„Mein Vater hätte es geliebt. Im Winter hat er immer Sternbilder aufgemalt, denn da ist der Himmel am klarsten, meinte er. Genau wie sein Vater vor ihm. Aber für ihn war es nur ein Zeitvertreib, nicht so elaboriert.“ Überrascht von ihrem Geständnis trat sie einen Schritt zurück und stieß schwer den Atem aus. „Ich muss gehen. Eigentlich wollte ich nur Capability Browns Notizen holen. Ich wollte Sie nicht stören. Ich wollte nicht …“

Mit dir reden und lachen und erst recht nicht dein Verlangen neben mir spüren wie einen Herzschlag. Wie Trommeln in meiner Brust.

Wie wäre es wohl, wenn er all diese Begeisterung ihr widmen würde und nicht den Sternen.

„Ich muss gehen“, wiederholte sie noch einmal, aber machte noch keine Anstalten, sich zu bewegen.

Bedrückt sah er auf seine Hände hinunter. „Und mein Vater hätte es gehasst. Meine Mutter allerdings hätte es geliebt.“ Er atmete schwer aus und seine Brust hob und senkte sich langsam. „In manchen Momenten kann ich immer noch ihren Duft riechen. Lavendel mit einer Spur Zitrone. Und so besucht sie mich in Bruchstücken, jeden Tag. Ist das nicht seltsam?“

„Ich will nichts von dem, was sich hier zusammenbraut wie Gewitter, wissen.“ Schnell eilte sie zu dem Regal, in dem die Weisheit ihres Vorbilds auf sie wartete. Sie kniete sich hin und zog die Aktenbücher aus dem Schrank. Es waren zwei Stück und in einer Ecke hatte man mit unverwischbarer Tinte C. B. gestempelt. Ihre Vorfreude war von Sorgen durchzogen. Was war der Preis dafür, dass sie diese Bücher ansehen durfte. Darüber zu fantasieren, Oliver Aspinwall zu küssen, war eine Sache. Dieses *Theater* hier – Familie und Sternschnuppen – war eine Katastrophe für sich.

Sie war die denkbar schlechteste Person in England für einen zurückgezogenen Earl, der jemanden brauchte, der all ihre Gefühle unter Verschluss hielt. Und nur das herausholte, was im passenden

Moment gebraucht wurde. So wenig Aufregung und Gefühle wie möglich.

Necessity war noch nie sehr gut darin gewesen, wie man seine Gefühle versteckte.

„Ich will das nicht", wiederholte sie und stellte fest, dass er direkt hinter ihr stand, als sie sich umdrehte. Vom Boden aus erhob er sich wie ein Turm über ihr. Wenn er wollte, konnte er sich lautlos bewegen. Das war die Soldatenausbildung. Was für ein schlauer Teufel.

„Das nennt sich Vertrautheit, kleiner Kobold. Und ich will es auch nicht, vor allem nicht mit Ihnen."

Mit den Händen musste sie sich auf den abgewetzten Dielen unter ihr abstützen. Selbst bei ihrer dicken Haut fingen seine Beleidigungen langsam an, wehzutun. „Ich mag Pflanzen, weil sie sich verändern. Ich verwandle sie."

„Ich mag Sterne, weil sie konstant bleiben. Ich verwandle *nichts*."

Er war aufgewühlt und wollte diesem Moment genauso gerne entfliehen wie sie. Aber seine Augen glühten. Wie rauchige Asche und in ihnen konnte sie zerwühlte Bettlaken und atemlose Lust sehen. Schweiß, Hitze und bebendes Stöhnen, das sich über ihre Haut ergoss. So viel wusste sie schon. Der Buchhändler und sie hatten nicht fehlerfrei zueinander gepasst. Sie hatte nichts so genau ausprobiert, wie sie es gewollt hatte oder sich richtig gehen lassen.

Aber sie hatte *sehr wohl* gelernt, wie ein Mann aussah, der erregt war, und sie fühlte ihre eigene Erregung antworten.

Necessity stand auf, die Notizbücher von Capability Brown fest gegen ihre Brust gedrückt. Sie würde nicht zulassen, dass der Earl sie einschüchterte oder sie in die Ecke zu den Mauerblümchen steckte, nur weil er es konnte. Nur über ihre Leiche. Sie hatte sich ihren eigenen Weg geschaffen, trotz des offensichtlichen Hohns von Londons Oberschicht. Sie hatte ihren Weg *teuer* bezahlt. Aber nun hatte sie ein erfolgreiches Geschäft, das es ihr erlaubte, ein bescheidenes Zuhause weit weg vom dreckigen Rand Shoreditchs zu haben.

Nach dem Tod ihrer gesamten Familie hätte sie auch als Taschendieb enden können. Oder als eine Prostituierte, mit nur zwölf Jahren. Sie hätte über einem Bordell gewohnt und sich mit dem Klauen irgendwann in eine missliche Lage mit einem noch misslicheren Mann gebracht. Sie hatte Angebote gehabt, viele.

Stattdessen hatte sie sich für den rechtmäßigen Pfad entschieden. Den härteren.

Nur die Stärksten nahmen ihn.

Necessity Byrne hatte sich noch nie davor gescheut, nach dem zu greifen, was sie wirklich wollte.

Also nahm sie wieder den gefährlichen Weg, aus purem Instinkt, geleitet von dem trommelnden Rhythmus ihres Herzens. Sie legte die Bücher auf einem Stuhl ab, stolperte einige Schritte auf ihn zu und presste dann ihren Mund unbeholfen auf seinen. Sie legte eine Hand in seinen Nacken, zog ihn so zu sich und vergrub die Hand dann tiefer in seinem schimmernden Haar.

Sie wollte ihn beherrschen, bevor er sie beherrschte.

Er erstarrte, aber sein Herz schlug heftig in seiner Brust, auf der ihre andere Hand nun ruhte. Ein überraschter Atemzug streichelte ihre Wange. Ein halbunterdrücktes Geräusch, das sowohl Lust als *auch* Ärger bedeuten konnte.

Zuerst berührte sie seine Unterlippe zaghaft, dann biss sie sanft zu und ihr Körper verflüssigte sich. Plötzlich stand sie in Flammen, wie das Holz im Kamin. Den Buchhändler hatte sie nie gebissen.

Stanford stöhnte, auch er konnte seinen Hunger nicht verstecken, aber er küsste sie nicht zurück.

„Küss‘ mich zurück, mein sturer Lord Earl.“

Er versteifte sich. „Ich werde mich nicht verführen lassen“, flüsterte er gegen ihre Wange und legte seine Lippen an ihren Nacken. Er wies sie zurück. Aber dennoch ließ er sie nicht ganz gehen, als sie zurückwich. Er hielt ihr Gesicht in seiner Hand und zog sie noch einmal an seine warme Brust, er war noch nicht bereit, sie gehen zu lassen.

„Als ob ich dich verführen könnte“, war alles, was sie herausbekam, bevor er seinen Kopf neigte und ganz genau zeigte, warum Frauen für ihn durch Fenster kletterten.

Der Kuss war einnehmend, ohne zu drängen. Genauso detailorientiert wie seine Sternskizzen. Sein gesamter Fokus lag auf ihr und sie spürte es, bis in die Zehenspitzen. Sie zitterte, als seine Hand ihre

Seite entlang fuhr, bis zu ihrer Taille und er sie fester an sich zog. Ihre Sinne wurden vollkommen überwältigt von seinem Duft, seiner Berührung, seinem Verlangen. Er hüllte sie ein, bis sie nicht mehr wusste, wo ihr Verlangen endete und seines begann.

Seine Zunge tippte neckend gegen ihre Unterlippe, sie stöhnte und der Griff an ihrer Hüfte wurde fester. Er drückte sie gegen sich und stimmte einen uralten Takt an, den sie instinktiv erkannte. Er rächte sich mit ihren eigenen Tricks an ihr. Langsam und wohlüberlegt, so wie es seine Art war, überzeugte er sie, bis sie sich unruhig an ihn schmiegte. Sie hielt sich an seinen Schultern fest, packte ihn im Nacken und ließ ihre Hände überall wandern, wo sie bisher nicht hatten wandern dürfen.

„Was für ein unersättliches Mädchen du doch bist", murmelte er gegen ihre Lippen. „Nimm mich, Kobold. Nimm mich."

Er hatte sich vorgenommen, sie zu foltern. Jetzt nahm er sich *sie* vor. Ein Soldat im Kampf. Sie war eindeutig verrückt gewesen, als sie gedacht hatte, sie würde diesen Kampf gewinnen. Seine Hand wanderte für einen Moment nach oben, zur Rundung ihrer Brüste, hinterließ einen glühenden Pfad und strich wieder zurück zu ihrer Hüfte. Ihr Nippel wurde hart und Necessity stöhnte leise, drückte sich gegen ihn und wollte mehr von dem, was er ihr noch nicht geben wollte. Seine Hand krallte sich noch fester in den Stoff ihrer Hose, alles, was sie beide von einer Katastrophe trennte.

Er löste sich von ihr, aber sein warmer Atem streichelte ihre Wange. „Ist es das, was du wolltest, Kobold?" Aber er wartete gar nicht erst auf eine Antwort, bevor er die Hand in ihrem Haar versenkte und sie nach hinten drückte.

Sie sah noch kurz einen Schimmer in seinen Augen und dann war es um sie geschehen.

Diesmal zeigte er keine Zurückhaltung, er wollte etwas beweisen, gewinnen. Der Earl of Stanford war nicht subtil, was seine Absichten anging. So viel Aufmerksamkeit hatte sie noch nie in ihrem Leben bekommen, nicht einmal dann, als ein Mann auf ihr gelegen hatte. Das entscheidende Puzzlestück, das sie für immer verbinden sollte, hatte gefehlt. Dieses mysteriöse Gefühl, sich nach der *einen* Person zu verzehren.

Ihre Sinne verschwammen. Seine schnellen Atemzüge flossen durch sie. Sein Drei-Tage-Bart kratzte ihre Wange. Er hielt sie fest und gefangen. Ihre Hüften stießen aneinander und suchten nach Nähe, Nähe, die sie weder mit Kleidung noch im Stehen bekommen würden.

Sie konnte sich nicht entscheiden, wo sie ihn berühren sollte. *Überall.* Was sie tun sollte. *Alles.* Ihre Gedanken rasten und der Boden unter ihren Füßen bebte mit jedem Herzschlag. Der lange Entzug reduzierte sie auf ihre Instinkte, als er ihr einen Schatz aus Lust zu Füßen legte.

Es vergingen lange Sekunden, Minuten, Stunden, während sie sich wild und wie wahnsinnig küssten. Zwei Menschen, aneinandergeklammert in einem Sturm. Unerwartet und angsteinflößend.

Wundervoll.

Seine Dominanz – und im Gegenzug dazu ihre Hingabe – machten sie wütend. Und gleichzeitig *sehnte* sie sich danach. Hier, mitten in der Nacht in einer Bibliothek in Derbyshire, änderte sie ihre Meinung ganz und gar darüber, was sie nicht alles tun würde, um ihm zu haben.

„Ich will dich", murmelte sie und war gleichzeitig entsetzt und begeistert, dass es ihr herausgerutscht war.

Er packte sie fester und drängte sie nach hinten, bis sie zwischen der kalten Steinmauer und seinem harten Körper gefangen war. Weil sie keinen Rock trug, konnte er mühelos ein Bein zwischen ihre drängen und seinen harten Schwanz an sie pressen. Sie wiegte die Hüften hin und her, ihr Puls raste und sie wollte nur noch das Pulsieren zwischen ihren Schenkeln stillen. Der Schauer zog sich ihr Rückgrat hinauf und dann über ihren gesamten Körper. Er verführte sie, wie sie noch nie zuvor verführt worden war, zeigte ihr eine geheime Welt, die ihr bisher verwehrt gewesen war.

Willenlos nur durch seine Berührungen überließ sie ihrem Hunger die Kontrolle. Ihre Finger verschwanden in seinem Haar und zogen daran. Die andere Hand packte sich in sein Hemd und zog ihn, so eng sie konnte, an sich.

Dann glitt sie tiefer, über seinen Brustkorb, seinen flachen, angespannten Bauch. Necessity wollte seine harte Erregung spüren, ihn umschließen und um den Verstand bringen.

Wir sind geliefert. Sie verstand langsam aber sicher, dass das hier nicht mehr nur ein einfacher Kuss war.

Aber er hielt sie am Handgelenk fest, noch bevor sie ihren Plan in die Tat umsetzen konnte. Sein tobender Blick fing ihren ein und seine Augen hatten die Farbe von frischer, dunkler Asche. Plötzlich meinte sie so etwas wie Panik in seinem Gesicht zu sehen, aber nur eine Sekunde später verwandelte es sich zu Zorn. „Du musstest es ja anfangen! Und mich mit mehr Wagemut, als ich es je bei einer Frau erlebt habe, herausfordern. Wegen dir denke ich an Dinge, an die ich schon ewig nicht mehr gedacht habe. Nur, weil du mich so küsst wie lange niemand mehr, wenn überhaupt." Er schlug mit der Hand gegen die Wand neben ihr und hielt sie so gefangen. Seine Finger um ihr Handgelenk zitterten. „Ich kenne dieses Gefühl ganz genau, Kobold. Genau wie bei Opium, ich bin *erledigt*."

Sie seufzte heiser und fühlte sich auf makabere Weise geschmeichelt. *Um Himmels willen*, er verglich sie mit der Droge, die ihn beinahe das Leben gekostet hatte.

„Du wolltest nur wissen, wie es sein könnte. All die Spiele, die wir zusammen spielen könnten. Wie viel Lust wirklich zwischen uns ist." Mit angespanntem Atem ließ er seine Schultern sinken. „Dabei *wusste* ich es doch schon ... verdammt nochmal, ich wusste es! Vielleicht schon damals, als ich dich das erste Mal neben meinem Krankenbett gesehen habe. Damals spürte ich etwas, ein Kribbeln im Nacken, das rein gar nichts mit meiner Wunde zu tun hatte. *Du* warst es und ich wusste es. Manchmal, mein kleiner Kobold, muss man sich eben doch auf sein Bauchgefühl verlassen."

„Ich ... ich kann nicht, es tut mir leid ..."

Er fluchte und eroberte sich dann ihre Lippen zurück, seine Zunge verwickelte ihre in einen erbarmungslosen Kampf. Dabei drückte er ihre Handgelenke gegen die Wand, hielt sie gefangen, was sie nur noch mehr erregte. Etwas, das sie für unmöglich gehalten hatte. Ein neues Geheimnis über sich selbst, das sie sich für die Zukunft merken würde. Ganz sicher würde sie ihn von sich stoßen. *Noch* nicht. Erst wollte sie Erlösung finden. Das warme Gefühl zwischen ihren Schenkeln, seine Hitze, die sie gegen die Wand drückte. Ihr Orgasmus schlich sich langsam an. Und das erste Mal mit einem Mann war er greifbar.

Im Gegensatz zu den feinen Damen der hohen Gesellschaft konnte sie es nicht anders ausdrücken. Die Wahrheit war einfach: Sein

Schwanz war so hart wie die Wand, gegen die er sie drückte und mit den Bewegungen seines Beckens traf er immer wieder einen besonders empfindlichen Punkt. Der Buchhändler hatte diesen Teil ihres Körpers außer Acht gelassen, und sie selbst hatte ihn nur durch Experimentieren gefunden.

Ja, genau da, dachte sie gleichzeitig gequält und erleichtert. Aber sie traute sich nicht einmal, es zu flüstern. Die Geduld des Earls hing am seidenen Faden. Nur ein falsches Wort und er würde sie allein und unbefriedigt zurücklassen.

Als er ihre Arme freigab, schlang sie sie um seine Schultern und vergrub die Fingerspitzen fest darin, schließlich strich sie sanfter die Wölbung seines Rückens hinunter. Unter ihren Fingern konnte sie spüren, wie seine Muskeln sich an- und entspannten. Er stöhnte leise in ihren Mund und streckte sich ihr entgegen.

Wenn er schon so gut küssen kann, wie gut ist dann erst der Rest?

„Du willst mich von meinem hohen Ross holen und ich bin kurz davor, es zuzulassen.“ Sie hielt inne, brauchte eine Pause. Alle beide schnappten hastig nach Luft, ein Atemzug so leicht wie eine Feder. Nur um sofort weiterzumachen. Mit ihren Lippen fuhr sie sanft über den pochenden Puls an seinem Hals, knabberte an seinem Kinn, seinem Mundwinkel, küsste seine vernarbte Wange und dann leckte und saugte sie an seinem Ohrläppchen, bis er laut stöhnte.

„Scheiße!“, flüsterte er – ein verbotenes Wort, das sie schon ihr Leben lang gehört hatte, aber nie geglaubt hätte, es aus dem Mund eines Adligen zu hören. Ihr Körper antwortete mit einem heißen Schauer, der sich an den falschen Stellen sammelte. Oder an den *richtigen* Stellen? Er verriet ihr ungewollt alles, was sie wissen wollte: Er wollte sie genauso sehr wie sie ihn.

Seufzend warf er den Kopf in den Nacken, um ihr mehr Raum zu bieten. Er gab ihr genau das, was sie wollte. *Ihn*. Noch nie hatte man sie so gereizt und erniedrigt. Aber sie hatte auch noch nie solch einen Mann zum Spielen gehabt. Einen Mann, so verführerisch wie der Earl of Stanford.

Er griff ihren dicken Pferdeschwanz und zog daran, bis sie ihn ansehen musste. „Du hast recht, ich will dich von deinem hohen Ross holen. Und nochmal, immer wieder, wenn es sein muss. Und dann will ich dich unter mir haben und so lange befriedigen, bis von deinen Schreien die alten, schimmligen Balken knarren. Ich will jede Rundung deines Körpers entlangfahren, lecken, saugen, beißen, als hätte ich eine Spur auf einer Karte. Und ich schwöre, ich würde dir diese verbissene Sturheit austreiben, mit allem, was ich über die Jahre hinweg gelernt habe. Und das ist – auch wenn ich das vielleicht nicht so sagen sollte – wirklich einiges."

Mit der Fingerspitze strich er ihre Wange entlang, über ihren Kiefer und Nacken entlang am Ausschnitt ihres Hemds. Ihre Haut brannte, als wäre sein Finger ein heißes Eisen. Mit seinem Fuß schob er ihren Hosenaufschlag nach oben. Necessity hatte völlig vergessen, dass er barfuß war. „Du magst die Wahrheit doch so sehr. Wie ist es nun damit? Es erregt mich zweifelsohne, wenn du so bettelst. Wieder stehst du in Männerkleidung vor mir und ich will dich. Dabei war ich schon lange nicht mehr so ..." Er zuckte mit den breiten Schultern, als wollte er es damit abtun.

„Das ist nicht mein erstes Mal!", stieß sie hervor, aus Angst, wohin es noch führen würde. Sie hoffte, das Geständnis würde ihn abhalten, wobei sie es eigentlich nicht wollte, dass er sich vertreiben ließ.

Was aber, wenn sie ihm verriet, dass sie nur davon kommen konnte? Wenn er sie noch länger mit seinen sinnlichen Drohungen quälte, seine harte Länge noch weiter gegen sie rieb, sie weiterhin unaufhörlich neckte. Dabei hätte sie sich niemals ausgemalt, einen *Orgasmus* haben zu können, während sie stand und noch vollends bekleidet war.

Sah er es denn nicht? Egal, wie sehr die Leidenschaft zwischen ihnen floss wie heiße Lava, war sie ihm untergeben. Unendlich viel tiefer, in der Gosse. Und er stand an der Himmelspforte.

Sie wollte erobert werden, aber nicht *gebrochen*.

Plötzlich schüttelte er sie sanft, als ob er ahnte, dass ihre Gedanken abdrifteten, dass er sie verlor. Er löste den festen Griff in ihrem Haar und es fiel durch seine Finger wie Wasser. „Es ist mir ganz egal, was du schon gemacht hast." Seine müden Lider flackerten, dennoch legte er die Hand wieder besitzergreifend auf ihre Hüfte. Zog sie an sich und sie wollte nichts sehnlicher, als an seinen breiten Schultern Schutz zu suchen. Sie schmiegte sich an diesen Mann, den sie herausfordern, besitzen wollte. „Oder vielleicht doch, denn ich konnte noch nie gut teilen, dann werde ich jetzt nicht daran denken. Überlege es dir jetzt bloß nicht anders. Nicht, wenn du mich praktisch in der Hand hast. Vollkommen verloren in deiner Aura, deinem Geschmack. Du kannst dir einfach nehmen, was du willst, wenn du es denn willst. Aber du entscheidest."

Seine Offenheit überraschte sie und das, obwohl man ihr immer nachsagte, die unverblümteste Frau in ganz England zu sein. Überfordert stieß sie die Luft aus, befreite sich aus seinem Griff und tauchte unter seinem Arm hindurch, bis sie in sicherem Abstand stehen blieb. Ihr Herz klopfte im Takt *seiner* Atemzüge. Diese Bindung hatte ihr gerade noch gefehlt.

Dieses Mal ließ er sie gehen und verfolgte sie lediglich mit seinem wilden, silbernen Blick.

„Du bist nicht der richtige Mann, mein Lord."

Mit einem spöttischen Lachen stieß er die Luft aus. *Mein Lord*, äffte er sie sarkastisch nach. Einen geladenen Moment lang herrschte Schweigen. „Und du bist nicht die richtige Frau, Necessity Byrne. Aber ich will dich trotzdem."

Vollkommen aufgewühlt und außer Atem strich sie sich den Schweiß von der Stirn. Wie hartnäckig er doch war und wie schwach sie im Gegenzug. Dummköpfe, alle beide. „Ich kann nicht denken, wenn du so vor mir stehst, über mir stehst und deine Augen mich in Brand stecken wie die Glut in diesem uralten Kamin. Und dann noch so …", sie schluckte schwer und machte eine unmissverständliche Geste, die ihm genau zeigte, wo sie herkam, „… hart."

„*Du* bist daran schuld, du hast angefangen. Also verurteile mich jetzt nicht, nur weil ich auf den heißesten Kuss reagiere, seitdem Shakespeare angefangen hat zu schreiben." Verzweifelt fuhr er sich durch das Haar und die schwarze Pracht wurde noch mehr zerzaust, dabei strich er unbewusst mit dem Handgelenk über seine Narbe. Er musste sich keine Sorgen machen, sie machte ihn nur attraktiver, nicht weniger. Und trotzdem würde sie sich in dieser unsicheren Gefühlslage *nicht* auf ihn einlassen.

„Es ist sowieso nie die Person, von der man denkt, dass es sie wäre,

Kobold. Mein Bruder hat das unlängst behauptet und langsam fange ich an, ihm zu glauben. Wieder hat Xander Macauley recht."

„Diesen Preis willst du nicht bezahlen." Sie deutete auf sich selbst, wollte nur, dass er sie nicht missverstand. Sie konnte nur schwer atmen und ihr Magen schlug Purzelbäume. Ihre steifen Brustwarzen kratzten gegen das Mieder. Sie fühlte sich ganz und gar nicht wie sie selbst. Necessity Byrne, die zähste Frau im gesamten Königreich, beste Landschaftsarchitektin noch obendrein, war von einem einfachen Kuss in die Knie gezwungen worden.

„*Meinen* Preis. Denn ich bin sehr wohl etwas wert. Bemühungen sind nicht nur etwas für feine Damen."

Necessity sollte ihm klar und deutlich sagen, was sie brauchte.

Schmutzige, lustvolle Dinge.

Sie hatte sie sich vorgestellt und dabei selbst berührt, dabei immer vollkommen ahnungslos, dass es tatsächlich einen Mann gab, der sie befriedigen konnte.

Sie wollte spielen, erkunden, entdecken. All die Rätsel, die sie mit ihrem ersten Geliebten nicht hatte ergründen können. Das war eine Aufgabe, die nur der Mann bezwingen konnte, der wie sie gestrickt war. Jemand, dem sie vertrauen konnte. Wie ihr Buchhändler, aber dieses Mal sollte es jemand sein, nach dem sie sich verzweifelt sehnte. Und bestimmt kein gequälter Earl, hinter dem halb London her war. Der einzige adelige Depp in England, der sich *unter* Wert verkaufte. Und sie vermutete, dass er tief in seinem Herzen ein aufrichtiger Mensch war. Und vielleicht brauchte sie ihn mehr, als sie sollte.

„Dabei wissen wir noch nicht einmal, ob ich bezahlen kann, solang du keinen Preis nennst. Ohne Angebot, kann ich nicht verhandeln." Sein Ton wurde schonungsloser. „Andere Männer haben bereits bezahlt, nehme ich an? Oder ist dieses Privileg nur Lords vorbehalten?"

Männer, als wollte er den Plural betonen. Ihr klappte die Kinnlade herunter und geschockt schnappte sie nach Luft. Er hatte tatsächlich geglaubt ... *oh*. Beleidigt und gedemütigt rannte sie auf die Tür zu. Was ihre Recherchen anging, würde sie einfach zu einem anderen Zeitpunkt zurückkommen. Stanford hatte sie einfach so verurteilt, obwohl er sie gebeten hatte, selbst nicht verurteilt zu werden. Und dann auch noch falsch, und das, obwohl er halb London in seinem Bett gehabt hatte.

Neben dem Teleskop, mit dem er sie gefährlich eingewickelt hatte, holte er sie ein, drehte sie zu sich herum und hielt sie sanft aber bestimmt fest. „Ich habe etwas sehr Dummes gesagt und dich zutiefst beleidigt, das war nicht meine Absicht. Ich bitte vielmals um Entschuldigung.“ Er runzelte die Stirn, eine Falte zwischen seinen Augenbrauen wirkte besonders bezaubernd. Es war müheloser Charme und sie wünschte, dass er sie nicht so beeinflussen würde. „Du nimmst mir den Boden unter den Füßen, Nessie. Spontanität ist ganz gewiss nicht mein Steckenpferd, ich muss immer planen. Dieser unerwartete Abend verwirrt mich, auch wenn er mich begeistert.“

Nessie. Woher kam das auf einmal.

Allein diese Reaktion auf ihren neuen Spitznamen zeigte ihr unwiderruflich, dass sie nichts *sehnlicher* wollte, als mit diesem Mann zu schlafen. Sie knurrte verächtlich. „Du planst deinen Sex?“

„Normalerweise, nun ja, schon. Ich habe zumindest eine bestimmte Art und Weise. Dafür bin ich bekannt, glaube ich. Oder zumindest war ich dafür bekannt, bevor der betrunkene Baron mein Gesicht zerstört hat. Somit, und durch Übung, musste ich nicht zu viel nachdenken. Meistens war ich nicht einmal nüchtern und nur teilweise geistig anwesend. Ich erinnere mich nicht an viel.“ Er biss fest die Zähne zusammen, sein ganzer Unterkiefer spannte sich an und schon wieder war da dieser niedliche, verwirrte Ausdruck auf ihrem Gesicht. „Alles klingt falsch. Ich höre mich die Worte sagen und will sie sofort wieder zurücknehmen, auch wenn sie wahr sind. Ich fühle mich wie ein Reh in deinem Visier.“

Necessity atmete tief aus, diese Hilflosigkeit erwischte sie kalt. Wieso fühlte *sie* sich auf einmal wie die Lehrerin? „Es gab nur einen Mann. Es ist seit einem Jahr vorbei. Wir sind Freunde. Ich wurde nicht gezwungen, es war meine Entscheidung. Aber es war nicht oft genug, um so etwas wie einen ‚Stil‘ zu entwickeln. Um mich zu finden oder genau zu wissen, was ich überhaupt *mag*.“ Sie leckte sich über die Lippen und wünschte sofort, sie hätte es nicht getan, als sein Blick wieder Feuer fing und er kurz den Halt verlor. „Ich habe mich missverständlich ausgedrückt. Mein Preis …“ Sie warf einen kurzen Blick aus dem Fenster, vorbei an den zerrissenen Vorhängen, wo langsam die Sonne aufging. Purpurne Streifen erstreckten sich über das langsam schwindende tiefe Blau der Nacht. Derbyshire in seiner ganzen Pracht. „Mein Preis ist die Entdeckung. Jemand, der sich traut, zu erkunden."

Ihm blieb der Mund offen stehen. „Erkunden? Im Bett."

„Oder auch anderswo. Ich kenne das Geflüster in den Kneipen oder an den Straßenecken. Und ich habe auch schon das ein oder andere schmutzige Gemälde gesehen, sodass ich weiß, dass es mehr gibt."

„Mehr", wiederholte er nur stumpf und sein Blick schien weit entfernt zu sein.

„Mehr." Sie atmete scharf aus, verärgert darüber, dass er sie zwang, es buchstäblich zu buchstabieren. „Stellungen, Orte. Ich weiß nicht, wie ich beschreiben soll, was ich eigentlich sagen will, ganz besonders nicht gegenüber einem Mann, der sowieso nicht der ist, der es mit mir machen wird. Ich will nicht heiraten, ich brauche das nicht. Immerhin habe ich mein eigenes Geld und das Größte, was eine Frau in dieser Welt haben kann: Freiheit. Ich will einfach nur *diese eine Sache*. Ich bin neugierig." Ihre Wangen glühten. Dummerweise war sie doch in Richtung des Teleskops gegangen und starrte nun stur auf das Okular. Sie konnte nicht weitersprechen, während er sie mit seinem Blick beinahe auszog. „Immerhin hatte ich bisher nie die Chance ..."

Er ließ sich schwer auf seinen Tisch fallen. „Bitte gib mir einen Moment zum Nachdenken. Ich will sichergehen, dass ich nicht träume", flüsterte er mit rauer Stimme.

Necessity hingegen bemühte sich, nicht zu kichern.

„Und nun stehst du hier vor mir, in engen Hosen, mit einem herausfordernden Grinsen, und siehst aus wie etwas, das ich mir in meinen wildesten Fantasien ausgemalt habe. Und gestehst deine – seien wir ehrlich und nennen die Dinge beim Namen – Fantasie. Mir? Dem melancholischen Earl of Stanford. Wahrscheinlich wirst du mich für das, was ich sage, gleich schlagen, aber ich glaube, ich schulde meinem Bruder einen riesigen Dank dafür, dass er dich zu mir geschickt hat."

Necessity neigte das Teleskop und widmete ihre Aufmerksamkeit wieder den Sternschnuppen. Sie sprenkelten den rot-goldenen Sonnenaufgang mit ihrem Licht. „Vergiss einfach, was ich gesagt habe. Du bist mein Arbeitgeber. Du sitzt im House of Lords, verdammt nochmal. Ich hingegen bin so einfach und alltäglich wie die Erde, in der ich so gerne wühle. Ich habe Verehrer, ich komme schon zurecht. Denn Shoreditch und Mayfair sollten nie aufeinandertreffen."

Das erdrückende Schweigen dehnte sich nur weiter aus, aber dann: „Dein Auftraggeber ist Xander Macauley, ich lebe nicht in Mayfair und du nicht mehr in Shoreditch, nicht wahr? Also sind wir uns doch ähnlicher als gedacht. Und von deinen verdammten Verehrern will ich nichts hören."

„Du bist nicht der richtige Mann dafür", erwiderte sie, aber seine Entschlossenheit beeindruckte sie.

„Diese Aufgabe ist wie für mich gemacht, kleiner Kobold. Ich werde *äußerst* angenehm sein. Ich überwinde jedes Hindernis mit Freuden, um mich zu beweisen. Ich nehme auch gerne Anweisungen entgegen oder gebe sie, wenn es das sein sollte, was du magst. Ich habe einen Monat Zeit, dir alles zu zeigen, was du beim ersten Mal verpasst hast. Du meintest, so lange brauchst du, um mein Grundstück zu erneuern. Die Tage gelten den Gärten und die Nächte sind für uns."

Ein Feuerwerk aus Diamanten sprenkelte am Himmel und Necessity war beeindruckt von dem Mann, der sie ihr gezeigt hatte. Und nur weil er freiwillig so viel von sich preisgegeben hatte, brachte sie es nicht übers Herz, das eine Wort zu sagen, das sie sagen sollte – Nein. Er hatte mehr zu bieten, sie hatte mehr zu bieten, als die feine Gesellschaft gesehen hatte.

Jetzt musste sie sich nur noch zurückhalten.

„Mit diesen Gedanken lasse ich dich nicht wieder abreisen. Nur um zurück nach London zu rennen und dich mit deiner zweiten Wahl abzugeben. Nicht, wenn du …"

Ihr Kopf schnellte nach oben und sie warf ihm einen Blick zu. *Mir gehörst*. Er hätte es beinahe gesagt. Dabei war es nicht so – und er gehörte auch nicht ihr.

Aber die Worte hingen dennoch zwischen ihnen und brachte die Luft zum Knistern. Leider lag zwischen ihnen beiden ein Berg aus gesellschaftlichen Zwängen. Und sie traute sich nicht zu, ihn zu erklimmen.

Aber der Earl tat schnell so, als wäre nichts gewesen, vermutlich spürte er ihre Abweisung und heckte schon einen Plan aus, der sie vermutlich an ihn binden könnte. Er war ein Soldat und offensichtlich gut in sowas.

Schnellen Schrittes ging er zu dem Stuhl zurück, holte die Notizen von Capability Brown und hielt sie ihr dann mit ausgestreckter Hand entgegen, als er wieder auf sie zu trat. Ein Friedensangebot. „Nimm sie."

Sie würde alles andere ablehnen, aber nicht das. Sofort griff sie zu und drückte die ledergebundenen Ausgaben fest und schützend gegen ihre Brust, obwohl ihr Körper nach dem attraktiven Earl verlangte.

„Das ist keine Herausforderung", erklärte sie ihm und fragte sich, was es wohl mit dem verschmitzten Glanz in seinen Augen auf sich hatte. Sah es so aus, wenn er sich ins Gefecht stürzte? „Es ist auch kein Test, kein Hindernislauf, Epsom oder eins dieser anderen exklusiven Spielchen, die deinesgleichen so gerne spielen. Auch wenn ich dich, zweifelsohne, haben wollen würde. So viel hat mein Kuss sicherlich preisgegeben, nicht wahr? Du musst nicht beleidigt sein. Immerhin bin ich fasziniert von einem wahren Experten auf diesem Gebiet. Wenn es doch nur so einfach *wäre*, was es aber nun einmal nicht ist. Ich kann leider nicht verhindern, dass du ..." Aber ihre Worte verloren sich, denn Necessity fühlte sich plötzlich albern und unsicher. Selten kamen ihr Gefühle in den Weg. „Mein Körper sagt ja, aber mein Verstand sagt nein. Und du hast außerdem deine Abmachung mit der Dame im Dorf. Du brauchst mich nicht, es tut mir leid, dass ich dich in meine Zwickmühle hineingezogen habe."

Aber anstatt zu antworten, starrte er nur und seine berechnende Ruhe machte sie wahnsinnig. Sie konnte sich keinen Reim auf ihn machen. Sein Blick war ausdruckslos – abgesehen von dem geheimnisvollen Funkeln tief in seinen aschgrauen Augen –, sein Gesichtsausdruck beherrscht. Wahrscheinlich war er ein beeindruckender Kämpfer an der Front gewesen. Sie war froh, ihm nur in seiner baufälligen Bibliothek gegenüberstehen zu müssen.

„Gut, dass wir uns einig sind", sagte sie, denn einer von ihnen musste etwas sagen. „Das hier war ein Fehler. Die späte Stunde hat uns einfach übermannt oder so etwas in der Art." Als sie die Notizbücher noch fester gegen ihre Brüste drückte, wünschte sie sich, sie wären gerade nicht so empfindlich. „Es war meine Schuld. Immerhin war es ja auch meine Idee. Impulsiver Leichtsinn. Aber weil ich nicht schlafen konnte, dachte ich mir eben ... Ich entschuldige mich für alles. Aber so ist das eben bei einem Mädchen aus dem Armenviertel, kein Benehmen."

Er lehnte sich zurück und setzte sich dann auf seinen Händen auf den Schreibtisch. Der Lord strahlte vollkommene Gelassenheit aus. „Gut, wir sind uns einig. Entschuldigung zur Kenntnis genommen." Das klang zumindest schon einmal gut, aber seine Lippen zuckten, als würde er sich insgeheim über etwas amüsieren.

Zur Kenntnis genommen, aber auch akzeptiert?

Necessity schlich sich zur Tür zurück, wobei sie den Earl nie aus den Augen ließ.

Denn ein Mädchen aus der Gosse wandte sicherlich niemandem den Rücken zu, der aussah, als wollte er Streit anfangen.

Stanford ließ sie gehen.

Wie eine Maus hatte sie sich aus dem Staub gemacht.

Dabei war sie sonst ganz und gar nicht schüchtern. Und diese lächerlichen Bücher von irgendeinem längst verstorbenen Gärtner hatte sie vor sich gehalten wie ein Schild.

Sie hatte wirklich keinen Anstand. Er vergrub den Kopf in den Händen und lachte herzlich. Unverschämte, sture, umwerfende, temperamentvolle Necessity Byrne. Wer hätte schon ahnen können, dass ihre Ankunft sein Leben so aus der Bahn bringen könnte? Denn genau das schien sie zu wollen.

Nessie. Der Spitzname war ihm in der Hitze des Gefechts einfach so herausgerutscht – und er passte perfekt zu ihr.

Verdammte Scheiße, Ollie, was soll das werden?

Nachdenklich kratzte er sich am Kopf und atmete noch einmal ihren würzigen Duft ein, der hartnäckig an seiner Haut klebte. Genauso wie die Frau selbst. Natürlich hatte er Gründe für seinen Wahnsinn, aber das war nicht *der* entscheidende Grund. Der lag tiefer, unter unzähligen, ungezähmten Gefühlen, die er sich schon lange nicht traute zu hinterfragen.

Gerade in dieser Sekunde suchte er noch nicht nach Antworten.

Er massierte seine Schläfen und lachte erneut. Auch wenn die Erektion, die seine Hose ausbeulte, nicht zum Lachen war. Sie hätte wenigstens Mitleid mit ihm haben und so tun können, als hätte sie sie nicht bemerkt. Mit dem Fingerknöchel fuhr er über die harte Beule in seiner Hose und wusste genau, was er gleich allein in seinem Schlafzimmer machen würde. Diese Frau hatte es tatsächlich geschafft, ihn so weit zu treiben, dass er Erlösung brauchte.

Erregt war allerdings keinesfalls das richtige Wort für das, was er fühlte.

Stellungen, Orte. Ich weiß nicht, wie ich beschreiben soll, was ich eigentlich sagen will, ganz besonders nicht gegenüber einem Mann, der sowieso nicht der ist, der es mit mir machen wird.

Oh, das hier war definitiv eine Herausforderung. Wie hatte sie nur nach diesem Kuss, der ihm den Atem genommen hatte, das Gegenteil behaupten können? Dabei wusste sie ganz genau, welche Wirkung sie auf ihn hatte.

Sehnsüchtig seufzte er und strich sich über seine Lippen, die immer noch kribbelten. Ihr leidenschaftliches Geständnis hatte ihn aus der Bahn geworfen. Er sollte einfach den besten Kuss seines Lebens vergessen? Ihr aufrichtiger, unschuldiger und dennoch wagemutiger Vortrag hatte ihn mitten ins Herz getroffen. Dabei hatte er sein Herz unter Verschluss gehalten, seitdem er diese Hallen als naiver Junge durchwandert hatte, auf der Suche nach väterlicher Liebe. Oder brüderlicher Zuneigung.

Und ganz sicher nahm er ihre Entschuldigung oder Reue nicht an.

Abgesehen von ihrer Verbindung zu Jasper Noble – den sie nicht mit einem Wort erwähnt hatte – war sie frei. Er war ebenfalls frei. Sie wollte nicht heiraten. Er wollte nicht heiraten. Sie wollte sich erkunden. Er wollte sie dringend erkunden.

Ganz einfach ausgedrückt: Er wollte sie. Blendendes, brennendes Verlangen. Und wie jeder Earl vor ihm, auch wenn er diese Rolle bisher nicht gespielt hatte, würde er sich nehmen, was er wollte.

Vielleicht war sie ja die Wiedergutmachung dafür, dass er an den

Ort der Verbrechen seines Vaters zurückgekommen war. Ein Friedensangebot ausgerechnet von Seiten seines Bruders. Wollte er ihm damit sagen, dass er ihm seinen Verrat von damals endlich verziehen hatte?

Verdammt, was für ein Durcheinander.

Und nach dieser leidenschaftlichen Begegnung in seinem schummrigen Rückzugsort, ein Durcheinander, auf das er sich gerne einließ. Und in das er auch Londons beste Landschaftsarchitektin wickeln wollte, wenn sie es denn zuließ.

Und er hatte beschlossen, sie davon zu überzeugen.

Jetzt, da er wusste, wie sie schmeckte, würde er sie nicht mehr hergeben. Ihre zartrosa Lippen erwartend geöffnet, ihr schlanker Körper fest an seinen gepresst, besser, als er sich je hätte vorstellen können, ihr scharfer Verstand, ihre verruchten, geflüsterten Worte, ihr Biss in sein Ohrläppchen (*davon* waren ihm die Knie weich geworden, auch wenn es nichts Neues für ihn war). Zumindest würde er sie nicht kampflos hergeben. Und erst recht nicht, nachdem sie ihm ihre persönlichen Fantasien verraten hatte – etwas, was Frauen selten taten. Und dass sie noch nicht gefunden hatte, was sie wollte – ein Genuss, den er ihr vermutlich geben konnte. Das Beste war, dass sie es auch vermutete.

In ihrer Nähe zu sein, ohne mehr zu wollen, würde unmöglich werden. Obwohl sie praktisch schon verlobt war, was er sehr stark anzweifelte. Sie hatte nicht einmal mit der Wimper gezuckt, als er Jasper Noble erwähnt hatte, was nur zeigte, wie unbedeutend er war.

Das ist nicht mein erstes Mal.

Stanford konnte es zumindest sich selbst gegenüber zugeben: Das hatte wehgetan. Vielleicht war es Noble gewesen, aber vermutlich nicht. Er ballte die Hand zur Faust. Seine Narbe juckte, wie immer, wenn er verärgert war. Eifersucht schickte sich nicht für einen Earl, für einen Mann allgemein, er musste das schnell loswerden. Er musste vergessen, dass schon jemand anderes sie angefasst hatte. Er brauchte auch keine Einzelheiten, *niemals*. Er wollte lediglich all ihre Erinnerungen verdrängen, bis es nur noch ihn gab.

Und genau das war die Herausforderung, egal, wie man es drehte und wendete.

Und das wiederum klang so unglaublich eingebildet wie der

höchste Adelstitel. Abgesehen von einem Duke oder dem König. Necessity Byrne von den Shoreditch Byrnes würde diese Arroganz hassen, dabei hatte man ihm beigebracht, genau das zu zeigen. Sie sogar zu meistern. Sein Vater hatte ihn sogar geschlagen, wenn er den Angestellten gegenüber Mitgefühl gezeigt hatte, oder seinem Pferd, seinem Bruder. Eigentlich war es eine wertvolle Lektion, denn die Menschen ohne Selbstvertrauen wurden zurückgelassen. In seinem ersten Jahr in Harrow hatte man ihn verprügelt. Bis er sich gewehrt hatte. Das hatte sich in Indien als nützlich erwiesen.

Das war aber nicht Necessitys Welt und Stanford wollte nicht mehr so sein.

Für den kommenden Monat war sie sein. Sie war an sein Anwesen gebunden und an diesen berühmten Gärtner, der im 18. Jahrhundert gelebt hatte. Stanford wusste davon nur, weil er es in einem der verstaubten Wälzer über Hortikultur gelesen hatte, den sein Vater nicht mit dem Rest verkauft hatte. Die Bedeutung war ihm nicht entgangen.

Ein toter Gärtner hielt sie hier, der Earl of Stanford nicht.

Sie hatte ihn mit ihrem wagemutigen Kuss überrumpelt, aber die pure Kraft dahinter hatte sie selbst übermannt. Damit waren sie schon zwei. Natürlich gab es auch Probleme. Sie war unangebracht unabhängig, hatte ein großes Mundwerk, war unhöflich, wenn ihr der Sinn danach stand, und war auf eine entwaffnende Weise bezaubernd, wenn ersteres nicht funktionierte. Ihre Kleider waren ein einziges Desaster, genau wie ihre Frisur. Trotzdem würde er dieses gesamte Anwesen verkaufen, nur um ihre honiggoldenen Strähnen auf seinem Kopfkissen verteilt zu sehen.

Man hatte ihm sein Leben lang beigebracht, eine andere Art von Frau zu erwarten und zu wollen.

Auch nahmen die wenigsten Frauen ihm gegenüber die Zügel in die Hand, aber beschwerten sich nie, wenn er es tat. Der Fluch eines Earls oder vielleicht auch eine Belohnung. Stanford war sich nicht sicher.

Als er sie in den Armen gehalten hatte, gefangen zwischen seinem Körper und der harten Steinwand, war ihm der Wunsch, ihre Beine um seine Hüften zu schlingen und sich zu nehmen, was er wollte, ganz natürlich vorgekommen. Ihre Liebesbisse an seinem Hals und

Ohrläppchen waren der tiefste Rausch gewesen, seitdem er kein Opium mehr zu sich genommen hatte.

Natürlich gab es auch Vorteile, und ein vernünftiger Mann zog alle Perspektiven in seine Überlegungen mit ein. Sie war wunderschön, aber es schien sie nicht einmal zu interessieren. Intelligent. Stark – und Stanford mochte starke Frauen. Faszinierend. Ein strahlender Farbklecks auf einem langweiligen Gemälde. Wenn er nur daran dachte, wie ihre sanften Seufzer über seine vernarbte Wange gestrichen waren. Noch eine Sache, die sie nicht im Geringsten zu interessieren schien. Und dann noch diese unerhörten Hosen, die ihren runden Hintern so wunderbar betonten. Beinahe hätte er ihn mit seinen bloßen Händen gepackt und sie so fest an sich gerieben, bis sie an Ort und Stelle, mit dem Rücken gegen die mittelalterliche Wand gekommen wäre. Ihre warme, feuchte Mitte, die nur durch Baumwolle von ihm getrennt gewesen war. Er war selbst nicht weit von seinem Höhepunkt entfernt gewesen, das wäre allerdings peinlich geworden und hätte gleichzeitig verdammt gutgetan.

Was für eine wunderbare Nacht dies doch noch geworden war. Einer dieser berühmten, unverhofften Glücksmomente, die das Leben schenkte.

Nicht all seine Narben waren ihr aufgefallen, und wenn sie jemals von den anderen erfuhr, den Narben, die er tief in sich vergraben hielt, dann wäre die Sache eine andere. Albträume, Sucht, Reue. Ein Anwesen, das um ihn herum zusammenfiel, eine Vergangenheit, die er vergessen wollte, die Zukunft, vor der er Angst hatte, ein entstelltes Gesicht.

Was von all dem sprach schon für ihn?

Unglaublicherweise hatte er ihr ein bisschen von sich erzählt. Damit hatte er sie nicht gleich verscheucht, aber ihr dennoch verständlich gemacht, dass er kein Mann für die Ewigkeit war.

Aber für eine kurze Weile gut zu haben und das war auch alles, was sie wollte.

Er musste sie nur dazu bewegen, dem zuzustimmen.

Kapitel Fünf

IN WELCHEM EINE UNERSCHROCKENE GÄRTNERIN VOR WUT SCHÄUMT UND EIN ARROGANTER EARL BEHARRLICH BLEIBT

Der Earl begann sein Unterfangen damit, dass er am nächsten Morgen noch vor Necessity im Salon mit den großen Terrassenfenstern und der schmuckvollen Decke zum Frühstück auftauchte. Der Duft von Orangenmarmelade rang mit dem Geruch des Schimmels um die Oberhand. Diesmal erstreckte sich die Reihe der mürrisch dreinblickenden Porträts über eine gesamte Wand. Sie sahen alle wirklich elend aus und Necessity war froh, sie nie gekannt zu haben.

Und Stanford tat so, als wäre es vollkommen normal, eine Mahlzeit mit seiner Gärtnerin zu teilen, dabei wusste sie, dass dem nicht so war.

Sie ignorierte seinen stechenden Blick und ging zur Anrichte hinüber, die seit ihrer Ankunft immer besser ausgestattet worden war, und belud ihren Teller mit Würstchen, Briesen, Eiern, Bücklingen und geröstetem Brot. Sie würde ganz sicher nicht so tun, als wäre sie ein schwaches Weibchen ohne Appetit, da sie einen vollgepackten Arbeitstag vor sich hatte. Sie musste sichergehen, dass drei Hecken richtig gepflanzt wurden, die Zitronenbäume für den Wintergarten sollten heute schon ankommen und zu guter Letzt musste ein Rasen gemäht werden, der vermutlich seit ihrer Geburt nicht mehr gemäht worden war. Sollte er die ‚zierlichen' Mahlzeiten doch mit seiner Geliebten haben oder einer der feinen Damen, die sich in seinem Adelstitel festbeißen wollte, oder in *ihm*.

Necessity hätte wetten können, dass das Frühstück der zukünftigen Gräfin auf eine Untertasse passen würde.

„Sie sehen heute besonders hübsch aus, Miss Byrne", murmelte er, ohne auch nur von dem Buch aufzusehen, was neben ihm lag. Als ob sie in seinen Blick eben nicht gespürt hätte, wie er ihre Haut verbrannte. Oh, dieser Mann spielte mit miesen Tricks. Ein durchtriebener Pfuscher.

Ein wenig befangen – obwohl sie das sonst nie war – stellte sie ihren Teller auf den Tisch. Zumindest gab sie sich Mühe. Sie trug ihr bestes Kleid – bestes *Arbeits*kleid – und sie hatte ihre Haare in einem engen Chignon gebändigt, auch wenn manche Strähnen schwer zu bändigen gewesen waren. Warum genau das alles wollte sie besser nicht näher ergründen. Genau genommen vermutete sie, dass sie zum Fürchten aussah und sein Kommentar sarkastisch gemeint war. „Wieso ist es wichtig, wie Ihre Gärtnerin aussieht, wenn sie sich bald dreckiger macht als ein Hund im Matsch?"

Mit der Ferse zog sie den Stuhl zurück. Necessity hatte nicht gut geschlafen, denn immer wieder kamen ihr dieser verdammte Kuss und seine Folgen in den Sinn. Dabei sah der Earl aus wie eine taufrische Rose. Beinahe wie ein makelloses Porträt, jetzt, wo er doch einmal den Earl spielte. *Aber warum?*, fragte sie sich.

Gott sei Dank hatte jemand Kaffee gekocht, den Necessity lieber mochte als Tee, und ihr eine Tasse davon an ihren Platz gestellt. Aber sie traute sich nicht, zu fragen, wer es gewesen war, aus Angst, er wäre es gewesen.

Noch bevor sie sich setzen konnte, musterte er sie recht eindringlich und plötzlich war sie nicht mehr Herr ihrer Sinne. Das Ziehen in Brust und Bauch war ganz und gar nicht willkommen, genau wie die Erinnerung an seine Lippen auf ihren. Leider entging ihr nicht das intime Glühen in seinen Augen. Heute Morgen war sein Blick kühl wie der Stahl eines frisch polierten Schwertes. Sie musste aufpassen, sich nicht zu schneiden. Er hatte sich nicht rasiert, was sie nur noch mehr ablenkte, denn die Stoppeln standen ihm ausgezeichnet.

Bockig, als wäre sie noch ein junges Mädchen, ließ sie sich auf den Stuhl fallen, seufzte entnervt, legte sich ihre Serviette auf den Schoß und machte sich über ihr Frühstück her.

Nach minutenlanger Stille, die, wie sie zugeben musste, recht angenehm war, und langsam von den Geräuschen des aufwachenden Haushalts erfüllt wurde, fragte er sie: „Was steht heute auf dem Gärtnerprogramm?"

Sie trank ganz bewusst erst einen Schluck Kaffee, *sehr* guten Kaffee, bestimmt von seinem Bruder direkt aus den Tropen geschmuggelt, und lehnte sich dann zurück. „Wie leichtsinnig von mir. Ich sollte für meinen Auftraggeber jeden Tag Notizen vorbereiten. Das werde ich sofort ändern. Ich werde Sie Ihnen ab sofort abends zukommen lassen, damit Sie sie überprüfen können."

Sie beobachtete, wie sein Kiefer sich anspannte. Langsam, aber sicher konnte sie sehen, wie seine Wut sich zeigte.

Ha!, dachte sie schadenfroh. *Jetzt habe ich dich erwischt.*

Je mehr sie ihn an ihren unterschiedlichen Stand erinnerte, umso besser.

„Xander Macauley ist dein Auftraggeber. Du kannst deine verfluchten Notizen zum smaragdgrünen Zimmer im Ostflügel schicken. Ich wollte lediglich eine höfliche Unterhaltung beim Frühstück führen."

Und genau dann spazierte ihr ‚Auftraggeber' in den Raum. Auf dem Arm hatte er ein quasselndes, kleines Kind, das den Mund voller Spuke hatte und nicht älter als ein Jahr sein konnte. Macauley störte sich scheinbar nicht dran, dass man über ihn redete, reichte den kleinen Jungen wortlos an seinen Bruder weiter und ging dann zur Anrichte hinüber.

Der Earl hatte nicht wissen können, dass sein Handeln etwas bei ihr auslösen würde. Als er das zappelnde Kind liebevoll auf seinen Schoß setzte und sich ihre Blicke über die blonden Locken hinweg trafen, schien es so, als wäre die Magie zwischen ihnen plötzlich zurückgekehrt. Der kleine Bursche winkte ihr mit seiner marmeladenverschmierten Hand grinsend zu, sah dann zu seinem Onkel auf und brabbelte kaum hörbar *Ollie*, so wie Kleinkinder es eben taten.

Und schon war alles verloren.

Necessity atmete zitternd aus und stellte ihre Tasse besonders vorsichtig auf dem Untersetzer ab. Der *ton* nannte sie graue Macauley-Augen und alle drei Männer im Raum hatten sie: Xander Macauley, das Kleinkind und *Ollie*.

Er kann gut mit Kindern umgehen – und du willst irgendwann einmal Kinder haben.

Dieser Gedanke allerdings war verboten. Ein äußerst ungewolltes, himmlisches Zeichen, das sie so erschreckte, dass es fast schon aussah, als wolle sie flüchten, als sie sich hastig von ihrem Stuhl erhob.

Jetzt habe ich dich erwischt, schienen die grauen Augen des Earls zurückzugeben. Der kleine Junge hatte sich mittlerweile wieder umgedreht, die Arme um Stanfords Hals gelegt und klammerte sich nun, so fest er konnte an ihm fest. Die ganze Zeit hatte Stanford sie beobachtet und sicherlich bemerkt, wie sich ihr Gesichtsausdruck verändert hatte. Necessity war keine geübte Glücksspielerin und hatte ihre Gefühle noch nie gut verstecken können.

Macauley setzte sich direkt zwischen das glückliche Paar und konnte ein Grinsen nicht verhindern. Es war unmöglich, dass er die Anspannung zwischen ihnen nicht spürte. Necessitys Haut prickelte unter ihrem Kleid und ihre Finger sehnten sich danach, ihn zu *berühren*.

Der Schurke aus Limehouse wedelte unbekümmert mit seiner Gabel durch die Luft. „Ich wollte euch nicht unterbrechen. Setzen Sie sich und redet einfach weiter. Pippa schläft heute aus, und wenn man sich eure Augen so ansieht, hättet ihr das auch tun sollen. Kit, der kleine Teufelsbraten ist leider wach, sobald die Sonne aufgeht. Und heute auch mitten in der Nacht, aber darum hat sich meine liebe Ehefrau gekümmert. Nach dem Frühstück gehen wir zu den Ställen, denn dieser Kleine hier liebt Pferde.“ Er sagte es mit so viel Liebe in der Stimme, Necessity kämpfte mit den Tränen. Ihr Vater hatte genauso über seine Kinder gesprochen.

„Äh, also …“ Necessity trat nervös von einem Fuß auf den anderen und wollte schon lügen, dass die Zitronenbäume bald ankommen würden, als er sie wieder ins Gespräch verwickelte.

„Mich würde dein Fortschritt schon interessieren, Shoreditch“, nuschelte Macauley mit vollem Mund und ignorierte ganz offensichtlich und absichtlich ihr Unbehagen. „Eine ganz schöne Aufgabe, nich' wahr? Ich glaube, niemand hat sich ordentlich darum gekümmert, seitdem Ollie und ich als Kinder hier durch die Felder getobt sind."

Stanford sah seinen Bruder verärgert von der Seite an, weil er seinen Spitznamen so frei heraus benutzte – als ob Kit eben nicht das Gleiche getan hatte –, aber Macauley lachte nur und winkte ab, als wolle er sagen: *Bleib' mal ruhig.* Mit dem breitesten – und nervigsten – Lächeln auf den Lippen kaute er unbeirrt weiter.

Necessity setzte sich wieder, wenn auch nur auf den Rand des Stuhls, um schnell flüchten zu können, und erklärte ihm, was sie alles für diese Woche geplant hatte. Die Fenster im Wintergarten – wobei sie sich die Schadenfreude verkniff, als Macauley zusammenzuckte, sobald er den Preis hörte –, die Hecken, der Seitengarten, der Rasen, die Zitronenbäume. Liefer- und Pflanzzeitplan. Er sollte dafür bezahlen, dass er sie hier festhielt, also holte sie besonders weit aus, als es um die Lichtverhältnisse ging, wie der Boden beschaffen war, wann man am besten goss und in welcher Jahreszeit man was am besten pflanzen konnte. Und dann erwähnte sie noch Capability Browns ursprüngliche Pläne und wie sie ihre Entwürfe angepasst hatte, damit sie besser zusammenpassten.

Als sie endlich fertig war, hörte ihr der Schmuggler schon lange nicht mehr zu und starrte nur seinen leeren Teller an. Der Earl hingegen hatte das Gartenthema voll und ganz aufgegeben und lief mit seinem Neffen auf dem Arm durch das Zimmer. Er zeigte ihm hier und da Andenken in den Regalen, die Blauhäher und Rotkehlchen im Garten, küsste ab und an seine Stirn und tat dabei immer so, als würde er jedes Wort verstehen, was der Junge von sich gab. Necessitys Herz schmolz dahin.

Zusammen ergaben die zwei ein stattliches Pärchen. Der Earl trug heute einen Mantel, um den Hals ein cremefarbenes Tuch und seine glattgewetzten Hosen betonten die langen Beine. Sein fester Hintern war eine seiner besten Eigenschaften, stellte sie stumm kichernd fest und versteckte ihr Grinsen hinter der Hand. Seine Stiefel waren sicherlich von Hoby, aber genau wie ihre schon zerschrammt und nicht neu. Sein Stil sprach von Landleben mit einem Hauch Eleganz und wenn er davon wüsste, würde der Earl dieses Urteil ganz und gar nicht gut zu schätzen wissen.

Ollie. Letzte Nacht in der Bibliothek hatte sie Ollie kennengelernt. Ollie, der in die Sterne spähte und fast schon freundlich war. Der zurückgezogene, reservierte Earl of Stanford war nicht zu sehen gewesen.

Plötzlich wurde ihr etwas klar.

Sie riss sich von diesem Anblick los und bemerkte, dass Macauley sie direkt anstarrte. Er wirkte hin und her gerissen zwischen Vergnügen und Besorgnis.

Anstatt auszusprechen, was sie dachte, biss sie sich lieber auf die Zunge. Wie jede Frau seit dem Beginn der Zeitrechnung.

Du hast mich hierher geschleppt – der große Plan – und jetzt sieh an, was passiert ist.

Ihr wurde heiß, von Kopf bis Fuß und in ihrem Kopf stapelten sich die Möglichkeiten. Risiko und Wagnis, *Gewinn.* Oh, und was für ein Gewinn. Allein die Erinnerung an die nackten Füße des Earls ließ sie nicht wieder los.

Obwohl sie nervös wurde, sah sie nicht weg oder gab nach. Keine Sekunde.

In Macauleys Augen blitzte Anerkennung auf. Er brauchte einen Angriffspunkt und entschied sich für das Geschäftliche. „Brauchen Sie Hilfe bei all den schweren Sachen, die getragen werden müssen?"

‚Schwere Sachen tragen' war *definitiv* eine Herausforderung, da ihre Angestellten nur Frauen waren, aber sie hasste es, das zuzugeben. „Bei manchen Teilen des Projekts könnte ich das tatsächlich."

„Sie und Pippa haben sicher schon über ihre Arbeit gesprochen. Wenn Sie Männer brauchen, in zwei Tagen können sie hier sein. Und sie helfen Ihnen, wo auch immer Sie sie brauchen. Erde schaufeln, Bäume tragen oder diese Büsche, die da draußen herumliegen und gepflanzt werden müssen. Wenn es von Nöten ist, dann schaufeln sie auch kilometertiefe Löcher. Und am Ende können die Jungs hierbleiben und Stallburschen oder Diener werden, was auch immer der Earl möchte. Falls die Möglichkeit besteht, was der Fall zu sein scheint, wenn man sich dieses Fleckchen einmal genauer ansieht." Er lehnte sich zurück und streckte die Beine aus, meilenlange Beine. „Du hast echt wenig Angestellte, Kumpel“, rief er seinem Bruder zu.

Aber Stanford zuckte nur mit den Schultern und wandte ihnen weiter den Rücken zu. Definitiv mit Absicht.

„*Macauley Enterprises*“, murmelte sie, denn natürlich kannte sie Pippas berüchtigtes Unternehmen so gut wie jeder in London. Sie rettete junge Mädchen und Jungen vor den Arbeitshäusern und verschaffte ihnen gute Stellen in gut betuchten Familien. Die *Duchess Society* bildete sie aus, so gut es ging, und es war solch ein großzügiges Vorhaben, dass es fast schon zum guten Ton gehörte, diese jungen Leute einzustellen, diese Leute einzustellen.

„Genau!“ Er schien vor Stolz und Liebe beinahe überzulaufen. „Ich bin selbst überrascht, wie verdammt gut es läuft. Pippa geht wöchentlich zum Nachmittagstee bei irgendwelchen verschrobenen alten Schachteln, die unbedingt ‚eine verlorene Seele aus dem Armenviertel‘ einstellen wollen. Alte Gesellschaftsdamen sind wirklich ein einfaches Opfer. Das ganze ist ein gemeinnütziges Vorhaben, das der *ton* einfach und ohne Risiko unterstützen kann.“

Aufgeregt sprang er von seinem Stuhl auf, als ihm das Buch seines Bruders ins Auge fiel. Er blätterte ein bisschen darin herum und überflog die Seiten. Necessity hätte es für möglich gehalten, wenn Pippa es ihr nicht selbst erzählt hätte, aber Macauley las sehr gerne und viel. Die Bücher häuften sich in ihrer Stadtvilla, seiner Lagerhalle und dem Anwesen in Hampshire. Er konnte sogar bruchstückhaft Französisch sprechen. In diesem muskulösen Körper hauste ein wacher Geist. Die Täuschung überhaupt.

Als könnte er ihre Gedanken lesen, sah er wieder zu ihr hinüber. „Astronomie.“ Seine Mundwinkel neigten sich nach oben, als er auf den Buchdeckel klopfte. „Schon immer hatte er den Kopf ein bisschen in den Wolken stecken. Bei den Sternen. Was Menschen angeht, weiß ich es auch nicht. Er ist nicht so kaltherzig, wie ich befürchtet hatte, wenn man bedenkt, dass er von diesem Schakal großgezogen wurde. Er ist ein guter Onkel für meine Kinder, ein Bund, den ich mir für beide wünsche. Die Kraft der Familie. Ich war mehr als überrascht, als er zum Militär gegangen ist. Ich habe mir die ganze Zeit Sorgen um ihn gemacht, aber wenn er das hört, wird er böse. Danach hat er wirklich versucht, sich zusammenzureißen, aber dann kam die Schlägerei in der Gasse hinter meiner Spielhölle." Mit einem dumpfen Klopfen schloss er das Buch wieder und nagelte sie mit seinem aufmerksamen wie ebenso gerissenen Blick fest. „Das alles hat ihn vollkommen verändert."

„Ist das eine Drohung, Mr Macauley?"

„Ich bevorzuge den Ausdruck Hilfe, Shoreditch. Immerhin können Sie beide nicht die Augen voneinander lassen. Vielleicht sollte ich mich bei der *Duchess Society* bewerben und ihnen meine Dienste anbieten, ich scheine gut im Verkuppeln zu sein." Er neigte seinen Kopf, um verlegen zu wirken. Necessity nahm es ihm nicht auch nur eine Sekunde ab. „Ich erinner mich noch sehr gut daran, wie es bei mir und Pippa angefangen hat. Das Feuer, das beinahe alles um uns in Brand gesteckt hat, ich habe mich beinahe in diesem Inferno verloren."

Der Earl of Stanford, den sie leider insgeheim schon jetzt Ollie nannte, kam auf sie zu. Seinen Neffen hatte er über die Schulter geworfen und der kleine Fratz lachte klar und hell – das niedlichste Geräusch, das man sich vorstellen konnte. Die beiden zusammen waren einfach ein Traum. „Scheint so, als würde ich eine spannende Unterhaltung verpassen, also kann es wohl kaum ums Gärtnern gehen."

Macauley zuckte mit den Schultern und die Lügen ergossen sich nur so über seine Lippen wie Bordeaux aus der Flasche. „Ich habe sie lediglich zu unserem Rasenbowling-Turnier heute Nachmittag eingeladen. Immerhin ist es jetzt nicht mehr illegal und dieses lächerliche Edikt von Henry VIII. ist endlich abgeschafft. Das war vielleicht was. Streeter und Hildy, Markham, Leighton und all ihre Anhängsel kommen."

Der Schmuggler ist aalglatt, dachte sie. Dabei mochte sie, dass sein Bruder – den neu gewonnenen Hinweisen zufolge – es nicht war.

Macauley ignorierte die Spannung in der Luft um ihn herum und zog seine Bainbridge-Taschenuhr aus der Westentasche. „Wenn wir Glück haben, ist Dash bis dahin wach." Und dann log der hinterhältige Teufel einfach weiter, um sicherzugehen, dass sie auch wirklich kam. „Miss Byrne meinte, sie könnte sich dann auch gleich mit Streeter über ihr gemeinsames Projekt in Islington unterhalten. Eine wunderbare

Gelegenheit, um zu planen, ist das nicht, was Sie gesagt haben, Shoreditch?“

Leicht alarmiert sah Stanford zu ihr. „Falls Sie üben wollen, dann würde ich mich freuen …“

„Ich weiß, wie man spielt, mein Lord.“ Natürlich ging er davon aus, sie würde nicht wissen, wie das Spiel funktionierte. Wie konnte ein Mädchen aus der Gosse auch von so etwas Ahnung haben? Aber manchmal wussten arme Leute eben mehr, als die hochnäsigen Aristokraten ahnten. Allerdings hatte sie das Spiel in einer dunklen Gasse gelernt und nicht auf einem frisch geschnittenen Rasen. Sie erhob sich und strich ihr Kleid glatt, wenn auch nur, weil der Earl sie so anstarrte. „Und ich spiele, um zu gewinnen.“

Macauley musste lachen, leider war er nicht schnell genug, um es zu verstecken.

„Von einer Shoreditch Byrne hätte ich auch nichts anderes erwartet“, entgegnete der Earl tonlos und gab Kit seinem Vater zurück.

Necessity warf Macauley einen finsteren Blick zu, Stanford hingegen einen zärtlichen, und verließ dann das Frühstückszimmer – drei graue Augenpaare auf sie gerichtet.

Stanford sah zu, wie seine Gärtnerin davonstolzierte.

Er konnte einfach nicht gewinnen, wenn es um sie ging.

Irgendwo war ihm seine charmante Art abhandengekommen. Vielleicht hatte es alles auch nur am Alkohol und Opium gelegen, aber der nüchterne Earl war anscheinend nicht gut mit Frauen. „Wir waren schon bei ‚Stanford‘ und dank dir sind wir wieder bei ‚mein Lord‘. Vielen Dank auch!“ Er schnappte sich das Buch vom Tisch und stellte fest, dass er dank Macauley seine Seite verloren hatte. Verdammt! „Und jetzt muss ich mit ihr und dem Leighton-Pack Bälle durch die Gegend werfen.“

„Ist das nicht *genau* das, was du willst? Jemand, der deine Bälle herumkugelt?“

Stanford schluckte herunter, was er eigentlich sagen wollte, weil sein Neffe in der Nähe war, aber warf dafür seinem Bruder einen mehr als unfreundlichen Blick zu.

Macauley klemmte sich seinen Sohn an die Hüfte, als wäre es das Selbstverständlichste auf der Welt für einen Schurken wie ihn, der geschworen hatte, nie Kinder zu bekommen. Er gab Kit ein weiches Brötchen. „Ach, kleiner Bruder, hör auf zu schmollen. Lass sie einfach beim Rasenbowling gewinnen und dann ist sie glücklich. Sie scheint mir sehr kompetitiv zu sein. Pippa freut sich immer, wenn ich verliere, und manchmal ist der Lohn am Ende größer, wenn du weißt, was ich meine. Immerhin muss die Frau es am Ende wiedergutmachen."

Stanford klemmte sich sein Buch unter den Arm und wandte sich zum Gehen, er wollte nichts davon hören, wie Pippa und sein Bruder irgendwas wiedergutmachten. „Sie *ist* sehr kompetitiv und ich muss vielleicht nicht einmal absichtlich verlieren. Bowling ist nicht gerade mein Steckenpferd."

Macauley setzte sich auf den Tisch und spielte mit Kit ‚Hoppe, hoppe Reiter', er strahlte förmlich vor Glück *und* Erheiterung. „Und ich denke nicht, dass du dich profilieren musst. Das Mädel ist schon vollkommen von dir hingerissen."

Plötzlich war Stanford ganz Ohr. „Wirklich? Ich tue mich schwer damit, sie zu beeindrucken, aber ich weiß auch erst seit knapp zwölf Stunden, dass ich sie überhaupt beeindrucken will. Es interessiert sie kein bisschen, dass ich ein Earl bin, was normalerweise mein Schachzug ist. Zugegeben muss ich nicht einmal viel dafür tun."

„Davon will ich gar nichts wissen." Stattdessen strich er seinem Sohn durchs Haar und blies Krümel von seinem Hemd. „Die gute Nachricht: Sie scheint dich attraktiv zu finden, immerhin hat sie dich die ganze Zeit beobachtet. Die schlechte Nachricht ist, sie will es nicht sein. Das kann ich dir aus eigener Erfahrung sagen, Ollie, wenn jemand nicht will, dann ist es ein schwerer Kampf. Ich kann von Glück reden, dass Pippa es so lange mit mir ausgehalten hat, bis ich *gar* keine andere Wahl mehr hatte, als mich zu verlieben. Was für eine hartnäckige Frau. Aber es war nicht einfach. Für keinen von uns. Ich war zuerst verliebt und habe sie dennoch Jahre warten lassen." Er gab Kit einen Schmatzer auf seine rosigen Wangen. „Aber sie meinte, sie wusste, dass ich nicht ewig widerstehen konnte."

Stanford überlegte und sah von seinem Buch auf, in dem er versuchte, die Stelle wiederzufinden, wo er gewesen war. Er hatte gerade über neu entdeckte Asteroiden gelesen – vielen Dank auch. „Ich will keine Liebe. Und Necessity Byrne auch nicht. Sie will sich jeden Garten in London unter den Nagel reißen, aber mich will die Stadt nur umbringen. Diese kleine Liebelei, unser Spiel, wenn es wirklich so sein sollte, führt zu *nichts*. Also zieh den Kopf aus dem Arsch, Bruderherz."

Macauley hob skeptisch eine Augenbraue. „Für deine Spielchen hast du deine nette Witwe. Dieses Mädel habe ich dir eigentlich für etwas Längerfristiges geschickt."

„Wer hat dir von *ihr* erzählt?"

„Ach Kleiner ..." Sein Bruder sah ihn oft mit diesem Blick an, enttäuscht von seiner Naivität. „Dein Diener, dein Stallbursche, dein Hausmeister. Jeder im Dorf weiß verdammt nochmal, dass du eine besondere Freundin hast. Selbst Kit hier ...", er nickte in dessen Richtung, „... weiß es vermutlich."

Stanford fluchte leise, zog einen Stuhl zu sich heran, setzte sich verkehrt herum darauf, die Arme über der Lehne verschränkt. „Du hattest die Auswahl zwischen all den hübschesten Frauen Londons, warum dann Necessity Byrne? Sie hat nicht das Zeug, eine Gräfin zu werden – falls ich überhaupt eine suchen würde, was ich nicht tue."

„Ich hatte einfach ein Bauchgefühl. Immerhin hast du nach ihr gefragt, nachdem sie dich besucht und dir dieses Tonic verabreicht hatte. Mir war so, als hättest du etwas an dir gehabt, damals." Er zuckte halbherzig und verlegen mit den Schultern. „Ich bin liebeskrank, habe mich leider angesteckt, obwohl ich immer versucht habe, mich von dieser besonderen Krankheit fernzuhalten. Und wie es aussieht, sehe ich überall noch andere in derselben Verfassung. Oder will es sehen." Schmollend rieb er sich die Brust. „Verflucht, bin ich tief gesunken!"

„Wohl wahr." Stanford seufzte und strich sich über das stoppelige Kinn. Er hatte heute Morgen keine Zeit mehr gehabt, sich zu rasieren, weil er Necessity beim Frühstück hatte erwischen wollen. Wahrscheinlich mochte sie ein makelloses Gesicht ohnehin lieber und das würde er nie wieder haben. „Es war kein Tonic, eher ein Wickel, glaube ich.

Bertramwurz. Ich habe nachgeforscht und es hilft wirklich bei der Wundheilung. Miss Byrne kennt sich wirklich aus."

Macauley nahm sich noch ein Brötchen und Kit streckte sofort seine Patschehändchen danach aus. „Diese Frau verprasst mein Geld schneller, als ich schauen kann. Pflanzen sind verdammt teuer. Die Zitronenbäume kommen direkt von einem der Schiffe der Duchess of Leighton. Offensichtlich hat sie bessere Kontakte am Mittelmeer als *Macauley & Streeter*. Ich konnte nicht einmal Geld damit machen."

Stanford sah auf seine dreckigen Schuhe hinunter. Er hatte seinen Kammerdiener in London zurückgelassen, einer weniger, den er bezahlen musste, immerhin würde er auf dem Land schon ohne ihn zurechtkommen. „Du musst das nicht tun, Xander, ich habe zumindest die Rücklagen, um diesen Ort wieder auf die Füße zu stellen. Immerhin lege ich mein Geld als Partner bei dir und Streeter in der neuen Brennerei an." Aber diese Gewinne würden sich erst in ein paar Jahren wirklich rentieren und ihm irgendwann den finanziellen Spielraum erlauben, den er jetzt nicht hatte – und das wussten sie beide.

„Ollie!", rief Kit laut lachend und streckte die Arme nach ihm aus, er wollte eindeutig zu seinem Onkel.

Stanford legte sein Buch wieder beiseite, stand auf, nahm den Jungen an sich und hielt ihn fest gegen seine Brust. Sein Herz schlug höher, als der Kleine gähnte und den Kopf auf seiner Schulter ablegte. Der Duft von Kreide, Brötchen und Kleinkind stieg ihm in die Nase, als wolle er ihn ärgern. „Sag' jetzt bloß nichts. Ich will keine feierliche Standpauke über alles, was ich verpasse. Du bist nahezu voll von brüderlichen Weisheiten, jetzt, da dein Leben in geordneten Bahnen verläuft."

„Ich habe in Bezug auf dich einiges falsch gemacht, was ich nun wiedergutmachen will. Das gebe ich zu, denn wir können einander nicht anlügen. Überheblich, aber wenigstens ehrlich, nich' wahr? Ich will die Vergangenheit reparieren und dann hinter uns lassen. Indien und der Albtraum danach waren dein Ausweg für *all* das hier. Dein Ausweg von Derbyshire. Ich werde den Gedanken einfach nicht los, dass ich dir das Weglaufen hätte ersparen können." Als Stanford widersprechen wollte, hob Macauley abwehrend die Hand und presste fest die Lippen aufeinander – und jeder wusste, was *das* bedeutete. „Du,

Pippa und Kit seid meine Familie. Dazu kommen Streeter und sogar diese schrecklichen Dukes. Und natürlich Dash, den ich mir irgendwie angelacht habe.“ Mit dem Kopf deutete er auf seinen Sohn, der es sich in Stanfords Armen bequem gemacht hatte. „*Familie.* Ich würde alles tun, um euch zu beschützen. Also verfluch mich ruhig so viel du willst. Vielleicht ist es in deinen Augen nicht richtig oder gerechtfertigt, aber ich werde meine Meinung dazu nicht ändern. Also gewöhn‘ dich besser daran.“

Stanford streichelte liebevoll über Kits seidenweiche, goldene Locken, derselbe Farbton wie der seiner Mutter. Familie – er hatte sich noch nicht daran gewöhnt.

Plötzlich kam ihm der düstere Gedanke, dass Necessity keine mehr hatte. Er konnte sich noch sehr genau an den Kummer erinnern, der in ihrem Ton gelegen hatte, als sie damals von ihrer Familie gesprochen hatte.

Macauley drehte sich einmal um sich selbst und ließ seinen Blick durch den Raum gleiten. „Der Sommer, den wir hier zusammen verbracht haben, war die schönste Zeit in meinem Leben, Ollie. Abgesehen von jetzt, mit Pippa. Noch nie zuvor hatte ich solche Pracht gesehen. Grün, wohin das Auge reichte. Eine Welt voller Leben, ganz im Gegensatz zum toten London. Und man atmete nicht mit jedem Atemzug die Verzweiflung ein. Obwohl ich natürlich meine Probleme mit dem Haus habe – gute und schlechte Erinnerungen, genau wie du –, glaube ich, dass es ein geeigneter Ort wäre, um eine Familie zu haben. Mehr als nur geeignet sogar. Genauso wie Hampshire für mich.“

Stanford schluckte schwer und sein Herz zog sich zusammen. Obwohl er es wollte, war dieses demonstrativ brüderliche Benehmen schwer für ihn. „Für mich war es auch die schönste.“ Aber er weigerte sich, mehr zu sagen. Sonst hätte Xander seinen ‚kleinen Bruder‘ bald heulend an seiner Schulter gehabt. „Deine Gärtnerin hat mir Tee geschickt“, fügte er noch hinzu, da man das in einer Familie wohl so machte. Er tippte sich so vorsichtig gegen die Schläfe, wie er nur konnte, denn Kit war mittlerweile eingeschlafen und sabberte seinen Kragen voll. „Gegen die Kopfschmerzen.“

Macauley summte anerkennend, als hätte das etwas zu bedeuten. „Was für Tee?“

Stanford streichelte Kits Rücken zärtlich auf und ab. „Ich weiß es nicht, aber er riecht gut. Scharf, aber auch süß. Ein bisschen wie die Frau selbst, wenn man so darüber nachdenkt.“

„So, wie ich das sehe …“, meinte Macauley und plötzlich sah man auf seinem Gesicht kindliche Freude, „… kann der ein oder andere Streit mit einer Frau durchaus anregend sein. Am Anfang ist man sich spinnefeind und dann führt es zu mehr. Aber dieses Mehr, da muss ich dich warnen, mein geliebter Bruder, hat es in sich. Wie ein Schlag in die Magengrube. Bei Pippa hat es mir geholfen, die Dinge klarer zu sehen, ähnlich wie das Schwimmen im eiskalten Serpentine. Plötzlich war alle Unklarheit wie weggeblasen und zurück blieb nur noch Klarheit. So hell wie der Mond, was du sicher zu schätzen weißt, wenn du schon so viel in die Sterne schaust. Was ich dachte, was ich wollte, änderte sich. Meine ganzen Pläne und Ziele waren von heute auf morgen andere. Wenn man bedenkt, wie gut es uns jetzt geht, kann man kaum glauben, dass das mit uns ganz anders angefangen hat. Ich war sehr wütend und danke Gott jeden Tag, dass Pippa nicht aufgegeben hat.“

„Von Feinden zu Liebenden, meinst du das?“ Dabei hielt er sich stark zurück, über die ganz eigene Poesie seines Bruders nicht die Augen zu verdrehen. „Das klingt wie der Aufhänger für einen schlechten Roman.“

Macauley nahm seinen schlafenden Sohn wieder an sich und küsste zärtlich seine Stirn. Beinahe sofort vermisste Stanford die Wärme. „Hast du eine bessere Idee, Kleiner?“

„Keine einzige“, murmelte Stanford.

Kapitel Sechs

IN WELCHEM EINE RATLOSE FRAU SICH AN EINEN KUSS ERINNERT

Sie hatte wirklich Probleme damit, den besten Kuss seit Shakespeare aus ihren Gedanken zu verbannen.

Necessity drückte fest mit der Faust gegen ihr Brustbein und atmete so tief ein, wie ihr enges, selten getragenes Korsett es ihr erlaubte. Der Duft von Gardenien und ein süßlicher Geruch, der nur Geißblatt sein konnte, lagen in der Luft und waren heute ihr einziger Trost. Man hatte sie gezwungen, das Kleid anzuziehen, das sie nur trug, wenn sie zum Tee geladen war, und noch dazu die Accessoires, die sie hasste. Und jetzt musste sie herumstolzieren und Spiele spielen, denn gute *Gäste*, auch die, die bezahlt wurden, machten das nun einmal so.

Die *Duchess Society* war vor einer Stunde in Aspinwall-House angekommen und das hatte sie nun davon. Eine verwirrte Gärtnerin inmitten von Tischen voller Essen. Nun stand sie in ihren besten Sonntagskleidern auf einem ungekürzten Rasen in der Nachmittagssonne und wünschte sich nichts sehnlicher, als dass die Stunden vergingen. Allerdings war das der Alltag der meisten Frauen. Sie konnte schlecht erwarten, dass die Leute sich daran erinnerten, dass sie *arbeitete*.

Zum Glück war das Leighton-Pack selbst so berüchtigt und unkonventionell, dass sie Necessitys Vorhaben gegenüber nicht sehr kritisch waren.

Die Frauen arbeiteten ebenfalls, genau wie sie, der einzige Unterschied war, dass sie es nicht *mussten*. Hildy Streeter und Georgiana, die Duchess of Markham waren die Gründerinnen der *Duchess Society* und die Society gehörte ihnen beiden. Helena, die Duchess of Leighton, führte ein Schifffahrtsunternehmen, das sie von ihrem Vater geerbt hatte, ein einziger Skandal. Pippa Macauley hatte ihre Wohltätigkeitsarbeit und somit die meisten alten, aber reichen Witwen in London und ihren Ehemann in der Tasche.

Ihre Männer, Xander Macauley, Tobias Streeter und die Dukes of Markham und Leighton, waren die schlimmsten Schurken gewesen, bevor sie sich unsterblich verliebt hatten. Nur Dashiell Campbell war ungebunden, versteckte sich aber nun auf dem Land, nachdem er ein Buch veröffentlicht hatte – über das Betrügen beim Glücksspiel, es hatte den gesamten *ton* in Aufruhr versetzt. Zurück ließ er nur umgekippte Kutschen, mitternächtliche Pferderennen und schmollende Frauen.

Und natürlich der Earl of Stanford. *Ollie.*

Wenn sie ihn doch nur vergessen könnte.

„Sie haben geschummelt", behauptete der Earl und warf dabei einen smaragdgrünen Ball von einer Hand zur anderen, sein Blick wurde von Sekunde zu Sekunde düsterer.

„Als ob", erwiderte sie und wartete geduldig ab, dass er ihr den Sieg überließ. „Sie haben meinen Wurf gesehen, immerhin standen Sie direkt neben mir. Daran war nichts gemogelt." Sie hatten dieses Spiel mit den glattesten Steinen gespielt, die man in Shoreditchs stinkenden Gassen finden konnte. So hatte sie gelernt, präzise zu spielen und keinen Wurf zu verschwenden. Nicht wie heute, mit rundgeschliffenen, gewichteten Bällen, die einfacher rollten. Sie biss sich auf die Zunge, um nicht verachtend zu schnauben. Die Straße war in jeder Hinsicht für den *ton* geglättet.

Um ihn noch mehr zu ärgern, zog sie ein Notizbuch aus der Tasche, die ihre Schneiderin auf ihren Wunsch hin in ihr Kleid genäht hatte, und schrieb sich eine Erinnerung, dass ihre Mitarbeiterinnen einen Komposthaufen bauen sollten, bevor morgen der Pferdedung geliefert wurde. Der musste dann zwei Wochen gären und konnte schließlich als Dünger um seine Rosen verteilt werden. Sie lachte verhalten. Vielleicht wollte der Earl ja dabei helfen.

Stanford beobachtete sie mit finsterer Miene und ohne ein Wort zu sagen. Eine sanfte Brise fuhr durch sein Haar, aber er schaute nur ihrem Ball hinterher, der sanft gegen den Jack stieß, während seiner einen Fuß weit entfernt lag. Die Sonne war herausgekommen und unterstrich die silbergrauen Strähnen in seinem pechschwarzen Haar – als ob er noch mehr Anreiz brauchte. Wie lange er wohl noch da stehen und elegant vor sich hin grübeln, mit dem Stiefel Furchen in den Rasen graben und mit sich selber reden würde? Sie hatte seinen Ball vollkommen legal aus der Bahn gestoßen, dabei war sie selbst von ihrem Wurf beeindruckt.

Der anerkennende Pfiff von Xander Macauley und der Jubel der Damen waren sehr befriedigend gewesen. In ihren Augen beinahe eine offizielle Entscheidung. Während der Earl den Schrecken verarbeiten musste, dass er gegen eine Frau verloren hatte, umringten ihn seine Freunde. Manche hielten das schadenfrohe Grinsen mehr zurück als andere. Vier Männer und ein Kleinkind. Der Knirps in den Armen des Duke of Leighton – oder auch Markham, sie konnte nicht genau sagen, welcher der beiden, denn alle Adeligen sahen irgendwie gleich aus. Außerdem rannten noch vier oder fünf andere Kinder über den Rasen und kreischten vor Freude. Sie hatten Dreck im Gesicht, Kekse in der Hand, zerrissene Hosensäume und lose Knöpfe. Alles wirkte sehr harmonisch und vertraut. Etwas, das sie seit dem Tod ihrer Eltern nicht mehr erlebt hatte.

„Da hat sie dich festgenagelt, Ollie", kommentierte Dash und warf seinen gelben Ball hoch in die Luft, nur um ihn blitzschnell mit der Fingerfertigkeit eines Spielers wieder aufzufangen. „Wird Zeit, dass du ihr zum Sieg gratulierst. Ich weiß, das is'n vernichtender Schlag für einen Mann von deinem Stand, aber am Ende wart ihr zwei eben die Besten. Das lindert den Schmerz darüber, dass dich ein kleines Mädel geschlagen hat, sicher ein bisschen. Uns hat sie schon vor drei Runden ausgestochen und wir beschweren uns auch nich', also. Außerdem sehen deine Gärten von Tag zu Tag besser aus, Kumpel. Nimm hin, dass du verloren hast, wie der feine Gentleman, als der du geboren wurdest.

Stanford ließ den Ball fallen und sah Necessity schräg von der Seite an. „Gratulation Miss Byrne, eine wunderbare Leistung."

„Vielen Dank, mein Lord." Sie steckte ihr Notizbuch wieder weg, küsste den Ball, den sie noch hielt und warf ihn achtlos auf das Spielfeld, nur als Zugabe. Er traf den letzten zurückgebliebenen, blauen Ball des Earls und schubste ihn vom Spielfeld. „Allerdings vermute ich, Sie würden es präferieren, wenn ich Sie gewinnen ließe. Immerhin sind Sie ein Earl und der Gastgeber." Sie neigte gespielt reumütig den Kopf. „Ich bitte vielmals um Entschuldigung, falls ich mir einen Patzer geleistet habe. Ich wurde nicht zum Verlieren erzogen."

Xander Macauleys raues Lachen platzte aus ihm heraus. Aus dem Augenwinkel sah Necessity nur, wie seine Frau ihm den Ellenbogen in die Rippen rammte. Der Rest trat schnell ein paar Schritte zurück, sah in den Himmel und ein paar von ihnen summten unschuldig vor sich hin. Hildy und Georgie beobachteten die Situation verzweifelt. Immerhin hatte man ihr in der *Duchess Society* beigebracht, dass die meisten Männer es nicht zu schätzen wussten, wenn eine Frau keine Kompromisse machte.

Stanfords Augen wurden zu dunklen Kieselsteinen. Necessity fragte sich sofort, welchen Ton sie wohl annehmen würden, wenn er versuchte, sie aus ihrem Kleid zu bekommen. Wenn sie dem Ganzen letzte Nacht in der Bibliothek nicht ein vorzeitiges Ende gesetzt hätte, zweifelsohne sein nächster Schritt. Sie befürchtete, dass sie gegen seine Verführungskünste vollkommen machtlos war.

„Mädchen aus der Gosse lassen nie jemanden gewinnen, nicht wahr, Miss Byrne?"

Sie zuckte mit den Schultern, endlich machte ihr dieser Tag Spaß. Das Sonnenlicht wärmte sie, Kinderlachen in ihren Ohren, die Aufmerksamkeit eines hübschen Earls, die sie auf schlechte Ideen brachte. „Ich habe noch nie den Sinn darin gesehen."

Gedankenverloren rieb er sich die Schläfe und beobachtete dabei einen Adler, der über ihnen kreiste. Das Grübchen auf seiner vernarbten Wange kam nur für einen Sekundenbruchteil zum

Vorschein. Mittlerweile fiel ihr die Verletzung kaum noch auf, nur seine Schönheit.

Hast du den Tee schon probiert?, wollte sie ihn eigentlich fragen. Allerdings traute sie es sich nicht, nicht mit dieser Gruppe. Es schien, als brauchte es nur noch ein falsches Wort und die Männer würden sich auf dem Rasen prügeln. Eine Prügelei unter Freunden, so nannte Pippa es zumindest. Beim Tee heute Morgen hatte Necessity schon von ihren Eigenarten gehört und dass diese nicht selten waren. Die gesamte Zeit schon stritten sie sich über die banalsten Sachen und schubsten und piesackten sich. Necessity wusste nicht genau, wie sie damit umgehen sollte.

Just in diesem Moment kam eins der Kinder auf sie zu, ein Mädchen von etwa sieben Jahren, das vermutlich zu Tobias und Hildy Streeter gehörte. Das flachsblonde Haar und die blauen Augen erinnerten verblüffend an ihre Mutter. „Ich habe einen losen Faden. Ich will nicht reinrennen, um ihn abzuschneiden, aber Mama hat gesagt, ich darf nie daran ziehen. Und das ist mein Lieblingskleid."

Necessity handelte schneller als alle anderen, kniete sich vor ihr hin und zog ein Messer aus der Scheide an ihrem Stiefel. Auch diese war eine Spezialanfertigung. Um es hervorzuholen, musste sie auch ein bisschen Knöchel zeigen, aber das ließ sich nicht ändern. Sie winkte das Mädchen zu sich heran und lächelte freundlich. „Ich kann das machen, du musst nicht zurückgehen." Schnell schnitt sie den losen Faden ab, schnippte ihn in den Wind und steckte das Messer an seinen gewohnten Platz zurück.

Erst jetzt fiel ihr auf, dass alle sie anstarrten.

Oh.

Sie erhob sich und schüttelte ihr Kleid aus, als wäre nichts Schlimmes passiert.

Du meine Güte.

Selbst Feste waren bei der feinen Gesellschaft eine ernste Sache. Wie sollte man da nicht sofort in ein Fettnäpfchen treten?

Dash schaukelte amüsiert auf seinen Füßen vor und zurück. „Sieh an, sieh an."

Stanford rammte ihn so hart mit der Schulter, dass Dash stolperte. „Zügel deine Zunge, Junge. Oder ich mache es für dich."

Dash drehte sich mit einem breiten Grinsen zu Stanford um. „Und wenn nicht, Kumpel?“

Das war alles, was gefehlt hatte. Eine kleine Beleidigung. Ein Fausthieb als Antwort. Ein wilder Haken. Ein Schubsen. Grunzen und Schreie. Nur Sekunden später rollten sich Stanford und Dash auf dem Boden herum. Halbherzig versuchte Streeter, sie zu trennen, aber schloss sich der Prügelei lieber an, als er eine Faust ins Gesicht bekam. Macauley schubste einen der Dukes in den Haufen und schon steckten auch sie im Gemenge.

Hildy Streeter seufzte nur tief und währenddessen trommelte die Duchess of Leighton alle Kinder zusammen, die fröhlich um die Männer herumtanzten. Anscheinend waren alle an das Schauspiel gewöhnt.

Pippa zog Necessity am Ellenbogen beiseite. „Und ich dachte, mein Mann würde endlich damit aufhören, wenn er einmal Vater wäre. Xander hat immer davon geredet, dass er niemals heiraten würde, bis es allen zu den Ohren heraushing und als er sich dann doch verliebte, erwartete er Kuchen und Mitgefühl. Ich glaube, all diese Schläge sind Rache. Wahrscheinlich auch verdient.“

Necessity schreckte zusammen und verzog das Gesicht, als Dash mit einem harten Schlag die unversehrte Wange des Earls traf und dabei noch lachte wie ein Verrückter. „Was *stimmt* mit ihnen nicht?“

Pippa zog sie noch weiter zurück, da die Männer sich immer weiter auf dem Rasen verteilten. Sie waren ein einziges, großes Knäuel aus Armen, Beinen und Schimpfwörtern. „Leighton, der Duke ganz unten, liebt es, sich zu prügeln. Es liegt ihm im blauen Blut. Launen wie ein Arbeiter, nicht Adeliger. Genau das mag ich an ihm. Normalerweise reagieren sie sich im *Gentleman Jackson's* ab, aber ich vermute, das ist eine adäquate Lösung für den Landurlaub. Du musst wissen, Xander hat Leighton schon einmal in die Themse geworfen. Und das hat die Klatschblätter wochenlang beschäftigt.“

„Wenn wir schon von deinem Ehemann sprechen, Liebes … Er und Ollie sehen sich von Tag zu Tag ähnlicher, findest du nicht auch?“ Das kam von Georgie, der Duchess of Markham, die dem Schauspiel ganz entspannt zusah. Sie warf ihrem Ehemann, der ein Kind auf dem Arm hatte und der einzige war, der sich nicht prügelte, einen liebevollen Blick zu. „Und wenn wir schon bei meinem Mann sind, seht ihr, wie verzweifelt er sich umschaut? Es juckt ihm in den Fingern mitzumachen, wenn er nur einen sicheren Ort für unseren Sohn finden würde. Ich denke, ich werde ihm nicht dabei helfen. Ich habe wirklich genug davon, sein hübsches Gesicht immer wieder zu verarzten. Und du, Pippa, solltest in deinem Zustand auch nicht nähertreten."

Pippa sah die Herzogin mit großen Augen an – ihre Hand wanderte schützend zu ihrer Taille. Sie strahlte vor Glückseligkeit. „Sie haben wirklich ein Talent, Euer Gnaden. Ich habe es noch nicht einmal Xander erzählt. Und von dem Moment an wird er mich nicht mehr aus den Augen lassen. Das letzte Mal wollte er mich nicht einmal allein in der Kutsche fahren lassen."

„Wie beschützerisch von ihm." Georgie legte sich die Hand aufs Herz und seufzte schwärmerisch. Das Blau ihrer Augen glich dem Lapislazuli, den ihr Mann immer in seiner Tasche trug. „Er erinnert mich an meinen Ehemann."

„So viel Einfluss für einen Mann, Euer Gnaden", murmelte Necessity und versuchte vergebens, das eifersüchtige Stechen in ihrer Brust zu ignorieren.

Eines Tages werde ich auch Kinder haben und dann fahre ich trotzdem Kutsche, wie es mir beliebt.

„Und das vom ehrgeizigsten Fräulein in London", fügte Pippa lachend hinzu. „Noch nie habe ich so ein erbittertes Bowlingspiel gesehen. Als Sie den letzten Treffer gelandet haben, dachte ich wirklich, Ollies Kopf würde gleich explodieren."

„Er regt mich auf", gab sie zu und sah zu dem Mann hinüber, der seinen Arm gerade um den Hals eines anderen hatte. Sein Ärmel war gerissen und sie konnte seinen angespannten Bizeps sehen. Der Earl kämpfte wie ein Schläger von der Straße, wie die Jungs, mit denen sie aufgewachsen war. Eigentlich sollte sie das nicht anziehend finden. Aber er sah ... glücklich aus. Ihre Großmutter hatte es immer ‚Sein Glück verdienen' genannt. Sie wusste nicht ganz, wieso, aber Necessity vermutete, er musste sich von tiefen Wunden erholen und sich alles hart verdienen, was er hatte.

Es war wirklich eine Überraschung, völlig unvorhergesehen, aber

Oliver Aspinwalls Lächeln, wenn es echt war, erleuchtete alles um ihn herum.

Pippa sah zu ihr hinüber und schnalzte mit der Zunge. „Er hat Einfluss auf Sie, das sehe ich sofort. Ihre Wangen sind so rosa wie die Azaleen, die Sie in der Auffahrt gepflanzt haben."

„Rhododendron", berichtigte sie beiläufig und stritt nicht einmal ab, dass sie diesen Mann faszinierend fand. „So oder so, ich will es nicht. Ich habe mein eigenes Leben, meine Ziele. Ich bin nur hier, um mich um seine Gärten zu kümmern, nicht um den Mann selbst."

„Aber er braucht jemanden, der sich um ihn kümmert, Miss Byrne. Er hatte eine schwere Kindheit. Der Riss zwischen ihm und Macauley wächst gerade wieder zusammen. Indien. Und dann noch der Vorfall hinter dem *Devil's Lair*." Pippa kaute an ihrem Fingernagel herum, seufzte tief und ließ ihre Hand dann wieder auf ihren Bauch sinken. „Dank seines skrupellosen Vaters und seiner Misshandlungen ist selbst die Sorge um dieses Anwesen hier getrübt und gleicht einer Wunde, die nicht heilen will – und Ollie sorgt sich wirklich *sehr*. Es muss schwer sein, etwas gleichzeitig so zu lieben und zu hassen. Leider trägt er die Last einer schweren Grafschaft, wenn auch die älteste in den Aufzeichnungen. In *Debrett's*, um genau zu sein. Wenn Sie mich fragen, dann ist es sogar noch schwerer als das Schicksal meines Bruders. Wenigstens ist das Herzogtum von Leighton nicht mehr so angesehen. Niemanden interessiert mehr, was ich tue und lasse oder was Roan tut. Der *ton* hat meinen Bruder abgeschrieben, nachdem er die Erbin eines Schifffahrtsunternehmens geheiratet hat."

„Es war nur ein alberner Kuss. Ich habe ihn überrumpelt und impulsiv gehandelt und das bringt mir immer Ärger." Sie seufzte und vergrub das Gesicht in den Händen, als sie merkte, was sie gerade gesagt hatte. „Lieber setze ich meine Zufriedenheit aufs Spiel als mein Geschäft. Ich verstehe es einfach nicht. Aber nun ist es wohl so, ich habe ein Feuer entfacht, das ich nicht einmal *will*."

Pippa kicherte und klatschte erfreut in die Hände. „Oh, das sind ja wunderbare Neuigkeiten. Taktlos, wie ich nun einmal bin, bin ich erleichtert, das zu hören. Macauley macht sich Sorgen, dass Ollie in Derbyshire verkommt und stirbt. Alt und allein, nur er und die Sterne. Er sucht etwas, das er festnageln kann."

Necessity grunzte lachend, durch und durch undamenhaft. „Im Dorf hat er eine Witwe. Er … verwelkt nicht oder hat nichts zum Hämmern, das können Sie mir glauben."

Pippa krümmte sich vor Lachen. Gerade kam ihr Ehemann angerannt, legte seine Hand in den Nacken, stahl sich blitzschnell einen Kuss und war schon wieder im Gemenge verschwunden, und Pippa lächelte ihm nur verträumt hinterher. *Später*, schien er mit seinem Blick sagen zu wollen. „Das ist das spannendste Bowling-Spiel seit langem. Tratsch über Küsse und dann bekomme ich auch noch selbst einen. Ich amüsiere mich wirklich hervorragend und das, obwohl ich erwartet hatte, mich zu langweilen."

„Ich habe schon jemanden. Vielleicht. Wenn ich ihn denn wirklich haben will." Ihre Wangen glühten, aber sie war bei Gott nicht die Einzige hier mit einem Verehrer. Der Earl konnte sich seine Witwe schnappen und … machen, was auch immer er wollte. Hildy, Georgie und Pippa waren blind vor Liebe und ihre Männer vollkommen in sie vernarrt. Sie waren sicher. Necessitys Konkurrenzdenken, egal, wie unpassend es an dieser Stelle auch war, kam trotzdem zum Vorschein.

„Jasper Noble", kommentierte Georgie, die bisher nur zugehört hatte. So viel Geduld besaß Necessity nicht. „Die *Duchess Society* nimmt ihn gerade unter die Lupe, genau wie Sie es wollten. Bisher finden wir nur die üblichen Ausschweifungen auf. Nichts, was man nicht schon hundertmal gesehen hat. Oder geheiratet hat." Sie kicherte und ihre Wangen färbten sich rosa. „Glücksspiel, geringfügige Betrügereien, eine Geliebte, all so etwas. Aber wir haben nichts, wirklich gar nichts über seine Kindheit finden können. Das ist das einzig Verwunderliche an ihm. Als ob er einfach mit achtzehn Jahren in London aufgetaucht ist, besessen davon, die Stadt für sich zu erobern."

Pippa klatschte begeistert in die Hände. „Eine Geliebte und Betrügereien! Dieser Tag wird ja immer besser."

Necessity hob ihren Arm, um das Sonnenlicht abzuwehren und besser sehen zu können. Der Riss im Hemd des Earls gab ein bisschen seiner Brust frei, das wollte sie auf keinen Fall verpassen. „Mich interessiert nicht, was Männer so treiben. Davon *weiß* ich schon. Jaspers Eskapaden stehen genauso in der Klatschpresse wie die der Idioten hier, die sich windelweich prügeln. Ich habe Sie gerade für diese tiefergehenden Untersuchungen angestellt."

„Nun, wenn er sowieso schon herumschnüffelt, warum fragen Sie ihn dann nicht direkt?", schlug Pippa vor und bewies damit wieder einmal, wie recht alle hatten, die behaupteten, sie wäre unschicklich. „Sozusagen als Druckmittel. Ich für meinen Teil glaube an ein direktes Verhör."

Necessity biss sich auf die Unterlippe, um nicht zu grinsen. „Wenn er sowieso herumschnüffelt, werde ich das wohl tun."

Sie schloss die Augen und reckte sich der warmen Sonne entgegen. Dieser Nachmittag verlief wirklich blendend.

Sie hatte den Earl ehrlich geschlagen. Sie war umgeben von Frauen, die ihr nicht ein einziges Mal das Gefühl gegeben hatten, *weniger* wert zu sein. Niemand hatte sie wegen ihres Kleides herablassend angesehen oder sich über ihren Akzent lustig gemacht – der sich dank der *Duchess Society* um einiges verbessert hatte, sodass man nicht mehr nach wenigen Sekunden erkannte, dass sie aus Shoreditch stammte. Tobias Streeter und sie hatten tatsächlich über ihr gemeinsames Projekt in Islington sprechen können. Der Tee war schmackhaft und die Gurkensandwiches köstlich. Sie hatte tatsächlich Spaß und das, obwohl sie seit Jahren keinen Platz für Freizeit in ihrem Kalender freigeräumt hatte. Seit Ewigkeiten. Eine sanfte Brise rollte über die Wiesen und die Nachmittagssonne bot ihren frisch gepflanzten Hortensien und Gartenrosen genug, um sich darin zu wärmen. Am Abend sollte es regnen, was die Erde auch brauchte. Die Luft war rein, frei von Kohlestaub und Abwassergestank. Und sie konnte vor dem Schlafengehen Capability Browns Notizen durchkämmen.

Das Einzige, was ihr wirklich fehlte, war ihre Katze Delilah.

Ja, stellte sie erleichtert fest, *der Tag läuft gut*. Noch vier Wochen, dann konnte sie wieder nach Hause. Und sie musste nie wieder zurück aufs Land kommen, es sei denn, ein lukrativer Auftrag führte sie erneut dahin. Sie streifte lieber durch die dreckigen Straßen ihrer düsteren Stadt und rettete dabei einen bedauernswerten Garten nach dem anderen.

Mit diesen trostlosen Gedanken hielt sie sich selber zum Narren.

All diese Gefühle rund um Jasper Noble, den sie eigentlich nicht wollte, und den Earl of Stanford, den sie vielleicht wollte, verwirrten sie. Alles, was der Earl ihr bot, war ein Monat, Noble hingegen versprach ihr sein ganzes Leben. Natürlich verstand sie den Unterschied, aber es war ihr herzlich egal – und das allein sollte ihr weit mehr Angst machen. Ihr Herz und ihr Verstand waren sich nicht einig – vermutlich das erste Mal in ihrem Leben.

Der Kampf war vorüber und die Männer rieben sich die Kiefer, klopften sich gegenseitig anerkennend auf den Rücken und hielten Ausschau nach ihren Frauen, um sicherzugehen, dass die sie auch beobachtet hatten. Aber Necessity hatte nur Augen für Stanford – natürlich. Daher war sie auch die Erste, die sah, dass er sich an die Schläfe fasste, schmerzhaft das Gesicht verzog, schwankte und in die Knie ging. Blitzschnell rannte sie zu ihm und war die Erste an seiner Seite, ihr graute vor Schreck. Es war reiner Instinkt gewesen, keine logische Entscheidung. Eile, Todeseile.

„Ihr Trottel habt ihn bis zur Bewusstlosigkeit geschlagen!“, schrie sie und ließ sich neben ihm auf die Knie fallen. Er lag auf dem Rücken und war kreidebleich im Gesicht, was seine Narbe nur noch mehr hervorstehen ließ. Sofort hatte sie die Bilder ihrer Familie vor Augen, die versucht hatten, der Cholera zu entgehen, Tage voller Krankheit und Verlust. Zärtlich strich sie ihm das tiefschwarze Haar aus der Stirn. Es war weich wie Fliederblüten, aber so dunkel wie Kohle. Die Erde war noch feucht und sickerte durch den Musselinstoff ihres Kleides, bis ihre Knie kalt und nass waren. Atmete er noch? Scharf, aber erleichtert, stieß sie die Luft aus, als sie sah, wie seine Brust sich hob und senkte.

Macauley stand sofort neben ihr, sein Gesicht sah aus, wie aus Wachs gegossen. „Was ist passiert? Gerade hat er Dash noch erzählt, wie erbärmlich sein rechter Haken ist und dann *bumm*. Atmet er? Als Kind hatte er ein wenig Asthma.“

„Prügeleien ergeben dann natürlich vollkommen Sinn, Mr Macauley.“

„Hört auf zu jammern! Mir war nur ein wenig schwindelig. Immerhin siehst du heute so hübsch aus, kleiner Kobold“, flüsterte Stanford und seine Lider flatterten. Erst als er die Augen öffnete, sah sie die feinen, geplatzten Äderchen, die sich rosa und lavendel färbten, was das Silbergrau seiner Iris strahlen ließ wie eine frisch polierte Münze. Dabei wollte sie ihm eigentlich nicht so nahe kommen. „Dein Kleid strahlt wie ein Feuer. Ich mag es wirklich."

Sie schluckte schwer und wurde sich langsam wieder ihrer Umgebung bewusst. *„Hübsch?"*

Er zwinkerte zweimal und kam langsam wieder zu sich. Außerdem schien er überrascht, dass sich seine Familie und Freunde so schnell um ihn geschart hatten. Als er sich auf dem Ellenbogen abstützte und langsam aufrichtete, kehrte die Farbe in sein Gesicht zurück. Kurz stockte sein Atem, aber dann atmete er kräftig ein und aus. Er würde ganz sicher nicht an einem lauen Frühlingstag auf seinem eigenen Rasen dahinscheiden. „Das liegt an den Kopfschmerzen, manchmal sehe ich dann nichts mehr. Mir war, als würde ich in Ohnmacht fallen. Aber ganz sicher war es nicht der Schlag gegen den Kopf heute, wohl eher der in Indien." Er grinste breit – was für ein Idiot – und tastete vorsichtig an dem Blut an seiner Unterlippe. „Dash schlägt zu wie ein Mädchen. Das kann es also wirklich nicht gewesen sein. Und was das Asthma angeht, ich huste nur, wenn ich es gerade gebrauchen kann. Hauptsächlich ist es vorgetäuscht."

„Verdammt nochmal, Ollie!", rief Macauley und war genauso verunsichert wie Necessity, weil man ihn dabei erwischt hatte, wie er sich Sorgen um seinen Bruder machte, aber dennoch sah sie echte Sorge in seinem Gesicht. „Hast du es wenigstens mal mit ihrem verdammten Tee versucht?"

Necessity vergrub die Finger tief im Gras und machte sich dabei gedanklich eine Notiz anzuordnen, dass es morgen gemäht werden sollte, falls es heute Nacht nicht regnete. Der Boden war fest, warm und nur leicht feucht, perfekt. Als sie einen zaghaften Blick über ihre Schulter warf, bemerkte sie, dass das gesamte Leighton-Pack sich um sie geschart und ihr seltsames Verhalten natürlich bemerkt hatte. Ihre Sorge um einen Mann, den sie angeblich gar nicht wollte.

Und plötzlich konnte sie nur noch an diesen verdammten Kuss denken, die Erinnerung und sein Duft nahmen sie vollends ein. Beinahe so, als hätte er das mit Absicht gemacht, nur um sie zu verwirren.

Sie sah wieder zu Stanford und suchte einen Ausweg aus der Situation. Aber genau das war ihr Fehler. Seinem wachsamen Blick entging nichts, als wäre sie eine neue Entdeckung, die er mit seinem Teleskop fand. Jedes noch so kleine Detail nahm er in sich auf, und für einen kurzen Moment waren sie die beiden einzigen Menschen in ganz Derbyshire. Stanford war ein sehr geduldiger Mann und würde für das, was er wollte, bis zum Ende kämpfen. Normalerweise unterschätzte sie ihre Gegner nicht, aber diesmal hatte sie es getan.

„Du hast ihm von dem Tee erzählt", flüsterte sie und wusste nicht einmal, warum sie gerade das so erschütterte.

„Was für ein Tee?", rief Pippa laut und drängelte sich nach vorn. Offensichtlich war sie es nicht gewöhnt, von den Geschehnissen ferngehalten zu werden.

Stanford rappelte sich langsam auf, klopfte Grashalme von seiner Hose und streckte ihr helfend seine Hand entgegen. Sportliche Eleganz, und das von einem Mann, der eben noch flachgelegen hatte. „Meine Gärtnerin mag mich eben. Immerhin macht sie mir schon Geschenke."

„Du arroganter Köter!" Necessity kochte vor Wut und kämpfte sich allein wieder auf die Beine, ganz sicher würde sie *nicht* seine Hand nehmen. „Du verfluchter Blödmann!"

„Oh, Ollie ...", murmelte Pippa, „... hast du deinen Charme verloren?"

Er seufzte und steckte eingeschnappt seine Hände in die Hosentaschen wie ein kleiner Junge. „Ich nehme an, du bist sauer auf mich." Er gab sich geschlagen und zuckte resigniert mit den Schultern, sein Blick zum Boden gerichtet. Genau diese überraschende Verwundbarkeit traf Necessity mitten ins Herz. „Kann ich es darauf schieben, dass ich – wie du so schön gesagt hast – fast bis zur Bewusstlosigkeit geprügelt wurde?"

„Lass' es einfach", flüsterte sie leise. Sie war nicht sicher, ob er sie überhaupt gehört hatte. „Das hier ist keine Herausforderung oder eine Situation, in der dein sagenumwobenes *Talent* benötigt wird. Lass' mich einfach in Frieden."

Er zögerte und wippte auf seinen Fersen vor und zurück. Eine Angewohnheit, wenn er nachdachte. Ganz sicher schmiedete dieser teuflische Mann gerade einen Plan. Er musterte sie, lange und intensiv, bis sie merkte, wie ihre Haut brannte und Verlangen sich in ihrem Bauch breit machte. Als er endlich fertig war, schüttelte er einfach den Kopf und sah ihr tief in die Augen, das musste man ihm zugutehalten. Im Gegensatz zu den meisten Männern. „Das werde ich ganz sicher nicht tun, kleiner Kobold. Arroganter Köter, der ich nun einmal bin, behaupte ich zu wissen, dass du das eigentlich nicht willst."

Kapitel Sieben

IN WELCHEM EIN EARL SEIN TALENT AUSTESTET

Offensichtlich, wenn Necessity nur ehrlich zu sich selbst wäre, wollte sie nicht, dass der Earl sie in Frieden ließ. Sie rammte den Spaten tief in den Haufen Torf, den sie gerade in Terracotta-Töpfe verteilte und fluchte leise. Die Luft roch salzig und als würde es bald regnen. Necessity lehnte sich auf den Spatengriff und ließ ihren Blick durch das Gewächshaus schweifen. Sie war sehr zufrieden mit dem Fortschritt, den sie hier schon gemacht hatten, trotz ihres Unmuts über den Besitzer. Die neuen Fenster glänzten, die Reihen an Zitronen- und Orangenbäumen gaben einen Vorgeschmack, was dieser Ort werden *könnte*. Es roch wie Italien im Frühling, zumindest wie sie es sich vorstellte. Wohlriechende Zitrusaromen und frische, fruchtbare Erde.

Seufzend rieb sie sich ihr Steißbein. War diese kleine Schwärmerei schon vorbei, bevor sie überhaupt begonnen hatte? Sie verzog grimmig das Gesicht. Es war zumindest, was sie wollte.

Immerhin hatte der Earl of Stanford sich an ihre Bitte und nicht an sein Wort gehalten und in den vergangenen zwei Tagen kaum mit ihr gesprochen. Gehaltlose Unterhaltungen über das Wetter während sie an seinem riesigen, mittelalterlichen Frühstückstisch saßen, schnippische Bemerkungen darüber, dass sie einen Steinmetz hatte kommen lassen, um die Steinwand zu reparieren, oder aber über das Hortensiengestrüpp, was unter seinem Fenster blühte. Necessity legte den Spaten beiseite und zog ihre mitgenommene Uhr aus ihrer Rocktasche. Um genau zu sein, waren es fünfzig Stunden und siebenundvierzig Minuten, seitdem er sie das letzte Mal so angesehen hatte, als würde er sie wollen. Sein letzter Blick – als er ihr hinterhergesehen hatte, als sie das Bowlingturnier verlassen hatte – war so heiß gewesen, er hätte Metall damit zum Schmelzen gebracht.

Dabei wollte sie nicht *gewollt* werden.

Eigentlich sollte sie froh sein.

Als hätte sie es geahnt, sah sie durch eins der sauberen Fenster den Mann, der ihre Gedanken einnahm, über den Rasen schreiten. Er trug legere Kleidung und wirkte dennoch elegant wie ein Prinz, sein ganz besonderes Talent. Sein Mantel umspielte die schmalen Hüften, das Hemd war am Kragen weit geöffnet und aus der Hosentasche hing eine frische, weiße Krawatte.

Sie kniff die Augen zusammen, es schien, als hielte er ein Buch in der Hand, mit der Mission, es zu überbringen.

Erst jetzt fiel ihr wieder ein, dass sie den Ratgeber über Zitrusfrüchte gekauft hatte.

Und von welchem Buchhändler.

Wütend und mit hochroten Wangen packte sie sich den Spaten und rammte ihn erneut tief in den Haufen Erde vor sich.

„Wie aggressiv, Miss Byrne“, merkte er nur wenige Augenblicke später an, als er neben ihr zum Stehen kam. „Ich will gar nicht wissen, was in Ihrem Kopf vor sich geht, ich habe zu viel Angst.“

Sic ignorierte ihn. Aus dem Augenwinkel sah sie, wie er ungeduldig mit dem Fuß wippte, was man seiner Körperhaltung sonst nicht ansah. Sie wollte wirklich so weiter machen, aber dann fiel ihr wieder ein, wie viel Ausdauer er hatte. Die Standhaftigkeit eines Soldaten. Was für ein sturer, sturer Mann.

Und sie war die ungeduldigste Person, die sie kannte.

Sie stieß die Luft aus, sah zu ihm auf und wappnete sich. Seine Wirkung auf sie ließ sich aus dieser Nähe nicht abstreiten. Sie konnte ihn atmen hören, konnte ihn riechen. Die blauen Flecke, die noch vom Handgemenge zeugten, verblassten langsam, alles, was von der Dummheit zurückblieb, war ein blasser, gelber Ring um sein rechtes Auge. „Kann ich Ihnen helfen, mein Lord?“

Er legte den Kopf schief und öffnete den Mund, um etwas zu sagen. Mit einem schwachen Lächeln meinte er nur: „Ich glaube, die eigentliche Frage ist, ob du *mir* helfen wirst.“

Sie rieb sich mit dem Handrücken über die Wange und stand auf. In den letzten Tagen hatte sie immer wieder das Bild von ihm vor Augen gehabt, wie er auf die Knie gegangen war und wie sie aus purer Angst um ihn zu ihm gerannt war. Und jetzt überkam sie jedes Mal pure Freude, wenn sie ihn gesund und munter herumlaufen sah. Immerhin hatte sie selbst kerngesunde Menschen von einem Tag auf den anderen sterben sehen, und dieses Erlebnis hatte sie lange Zeit nicht losgelassen. „Was *wollen* Sie, mein Lord?“

Besorgt sah er sich um. „Kommt Mrs Rothbottom gleich aus dem Gebüsch gehüpft und schlägt mich mit ihrem Sonnenschirm? Die ganze Woche wirft sie mir schon finstere Blicke zu. Diese Frau weiß, dass ich ... *interessiert* bin.“

Necessity wandte sich von ihm ab, einer Werkbank zu, griff sich ein Tuch und wischte den Spaten sauber. „Sie ist im Dorf, einkaufen.“

Er legte das Buch auf die Werkbank zwischen ihnen und schob es ihr mit zwei Fingern zu. Sie sah zu ihm auf. Sein Haar war dank der Luftfeuchtigkeit heute leicht gelockt. Alles, woran sie denken konnte, war, wie gerne sie ihre Finger darin vergraben und daran gezogen hätte. Bis er die Balance verlor, wörtlich und im übertragenden Sinne.

Er starrte sie immer noch an und seine Augen wurden mit jedem Herzschlag dunkler, dunkel wie Metall. Das Verlangen, das darin zu sehen war, erfasste sie von Kopf bis Fuß.

Er sah es ihr an der Nasenspitze an, was nur dazu führte, dass Necessity sehr, sehr wütend wurde.

„Und dazu kam dieser Brief“, fügte er scheinbar beiläufig hinzu und legte ihn auf das Buch. „Ich muss leider gestehen, dass ich ihn geöffnet habe, bevor ich merkte, dass das Päckchen nicht für mich war. Mrs McKinstry hat es mir anscheinend einfach auf den Schreibtisch gelegt, ohne auf den Adressaten zu achten.“

Sie nahm den Brief und öffnete ihn, während ihr Bauch Purzelbäume schlug. Erst als sie die Brille aufsetzte, die eben noch vor ihrem Ausschnitt gehangen hatte, konnte sie den Text erkennen.

Ich hoffe, der Auftrag in Derbyshire verläuft gut. Ich habe noch einen anderen Band über Botanik, den du sehr mögen würdest. Ich werde ihn dir bis zu deiner Rückkehr zurücklegen. Die hoffentlich bald ist. Beste Wünsche, R.H.

Stanford nickte in die Richtung des Briefes. „Also ist er derjenige?"

Necessity faltete den Brief wieder zusammen und überlegte, ob sie sich freuen oder ärgern sollte, dass er gekränkt war. Konnte man beides gleichzeitig fühlen? „Das geht dich gar nichts an. Ich frage dich doch auch nicht über die Witwe aus." Mit der Ferse seines Stiefels bohrte er in einer Fliese herum. „Ich habe es beendet. Freundschaftlich. Gleich an dem Tag, nachdem du mich im Rasenbowling geschlagen hast."

„Warum?"

Er krallte sich am Tisch fest, der ohnehin schon kippelte, und nun glühten seine Augen trotz des schwachen Lichts. „Du weißt *genau,* warum." Mit purer Freude über seinen Missmut beobachtete sie, wie seine Zunge über seine Zähne strich und er ihren Blick nicht halten konnte. „Ich habe sie aufgegeben, um herauszufinden, dass dein ehemaliger Geliebter dir hin und wieder ein Sonett und romantische Bücher über Pflanzenkunde schickt. Ein Mann, der sehnsüchtig auf deine Rückkehr wartet."

„Ich glaube kaum ...", sie steckte den Brief zwischen die Seiten des Buches, widerwillig hingerissen davon, dass er sauer war, „... dass das als Sonett angesehen werden könnte. Von romantisch ganz zu schweigen. Botanik ist bis heute die einzige Wissenschaft, die ich frei erkunden darf. Der Bereich wird von Frauen dominiert, denn Männer wollen sich nicht mit der Wissenschaft von Blumen beschäftigen. Und deswegen nehme ich das Buch – für das ich übrigens bezahlt habe – mit Freuden. Immerhin hat es bei uns auch ‚freundschaftlich' geendet."

„Und was kommt als Nächstes?", fragte er und zupfte an einem Holzspan herum. Lange, schlanke Finger, die gerne all ihre Geheimnisse ergründen durften. Die Sterne auf ihre *Haut* nachzeichnen sollten. „Jasper Noble schickt dir Blumen? Und dann darf er entscheiden, ob du die Brille auflässt oder nicht, bevor er dich in sein Bett trägt?"

„Oliver Aspinwall, du bist daran gewöhnt, immer zu bekommen, was du willst, nicht wahr?", stieß sie scharf aus, gleichzeitig wütend und begeistert davon, wie besitzergreifend er war. „Wie das wohl sein muss? Frauen hören jeden Tag ein Nein, jede Frage kann Ablehnung mit sich bringen. Aber Männer spazieren einfach so durchs Leben."

Seine Fingernägel gruben sich in die Werkbank und er lehnte sich so weit vor, dass ihre Nasen sich beinahe berührten. Mittlerweile kannte sie die Zeichen dafür, dass er erregt war, unfreiwillige Recherche, die sie dennoch gemacht hatte. Wie er den Kiefer anspannte, der wilde Schimmer in seinen Augen, scharfes Ausatmen, die geöffneten – für einen Mann sehr prallen – Lippen, wie der Puls unter seinem Ohr raste. „Vielleicht stimmt das, aber ich kann ehrlich behaupten, dass ich noch nie etwas so sehr gewollt habe."

Ungläubig prustete sie los. Aber sie blieb stehen.

„Du glaubst mir nicht." Er streckte die Hand aus und streichelte ihre Wange, sein Daumen strich über ihre Unterlippe und sofort stand sie in Flammen. „Aber du kannst mir glauben. Alles, was ich will, solange du hier bist, ist, meine Zeit mit dir zu verbringen. Und ich will dir geben ...", er nickte abschätzig in Richtung des Buches, „... was du mit ihm *nicht* finden konntest. Niemand hat mir je ganz gehört, Nessie. Nicht mein Vater oder meine Mutter, nicht einmal Xander. Es ist ein fremdes und beunruhigendes Gefühl, mich so nach dir zu sehnen, dass ich dich *besitzen* will. Dabei weiß ich, dass das nie der Fall sein wird. Aber ich kann nicht anders. Und im Gegensatz zum Spiel auf dem Rasen werde ich mich ergeben, wenn es das ist, was du willst."

Sie schmiegte sich gegen seine Hand und ihr Atem stockte, obwohl sie ungerührt wirken wollte. „Ich vertraue mir selbst nicht. Ich habe Angst, dass ich nicht mehr nach London zurückkehren werde, mit diesem Verlangen. Und ich werde sicherlich keinen Teil meines Herzens in Derbyshire lassen, mein Lord." Sie trat einen Schritt zurück, aus seiner Reichweite. „*Ganz* sicher nicht. Ich habe in meinem Leben keine Zeit für diese vollkommene Sehnsucht. Das ist mir bisher noch nie so passiert."

„Ja, ja, ich weiß schon. Deine verdammten Gärten. Der Traum, noch berühmter zu werden als der glorreiche Capability Brown", grummelte er und hatte zweifelsohne noch mehr schlimmere Worte für sie auf Lager. Aber sie verfingen sich in seinen gemischten Gefühlen und der Verwirrung. Dem Zögern und dem *Verlangen*. Er streckte die Hände aus, sodass er wieder ihre Wange streicheln konnte, und zwang sie dazu, ihn anzusehen. „Dein Herz kannst du dir für einen anderen aufbewahren. Ich will nur deinen Körper. Das ist genug."

„So einfach ist das nicht."

„Da hast du recht, kleiner Kobold. Wenn ich nicht schlafen kann, stelle ich mir vor, dass du *ja* sagst. Das eine, kleine Wort, das uns beide erlösen würde. Ein. Einfaches. Wort." Er packte ihre Hand, zog sie hinter der Werkbank hervor und dann hinter sich her, als er den Gang entlang, zwischen den neuen Zitronenbäumchen hindurch schritt. Der Duft von Zitronen und Orangen stieg ihr in die Nase und erfüllte ihre Lunge. Sie konnte nur flach und angestrengt atmen, als sie hinter ihm her stolperte. In diese Richtung war eine Abstellkammer, in der sie Mulch und Samen aufbewahrte, die Tür hatte ein Schloss.

Draußen regnete es und die dumpfen Geräusche der fallenden Tropfen gegen die Fensterscheiben schienen im Einklang mit ihrem Herzen.

Halte ihn auf, dachte sie, als er mit ihr zusammen die düstere Kammer betrat und die Tür mit dem Fuß wieder schloss. *Jetzt*, drängte sie sich selbst, als er die Tür verschloss und sie mit flammendem Blick ansah. *Bevor du dich in ihm verlierst.*

Er wollte sie für sich erobern, so viel war klar. Sie sah es in seiner Haltung, an seiner Hand, die er so fest zur Faust geballt hatte, dass seine Knöchel weiß hervortraten, und an seinen fest zusammengekniffenen Lippen. Seine Zunge schnellte hervor, fuhr über die dünne Linie seiner Lippen. Er war bereit für sie.

Hierfür ist er bekannt. Es ist alles nur ein Spiel für ihn. Jeder weiß, wie verführerisch der Earl sein kann.

„Ich liebe dein Haar." Ihr armseliger Chignon fiel auseinander, als er nur kurz daran zog. Spielerisch drehte er die honiggoldenen Strähnen um seine Finger, als sie sich über ihre Brust ergossen. Grinsend nahm er ihr die Brille ab und legte sie ins nächstbeste Regal. „Die Farbe eines Sonnenaufgangs, nachdem es die ganze Nacht gestürmt hat - feurig und wild." Mit den Fingerknöcheln streifte er, wie nebenbei, über ihre Brust, aber hielt sich dann zurück, die reinste Folter.

Sie hatte nicht die Kraft, ihm zu widerstehen. Oder von sich zu schubsen. Sie konnte nicht behaupten, dass sie ihn nicht wollte, wenn es so offensichtlich war. Unter dem Stoff ihres Kleides wurden ihre Nippel hart und die Haut zwischen ihren Schenkeln fing Feuer. Flüssige Hitze. Sie ließ es einfach zu, die gedankenverlorene Lust, die sie beide zerstören würde.

Er legte den Kopf schief und fuhr mit einer ihrer Haarsträhnen über die sensible Haut ihres Halses. Gerade so konnte sie sich noch zurückhalten, nicht zu stöhnen.

„Was tickt hier?“ Er ließ ihr seidenweiches Haar los, vergrub seine Hand in ihrer Rocktasche und zog die Taschenuhr hervor. Necessity konnte ihn aufgrund dieser Dreistigkeit nur schockiert anstarren. „Sieh an, sieh an. Mein Mädchen und ihre Überraschungen.“ Er legte die Uhr neben ihre Brille. „Zwei Minuten, dann müssen wir uns entscheiden.“

„Entscheiden?“ Sie war beinahe atemlos, er hatte sie bald soweit, dass sie sich ergab. Da, wo er sie berührt hatte, prickelte ihre Haut. Ein angenehmer Schauer durchfuhr sie und endete an den geheimen Orten ihres Körpers, die nur selten zum Vorschein kamen, wie Gras zwischen Kopfsteinpflaster.

Sie wollte ihn auch berühren, aber er schnappte sich ihr Handgelenk und leckte zärtlich über ihren rasenden Puls, ihre Knie wurden so weich, dass sie Angst hatte, auf den strohbedeckten Boden zu fallen. „Ob wir es bei einem Kuss belassen oder noch weiter gehen. Wenn es nach mir ginge ...“ Er zuckte nur kurz mit den Schultern. „... dann gehen wir so weit, wie du es zulässt.“

Sie hatte schon den Mund offen, um ihm zu widersprechen, aber er nutzte es aus, er wollte sie unbedingt überzeugen und um sie herum tobte der Sturm weiter. Aber Necessity hörte weder den Wind heulen noch das alte Haus knarzen, alles, was sie hörte, waren sein rauer Atem, als seine Lippen von ihren Besitz ergriffen. Ihr Herz trommelte gegen ihre Brust und kurz verschwamm alles vor ihren Augen. Blind suchten ihre Finger Halt in seinem Haar. Sie musste sich festhalten, um nicht auf die Knie zu fallen. Sie stieß gegen ihn und wollte ihm so nah wie möglich sein. Sie wollte seinen Atem in ihren Lungen spüren, seine Wärme in ihrer Seele.

Näher, wenn sie doch nur noch näher sein konnten.

Sein schwaches Stöhnen zerbrach jeglichen Widerstand. Ihre Lust war stärker als ihre Angst und damit war es entschieden. Fest legte er einen Arm um sie, als Necessity sich ihm stumm hingab, und so zog er sie enger gegen seinen heißen, starken Körper.

Er testete, umsichtig, aber fest entschlossen, und dennoch zärtlich kostete er sie, seine Zunge verwickelte sie in ein erotisches Spiel. Und dann setzte er seinen Plan, sie zu zerstören, in die Tat um. Voller Leidenschaft nutzte er all das Talent, das er besaß – Lippen, große Hände, sein atemberaubender Körper – nur um von ihr abzulassen, um sie verrückt zu machen.

Er versuchte gar nicht, seinen frechen Überredungsversuch herunterzuspielen. Er lenkte lediglich den Kuss, bis ihr Verstand verschwamm, ihr Körper hatte schon lange auf seine Seite gewechselt. Wo war ihre Zurückhaltung geblieben? Oder ihre Gewissheit, dass das hier nur zu Unglück führen konnte? Beides war in den Flammen der Leidenschaft zwischen ihnen verbrannt. Genau, wie er es vorhergesagt hatte.

Verdammt, kann er küssen.

All die Frauen, die durch Fenster stiegen, nur um zu ihm zu gelangen, hatten recht gehabt. Und in diesem Moment gehörte er *ihr*. Trotz seines Plans war er genauso ruiniert wie sie. Sein Schwanz war hart und drückte sich verlockend gegen ihre Hüfte. Vielleicht würde er diesmal zulassen, dass sie ihn berührte.

Sie hatte es schon wieder geschafft und ein Biest aus dem Gentleman gemacht.

Und sie war eine Närrin, verzehrte sich nach einem Mann, der unerreichbar war. Ein Mann, der nur kurzzeitig erreichbar war. Aber dennoch sehnte sie sich danach.

Necessity streckte sich ihm entgegen, forderte mehr und stöhnte frustriert auf.

„Shh, ich habe dich", murmelte er und sein Arm rutschte tiefer, er hob sie hoch und drückte sie noch fester gegen sich. Sie passten zusammen wie zwei Teile eines zerbrochenen Blumentopfs. Er nahm ihr wortwörtlich den Boden unter den Füßen.

Plötzlich wurde der Kuss wilder. Heißer, harter Wahn. Sie spürte seine Muskeln unter ihren Fingerspitzen zucken und vergrub ihre

Fingernägel in der empfindlichen Haut in seinem Nacken. Er mochte ihre raue Seite und stöhnte lauter in ihren Mund, rieb sich schneller an ihr, ein instinktiver Rhythmus. In ihm schlummerte eine ungezähmte Kraft, die sie unbedingt freisetzen wollte, auch wenn sie gleichzeitig Angst davor hatte. Sie machte sich nichts vor: Der Mann, der sie umarmte, hatte auf einem Schlachtfeld dreitausend Meilen entfernt Menschen getötet. Oliver, stark, intelligent, zwiegespalten.

Die komplizierteste Person, die sie sich hätte aussuchen können und dennoch die einzige Person, die sie wollte.

Wieder eines dieser Mysterien des Lebens.

Er schlang seinen Arm fester um sie, um ihre Bewegungen zu lenken, verglühte sie von Kopf bis Fuß. „Hör endlich auf, zu denken und das hier zu planen, wie einen deiner verdammten Gärten."

Begierde packte sie und sammelte sich zwischen ihren Schenkeln. Ein dumpfer Knall, ein Zittern, Verlangen und sie ließ zu, dass es sie vollkommen einnahm. Ihre Haut prickelte und langsam, aber sicher löste sich ihr Verstand im Nichts auf, bis nichts mehr übrig war als pure Empfindung. *Nimm mich voll und ganz*, dachte sie verzweifelt.

Aus purem Instinkt heraus hob sie ihren Rock, um ihre Beine zu befreien, sie schlang eins um seine Hüfte und betete stumm, er würde sich enger an sie schmiegen. Ohne zu zögern, übernahm er wieder die Führung, packte ihre Hüfte, drehte sie so, dass sein Schwanz perfekt an ihren weichen, feuchten Lippen lag. Die Schichten aus Baumwolle und Musselin schützten sie, aber wenn sie ehrlich waren, hatte das hier nichts Sicheres an sich.

Entflammt, unbekümmert, es war ihr egal. Sie stöhnte, drückte ihren Rücken durch und gemeinsam verfielen sie in einen ureigenen Rhythmus.

„Du bist meine Fantasie, Nessie Byrne", flüsterte er ihr ins Ohr, legte den Kopf schief und küsste sie erneut – bevor sie wegrennen konnte, vor ihm oder sich selbst. Er drehte sich mit ihr und presste sie gegen die Tür, packte ihren Schenkel und zog sie noch enger an sich, rieb sich fester an ihr. So hielt er sie beide gefangen und ihre Wärme umschloss ihn. „Ich will die Sterne in deinen Augen zählen, wenn ich in dich gleite. Genau wie die am Himmel. Ich will sehen, wie deine

Locken sich über mein Kissen ergießen und meine Finger darin vergraben, wenn ich komme."

Wie er seine obszönen Gedanken in diesem noblen, privilegierten Akzent aussprach, brachte sie beinahe an den Rand des Wahnsinns.

Es schien, als würde der Moment ewig andauern. Ihre Zungen tanzten, Münder fest aufeinandergepresst, die Hände wanderten und erkundeten, manchmal spielerisch, manchmal fordernd. Ihre Körper trafen aufeinander, dann war wieder Platz zwischen ihnen und schließlich schmiegten sie sich wieder aneinander. Genau wie Sex, aber er dehnte ihr Vergnügen aus, also besser. Ihre Nippel bettelten praktisch darum, berührt zu werden. Der warme Punkt zwischen ihren Beinen schmolz dahin. Ihre gedämpften Seufzer gingen im gleichmäßigen Trommeln der Regentropfen und dem Wind unter.

„Unsere zwei Minuten sind um", flüsterte er, sein Atem heiß und rau an ihren Lippen. „Ich wollte es dir nur mitteilen, immerhin haben wir Vertrauensprobleme. Naja, du hast welche."

Necessity schloss ihre Augen und ließ den Kopf gegen die Tür fallen. Sie krallte sich an seinen Schultern fest und presste sich gegen ihn, nur eine billige Nachahmung von dem, was sie in seinem Bett tun könnten. Verlangen durchfuhr sie wie der Blitz, ihre Beine hinauf, über ihr Rückgrat entlang bis zu ihrem Steißbein. Seine Hand lag fest auf ihrem Hintern, als würde sie ihm gehören. Was auch immer das hier war – was *er* tat – es funktionierte. Nah, so nah war ihre Erlösung. „Ich bin noch nie ... bei niemanden. Ich will ... mit dir."

Schockiert stieß er den Atem aus, der sanft ihre Wange kitzelte. „*Gott*, Nessie. Hat dein Buchhändler nicht ... hast du nicht? Ich meine ..."

Sie öffnete die Augen und ließ ihn sehen, was sie nicht zugeben konnte.

„Aber du hast es schon erlebt?"

Sie summte bestätigend, vollkommen in dem Moment verloren. Verloren in dem Verlangen nach ihm, nach ihrem *Orgasmus*, mehr, als sie zugeben wollte. Hunger erfasste sie, ein Gefühl, das ihr bis eben noch fremd gewesen, aber mächtig war und sie süchtig danach machte. „Allein ja."

Stanford lehnte die Stirn gegen die Tür und legte seine Wange an ihre Schulter. Er küsste sich bis zu der weichen Stelle unter ihrem Ohrläppchen. „Verdammt, ich glaube, mein Schwanz sprengt gleich meine Hose."

„Wunderbar, dann verschwende es bloß nicht." Sie wackelte verführerisch mit der Hüfte, der Strom ihres Verlangens durchströmte sie. Es interessierte sie nicht mehr, ob sie sich lächerlich machte, nicht, wenn er hier war und sie hielt. Und im Gegenzug würde sie sich um ihn kümmern. „Du bist hier der Experte, mein Lord Earl. Benutz dein Talent, zeig mir, wie man es richtig macht." Sie lächelte herausfordernd. Und sie konnte seine Reaktion auf ihre Herausforderung genau spüren, als er scharf die Luft einzog. „Ich fordere dich heraus."

Seine Hand strich über ihre Kurven, bis hin zu ihrer Hüfte und drückte sie passend an sich. So schob er sie immer wieder an seiner harten Länge auf und ab, auf und ab. Bis sie beide nur noch nach Luft schnappten. „Ich bin ganz und gar kein Experte, aber ich bin ziemlich sicher, ich kann dir das geben, was du willst. Besonders, weil du schon fast da bist."

„Mehr als nur fast", gestand sie heiser und seine Finger vergruben sich tiefer in ihren Körper. Sie rieb sich weiter an ihm, auch als er sie wieder küsste und die Sache schwerer machte. Feuerwerk explodierte hinter ihren Augenlidern, sie sah gleißendes Sternenlicht und ihr gequältes Stöhnen hallte durch die Dunkelheit.

Er fluchte, sein heißer Atem streichelte ihre Wange und er hievte sie wieder höher, um sie auf eine wackelige Werkbank am anderen Ende des Raumes zu setzten. Sie ließ von ihm ab und hielt sich an dem abgenutzten Rand fest, aus Angst, sie würde unter ihr zusammenbrechen. Er hingegen schob eilig ihren Rock hoch und klemmte den Stoff unter ihre Hände.

„Hier, halt das, das ist alles, was du in den nächsten Minuten tun musst. Wehe du denkst auch nur daran, mich zu berühren, hier geht es um dich. Denn ich kann dir nicht versprechen, mich an die Regeln zu halten, wenn du mich berührst. Denn alles, was ich wirklich will, ist, dich gegen die Wand zu drücken und dich zu nehmen. Oder genau hier, auf diesem Ding", er schlug mit der flachen Hand auf die Werkbank. „Bis wir es zusammen zerstören, auch wenn es offensichtlich noch gebraucht wird. *Dafür* bin ich bekannt, Kobold. Auf dem

Schlachtfeld, in den Opiumhöhlen, mein gesamtes Leben. Wenn ich es mir aussuche, mich einmal entschieden habe, dann mit allem, was ich habe." In seinen Augen sah sie nicht länger den jugendlichen Charme, sie waren dunkler und provokativ. Erfüllt mit vollkommener Gewissheit. Macht, die sie unterschätzt hatte.

Das hier war sein Spiel und dieses Mal würde er nicht verlieren.

Und dennoch vergaß er nicht seine sanftmütige Seite und gab Necessity die Möglichkeit, nein zu sagen. Er beugte sich zu ihr hinunter und küsste sie sanft, streichelte zärtlich und zurückhaltend ihre Wange. Sie wollte ihn ebenfalls streicheln, aber er hielt ihre Hand fest auf den Tisch gedrückt. „Das könnte alles verändern, Nessie."

„Dann verändere mich."

Sie wollte diesen Wandel. Wollte *ihn*. Sie wollte Lust, die sie allein im Halbdunkel ihres einsamen Schlafzimmers nicht erreichen konnte. Sie wollte verstehen, wie es sich anfühlte, wenn sie mit jemandem schlief, den sie so sehr *begehrte*, dass es sie mit Rausch erfüllte. Sie wollte vollkommen in dem Glück untergehen, sich von den Wellen erfassen lassen und einfach untertauchen.

Er lehnte ihren Kopf zurück und streichelte mit dem Daumen über ihre weiche Wange. „Dieser Gesichtsausdruck ... entschlossen und sinnlich zugleich. Du bist die schönste, verwirrendste und gleichzeitig aufregendste Frau, die mir je in den Weg gekommen ist, Necessity Byrne. Ich weiß kaum, was ich mit dir anfangen soll. Oder mit mir, weil ich dich so sehr will. Aber ich werde es herausfinden." Er spreizte ihre Beine und trat dazwischen. Seine Erektion war so hart wie das Holz unter ihren Fingern und presste sich verlockend gegen ihre weiche Mitte.

Die Werkbank hatte – wie er ohne Zweifel geahnt hatte – die perfekte Höhe für das, was er vorhatte.

Instinktiv drückte sie ihren Rücken durch und reckte sich ihm entgegen. Sein flammender Blick traf ihren und sie konnte sehen, wie er mit sich rang. Ein Schweißtropfen floss seine Schläfe hinunter und er wischte ihn beiläufig mir der Schulter ab. Er kniff die Lippen fest aufeinander, bis sie nur noch eine dünne Linie bildeten. „Schließe deine Augen. *Widerstehe nicht.* Geh deiner Lust nach, liebster Kobold. Immerhin bin ich genau dafür da."

Sie tat, was er ihr sagte und schloss langsam ihre Augen.

Sein zerstreuter schwankender Atem hallte um sie herum, jetzt, da sie nicht mehr sehen konnte. Sie hörte das Platschen der Regentropfen und wie die Scheiben des Wintergartens unter der Kraft des Sturmes zitterten. Hörte ihr zerklüftetes Stöhnen, als seine Finger über ihr Knie und ihren Oberschenkel flatterten, bis sie die Öffnung in ihrer Unterwäsche fanden. Beinahe sofort schien ihr Körper sich aufzulösen, biegsam und voller Wohlbehagen – bis nur noch ihr Griff sie auf der Bank hielt.

Wieder küsste er sie, diesmal zärtlich, als seine Finger über ihre Mitte glitten. Streichelte sie, neckte sie. Wenn er einen besonders guten Punkt erwischte, murmelte sie zustimmend vor sich hin – *Ja, genau da* – und stieß immer wieder nach vorn, jagte seiner Berührung nach. Sie war vollkommen eigennützig, was ihr vorher noch nie passiert war, und stöhnte jedes Mal. Auch er stöhnte, als er seinen Finger tief in sie gleiten ließ und zustieß.

„Oh Gott im Himmel!“, seufzte sie und warf den Kopf in den Nacken, was den Kuss beendete.

„Die beste Art von Himmel.“ Er widmete sich ganz der Berührung, ihrer Lust, seinem Vorhaben, bedachte sie mit langen, ausgiebigen Bewegungen seines Fingers und benutzte außerdem seinen Daumen, um das empfindliche Nervenbündel zwischen ihren Schenkeln zu umspielen. Seine Lippen küssten an jeder Stelle, die er in dieser Position erreichen konnte. Die empfindliche Stelle unter ihrem Ohr, ihre Schulter, ihr üppiger Busen, der über den gerundeten Ausschnitt quoll, ihre Wangen, ab und zu knabberte er an ihrem Hals. Bis sie seine Berührungen nicht mehr unterscheiden konnte.

„Deine Lust bedeckt meine Hand, Kobold, ich kann bald nicht mehr stehen.“

Sie winselte nur, was keine Antwort war, aber sie hatte nicht mehr die Kraft zu sprechen. Alles, was er tat, steigerte ihre Lust – Zähne, Zunge, Lippen, Hände, Worte – alles sammelte sich in ihrer heißen feuchten Mitte. Seine Finger glitten tiefer, erforschten, *drehten* sich. Jedes Mal, wenn er bis zum Anschlag in ihr war, jedes Mal erzitterte sie. Und sein Daumen ließ nicht nach, drückte, umkreiste und wusste genau, was sie brauchte. Necessity schmiegte sich in seine Berührungen, bettelte ohne Worte. Seine Berührungen waren wie gleißend helle Funken auf ihrer Haut, sie konnte kaum atmen.

Seine freie Hand packte plötzlich ihre Brust, massierte sie, während sein Daumen unter den Stoffschichten ihre harte Brustwarze fand. Es war nicht genug und war dennoch völlig überfordernd, auch wenn sie sich so sehr danach sehnte, dass er an ihr saugte, sie *biss*. Sie wollte jeden Zentimeter seiner Haut erforschen, aber er hielt sie gekonnt davon ab.

Und als sie sich seinen harten, breiten Körper nackt vorstellte, konnte sie sich nicht länger zurückhalten.

Mit einem feurigen Kuss fing er ihre Lippen ein und schluckte ihren Lustschrei. Dabei schien es, als wäre er selbst von seinem Verlangen übermannt, benommen und hungrig. Als sie ihre Hand an seine Wange legte, knabberte er sanft an ihrem Daumen und Necessity sah Sterne. Sie zitterte vor Erregung, bis sie beinahe von der Werkbank rutschte. Schwankend strich sie mit ihren Lippen seinen Hals hinab, seufzte gegen seinen Nacken und stöhnte laut in den Kragen seines Hemds. Ihre Muskeln verkrampften sich um seinen Finger, sie wurde immer enger um ihn, als sie am Boden aufschlug und Erlösung fand, vollkommen überfordert. Normalerweise hätte es ihr peinlich sein sollen.

„Sag meinen Namen, Kobold, sag ihn", krächzte er. „Ich habe ihn noch nicht einmal gehört und ich will wissen, wie es klingt."

„Mein Lord", flüsterte sie, atem- und sprachlos, aber ihr Lächeln wurde immer breiter. Es war so strahlend, so warm, wenn er es nur sehen könnte, wäre er geblendet.

Aber Stanford schnaufte nur amüsiert auf, hob ihr Kinn und küsste sie, bis sie nicht mehr atmen konnte. „Versuch's nochmal."

Sie schluckte schwer, das Herz schlug schnell in ihrer Brust und das Blut rauschte in ihren Ohren. „Stanford."

Er summte und knabberte an ihrem Ohrläppchen, genau wie sie vor einigen Tagen. Der kleine Biss schickte einen Schauer bis in ihre Zehen, der sie zusätzlich erfüllte. „Und weiter?" Sein Finger in ihr bewegte sich ein wenig, forderte sie heraus und wieder stöhnte sie wohlig auf. „Kommen wir noch näher heran?"

„Oliver." *Ollie*.

„Das reicht fürs Erste. Dann wohl mehr beim nächsten Mal." Seine Lippen strichen federleicht gegen ihre Schläfe, aber ihr fiel jetzt erst auf, dass seine Stimme schwankte. Sein Arm, der sie hielt, zitterte.

Alles hieran war gefährlich, aber die stille Umarmung dauerte länger, als sie sollte. Stille, strahlende Gemütlichkeit. Sie konnte sein Herz rasen hören, es beruhigte sich erst, als er seine Selbstbeherrschung wiederfand. Eine außergewöhnlich intime Situation, von der sie nie gedacht hätte, sie mit ihm zu erleben.

Er trat einen Schritt zurück und seufzte schwer. Aber erst nachdem er sichergestellt hatte, dass sie allein stehen konnte. Auch wenn ihre Knie unter dem Rock, den er so ritterlich hatte fallen lassen, zitterten.

Dann tippte er mit seinem Stiefel gegen ihren linken, was seltsamerweise beruhigend war. Er hingegen sah beunruhigt und ungeduldig zugleich aus. Da war er wieder, der mürrische Earl. Seine Wangen waren rot und seine Lippen von ihren Küssen geschwollen. Die schwere, feuchte Luft in dem kleinen Raum knisterte. Erfüllt von Lust und Schweiß. Erde, Zitrone, Mann und Sturm.

„Warum bist du sauer auf mich?"

Stanford massierte seinen Nasenrücken und atmete schwer aus, bevor er sie ernst ansah. „Ich bin sauer auf mich selbst, liebster kleiner Kobold."

„Warum?" Allerdings hatte sie eine Vermutung. Sie ignorierte das Schmollen auf seinen Lippen, denn sie hatte keine Lust, sich damit zu beschäftigen, und hätte beinahe gesagt: *Ich kümmere mich gerne um dich, wenn du mir sagst, was du magst, was ich tun soll.* „Es war wunderbar. Du warst ...", ihre Wangen wurden so heiß wie noch nie, „... unglaublich. Das hier war unglaublich."

„Mhm ... leider waren wir zu gut. Nun muss ich warten, bis der Sturm vorbei ist."

Sie senkte den Blick und sah gerade noch, wie er an seinem Hosenschlitz herumzupfte. Da, deutlich sichtbar, war ein dunkler, runder Fleck. „Oh, ooohhh ..."

„Wie du siehst, bin ich ein Junge, der in seine Hosen kommt, dank dir – falls du dich noch immer fragen solltest, was für einen Effekt du auf mich hast. Wenn das so weiter geht, dann ist mein nächster, überaus eleganter Schritt wahrscheinlich, dich einfach mitten auf der

Treppe zu nehmen. Am besten vor den Augen aller meiner Bediensteten, ganz egal, wer uns erwischt. Wahrscheinlich deine verlorene Anstandsdame. Was für ein unglückliches, aber fesselndes Ende."

Necessity beobachtete ihn ruhig, wie er nervös von einem Fuß auf den anderen trat, immer weiter schmollte und mit hochrotem Kopf vor sich hin grübelte. Sein schönes, schwarzes Haar war vollkommen zerzaust. Sie wusste, dass sie nicht lächeln durfte, geschweige denn lachen. Männer hatten ein sehr zerbrechliches Ego, besonders, wenn es *darum* ging. Ihr Entzücken darüber, dass er wegen ihr seine aristokratische Fassung verloren hatte, musste bis später warten – es war ein Geschenk für ihr persönliches Vergnügen, aber nicht auf seine Kosten.

Allerdings hoffte sie auch, dass er damit kein Problem hatte. In Shoreditch gab es damals einen Mann, *Two Dice* Benjamin, der sich nicht länger als fünf Sekunden unter Kontrolle hatte. Nicht einmal lang genug für seine Frau. Oder sonst jemanden, um genau zu sein. Lange hatte er mit jeder Prostituierten in Brick Lane versucht, sein Problem in den Griff zu bekommen, aber es hatte nichts gebracht.

„Ist das ... schon einmal passiert?"

Stanford zupfte an seinem feuchten Schritt herum. „Natürlich, als ich vierzehn war!" Er winkte mit der Hand ab. Die schlanken, wunderschönen Finger, die sie eben noch in Brand gesteckt hatten, versuchten nun, sein Beschämen zu kaschieren. „Da war dieses ältere Mädchen im Dorf. Den ganzen Sommer ist sie mir hinterhergerannt. Im Juli hat sie mich dann endlich erwischt. Das ganze hat einige Versuche gebraucht, bis ich den Dreh raushatte."

Und seither bist du nur noch weggerannt, kommentierte sie ein wenig gereizt im Stillen. Necessity verzog das Gesicht und setzte sich wieder gerade hin, das erste Mal, seitdem der Earl zwischen ihren Beinen gestanden hatte. *Vierzehn*. Seitdem er vierzehn war, verführte er also Frauen. So viele Frauen, er konnte sich unmöglich an alle erinnern. „Sind sie und deine Witwe ein und dieselbe?"

Ging das zwischen ihnen beiden schon so lange?

Wenn ja, dann war es eine Beziehung und nicht nur eine Liebschaft. Und Necessity Byrne war ganz sicher niemand, der Beziehungen zerstörte.

Er hielt inne und sah zu ihr hinunter. Der verwirrte Gesichtsausdruck eines Mannes, der eine Frau verärgert hatte und nicht einmal wusste, wie. Necessity konnte sehen, wie sich die Puzzleteile in seinem Kopf zusammenfügten – und ihre Freude darüber, dass sie ihn geschwächt erlebt hatte, sickerte davon, wie Tee durch einen Riss in der Tasse.

„Du bist eifersüchtig." Blitzschnell schlug er sich die Hand vor den Mund – unglaublich und talentiert - und lachte verhalten. Seine Augen strahlten im Dämmerlicht herrlich silbern. „Ich fasse es nicht. Ich habe einen Wettbewerb gewonnen, von dem ich nicht einmal wusste. Zwei sogar."

Sie hüpfte von der Werkbank und schüttelte ihren Rock aus. Aber ihre Knie waren noch zu wackelig und sie musste sich festhalten. „Ist es dieselbe Frau, mein Lord?"

Er wog seine Optionen ganz genau ab, sie konnte es in seinem attraktiven Gesicht sehen. Sollte er lügen, sie ärgern, ihr Unbehagen noch verlängern? Er war vielleicht ein abgehärteter Soldat, ein hochmütiger Earl und ein dummes Mitglied im Parlament, aber er war nicht der Beste darin, zu verstecken, was er dachte. Macauleys Kommentar kam ihr wieder in den Sinn - Oliver, mit seinem Kopf in den Wolken, aber dennoch warmherzig - und schwächte ihre ohnehin schon schwache Verteidigung noch mehr. „Nein, ist sie nicht. Ich habe seit meiner Jugend nicht mehr mit dem Mädchen aus dem Dorf gesprochen. Sie hat geheiratet und ist weggezogen." Er legte den Kopf schief und sein Lächeln war ebenfalls schief und liebenswert, es gab mehr preis, als er dachte. „Ich erinnere mich nicht mehr an ihren Namen. Schrecklich, oder? Aber ihr Gesicht sehe ich noch immer vor mir. Ihre ... ähm, egal." Er zwinkerte ihr mit einem weiten Grinsen zu, denn er wusste genau, was er für eine Wirkung auf sie hatte.

Necessity warf ihm einen vernichtenden Blick zu, während sie ihr Mieder zurechtzupfte. Sie hatte mehr Busen, als ihr lieb war. Gerade drückten ihre Brüste schwer gegen ihr Mieder. Sie hatte feuchte Schenkel und ihre Haut war überempfindlich. Und noch dazu folgte er jeder ihrer Bewegungen genau, wie nachts den Sternen am Himmel. Immer noch vibrierte die Luft, die seltsame und überwältigende Chemie zwischen ihnen wollte nicht enden, erhitzte sich und ließ die Luft nun knistern.

Leider hatte sein unerwarteter Besuch das Verlangen nicht gestillt.

„Mich trifft keine Schuld", flüsterte sie und war sich nicht sicher, warum sie es überhaupt gesagt hatte oder was sie mit dieser lächerlichen Aussage meinte. Auf wackeligen Beinen ging sie zum Regal zurück, um ihre Brille zu holen und sie wieder aufzusetzen.

Er murrte nur, zog das Hemd aus der Hose, um zu testen, ob es den Fleck überdecken würde. „Natürlich ist es das. Du hast *mich* geküsst, schon vergessen? Und jetzt kann ich dir nicht mehr zu nahe kommen, ohne dass mein Körper reagiert. Für den Rest meines Lebens werde ich nun den Duft von Geißblatt und Erde mit erotischem Verlangen verbinden. Ich kann die Träume nach dieser kleinen Nummer kaum erwarten. Damals, in meiner Jugend bin ich auch oft in meinem Schlaf gekommen. Wenn es jetzt wieder soweit ist, muss ich mir ein Handtuch auf den Nachttisch legen."

Necessity kämmte ihr Haar zurück und versuchte, es mit den wenigen Haarnadeln, die der Earl nicht herausgerissen hatte, sporadisch festzustecken. „So schlimm war es nicht. Vielleicht ein Kuss und ein bisschen mehr. Um Himmels willen, wenn du schon dabei bist, seitdem du vierzehn warst, dann kann das hier wohl kaum unvergesslich sein."

Schnellen Schrittes war er bei ihr und schlug ihre Hand beiseite, drehte sie um und machte sich hastig selbst daran, ihre Frisur zu richten.

„Dein Haar ist einfach reizend." Er vergrub sein Gesicht in ihren Locken und atmete tief ein. „Es hat mich in seinen Bann gezogen. Gott, es ist so füllig wie ein Pferdeschwanz. Und zusammen mit deincr silbernen Brille, die deine bernsteinfarbenen Augen noch mehr hervorhebt, bin ich einfach vollkommen verloren." Seine Bemühungen sahen sogar recht annehmbar aus, was sie nur noch wütender machte, besonders weil die Hälfte ihrer Haarnadeln auf dem Fußboden verteilt war. „Du solltest nicht mutmaßen, was ich denke, bevor ich es dir sage. Bevor ich es überhaupt selber weiß. Was den Kuss angeht, meine ich." Er hielt inne und war vermutlich genauso froh wie sie, dass sie ihn während dieses Monologs nicht ansehen musste. „Alles, was ich weiß, ist, dass es sich nach mehr anfühlt. Das muss dir vorerst reichen. Genau wie bei den Sternen kommt die

Wahrheit erst mit der Zeit und nach Untersuchungen ans Licht. Geduld."

„Mehr?" Sie warf einen kurzen Blick zu ihm über ihre Schulter und sah seinen sehnsüchtigen Blick. „So wie die Dinge, von denen ich dir erzählt habe? Stellungen und Orte, an denen wir ...", schnell schlug sie sich die Hand auf den Mund und stoppte sich selbst, ein Patzer. „An denen *man* Sex haben könnte." Sie druckste herum, öffnete den Mund, um etwas zu sagen, und entschied sich letztendlich doch dazu. „Als ich auf der Werkbank saß, dachte ich einen Moment lang, du würdest auf die Knie gehen und mit deinem Mund ..."

Schnell legte er ihr eine Hand auf den Mund und knurrte, er sah gequält aus. „Wenn du wieder von deinen Fantasien anfängst, Nessie, dann werde ich mich setzen müssen."

„Und das habe ich davon!" Sie löste sich von ihm und marschierte schnurstracks aus dem Lagerraum. „Vergiss, dass ich etwas gesagt habe, du Kröte. Diesen Fehler mache ich sicher nicht noch einmal. In London gibt es einige Männer, *viele*, um genau zu sein, die mich nicht auslachen werden, wenn ich ihnen davon erzähle. Das Erste, was ich mache, wenn ich wieder in der Stadt bin, ist diesen Mann zu finden, Stanford."

„Nur über meine Leiche, Byrne", grummelte er.

Im Gang zwischen den Zitronenbäumchen holte er sie ein und packte ihr Handgelenk, um sie zu stoppen. „Was für ein fürchterliches Temperament du doch hast. Deine Drohungen verletzen mich. Ehrlich gesagt, bin ich fast schon überrascht, dass wir lange genug aufgehört haben, uns zu streiten, um uns zu vergnügen. Auch wenn es bei mir mehr ein Problem der Beherrschung war." Lächelnd hob er ihre Hand an seine Lippen und küsste die Innenfläche.

Er war so verflucht attraktiv, wie er da stand, zwischen zwei Zitronenbäumchen, Zurückhaltung und Teufelei in perfekter Balance. Sein Haar war ein wildes Nest auf seinem Kopf, die Kleidung zerknittert und der Hemdzipfel bedeckte alle Beweise. Nur widerwillig gab sie sich selbst gegenüber zu, dass sie das verrückte Verlangen hatte, ihn in ihr Schlafzimmer zu zerren und diesmal *ordentlich* zu befriedigen.

Sie deutete auf seinen Hosenschlitz. „Gemessen an deinem Ruf war das hier eine Überraschung."

„Ich konnte mich nicht beherrschen. *Oh*, kleiner Kobold, dein Orgasmus war der herrlichste, den ich je beobachten durfte. Es war, als schaute man jemandem dabei zu, wie er ein Geschenk auspackt, der noch nie zuvor eins bekommen hat.“ Auf seinem Gesicht spiegelte sich – wenn auch nur kurz, bevor er es wieder versteckte – Angst wider. „Ich habe mich nicht zurückgehalten, obwohl ich das sonst immer tue. Verdammt noch eins, ich hoffe, das wird nicht zur Gewohnheit.“

„Ich war ehrlich gesagt ein bisschen überrascht ...“, gestand sie und ließ ihren Blick umhergleiten, bevor er doch wieder auf ihm landete. „... wie stark es war.“

Er sah sie ungläubig an. „Etwas anders, als deine eigene Hand, nicht wahr? Besser als nichts, würde ich behaupten, aber nichts gegen echten Sex.“

Sie biss sich von innen auf die Wange und ihr Herz fing erneut wie wild an zu rasen, als sie an seine hastigen Berührungen zurückdachte. Seine Lippen an ihrem Ohr, leidenschaftlich und verboten. Seine Worte unanständig und wunderschön. Und sein lustvolles Stöhnen, wie Honig auf ihren Lippen, floss es durch ihren gesamten Körper und entflammte sie.

Selbst vollkommen bekleidet hatte er schon jeden Zentimeter von ihr gefunden. Oder zumindest schien es so.

Wie würde es wohl erst ohne diese Barrieren sein, wenn sie vollkommen frei waren? Akzeptanz. Seelisch und körperlich – Verstand *und* Körper. Keine Geheimnisse, keine Lügen. Sie hatte in ihrem Leben schon genug hinnehmen müssen, sie verdiente das hier.

„Was ist, wenn ich zustimme? Dass wir das, was ich zwischen uns zulasse, bis ich gehe – und *wirklich* nur, bis ich wieder gehe. Wir stimmen jeden Schritt ab.“

Seine Hand packte ihre fester und erst jetzt fiel ihr auf, dass ihre Finger verschränkt waren. Die Verbindung, die in der Abstellkammer entstanden war, war noch nicht gebrochen. „Willst du die Witwe im Dorf überbieten? Oder das Mädchen, vor dem ich mich damals beschämt habe? Willst du *mich* überbieten?“

Ernsthaft?

„Vielleicht.“

„Verdammt Nessie, wenn du es nicht liebst, zu gewinnen, dann weiß ich auch nicht."

„Ist wetteifern eine schlechte Sache? Im Armenviertel ist es notwendig." Es war nie falsch, ihn daran zu erinnern, wo sie herkam. Besonders dann, wenn sie dieses riskante Vorhaben tatsächlich in die Tat umsetzen wollten. Nichts, was sie tun würden, im Bett teilen würden, würde jemals die riesige Lücke zwischen ihnen und ihrem sozialen Status überbrücken können.

Er brummte vor sich hin, mittlerweile wusste Necessity, dass es bedeutete, er arbeitete an einem Plan. Und dann traf sie sein stechender Blick wieder, ließ sie nicht los, als wäre sie eine Oase in der Wüste. „Hinter den Ställen steht ein Kutscherhaus, meine Mutter hat es als Atelier genutzt. Noch dazu ist es in überraschend gutem Zustand. Das Dach leckt nicht und es gibt nur ein, zwei Geister, mit denen wir uns arrangieren müssen. Aber das ist bei einem dreihundert Jahre alten Gebäude auch nichts Neues. Es soll ein Zufluchtsort sein, von nach dem Abendessen bis zum Morgengrauen. *Unser* Zufluchtsort, wenn wir uns einig sein sollten."

Sie überlegte einen Moment und nahm all ihren Mut zusammen. „Ich vermute, dieses Haus hat ein Schlafzimmer?"

Der Earl of Stanford trat einen Schritt zurück und ließ ihre Hand los, vermutlich, bevor er wieder etwas anfing. Er hatte schon wieder diesen hungrigen Blick. „Oh, ich werde die Zeit mit dir genießen, Necessity Byrne."

Sie lachte hell auf und fand endlich ihr Gleichgewicht wieder. „Ich sollte besser *dich* genießen, Lord Stanford. Nach all dem, was man sich so erzählt."

Erneut flammte Ärger in seinem Gesicht auf, aber er lehnte die Herausforderung nicht ab. „Das war jemand anderes, eine einsame, verlorene Seele, ob du mir glaubst oder nicht. Leider war er sehr unsicher." Er legte eine Hand auf die Brust, so ernst hatte sie ihn noch nie gesehen. „Du wirst mir dabei helfen, mich zu finden. Und ich werde dir im Gegenzug helfen, Erfüllung zu finden."

Mit den Fingern strich er zärtlich über ihre Wange, dann wandte er sich von ihr ab und ging den Gang entlang zurück zur Tür nach draußen. Wind und Regen peitschten um ihn, als er sie öffnete. Er sah ungezähmt und leidenschaftlich und wild aus, ein Mann mit einem Auftrag.

Ein Mann, der diesen *gewissen* Funken Unsicherheit in sich hatte, um ein Stück ihres Herzens für sich zu erobern.

Genau wie in ihren Träumen. Genau wie er einst behauptet hatte, dass sie seine war. Allein deswegen machte sie sich Sorgen um sie beide.

„Heute Nacht. Komm zu mir, ich warte auf dich.“ Verlegen sah er auf den Boden und lächelte. „Ich befürchte, ich warte solange, wie du brauchst, kleiner Kobold.“

Und dann ließ er sie wieder allein – Vorfreude und ein gewisses Machtgefühl brachten ihr Blut in Wallung.

Kapitel Acht

IN WELCHEM EIN EARL VERSUCHT, EINEN KOMPROMISS ZU SCHLIESSEN

Im Kamin prasselte ein Feuer. Frische Seidenbettwäsche bedeckte die Federmatratze, die er selbst gestopft hatte. Auf jeder Oberfläche standen Ölkerzen und tauchten den Raum in ein sanftes Licht. Sekt für sie, Tee für ihn. Frisches Brot aus der Bäckerei im Dorf und der beste Stilton in ganz Derbyshire, falls sie Hunger bekommen sollten. Er hatte sogar einige Blumen aus dem Garten gestohlen und sie in die Lieblingsvase seiner Mutter gestellt.

Stanfords Mundwinkel reckten sich leicht nach oben, als er sich umsah. Es war ohne Zweifel romantisch. Er umwarb sie, obwohl er es nicht einmal musste.

Denn die Frau, um die es ging, hatte schon ja gesagt.

Gedankenverloren klopfte er mit den Fingerknöcheln gegen das verregnete Fenster, als suchte er etwas in der Dunkelheit. Zumindest dachte er, dass sie ja gesagt hatte. Im Westen tauchten die Überreste des wunderschönen Sonnenuntergangs den Himmel in Orange und Dunkelblau. Soweit das Auge reichte, sah er die wallenden Hügel und Täler, die er so sehr liebte. Noch zehn Minuten und dann würde er zurück zum Anwesen gehen und sie ausfindig machen. Falls sie sich doch gegen dieses Spielchen entschieden haben sollte, was auch ihr gutes Recht war, dann wollte er es zumindest wissen. Dann konnte er die verdammten Kerzen auspusten und diesen geisterhaften Ort hinter sich lassen.

Rastlos lief er im Raum umher, wie sein einsamer reinrassiger Hengst Mathis vor den Zuchttreffen. Stanford lachte und das Glas lief mit seinem warmen Atem an. Necessity war *wirklich* ein bisschen wie ein wildes Fohlen – er hatte kein Händchen für Pferde. Ja, er schaffte den straffen Galopp über die Hügel, bis ihm eiskalt wurde, aber sie zähmen konnte er nicht. Es hatte ihn auch nie wirklich interessiert. Aber Necessity, sie wollte er zähmen.

Der Vergleich mit einem Pferd würde sie wütend machen, was *ihm* wiederum gefiel.

Fieberhafte Vorfreude erfasste ihn, als er sah, wie sie durch den milchigen Nebel stapfte. Sie hatte sich in einen farblosen Mantel gehüllt und einen schrecklichen, alten Hut aufgesetzt, um ihre wilden Locken zu verstecken.

Ihr Haar liebte er am meisten an ihr – golden schimmernder Honig. Abgesehen von ihrem Scharfsinn, ihrer Intelligenz, ihrer temperamentvollen Art. Oder der Rundung ihrer Hüften, ihrem Lächeln, ihren Brüsten. Er atmete schwer aus und fuhr sich durch das Haar – ihre Brüste waren wirklich spektakulär.

Er beobachtete sie genau und sein Verlangen steigerte sich mit jedem ihrer Schritte. Glücklicherweise konnte er sich davon abhalten, die Tür auf und sie an sich zu reißen. In dieser Hütte, die er eigentlich nie wieder hatte betreten wollen. Er wollte ihre Lippen erobern und jeglichen bösen Kommentar ihrerseits herunterschlucken, sie auf das Bett schmeißen und … *oh*, er hatte so viele Ideen. Anrüchige Vorstellungen spielten sich vor seinem inneren Auge ab und sein Körper machte sich schon auf den leidenschaftlichen Angriff bereit.

Necessity erweckte Gefühle in ihm, die er schon lange abgeschrieben hatte, ein Funken Glück. Ein quälendes, fremdes Ziehen in seinem Herzen.

Krampfhaft hielt er sich am Fensterbrett fest, bis seine Knöchel weiß hervortraten, und verdrängte die Gefühle. Zu viel Enthusiasmus würde sein Fohlen verschrecken. Und außerdem würde er nie mit einer

Frau glücklich werden können, die um jeden Preis in die Stadt zurückkehren wollte, für die er keine Verwendung mehr hatte, die genau genommen tödlich für ihn enden konnte.

Ganz zu schweigen von dem Klassenunterschied zwischen einem Earl und einer Gärtnerin, der ihn eigentlich wenig interessierte. Aber er war in Derbyshire und sie in London zuhause und so war es nun einmal.

Wenn sie recht behalten sollte, blieben ihnen noch vier Wochen und dann würden seine Gärten in prachtvoller Blüte stehen. Vielleicht konnte er sie hier und da mit einer List von der Arbeit abhalten und Sachen von ihrer erotischen Wunschliste streichen, was ihre Zeit auf fünf Wochen verlängern würde. Es war möglich. Ein guter Plan und er liebte Pläne.

Also lehnte er sich gegen die Anrichte und mimte, so gut er konnte, den gelassenen Geliebten, als sie schüchtern den Kopf zur schweren Eichentür hereinsteckte. Die einzige Enttäuschung? Sie hatte ihre Brille nicht dabei. Letzte Nacht hatte er einen besonders sinnlichen Traum gehabt und war gezwungen gewesen, sich selbst zum Höhepunkt zu bringen: Miss Byrne, die nichts außer ihrer Brille trug. Sie ritt auf ihm und ihr Haar erstrahlte dabei in seiner ganzen Pracht.

Vielleicht würde er diese spezifische Fantasie auf *seine* Liste schreiben. Wenn sie eine hatte, warum dann nicht auch er?

Erst als sie wortlos die Tür hinter sich schloss und ihn wieder mit einem brennenden Blick ansah, schrillten die Alarmglocken. Ohne sich auch nur umzusehen, stürmte sie auf ihn zu und packte seinen Kiefer mit beiden Händen, als er den Mund öffnete, um etwas Prägnantes zu sagen. Sie presste ihre Lippen auf seine, genau wie bei ihrem ersten Kuss, nur besser.

Denn sie wusste, was er wollte.

Er hatte keine Sekunde Zeit, sich zu sammeln oder *verdammt nochmal* irgendetwas anderes zu tun, als zu *reagieren*. Ihr Verlangen zertrümmerte seine Zurückhaltung, die ohnehin schon fragwürdig gewesen war. Die Tasse, die er hielt, fiel zu Boden und rollte verloren gegen seinen Stiefel, gerade als er eine Hand in ihren Nacken legte und sie fester an sich zog.

Er könnte ihr natürlich erzählen, dass sie der *einzige* Grund war, dass er überhaupt an diesen Ort zurückgekommen war, der noch immer nach Farbe und Traurigkeit roch, aber er würde niemals so tief gehen wollen. Die Erinnerungen an seine Mutter waren fest in einer Kiste verschlossen, die er nie wieder öffnen wollte.

Blitzschnell trat er die Tasse zur Seite und riss ihr den schrecklichen Hut vom Kopf. Ihr goldgelbes Haar ergoss sich über ihre Schultern bis hin zu ihren Brüsten und sein Magen verkrampfte sich. Stanford vergaß jegliches Feingefühl, vergrub sein Gesicht in ihrer Halsbeuge und drängte sie rückwärts zum Bett. Sie duftete nach Erde und Regen und es raubte ihm den Verstand.

Sie konnten sich *danach* immer noch unterhalten.

Kaum saß sie, schubste er sie sanft um, bis sie flach dalag, ihr Haar herrlich auf der Decke ausgebreitet. Lachend strich sie sich einige Strähnen aus dem Gesicht und stützte sich auf die Ellenbogen. Ihr Blick rutschte tiefer und blieb an der unverkennbaren Beule in seiner Hose hängen. „Du hast mich also vermisst?"

Er musterte sie und konnte sein Glück kaum fassen. Ihr Haar war ein einziges Desaster. Genau wie er hatte sie vorhin der Regen erwischt, allerdings hatte sie nichts getan, um den Schaden zu mindern. Ihr Kleid glich einem alten Kittel, wahrscheinlich war es einmal rosa gewesen, aber nun war es grau. Das Mieder war zu eng, aber darüber dachte er besser nicht länger nach. An ihrer Wange klebte ein bisschen Erde, verlockte ihn, ihr Gesicht näher zu betrachten. Sie war wirklich großartig, ein wahres Kunstwerk aus Shoreditch. Ihr Körper war ein Wunderwerk, das keine Schneiderin benötigte, um es hervorzuheben. Selbst in den schrecklichsten Klamotten sah Necessity umwerfend aus.

„Meine Augen sind hier oben", meinte sie und deutete auf sie. Aber in ihrer Stimme lag Wärme. Sie wollte ihn verführen, aber mit schmerzender Sehnsucht, die seine Brust enger werden ließ.

Sie würde nicht gehen. Sie hatte ihre Meinung nicht geändert, noch nicht.

Stanford atmete tief ein und aus, zum ersten Mal, seitdem er den Wintergarten verlassen hatte.

Er zog seine Stiefel aus und hielt sich am Bettpfosten fest. Ein oder zwei Berührungen an den richtigen Stellen, sein Steckenpferd, und schon würde sie unter seinen Fingern erzittern und stöhnen. Sie würde sich ihm blind hingeben. Reine Routine, seine üblichen Methoden. Erfolgreiche, etablierte Handgriffe. Aber diesmal wollte er mehr als nur körperliche Nähe. Er wollte nur nicht darüber nachdenken, warum. Solche Fragen konnten sich negativ auf seine Erregung auswirken. „Ich habe eine Auswahl für dich. Ich werde die bewehrten Aspinwall-Methoden hinter mir lassen und schlage vor, wir sind spontan."

Sie leckte sich die Lippen, ihm blieb der Atem weg. „Auswahl?"

Mach langsam, Ollie.

Er lockerte seine Krawatte, was seine Lust nur verstärkte und schmiss sie aufs Bett. Mit einem verruchten Lächeln auf den Lippen schnappte Necessity sie sich und wickelte sie um ihr Handgelenk. Das Schwarz schimmerte herrlich im Kontrast zu ihrer weißen Haut.

„Ist das auch eine deiner Fantasien?", fragte er heiser. Das Herz war ihm in die Kniekehlen gerutscht. „Falls ja, kann man das einrichten."

Sie zog eine Augenbraue hoch und sah ihn hochmütig an. „Vielleicht."

Sie war so furchtlos wie keine Frau sonst, auch wenn er vermutete, dass sie nicht so mutig war, wie es den Anschein erweckte. Es war genau diese Verletzlichkeit, die ihn im Bann hielt.

Machten sie sich beide nicht nur etwas vor?

Ein wenig ungeschickt machte er sich daran, sein Hemd aufzuknöpfen. „Willst du das für mich machen? Das ist Entscheidung Nummer eins, übrigens."

Sie setzte sich auf und zog ihre Schuhe aus. Anstatt ihm zu helfen, löste sie die Schnüre ihres Mieders und sah ihm dabei tief in die Augen. Nur Sekunden und eine geschickte Drehung später hatte sie das Kleid über den Kopf gezogen. Und nun saß sie vor ihm, in nichts außer einem Unterkleid, so blass wie der Mond. Kein Mieder, kein Korsett, keine Unterhose. Ihre spitzen, rosigen Brustwarzen schienen durch den feinen Stoff hindurch. Trotz ihrer zierlichen Figur hatte sie wirklich üppige Brüste. Mehr als nötig war, aber *genau das*, was er wollte. Das dichte, schwarze Fleckchen zwischen ihren Beinen war deutlich zu sehen und rief seinen Namen, lockte ihn.

Er zitterte und langsam vernebelte sich sein Verstand. Er würde sie um den Verstand bringen.

Bald.

„Keine Unterwäsche? Also Byrne, fast, als wolltest du mich verführen?"

„Dann ist die Entscheidung wohl gefallen."

Ganz genau.

Gekonnt packte er sein Hemd am Kragen und zog es einhändig über seinen Kopf. Necessity sah zu, wie es zu Boden flatterte, nur um dann den Blick auf seine nackte Brust zu richten. Ihre Augen schimmerten vor Erregung, aber jetzt, da sie ihn so sah, flammten sie hell auf. Ihre Hände zitterten und sie legte sie sich auf die Brust, die sich mit einem schweren Seufzer hob und senkte.

Er wusste, er hatte einen guten Körperbau. Er hatte auch hart genug dafür gearbeitet. Seit dem Vorfall hinter dem *Devil's Lair* hatte er gute zwölf Kilo zugelegt. Laut seinem Schneider sah er unter seiner Kleidung nicht wie ein Earl aus. Und glücklicherweise auch nicht mehr wie ein Opiumabhängiger.

Seine Hosen hingen schon tief auf seiner Hüfte, aber als er sich an seinen Hosenschlitz machte, hielt er nur durch Necessitys brennenden Blick inne. *Komm her.*

Und das tat er.

Noch bevor überhaupt ein Knopf geöffnet wurde, lag ihre Hand auf seiner harten Länge. Sie studierte seine Form so gut sie konnte, durch Wildleder und dünne Unterhosen. In ihrer Berührung lagen Neugier und Ungeduld. Sie wollte ihn nicht verführen, sondern war sehnsüchtig. Nach *ihm*. Und das erschütterte sein Herz so sehr, dass er sich fragte, ob er sich je wieder davon erholen würde.

„*Nessie.*" Er warf den Kopf in den Nacken und konnte die Augen nicht offen halten. Dann öffnete sie endlich seine Hose.

Lass sie, nur einen kurzen Augenblick.

Es fühlte sich *so* gut an. Er zitterte und langsam verschwamm sein Verstand. „Wenn du so weiter machst, dann ist der Spaß schon vorbei."

Sie pustete absichtlich und zärtlich gegen seinen Bauch, woraufhin sein Schwanz unter ihrer Hand zuckte. Nur noch die Unterhose trennte sie. „Wer sagt denn, dass das kein richtiger Spaß ist?", murmelte sie und ließ seine Hosen bis zu seinen Knöcheln rutschen. Sie deutete ihm mit einer bestimmten Geste an, dass er aus der Hose treten sollte, er gehorchte, natürlich, und schob sie mit dem Fuß beiseite. Er überließ ihr die Kontrolle, etwas, das bisher keine Frau bei ihm gedurft hatte. Vielleicht waren es aber nie die richtigen Frauen gewesen.

Jedenfalls hatte er nie eine gefunden, die die Führung übernehmen wollte.

Aber er *mochte* es. Er fühlte sich wie eine Feuerwerksrakete, die gleich explodierte.

Sie warf ihm einen fieberhaften Blick zu, ihre Augen schienen feuerrot, glichen einem stürmischen, rosa Sonnenuntergang. Immer noch streichelte sie ihn und es hatte nicht den Anschein, als wolle sie seine Unterhose ausziehen. „Meiner Meinung nach gibt es ordentlichen Spaß und dann gibt es noch Spaß, der ein bisschen anders ist. Was ist das hier?"

Er schluckte schwer und konnte sich nicht mehr konzentrieren.

Was?

Seit ungefähr zehn Sekunden stand er schon in Flammen, als sie ihn ihren heißen Atem hatte spüren lassen. Und sein Schwanz war ganz in ihrer Hand. *„Also ich…"*

Ihre Finger hakte sie unter den Bund seiner Hose und zog spielerisch daran. Nur noch ein Knoten, dann war er nackt. „Ich denke, deine Entscheidung wird sein, und meine ebenfalls, die Arten von Spaß abzuwechseln. Alles in diesem Bett hier? Das ist ordentlicher anständiger Spaß, für mich das Beste, was man haben kann."

Sie zog die weiche Baumwolle einige Zentimeter tiefer und küsste seinen Hüftknochen. Ihre Zunge fuhr über die Stelle, tiefer bis zur Beuge seines Beckens. Ein zerfetztes Stöhnen entkam ihm, egal, wie sehr er sich dagegen wehrte. „Vielleicht erwischst du mich das nächste Mal im Stall und man vergnügt sich kurz in einer Pferdekabine. Oder noch besser, beziehungsweise ein bisschen unanständiger, ich benutze nur meinen Mund, zum Beispiel in dem Wäscheschrank im zweiten Stock. Oder die Vorratskammer in der Küche, wenn man die verschließen kann. Vielleicht auch, wenn nicht." Sie biss ihn in die weiche Haut seines Oberschenkels. „Du könntest mir als Herausforderung auch ein Zeitlimit setzen. Fünf Minuten? Wir machen ein Wettrennen daraus und sehen, wer gewinnt."

Sie zog die Unterhose noch tiefer, bis sein Schwanz beinahe heraussprang. Ihr bezaubernder Augenaufschlag, als sie ihn ansah, sollte nur davon ablenken, wie viel Zeit sie sich ließ, knabberte, leckte, saugte und dabei die Stelle umging, wo er sie haben wollte. Sein hastiger Atem verriet ihr alles, was sie wissen musste. „Ich habe viele Ideen, Ollie, *sehr* viele." Sie verführte ihn wie noch keine zuvor.

„*Wo* hast du mein Leben lang *gesteckt?*" Aber er ließ ihr keine Zeit zum Antworten, krabbelte stattdessen auf sie und ihr Lachen hallte im Raum wider. Dabei packte er sie am Hintern und zog sie mit sich weiter aufs Bett.

Er konnte seinen Hunger nicht länger zurückhalten und fiel über sie her, riss ihr das Unterkleid über den Kopf und als er eine Naht reißen hörte, meinte er nur: „Ich kaufe dir ein neues." Dann küsste er sie wieder und drückte sie noch tiefer in die Matratze.

Ihr Spiel. Sein Spiel.

Denn das hier machte wirklich *Spaß*, dabei hatte es das nie getan. Das, was er ihr versprochen hatte, Spontanität, erlaubte er sich nun auch selbst. Zusammen rollten sie über das Bett, küssten, tasteten, fühlten, bis die Luft von ihrem Stöhnen erfüllt war. Immer wieder testete sie mit ihren gekonnten Händen seine Grenze aus. Eine Hand vergrub sich in seinem Haar und sie kratzte vorsichtig mit den Nägeln über seine Kopfhaut. Die andere packte seine Hüfte und drückte ihn fest gegen sich, bis sie sich im Takte bewegten.

Eindringliche Sehnsucht. Sie kosteten einander endlich zum ersten Mal.

Irgendwann störte sie seine Unterhose doch und zusammen, wenn auch unbeholfen, entledigten sie sich ihrer und warfen sie zu Boden. Dann schnappte er sich ihre Arme, hielt sie über ihrem Kopf fest und drückte sie mit der vollen Länge seines Körpers noch tiefer in die Matratze.

Sie hielten inne, um Luft zu holen. Zum ersten Mal spürten sie sich, Haut auf Haut. Beide kämpften sie um Worte. Ihre Augen, so dunkel wie ein guter Schluck Whisky, waren weit aufgerissen und voller Staunen. Sie schüttelte den Kopf – *nein, ich kann jetzt nicht darüber nachdenken* –, zog ihn an sich, küsste ihn und ließ sich zurück auf das Bett fallen.

Er erforschte sie, ähnlich wie die Sterne jede Nacht. Neugieriger und leidenschaftlicher, als er es von sich selbst kannte. Mit seinen Lippen, seinen Zähnen, seiner *Zunge*. Er kartographierte jede Kurve, Sommersprosse und Falte nach. Ihre Brust füllte seine Hand vollkommen aus, sein Daumen umkreiste ihre Brustwarze, er kratzte mit dem Fingernagel gegen die steife Knospe, bis sie in seinen Mund stöhnte und sich verlangend gegen ihn presste. Dann widmete er sich der anderen Brust, küsste dafür ihr Schlüsselbein entlang und notierte sich innerlich jede noch so kleine Reaktion. Immer wieder ging er einen Schritt weiter, zog sich dann aber zurück und lächelte verschmitzt, wann immer sie frustriert aufstöhnte.

Im letzten Moment pustete er mit seinem heißen Atem über ihre Haut – er konnte auch necken.

„Ist das die Rache, Stanford?“, fragte sie, ihre Stimme so lieblich wie Morgentau, schwer vor Lust.

Er stürzte sich auf die harte Knospe, saugte, leckte, besänftigte. „Vielleicht, Byrne“, antwortete er mit ihrem Nippel zwischen den Lippen.

Sie griff nach seinem Haar, aber musste loslassen, je tiefer seine Küsse wanderten. „Das ist also, was du dir heute auf der Werkbank vorgestellt hast.“ Seine Worte verloren sich in der warmen Wölbung ihres Bauchs. Er zögerte nicht, jegliches Vorspiel außer Acht gelassen. Immerhin hatte sie *ihn* heute verführt. Alle seine Verlangen murmelte er gegen ihren straffen Schenkel, ihr würziger Duft hüllte ihn ein, nahm ihn gefangen. Und dann presste er seine Lippen gegen ihre Mitte und ergötzte sich an ihr.

Sie schmeckte wie Ambrosia. Der Rausch war stärker als jeglicher Opiumrausch.

Necessity drückte ihren Rücken durch, ihre Finger krallten sich in sein Haar und sie zog ihn verzweifelt näher an sich, nur um ihn wieder von sich zu drängen. „Wenn du nicht ... aufhörst, dann ... kommen wir nicht zum ordentlichen Spaß.“, protestierte sie mit schwacher, zitternder Stimme. Ihr Atem rauschte aus ihrer Lunge, ihre Beine zitterten und klammerten sich fester um seine Schultern.

„Wer sagt, dass das nicht ordentlicher Spaß ist?“, erwiderte er gegen ihre feuchten Lippen, sein Schwanz schon so hart, dass er einen Zapfhahn in ein Weinfass hätte hämmern können. Er wusste, dass er nicht mehr viel Zeit hatte, und so fasste er den Entschluss, sie um ihren Verstand zu bringen, sodass sie weder denken noch sprechen konnte. Sie sollte schnell kommen und dann wollte er in sie gleiten und sie richtig befriedigen.

Mit einem Finger drang er in ihre seidigweiche Wärme ein, und als sie ihm zu verstehen gab, dass er es konnte, dann mit dem zweiten. Ein Paartanz mit seiner Zunge, etwas, das er nur zu gerne tat. Und er war gut. Schnell, aber nicht zu schnell, um sie immer näher an den Abgrund zu bringen, aber noch nicht fallen zu lassen. Wie immer ging es um die Details. Man durfte sie nie vergessen oder übersehen und Oliver tat dies ganz gewiss nicht.

Zwischen ihren unglaublichen Brüsten hindurch beobachtete er sie, Augen geschlossen, den Rücken durchgedrückt und die freie Hand krallte sich in seine Bettdecke. Ihr lieblicher, langer Hals, in den er auf dem Weg zwischen ihre Beine gebissen hatte, war hochrot angelaufen, wie die englischen Rosen, die sie so liebte. Ihr goldenes Haar schimmerte wie ein Heiligenschein um sie und nun sah er, dass es heller war als das feine Büschel zwischen ihren Schenkeln.

Bei dem Anblick wurde ihm vor Verlangen schwindlig.

Einen Moment später widmete er sich wieder von ganzer Seele seiner Aufgabe. Seine Sinne standen in Flammen, seine Haut prickelte und die brennende Spannung erstreckte sich über seinen Rücken bis in die Zehen. Mit der Zunge glitt er über ihre feuchte Wärme und saugte die geschwollene Knospe ein, erst sanft und dann nicht mehr so zärtlich. Sein gesamtes Wissen wandte er mit größter Absicht an und wünschte ihr so viel Vergnügen wie noch nie jemandem zuvor.

Sie schluchzte, zitterte, geflüsterte Bitten und dringende Befehle. *„Jetzt schneller, genau da, Ollie.“*

„Noch nicht, nicht bis du ...“ Er stieß mit seinen Fingern tiefer, leckte und schmeckte sie, sie war so kurz davor. Lust ließ ihre Beine zittern und entlockte ihr ein Wimmern. „Danach kommen wir zum Rest.“

Sie schrie heiser auf und schlang ihr Bein fester um seine Schultern, hielt ihn genau da fest, wo sie ihn haben wollte, als sie um ihn herum in ihre Einzelteile zersprang. Mit beiden Händen zog sie nun an seinem Haar und führte ihn, wo sie ihn brauchte. Sie presste sich an seine Lippen, nahm seine Finger tiefer in sich auf. Er gab sich Mühe, ihren Orgasmus so lang wie möglich zu halten und sie nahm ihn mit sich, bis sie ihn schwach und erschöpft von sich schubste. Ihr Atem raste, als sie ihn losließ und vollkommen entspannt in die Matratze sank. Obwohl sie sich nie ergab, hatte sie sich ihm vollkommen ergeben.

Ihr Orgasmus erschütterte sie noch immer, wie Wellen in einem Kanal. Neckisch knabberte er an ihrem Oberschenkel und lachte auf, als sie ihn atemlos verfluchte. Er lauschte ihren Geräuschen, die im Raum widerhallten, und wusste, dass er diesen verletzlichen Augenblick voller purer Glückseligkeit nie wieder vergessen würde. Es war, als hätte er den Gipfel eines Berges erklommen, sie besiegt, wenn auch nur für einen Moment.

Über seine eigene, begeisterte Reaktion darauf oder die quälende Sehnsucht, die er spüre, wollte er aber nicht nachdenken und krabbelte an ihrem Körper entlang nach oben. Behutsam hielt er ihr Gesicht in seinen Händen und drehte ihren Kopf zu sich. „Ich will sehen, wie deine Augen aussehen, nachdem du gekommen bist." Das Bernstein war nun so dunkel, es war beinahe schwarz.

Sie atmete erschöpft aus, schluckte schwer. „Ich wusste ganz genau, dass du so selbstgefällig grinsen wirst." Ihre Stimme zitterte, beinahe als wäre sie betrunken, aber er wusste, dass es nichts davon war. „Mein Lord, Herr Earl, Sie haben das sture Mädchen aus der Gosse besiegt. Noch nie vorher habe ich gebettelt. Und nun bin ich hoffnungslos süchtig nach dir. Gratulation, ich gestehe meine Niederlage ein. Ich bin von deinem Können beeindruckt."

Er lachte, erfüllt von Liebe und seltener Freude. Selbst jetzt, nach seiner hervorragenden Leistung – und sie war *wirklich* hervorragend gewesen –, mit ihrem Duft an seinen Wangen, ihrer Lust auf seinen Lippen und er selbst schon kurz vor seinem Höhepunkt, verfluchte sie ihn. Sie versuchte zu *gewinnen*. Oder schmollte, weil es ihr verwehrt blieb. „Meine liebste Nessie, ich nehme deine Komplimente gerne an."

Plötzlich sah sie beinahe beleidigt aus. „Du brauchst gar nicht so stolz daherzukommen. Ich mochte es, es war gut."

Gut?

Beinah hätte er laut aufgelacht. Es war verdammt nochmal unglaublich gewesen und das wussten sie beide. „Mh ...", machte er und ließ sich neben sie fallen. „Naja, ein Mann kann es wenigstens versuchen."

Sie packte seine Schulter und zog daran. „Oh nein, so nicht, Lord Stanford. Ich will den Rest auch noch haben. Schon vergessen, ich habe eine Liste? Wir hatten eine Abmachung."

Er grinste sie nur an und stützte den Kopf auf seinem Arm ab, die Finger seiner anderen Hand fuhren über ihren Brustkorb, ihre Rippen und dann endlich streichelte er behutsam ihren Nippel. Er konnte genau dabei zusehen, wie er wieder hart wurde, und kaufte sich selbst dreißig Sekunden, bevor er daran knabberte. In nur wenigen Minuten konnte er sie noch einmal zum Höhepunkt bringen. Ihre Augenlider zuckten und sie konnte nicht anders, als sich ihm hilflos entgegenzudrängen. Er hatte sie genau da, wo er sie haben wollte, das arme Mädchen. „Wenn es nur *gut* war, dann ..."

Sie legte eine Hand in seinen Nacken und zog ihn wieder an sich. „Du kämpfst so dreckig. Immer unter der Gürtellinie, wie ein Junge von den Docks", beschwerte sie sich, aber seufzte schon bald wieder glücklich, als er ihr gab, was sie wollte und mit seiner Zunge verwöhnte. „Aber es war so – *Gott*, Ollie – gut. So, so gut."

Mit einem lauten Schmatzen ließ er von ihr ab. „Gut bedeutet dann also großartig?"

Sie funkelte ihn böse an. „Bist du dir sicher, du weißt überhaupt noch, wie der Rest funktioniert?"

„Ah, kleiner Kobold, als ob ich das vergessen würde", entgegnete er, rollte sich auf sie und presste ihren zierlichen, hübschen Körper in die Matratze.

Die Zärtlichkeit des Kusses überraschte ihn. Sie vertrauten sich, einzigartig und außergewöhnlich. Und diesen Gedanken verbannte er sofort.

Sie drückten sich aneinander, stießen, rieben sich, bis das alte Bett knarzte. Ihre Bewegungen, ihr Herzschlag, ihr Atmen wurden immer schneller und unregelmäßiger. Mit beiden Händen hielt er ihre üppigen Brüste, ihre hingegen krallten sich in seine Schultern und

Unterarme, kratzten ihn. Er packte ihren Oberschenkel, drückte ihn gegen seine Hüfte und legte sich zwischen ihre Beine.

Gemeinsam verfielen sie in einen Takt, den sie zunächst für lange, schmerzvolle Momente nur übten, bis sie frustriert knurrte und ihn packte. Ihre Finger strichen seine Länge auf und ab, streichelten ihn, ihr Daumen fuhr über seine Eichel. Ihre Berührungen ließen ihn erschaudern und vor Lust blieb ihm der Atem weg. Aber da waren auch noch andere, zärtlichere Gefühle, die ihm Angst machten.

Plötzlich hielten sie inne und sahen sich an, es war erschreckend innig. Ihre Brust hob und senkte sich im selben Takt wie die seine, ihre Körper waren ineinander verschlungen, Hüfte an Hüfte. Er legte seine Hand auf ihre, küsste sie und drang in sie ein.

Sie schwiegen, während er sich tiefer in sie drückte, so langsam wie noch nie zuvor in seinem Leben. Er konnte ihren schweren Atem auf seiner nackten Haut spüren. Ihre weichen Fingerspitzen glitten seinen Rücken hinunter, dann packte sie seine Hüfte und drängte ihn noch tiefer. Sie leckte seine Unterlippe und reckte ihren Hals verführerisch. Ihr Körper war perfekt und reckte sich ihm begierig entgegen.

Diese Zusammenkunft war einzigartig.

Aber er musste seine Augen schließen, es war zu intensiv, ihr lodernder Blick nahm ihn zu sehr gefangen. Seidene Fäden aus unzähligen Emotionen spannen ihn ein und er ergab sich.

Er verlor sich in ihr, bis nichts mehr sie trennte.

Ihr Duft aus Erde und Regen umhüllte seinen Verstand. Eine Hand legte er an ihr Steißbein und hob sie hoch, beendete so den Kuss. Instinktiv schlang sie ihre Beine um seine Hüfte, perfekter Einklang. Sie hatte sich ihm komplett geöffnet und so konnte er tiefer in sie stoßen. Lange, langsame, genussvolle Stöße vom Ansatz bis zur Spitze. Dann hielt er inne, tief in ihr, er konnte fühlen, wie sie sich um ihn herum verengte. Keuchend ließ er den Kopf in das Meer aus Haaren fallen, küsste ihren Hals, ihre Wange und dann wieder ihre Lippen.

Und dann nahm er sie mit sich, dahin, wo sie noch nie gewesen war. Er gab ihr alles, was sie wollte.

„*Ollie*." Sie schlang ihre Arme um seine Schultern und zog ihn an sich. Alles in ihr umklammerte ihn fester, sie presste sich an ihn, ihr

Zusammenfluss war einfach. Die natürlichste Sache der Welt. Füreinander geboren, füreinander gemacht.

Ihre Körper stießen aneinander, ihr Stöhnen und ihre lustvollen Schreie vermischten sich mit dem Prasseln des Regens auf dem Dach der Hütte. Das Feuer prasselte im Kamin, das alte Bett knarzte unter ihnen. Echos, die er nicht bewusst wahrnahm, die aber dennoch in seiner Seele widerhallten. Ihm wurde beinahe schwindlig vor Eindrücken, er war außer Atem. Seine Fingerspitzen prickelten, als er über ihr Kinn strich, über ihre Wangen, bis in ihr Haar, diese wunderbare, überwältigende Mähne. Ihre Nippel, ihre Taille, ihr Bauch. Ihren Körper hinab und hinauf.

Sie war überwältigend und es trieb ihn um den Verstand.

Sein Tempo, zusammen mit all seinen Plänen, verflüchtigte sich. Seine Lenden zuckten und ihm stockte der Atem, sein Orgasmus rückte immer näher. Für einen Moment hielt er inne, schnappte nach Luft und versuchte, sich zu sammeln. Sie fühlte sich so unglaublich gut an, wie ihr Körper sich um seinen verengte. Ihr Haar klebte an seiner verschwitzten Haut und währenddessen erkundeten ihre Hände seinen gesamten Körper. Ihr Duft übertraf alles. Ihre feuchte Lust verteilte sich auf seinem ganzen Schwanz. Liebevolles, unverschämtes Wunder von einer Frau.

Er konnte nicht denken, nur fühlen. Das war nun die Strafe dafür, dass er sie an sich herangelassen hatte, dass er zugelassen hatte, er selbst zu sein.

„Hör auf zu denken, Ollie." Sie legte eine Hand an seine Wange und zog ihn zu sich für einen langen, erbitterten, hungrigen Kuss. „Bleib hier, genau hier bei mir."

Er lehnte seine Stirn gegen ihre und stieß tiefer in sie, immer und immer wieder, es war beinahe qualvoll, bis sie ihren Rücken durchdrückte, ihre Becken fester aneinander rieben und ihre Seelen um Erlösung baten. Das Kopfende des uralten Bettes schlug gegen die Wand und in dem Moment, in dem er sie an einer bestimmten Stelle berühren wollte, um sie endlich zu erlösen, explodierte sie unter ihm wie ein Feuerwerk. Sie wurde immer enger um ihn und ihre lustvollen Schreie brachten ihn nur noch näher zu seinem Höhepunkt. Bis er sich nur noch keuchend ergeben konnte und alles Blut sich an einer Stelle seines Körpers sammelte.

Er wusste genau, dass er etwas gemurmelt hatte, als er nach ihr endlich auch zu seiner Erlösung fand. Ein letztes Mal stieß er in sie, so kraftvoll, dass sie auf dem Bett hochrutschten. Zitternd klammerte er sich am Kopfende fest, um das Beben zu dämpfen und um sich selbst und sie zu beruhigen. Seine Wahrnehmung war dahin und er konnte keine Sekunde denken. Alles, was er noch wahrnahm, war das Prickeln seiner Haut, blinde Ekstase und die Frau, in der sein Schwanz steckte und die immer noch ihre Hüften kreisen ließ. Atemlos und völlig benommen ließ er den Kopf sinken, seine Hände umklammerten die Kupferleiste so fest, er zerdrückte sie beinahe.

Unbekümmert und zufrieden. Das erste Mal in seinem Leben absolut zerstört vor Lust.

Necessity stützte sich auf ihre Ellenbogen, streckte sich und knabberte an seinem Bizeps. „Du kannst loslassen, mein Lord Earl, bevor du wirklich noch etwas kaputt machst. Du hast deine Mission erfolgreich abgeschlossen."

Er fiel in sich zusammen – genau genommen schmolz er dahin, eine Pfütze männlicher Zufriedenheit. Seinen Arm schob er unter ihren Rücken und zog sie mit sich, als er sich zur Seite fallen ließ. Ihr Kopf lag auf seiner Schulter und er konnte ihre erschöpften Seufzer an seinem Hals spüren. Dieses herrliche Haar – *Oh Gott* – fiel über sein Gesicht. Das Bett gab ein lautes, unglückliches Geräusch von sich und sackte auf einer Seite fünf Zentimeter tiefer, sodass sie herausfallen würden, wenn sie nicht aufpassten.

Die beiden kuschelten sich fester aneinander und lachten, auch wenn Stanford jegliche Unterhaltung abwehrte. Er hatte keinen blassen Schimmer, was er in seinem jetzigen Zustand alles von sich geben würde. So vollkommen ausgelaugt, sein Kopf gefüllt mit lauten Gedanken. Sein Körper gehörte ihr – und sein Herz sehnte sich ebenfalls nach ihr.

Aber das war einfach zu viel des Guten.

Zu früh, ermahnte er sich selbst und atmete zittrig aus.

Noch nie hatte er sich nach dem Sex so verbunden gefühlt. Befriedigt natürlich schon. Aber auch ungeduldig, er wollte sich immer davonschleichen, in die Nacht flüchten. Noch nie war er bei jemandem geblieben, zumindest nicht bis zum Morgengrauen. Wegen seiner Albträume hatte er es sich nie getraut. Er hatte es auch nie gewollt, immerhin war das nicht der *Sinn* der Sache.

„Schlaf", flüsterte er in ihr Ohr, zog seine entzückende Gartenbaukünstlerin noch näher an sich und dachte nicht eine Sekunde daran, sie loszulassen.

Kapitel Neun

IN WELCHEM EINER GÄRTNERIN KLAR WIRD, DASS SIE MIT IHREN GEFÜHLEN IN SCHWIERIGKEITEN STECKT

Necessity erinnerte sich noch genau an das erste Mal, als sie auf Seidenbettwäsche geschlafen hatte. Sie erinnerte sich an das erste Mal, als sie zum Nachmittagstee bei *Gunter's* eingeladen worden war. Dank der netten Damen der *Duchess Society* erinnerte sie sich auch an ihren ersten akzentfreien Satz. Sie erinnerte sich an ihren ersten, offiziellen Auftrag, den sie unterschrieben hatte, für ein kleines Fleckchen Schönheit im Garten der Stadtvilla eines Barons in Curzon. Sie erinnerte sich an den Moment, in dem sie zum ersten Mal ganze zehn Pfund besessen hatte und sie in dem Lederbeutel, der einst ihrem Vater gehört hatte, unter die Matratze geschoben hatte. Das war genug Geld gewesen, um zwei Kleider von einer Schneiderin zu kaufen, anstatt sie mehr schlecht als recht selbst zu nähen. Eins war ein schreckliches mulchbraunes Kleid gewesen, das man vergessen hatte abzuholen, und das zweite ein schreckliches Orange, was nicht zu ihrem Hautton passte.

Aber sie schlug sich durch und baute sich ein eigenes Leben auf.

Sie erinnerte sich an vieles.

Und bis ans Ende ihrer Tage würde sie sich an *das* hier erinnern.

Egal, wie sehr sie versuchte, ihr leises Lachen zurückzuhalten, sie schaffte es nicht, stützte den Kopf auf ihrer Hand ab und machte sich gedanklich Notizen über die absolute Müdigkeit des Earls. Der Kamin glomm heiß in ihrem Rücken und irgendwo tickte leise eine Uhr vor sich hin.

Und der wunderschöne Earl lag wie tot neben ihr und atmete erschöpft ein und aus.

Sie hatte ihn endlich ausgelaugt.

Seine wilden, silbernen Augen, die sie den gesamten Abend aufs Bett genagelt hatten, fanden im Schlaf endlich Ruhe. Seine Augen hatten geglänzt wie glühende Asche, als er auf sie gestiegen war und sie für sich beansprucht hatte. Sein Hunger hatte ihren nur verstärkt. Es war ein bemerkenswertes und unglaublich überwältigendes Gefühl, gewollt zu werden und genauso intensiv zu *wollen*. Wie gut sie in diesem Fall doch zusammenpassten.

Es war ein Ringen, beinahe schon ein Kampf. Darum, tiefer, härter zu stoßen, sich die Lust zu schnappen und damit durchzubrennen. Darum, jeder noch so schwachen Ader einen erschöpften Herzschlag zu entlocken. Ihr Abend war ungezähmt und unfassbar gewesen. Eine Sache war ihr allerdings klar, auch wenn es *nur* die eine war. Es gab keinen anderen Mann, der so gut zu ihr passte, der sie so sehr begehrte, dass er sie so blind machte vor Rausch und Verlangen, dass sie den Halt unter den Füßen verlor.

Dabei war sie die standhafteste Frau, die sie kannte.

Bettler konnten nicht wählerisch sein, dazu hatten sie weder das Recht, noch hatten sie die Wahl. Niemals hätte sie erwartet, etwas zu haben, was an das hier herankam. Einen Mann wie ihn – den sie frei erkunden durfte.

Überraschenderweise waren sie und Oliver, der vierte, fünfte oder zwanzigste Earl of Stanford, ein alter Titel, der mittelalterliche Last mit sich brachte, außerhalb des Schlafzimmers Kontrahenten, aber *darin* durchaus sehr kompatibel.

Trotz all ihrer Widerrede war sie hier, kümmerte sich doch um mehr als nur seine Gärten.

Mit einem Seufzer zog sie die Decke, die sie von dem Bett, das sie zerstört hatten, geklaut hatte, höher über seine Hüfte. Irgendwie musste sie ihn vor dem kalten Luftzug schützen, der durch das Fenster drang, das er irgendwann im Laufe des Abends geöffnet hatte. Die

Hitze und der salzige Geruch von Sex waren irgendwann unerträglich geworden.

Eigentlich hätte ihr mulmig zumute sein sollen, wie sie hier lag, auf dem kalten Boden, auf einem alten, abgenutzten Teppich, der bestimmt einmal luxuriös gewesen war, und sich fragte, warum sie es nicht eilig hatte, zu verschwinden. Stattdessen wollte sie nie wieder gehen, wollte ihren reizenden Partner zu einer dritten Runde überreden. Bei ihrem letzten Orgasmus – und vermutlich dadurch ausgelöst – hatte er ihr gestanden, dass er sie gegen die Wand nehmen wollte. Er würde sie festhalten, während er tief in sie stieß, bis sie Sterne sah, die heller waren als die am Firmament.

Die Erinnerung streichelte sie wie ein verträumter Finger, der über ihre Haut strich. Sie atmete langsam und müde aus.

Nun, es war eindeutig bewiesen: Sie war schwach. Besessen und gefesselt, teilweise sogar widerwillig. Genauso abhängig von ihm, wie er von Drogen.

Vielleicht würde man ihr irgendwann verzeihen, dass sie sich einfach genommen hatte, was sie wollte. Immerhin war er unschwer zu übersehen. Voller Widersprüche. Clever, aber mit dem Kopf in den Wolken. Sanft, aber das Herz tief begraben unter Schichten herzzerreißender Erfahrungen. Temperamentvoll, wenn es ihm gelegen kam. Elegant, wenn er schlief. Und attraktiv, um Himmels willen, *so* attraktiv. Das schwarze Haar klebte zerzaust an seiner Stirn und vereinzelte feuchte Strähnen lockten sich um sein Ohr. In ihren Augen machten die grauen Strähnen ihn beinahe perfekt. Sein Gesicht war unvergesslich und sein Körper der eines Kriegers.

Kein anderer Earl auf der *Welt* sah unter seiner Kleidung so aus wie Oliver Aspinwall.

Ihre Fingerspitzen fuhren über die Bissspuren, die sie auf seinem Bizeps hinterlassen hatte, immer darauf bedacht, ihn nicht zu wecken. Ihr Blick wanderte seinen kräftigen Körper auf und ab.

Verdammt.

Eine habgierige und besitzergreifende Begutachtung. Als er sein Hemd ausgezogen hatte, wäre sie beinahe vom Bett gefallen. Normalerweise hatten nur Hafenarbeiter so einen Körperbau. Ihr Buchhändler sah dagegen fast schon dürr aus, dabei wollte sie die beiden eigentlich nicht vergleichen, aber sie tat es trotzdem.

Außerdem war der Earl – und sie musste leider feststellen, dass er es *wusste* – ein äußerst einfallsreicher Liebhaber. Sehr akkurat *oder besser noch* - sie summte und ließ ihren Blick weiterwandern – einfach nur sehr gründlich, wie mit seinen himmlischen Beobachtungen. Er hatte sich wirklich Zeit gelassen, um ihr so lang wie möglich Vergnügen zu bereiten, bis sie ein zum Bersten gespannter Bogen gewesen war. Berührungen, Streicheleinheiten, *ach*, seine Hände ... Und dann noch die *Küsse*. Necessity fächerte sich Luft zu und atmete tief ein und aus, immerhin wurde ihr schon heiß, wenn sie nur daran dachte.

Zusammen waren sie so leicht entflammbar, sie hatten schon in der ersten Runde das Bett zerstört.

Die einzige Runde, die ihren Erwartungen gerecht geworden war.

Danach hatte er die Bettdecke vor dem Kamin ausgebreitet und sie nur noch geneckt, lachend und verspielt (ebenfalls eine Überraschung). Es kam ihr so vor, als ob sie an einem sonnigen Tag ein Picknick genießen würden und nicht aus einem kaputten Bett flüchteten.

Aber letztendlich hatte er sie doch wieder zärtlich berührt, trotz der Gedanken, die in seinem Kopf herumschwirrten. Seine Bedenken waren ihm ins Gesicht geschrieben gewesen. Sie zuckte nur mit den Schultern und zog gelangweilt mit dem Finger einen Kreis auf seiner Brust. Immerhin hatte er sie trotzdem berührt. Er konnte sein Verlangen genauso wenig leugnen wie sie. Seine Zähne hatten ihren Hals gekratzt. Sein heißer Atem zwischen ihren Schenkeln, auf ihren Nippeln, in ihrem Mund und Rachen, so bekömmlich wie Honig. In ihrer Hand hatte sich sein Schwanz so steif angefühlt und später in ihr noch härter.

Dann hatte er sie auf sich gezogen, Beine gespreizt, sie hatte den Ton angegeben. Noch ein erstes Mal. Er hatte die Hand in ihren Haaren zur Faust geballt, daran gezogen und ihr immer wieder zugeflüstert, wie sehr er es liebte, wenn nicht sogar sie, und das während er tief in ihr versank. Er zeigte ihr, wie man ritt, und sie hatten sich die ganze Zeit über angesehen.

Sie brach seine Mauern ein, obwohl sie *genau* wusste, dass er sie aufrechterhalten wollte, und sie würde es so lange tun, bis sie nichts mehr trennte. Bis sie nackt waren, nicht nur auf die eine Art.

Ihr Körper zitterte mit fieberhafter Anerkennung. *Um Gottes willen*, wie er sie doch provozierte.

Er war ein einziges Mysterium, ein verwirrender Mann. Ein bisschen launenhaft, dabei war ihr Beständigkeit lieber. In nur einer Sekunde konnte seine Wut sich zu Heiterkeit wandeln und umgekehrt. Immerhin hatte er den Raum, in den er nur seine Geliebte eingeladen hatte, mit einem Blumenstrauß dekoriert – Kaisernelken, eine simple Blüte, aber eine ihrer Lieblingsblumen. Er hatte Champagner mitgebracht und nach dem Sex fürsorglich ihre Haut gewaschen.

So ein Aufwand. Dabei hatte sich bisher niemand darum gekümmert, sie zufriedenzustellen oder sie zu beschützen. Nicht seit dem Tod ihrer Familie. Sie wusste nicht, wie sie damit umgehen sollte. Oder wie sie die Tatsache verarbeiten sollte, dass er ein ganz anderer Mann war als das Bild des feinen Gentleman, das sie von ihm hatte.

Genau wie bei einer seltenen Pflanze war sie nicht sicher, ob er unter ihrer Pflege aufblühen würde. Sie wusste nicht mal, ob sie gut für ihn war.

Die Hütte roch noch immer schwach nach Farbe und Necessity fragte sich, ob der Geruch ihm etwas ausmachte. Er hatte seine Mutter vorher nicht erwähnt, aber der Kummer stand ihm eindeutig ins Gesicht geschrieben. In den traurigen Blicken oder weil es immer wirkte, als laufe er auf seinem eigenen Anwesen über Glas, aus Angst die Vergangenheit zu zertreten.

Als hätte er ihre Gedanken gelesen, raste Stanfords Herz plötzlich unter ihren Fingerspitzen. Seine Augenlider zuckten und er stöhnte, nur diesmal voller Schmerz. Er murmelte etwas vor sich hin, aber es war zu undeutlich, um die Worte auszumachen. *Östlicher Sektor, Artillerie.* Sie schüttelte ihn, legte ihm die Hand auf die vernarbte Wange. „Ollie, wach auf, es ist alles nur ein Traum."

Aber sie wusste, dass der Albtraum ihn fest im Griff hatte. Das hier war ein ganz anderes Dilemma.

Er schlug um sich und wachte sofort auf. Schon halb sitzend, packte er plötzlich ihr Handgelenk und zog sie fest gegen seine Brust, erst dann schien er wirklich wach zu sein. Als er sie ansah, waren seine

Augen nicht mehr grau, sondern eisig und kalt, aber er schien immer noch weit weg zu sein.

„Ollie", sagte sie und wandte ihre Hand aus seinem festen Griff. „Wir sind im Kutschhaus. Ich bin Nessie, hier mit dir, in Derbyshire. Indien ist weit weg, es ist vorbei."

Er fluchte laut und ließ sich zurück auf den Boden fallen, schnell schlug er einen Arm über das Gesicht, um alles zu verstecken. Diese Zurückweisung – auch wenn sie genauso reagiert hätte – erfüllte sie mit Sorge. Und das war eindeutig zu viel wegen eines Mannes, den sie eigentlich erst seit einer Woche kannte.

Sie überlegte verzweifelt, was sie über ihn wusste, um passend zu reagieren. Sie musste sich sammeln, um ihn zu beruhigen. Aber bevor sie überhaupt etwas sagen konnte, war er schon aufgestanden und schlang sich wütend das Bettlaken um die Hüften. Es hing tief auf seiner Hüfte, eine zerknitterte Rolle Seide an seinem flachen Bauch. Das Mondlicht, das durchs Fenster schien, tauchte ihn in ein Silber, was dem seiner Augen glich. Es hob die Berge und Täler seiner Haut hervor, seine Muskeln und Sehnen. Und die Narben des Krieges. Seine Haut schimmerte Gold und sie folgte dem Pfad aus dunklem Haar seine Brust entlang.

Schließlich trafen sich ihre Blicke ...

Ihr klappte die Kinnlade herunter. *Oh*, er war wirklich ein Traum.

„Schau' mich nicht an, als wäre ich eine verdammte Süßigkeit", blaffte er und lief zur Anrichte hinüber. Das Bettlaken schleifte hinter ihm her wie eine Schleppe. Es machte ihr nichts aus, dass er schon wieder vor sich hin schmollte, es hielt nie lange an. Ihr Vater war genauso gewesen: Schnell wütend und genauso schnell hatte er sich wieder beruhigt. Ollies Zorn war *nichts* im Gegensatz zu dem, den sie als Kind in der Gosse erlebt hatte. Seine Wutanfälle sollten schützen, sie waren ein Schild, um seine Verletzlichkeit zu verstecken. Aber es machte sie nur weicher, anstatt sie abzuschrecken.

Und sie hatte ihn *wirklich* angesehen, als wollte sie ihn vernaschen.

Er schenkte sich ein bisschen Tee ein und leerte die Tasse in einem Schluck, wie Whisky – was er vermutlich lieber gewollt hätte.

„Willst du darüber reden?"

Er lachte trocken und starrte in seine Teetasse. „Du scheust dich wirklich nicht vor den schlimmen Themen."

„Ich sehe vielleicht einfach nicht den Sinn darin, davor wegzurennen."

Er sah kurz zu ihr herüber, dann wieder weg. „Wenn sich die Albträume mitten in der Nacht anschleichen wie Feiglinge, dann ist es immer wie ein undurchsichtiger Nebel."

Als sie nur schwieg, gestikulierte er mit der Tasse umher und das Bettlaken um seine Hüften drohte zu fallen. „Ein Durcheinander aus allem. Indien und die Gasse hinter Xanders Spielhölle. Mir fließt Blut in die Augen, das ist Indien. Es tropft auf das Kopfsteinpflaster ..." Er starrte auf seine gespreizten Finger hinunter, als könnte er es sehen. „... Das ist London. Gedämpfte Schreie, und mein Herzschlag hallt in meinen Ohren wider. Tausende sterbende Männer auf den brachen Feldern um mich herum, vollkommen zerfetzt. Väter, Brüder, Söhne. Und ich, der mit ihnen dahinschwindet. Der Geruch des Todes lässt dich nie wieder los, wenn du ihn einmal erlebt hast.

Das Opium hat dafür gesorgt, dass ich diese Bilder nicht ertragen musste. Eine Zeit lang zumindest. Aber Xander hat nicht aufgegeben und vielleicht wollte ich es unterbewusst auch nicht. Seine Mitarbeiter haben mich heimlich aus den Opiumhöhlen geholt und die Betreiber dafür bezahlt, mich nie wieder hineinzulassen. Es war beinahe ein Spiel. Aber dann wurde meine Sucht zu einem größeren Gegner, als ich gedacht hatte. Mein Bruder ist *wirklich* hartnäckig, so viel muss ich ihm lassen. Sogar nach meinem Verrat damals, als ich zugelassen habe, dass mein Vater ihn von hier verbannte, obwohl ich wusste, dass ihn keine Schuld traf, ist er an meiner Seite geblieben.

„Ollie", hauchte sie leise und voller Mitgefühl, das er ganz sicher nicht wollte.

Seine Hand zitterte, als er sich mehr Tee einschenkte. „Hör auf. Nicht in diesem schrecklich wehleidigen Ton, bei dem man immer gleich mitheulen will. Ich erkläre es dir nur, damit du es besser verstehst. Verstehst, warum ich überhaupt hier bin, auf dem Land und mich verstecke, falls man das so nennen kann. Warum ich mit niemandem zusammen sein kann. Warum ich nicht heiraten will ... Es hat nichts mit der Narbe zu tun, wie der *ton* es glaubt. Es sind die Erinnerungen. Andererseits sind sie hier auch überall, also bin möglicherweise ich der Idiot, weil ich zurückgekommen bin. Zumindest Indien konnte ich auf einem anderen Kontinent zurücklassen."

Sie setzte sich auf und wickelte die Bettdecke eng um sich. Ganz sicher würde sie nicht vor einer Unterhaltung zurückschrecken, die er noch nie mit einer anderen lebenden Seele geführt hatte. Das wusste Necessity mit derselben Sicherheit, mit der sie spürte, wie ihr Herz brach.

Er klammerte sich an seine Tasse und beobachtete sie mit traurigem Blick. Dann mit Hitze. Mit Verlangen, Sehnsucht. Oh, wenn er nur wüsste, dass man ihm sein Verlangen so leicht ansah.

„Dein Unfall ...", sie strich über ihre Wange, „... macht dich nur attraktiver. Was den Rest angeht, musst du lernen, damit umzugehen. Hierherzukommen war ein Anfang, mit mir darüber zu reden, ist der nächste Schritt. Wie ich eben schon erwähnt habe, ich sehe den Sinn nicht, vor Fakten davonzurennen. Du stellst dich den Sachen entgegen, die so sind."

„Narben machen einen Mann erst aus", murmelte er nach einem Moment der Stille. „Du hast die inneren Narben gemeint, nicht wahr? Das habe ich damals nicht verstanden. Was für eine weise, junge Frau du damals doch schon warst."

„Wie war sie so?"

Plötzlich versteifte er sich und zwischen ihnen herrschte wieder dieses stille Einvernehmen. „Meine Mutter?" Er legte eine Hand auf sein Herz und fuhr gedankenverloren über seinen Bauch, aber als er sah, wie sie diese Bewegungen mit ihren Augen verfolgte, musste er leicht grinsen. „Sie war sanftmütig. Zu sanft für den Mann, den sie geheiratet hatte. Soweit ich mich erinnern kann, sehr liebevoll. Als einzige Tochter eines Viscounts mit ihrer enormen Mitgift ist sie meinem Vater sofort ins Auge gefallen. Er war zwanzig Jahre älter als sie und zuerst von ihrem Reichtum beeindruckt, dann von ihrer Schönheit. Sie liebte es, zu malen, ich weiß noch genau, wie ich stundenlang mit ihr hier saß. Ich habe hier meine Nickerchen gemacht oder mit einem kleinen roten Wagen gespielt. Ich weiß nicht einmal, was daraus geworden ist. Der Earl hat ihr diesen Ort gebaut und sicherlich gehofft, dass sie und ich – nachdem ich auf die Welt gekommen war – hierbleiben würden, weit weg von ihm."

Necessity zog die Decke bis an ihr Kinn und zwang sich dazu, sitzenzubleiben, sie durfte ihm nicht näherkommen. Stein um Stein bauten sich vor ihren Augen seine Mauern wieder auf, sie konnte es förmlich sehen. „Und dann?"

„Ein schreckliches Fieber hat die Runde gemacht und das Dorf dahingerafft und sie mit sich. Ich war fünf Jahre alt." Er nippte nachdenklich an seinem Tee und senkte den Blick, um seine Gefühle diesbezüglich zu verstecken. „Und dann waren es nur noch wir beide, mein Vater und ich. Das Militär war mein Ausweg, es war meine Art, weit weg von ihm zu sein. Weit weg von Derbyshire, weit weg von den Vorkommnissen mit Xander. Manchmal, mein kleiner Lieblingskobold, erfüllt Wegrennen genau seinen Zweck."

„Einst durfte ich auch Liebe spüren, meine wunderbare Familie, aber sie wurde mir entrissen. Und doch hatte ich Liebe. Wir waren arm, ja, aber auf unsere eigene Weise zufrieden. Und das wünsche ich mir für jeden. Die Gewissheit, zu wissen, wo man hingehört. Ich glaube, das ist das, was mir geholfen hat, weiterzumachen ... als es hart wurde. Als ich mich daran gewöhnen musste, allein zu sein. Es tut mir leid, schrecklich leid, dass du so etwas nie hattest, oder zumindest für eine lange Zeit nicht."

Als sie wieder zu ihm aufsah, leckte er sich mit der Zunge über die Lippen. Ihr schoss der unerklärliche Gedanke durch den Kopf, dass er versuchte, ihren Geschmack einzufangen. Plötzlich war Necessity nervös, sammelte ihr Haar zu einem losen Knoten zusammen und sah sich dann nervös nach ihren Haarnadeln um. Die Decke verrutschte und enthüllte sie vollkommen gegenüber den Augen, die sowieso schon alles an ihr gesehen hatten.

„Lass es offen. *Bitte.*" Er seufzte, als er den strengen Ton seiner Stimme wahrnahm und lächelte schief. „Wenn es dir nichts ausmacht. Aber nun hast du neue Informationen für deine Notizen, wie man den Earl verführt."

Sie musste lachen. „Ich?"

Er lehnte sich gegen die Anrichte, ein Bildnis wahrer Eleganz, nur sein Blick war brennend. „Noch nie in meinem Leben hat mich jemand so verführt wie du, Kobold." Verwundert schüttelte er nur mit dem Kopf, als sie ihn weiter anstarrte. „Wir sollten auf unterschiedliche Art Spaß haben. Erinnerst du dich daran, was du gesagt hast, während deine Hand sich in meiner Unterhose verfangen hatte? Eine sehr gute Idee übrigens. Wir haben beim Versuch, genau das zu tun, das verdammte Bett kaputt gemacht. Und ich fürchte, du musst deinen kleinen Vortrag über anständig und unanständig noch einmal wiederholen, denn meine Gedanken waren ...", er sinnierte und summte zur Bestätigung, „... woanders. Ich frage mich, wo auf deiner Liste wohl Sex beim Kerzenschein steht, oder dass du mich bis zum erbitterten Ende reitest."

„Hast du sie auch hierhergebracht?" Sofort nachdem sie es gesagt hatte, bereute Necessity die Worte, schloss die Augen und kniff sich in den Oberschenkel.

Du impulsiver Dummkopf! Jetzt weiß er Bescheid.

Auch wenn sie nicht einmal sagen konnte, was ‚es' genau war. Dennoch standen ihre Wangen in Flammen.

Stanford grinste und seine gute Laune war zurückgekehrt, wie immer. „Die Witwe?"

Sie erhob sich mit finsterem Blick und schüttelte die Bettdecke aus, als wäre sie ein Ballkleid. Wenn er so weitermachte, dann würde sie ihm mit der Teetasse eins überziehen. „Schon gut, vergiss einfach, dass ich gefragt habe. Es ist lächerlich, dass ich überhaupt gefragt habe. Du kannst tun und lassen, was du willst. Hier, heute und jederzeit."

Er stellte seine Tasse auf der Anrichte ab und kam vor ihr zum Stehen, die Hände in die Hüften gestemmt. Aber er machte keine Anstalten, sie anzufassen oder mit einem seiner umwerfenden Küsse aus der Bahn zu werfen. Aber das Lächeln – strahlend und amüsiert – blieb auf seinem Gesicht, *verdammt nochmal*. „Ich habe noch nie die ganze Nacht mit jemandem verbracht. Wegen der Albträume habe ich mich nie getraut. Und hier erst recht nicht, mit *niemandem*. Ich entdecke diesen Ort gerade erst wieder für mich."

Sie zog die Decke weiter nach oben schützend vor sich, bis zu ihrem Hals, verdrehte das seidene Material immer mehr. Hier war kein Platz für jemand anderen, wollte er damit sagen. „Es ist auch egal."

„Es gibt keinen Grund zur Eifersucht, Nessie, mein Liebling.“

Sie knurrte ihn beinahe schon an. „Ich bin *nicht* eifersüchtig.“

Er legte eine Hand an ihre Wange und hob ihren Kopf, bis sie ihm in die Augen sehen konnte. Sie waren grau wie gefrorene Blätter im Winter. Und sie wollte sie wieder zum Brennen bringen. „Vielleicht ist es doch nicht egal. Ich weiß es nicht. Ich kann es nicht genau sagen, noch nicht.“ Er beugte sich zu ihr, um an ihrer Unterlippe zu knabbern, saugte sanft daran und brachte so ihren Körper zum Beben. Und sie wollte diesen talentierten Mund auf ihrer Haut spüren, wie er all diese wundersamen Dinge tat, nach denen sie anscheinend verrückt war.

Sie schloss ihre Augen und lehnte sich in seine Berührung, gab nach, gab auf. Ihre Kapitulation war keine zufriedenstellende Lösung, aber eine annehmbare. Ihr Verlangen übertrumpfte ihre Angst. Seine Hand strich sanft über ihr Schlüsselbein, über die Wölbung ihrer Brust, die über der Decke hervorschaute und schmolz ihre eiserne Haltung und Gegenwehr. Ihre Nippel stellten sich erwartungsvoll auf. „Wir sind hundertprozentig allein, abgesehen von deiner Anstandsdame, die so leicht zu überlisten ist. Und das für mindestens eine Woche. Frei, uns zu treffen, wann immer wir wollen. So oftwir wollen, bis du wieder zurück nach London gehst. Aber bis dahin ist Zeit, deine Liste abzuarbeiten, in allen Aspekten.“

Sie schluckte schwer, wurde mit jeder Sekunde schwächer. „Und deine Familie?“

„Mein aufdringlicher Bruder hat sich zu Streeter verzogen, geschäftliche Sachen. Dash hat die erstmögliche Kutsche nach Oban genommen. Er behauptet, er muss dahin, um eine Brennerei zu begutachten, die sie vielleicht kaufen wollen. Aber wenn du mich fragst, dann ist er geflüchtet, bevor Theo und ihr langweiliger, aber zuverlässiger Verlobter hier ankommen.“ Er spitzte seine verführerischen Lippen und sah so aus, als würde er verhandeln wollen. „Ich könnte mich sogar dazu hinreißen lassen, über deine Pläne für den westlichen Garten zu sprechen, oder die Orangerie oder die Wiese hinter dem Haus. Wir hätten da auch noch die brandneuen Fenster für den Wintergarten, der Bodenzustand in Derbyshire? Oder wo genau du die Bäume in der Auffahrt pflanzen willst – das waren Ulmen, nicht wahr?“

Sie befreite sich aus ihrer Trance und sah sein breites Grinsen. Dieses faszinierende, listige Grinsen. „Du Schummler. Als ob das hier nicht schon genug wäre.“ Sie deutete auf die Hütte, die sie mit ihrer Leidenschaft zerstört hatten, und zog wieder an der Decke, als diese drohte zu fallen. „Du musst mir auch noch die Sachen unter die Nase halten, von denen du ganz genau weißt, dass ich stundenlang darüber reden könnte.“

„Und wenn es wirklich Stunden dauern sollte, dann will ich auf jeden Fall eine Belohnung fürs Zuhören.“ Er zupfte an dem seidenen Material der Decke und warf einen Blick in ihren Ausschnitt. „Deine Brüste ... Ich weiß, es ist unanständig, darüber zu sprechen ... Aber sie sind einfach herrlich. Ich bin wie besessen von ihnen.“ Er legte seine Lippen auf einen der prallen Hügel und sie erschauderte. Wenn er auch nur ein paar Zentimeter nach links unten gleiten würde, dann träfe er ihren schmerzenden Nippel.

Sie grummelte, wenn auch nur halbherzig und schlug seine Hand beiseite.

„Also, was sagst du?“, fragte er und während sein Ton beiläufig klang, sagte sein Gesicht etwas anderes. „Wir erkunden einander, bis du gehen wirst?“

Glaubte er wirklich, sie würde nein sagen?

„Es gibt da schon so *einiges*, was ich ausprobieren will.“ Ihre Lippen um seinen Schwanz hüllen, zum Beispiel. Sie hatte es zuvor beiläufig erwähnt, während der zweiten Runde, und als Antwort hatte er noch tiefer gestoßen und war gekommen. Was nur bewies, wie wirkungsvoll Andeutungen doch waren. Und wie sehr er wollte, dass sie seinen Schwanz in den Mund nahm.

Er presste fest die Lippen zusammen und brachte Abstand zwischen sie und ihren Körper. „Ich will nichts von deinem verdammten Buchhändler hören. Was ihr getan habt oder auch nicht. Können wir den Mistkerl einfach in London lassen?“

„Du Heuchler, du kostest die Zeitungen schon jahrelang kostbare Tinte mit deinen Affären. Dein glühender Ruf eilt dir so weit voraus, er hält dir bei Feiern die Tür auf.“ Und obwohl sie Ollie dafür schlagen könnte, dass er das, was er mit *ihr* getan hatte, auch mit anderen

Frauen getan hatte, verdrängte sie diese Gefühle, packte ihn im Nacken und zog ihn in einen wilden Kuss.

Er gehörte *ihr*.

Einen Moment lang tat er gar nichts, dieser sture Bock. Also flüsterte sie ihm etwas wirklich Schmutziges ins Ohr und dann endlich, Gott sei Dank, packte er sie. Er drängte sie zurück, das Bettlaken und die Decke rutschten herunter und waren schnell vergessen. Endlich erwiderte er eilig ihren Kuss. Eine Hand lag auf ihrer Hüfte, die andere an ihrer Brust, knetete, streichelte sie. Sie kamen erst zum Stehen, als sie zwischen ihm und der Wand gefangen war.

„Bring mir etwas bei", flüsterte sie atemlos, als er ihren Nippel mit dem Daumen streichelte.

So, so gut!

„Ich habe nichts, was ich dir beibringen kann, kleiner Kobold." Er klang gereizt, fast schon verärgert. Männer mochten es wirklich nicht, wenn Frauen ihre Sehnsüchte selbst erfüllten. Aber wenn sie auf ihn gewartet hätte, wäre er ihr erster Liebhaber gewesen, in jeglicher Hinsicht. Der Gedanke schmerzte, aber so war das Leben nun einmal.

Um schnell wieder abzulenken, fuhr sie mit dem kleinen Finger von seiner Brust über den Bauch bis zu seiner Hüfte. Verspielt malte sie dort kleine Kreise und er zuckte ihr entgegen. Sie könnte noch tiefer kreisen, ihm eins auswischen, immerhin war er hart und bereit für sie. Dieser Mann erholte sich wirklich beeindruckend schnell. „Sei mein Lehrer. Im Gegensatz zu dir hatte ich nie einen."

Er grummelte leise, aber sein immer breiter werdendes Lächeln verriet ihn, seine Augen brannten wie Feuer. Seine Hände hatten nur eine Mission: sie vollkommen umzukrempeln. „Ich glaube, das könnte ich machen. Allerdings habe ich die meisten von meinen Lehrern verabscheut oder sie mich."

„Mein Lord Earl ...", sie drehte sich mit ihm um und presste nun *ihn* gegen die Wand und die Überraschung in seinem Gesicht ließ ihre Haut prickeln. „... dieses Mal werden Sie den Unterricht genießen, das garantiere ich."

Kapitel Zehn

IN WELCHEM EIN EARL ENTSCHEIDET, DASS DIE LIEBE DUMM IST

Er verliebte sich und das an dem unwahrscheinlichsten Ort, an dem ihn die Liebe finden konnte.

Im verdammten Atelier seiner Mutter, in der Wildnis von Derbyshire.

In seinem gemütlichen Versteck. Angesichts seiner Kindheit vielleicht überraschend, aber hier fühlte er sich sicher. Und lernte es nun zu schätzen. Und nun saß er hier und erwartete gespannt die Ankunft seiner Gärtnerin.

Mögliche Ankunft. Nichts an dieser zarten Freundschaft war garantiert.

Stanford löste den Blick von seinem Teleskop, streckte sich und begutachtete das charmante Kutschhaus süffisant. Ihm war klar, was hier passierte, aber er hoffte inständig, dass es niemand sonst sah. Überall im Zimmer waren Hinweise verteilt. Fehler, denen Dash in seinem erfolgreichen Buch ein ganzes Kapitel gewidmet hatte. Fehler, die kein Mann so leichtfertig machen sollte, wenn er sich schützen wollte.

Subtile Hinweise. Dieser Raum war voll davon. Geheime Teile von ihm, einfach zur Schau gestellt.

Das Auffälligste war, dass er seine Aufzeichnungen und die astronomischen Bücher aus dem Arbeitszimmer nun hier lagerte, an einem Ort, der noch immer nach den Farben seiner *Mutter* roch. Seine Lieblings-Bainbridge-Uhr lag auf dem Nachttisch neben dem Bett, unter das er nach dem ersten Mal mit Nessie gekrabbelt war, um es zu reparieren. Immerhin konnte er es nicht riskieren, dass sie auf den Boden fielen, wenn sie rittlings auf ihm saß. Sie verloren sich immer ineinander – und das schnell.

Außerdem hätte er schlecht einem der Angestellten erklären können, warum das Bett zusammengekracht war. Im Gegensatz zu den meisten Mitgliedern des *ton* konnte er einen Hammer benutzen – Gott sei Dank.

In der Vase steckten zurzeit unzählige, prachtvoll blühende Fliederzweige, sein kleiner Kobold hatte sie nicht kommentiert, aber er wusste, dass sie ihr gefielen. Gestern hatte er sie erwischt, die Nase in den lila Blüten vergraben. Überraschend war, dass auch sie ihre Notizen und Entwürfe nun hier lagerte. Unendliche Listen von Blumen, Pflanzen und so weiter und natürlich auch – er presste fest die Lippen zusammen und ballte die Hand zur Faust, als er es sah – ihr neues Botanikbuch.

Plötzlich fiel ihm etwas auf und er ging mit zusammengekniffenen Augen zu dem Sekretär hinüber, den er vom Dachboden geholt hatte – ein staubiger Ort voller Möbel längst vergangener Zeiten. Und Geistern, wenn er sich darauf einließ. Als er ihr offenbart hatte, im Übrigen ohne jede Emotion, dass sie den Schreibtisch benutzen konnte, solange sie hier in Aspinwall-House war, hatte ihr Gesicht sich aufgehellt wie die Sonne, und das wiederum hatte ihn zum Strahlen gebracht. Dabei war es *kein* Geschenk. Es ergab einfach Sinn, dass jeder einen Schreibtisch hatte.

Und dann sah er es. Zwischen den Seiten des Buchs, das ihr erster Geliebter ihr geschickt hatte, klemmte ein Stück Papier. Wie ein improvisiertes Lesezeichen. Er öffnete das Buch und besah sich die Skizze genauer. Es war eine Skizze des Schotterwegs, der sich zu seinem Anwesen schlängelte, mit ihren Initialen in der Ecke. Darauf waren Stellen für Bäume und Büsche markiert, die wiederum auf einer Einkaufsliste für seinen zukünftigen Gärtner standen. Seinen permanenten Gärtner. Das hatte sie erst gestern Morgen wieder betont, als sie nichts außer seinem Hemd getragen hatte – bei dem Anblick hatte sein Herz einen Schlag ausgesetzt –, als ob er nicht wüsste, dass sie in einer Woche wieder nach Hause fuhr.

Wohingegen er ...

Er fluchte leise, spielte nervös mit dem Papier zwischen seinen Fingern, überlegte und stopfte es sich dann in die Tasche.

... hoffte, sie würde nie wieder gehen.

Wenn Xander von seinen aufkeimenden Gefühlen erfuhr, dann würde Stanford verdammt nochmal nie wieder Frieden finden. Pippa, die er liebte wie eine echte Schwester, machte schon die ganze Zeit Andeutungen, dass ihre Kinder Seite an Seite aufwachsen würden, wenn sich ihr lieber Schwager doch nur damit beeilen würde, endlich welche zu machen.

Sie schien nicht zu merken, dass er schon eine Gräfin im Auge hatte.

Er spielte mit dem Papier in seiner Hose und konnte es genau vor seinem inneren Auge sehen, schon seit Tagen. Vielleicht sogar seit dem ersten Tag. Ein kleines, temperamentvolles Mädchen mit goldenen Augen, dazu das schwarze Haar und die Liebe zu den Sternen? Was könnte perfekter sein als das?

Aber die Dame wollte weder Gräfin sein noch Ehefrau.

Jeden Tag der Woche schliefen sie miteinander, ja, aber in Derbyshire bleiben, zusammen mit dem kaputten Earl und einem Anwesen, das man den Rest seines Lebens renovieren musste, nein. Necessity Byrne von den Shoreditch Byrnes fuhr zurück nach London und zurück zu ihrem blühenden Gärtnergeschäft. Während der letzten beiden Wochen hatte sie mit Tobias Streeter ihr gemeinsames Projekt in Islington immer wieder besprochen. Und erst gestern hatte sie eine weitere Anfrage bekommen. Der Garten eines Viscounts in Primrose Hill war angeblich ein schreckliches Chaos und brauchte das ‚gewisse Byrne-Etwas'. Beim Lesen der Nachricht hatte sie gestrahlt wie die Sonne und er hatte sofort ein schlechtes Gewissen gehabt, weil er dem abgeneigt war.

Stanford lachte trocken, vergrub das Gesicht in den Händen und massierte sich die Schläfen. ‚Das Byrne-Etwas', in der Tat.

Er litt sehr darunter.

Schwerfällig schleppte er sich zu seinem Schreibtisch und öffnete die oberste Schublade. Ganz hinten links versteckt war eine kleine Samtschachtel. Sie war ausgebleicht und hatte mittlerweile die gleiche Farbe wie die Blumen, die Necessity letzte Woche unter seinem Fenster gepflanzt hatte. Hyazinthen?

Und weil er sich unbedingt bestrafen wollte – wie damals während seines ganz persönlichen Opiumkrieges – öffnete Stanford die Schachtel. Der Inhalt machte ihn bis heute sprachlos.

Der Ring hatte seiner Großmutter mütterlicherseits gehört. Seit dem Tod seiner Mutter gehörte er also Stanford und selbst damals, mit fünf Jahren, hatte er ihn unerklärlicherweise schon gewollt, sich aber nicht erklären können, wieso. Es war ein einfaches goldenes Band, bedeckt mit drei kleinen Diamanten, diese wiederum umgaben einen Smaragd, der angeblich einst dem Königshaus gehört hatte. Er war überwältigend. Sein Glanz blendete, aber im Gegenzug wirkte er auf eine anmutige Weise zerbrechlich.

Wie die Frau, der er den Ring schenken wollte.

Auf jeden Fall besser als ein Scheiß-Buch über Botanik, nicht wahr?

Die Schachtel schnappte wieder zu, als er sie schloss und zurück in die Tiefen der Schublade stopfte. Genauso tief wie die Gefühle dazu.

Aber dann stolperte Necessity in die Hütte – überrumpelte ihn völlig und brachte ihn aus der Fassung, wie sie es meistens tat -, genauso, wie sie in sein Herz gestolpert war. Ihr offenes Haar umgab sie in einem goldbraunen Glanz. Er wollte mehr von ihr als nur Sex. Das erste Mal in seinem Leben. Verdammt, er wollte alles von ihr. Und diese Frau wollte weder sein Geld (wenig), noch seinen Titel (beachtlich). Sie bahnte sich ihren eigenen Weg und brauchte keinen Mann, der ihr in die Quere kam.

Zu seinem Leidwesen wurde er die unaufrichtige Rolle, die er seit Jahren spielte, nun nicht mehr los. Abgesehen von gutem Sex hatte er Nessie nichts zu bieten.

Sie warf die Tür hinter sich ins Schloss und drückte sich mit einem schiefen Lächeln flach dagegen. Die Wandleuchter brachten ihre wunderschönen, wilden Augen noch mehr zur Geltung. Wie immer brauchte er ihrem Kleid keine Beachtung zu schenken, es war nicht spektakulär, sondern traurig und ausgebleicht, einst musste es hellgelb gewesen sein. Nur dass der obere Teil eng anlag, darüber konnte man bei ihren Kutten froh sein. Sein Körper reagierte praktisch sofort, die Erinnerungen an den Sex in dieser Hütte und all die anderen Orte auf dem Anwesen überfuhren ihn wie ein Zug. In den letzten zwei Wochen allein hatten sie immer mehr von ihrer Liste streichen können.

Er merkte erst, dass sie angetrunken war, als sie ihn mit dem Finger zu sich lockte. Wenig überraschend tat er wie ihm geheißen. Voller Verehrung – man konnte es nicht anders nennen – schlug sein Herz laut wie eine Trommel in seiner Brust. Voller Liebe, die durch seine Adern rauschte und ihm Angst machte. Leider war er auf dieser einsamen Insel und erlebte alles ohne sie. Wie den größten Teil seines Lebens.

Noch ein Hinweis, aber diesen würde er verstecken. Zumindest noch.

Je näher er ihr kam, umso vorsichtiger wurden seine Schritte, denn mit angetrunkenen Frauen musste man vorsichtig sein. Aber sie zerstreute alle seine Bedenken und warf sich ihm in die Arme. Er fing sie auf, drückte sie an sich, an den nur vertrauten Punkt gegen seine Brust. Dann vergrub er das Gesicht in ihrem Haar und atmete tief ein. Wieder Akelei, von der Seife, die sie benutzte, außerdem etwas Scharfes, das er nicht einordnen konnte. Und der Wein, den sie beim Abendessen mit den Damen der *Duchess Society* getrunken hatte.

Sie duftete köstlich und er wollte einen Bissen davon kosten.

„Hast du mich vermisst?", fragte sie leise und drehte den Kopf, bis ihre Lippen sein Schlüsselbein berührten. „Ich liebe es, wenn du dich nicht rasierst. Mmh ..." Sie schmiegte sich an seinem Kinn entlang, vergrub ihr Gesicht in seiner Halsbeuge. Sie biss ihn zärtlich und schwächte sein Vorhaben, sie direkt zurück ins Haupthaus zu schicken. „Die Stoppel fühlen sich *so gut* an meinen Schenkeln an. Habe ich dir das schon gesagt? Ich glaube schon. Du siehst wie ein Pirat aus, braun gebrannt und bereit zum Plündern." Sie kicherte. „Plündere mich!"

Er trat einen Schritt zurück und packte sie sanft bei den Schultern. Sie war schlank, aber stark, mehr als fähig, auf sich selbst aufzupassen. „Du bist ein bisschen betrunken, liebe Nessie. Mehr als nur ein bisschen, befürchte ich."

Als sie ihn ansah, leuchteten ihre Augen rötlich, wie ein halb vergessener Sonnenuntergang. Lachend stolperte sie wieder auf ihn zu und schaffte es dabei sogar, einen seiner Hemdknöpfe zu öffnen. „Ich habe mir ein zweites Glas gegönnt, als Hildy Streeter beschlossen hat, noch einmal angemessene Themen für ein formelles Abendessen zu behandeln. Ich habe nächste Woche eins, bei Baroness Enderby. Ihr Garten ist völlig hinüber und daran wird auch Höflichkeit nichts ändern. Nur ich. Selbst wenn ich ungeeignet bin, wird sie mich anstellen. Das dritte Glas hatte ich, als Georgie, die Duchess euer Gnaden von Markham, verkündet hat, dass Männer betrunkene Frauen nicht mögen. Dabei waren sie alle selbst betrunken. Der Duke musste sogar seine Duchess ins Bett bringen. Tobias Streeter war so nett, mich heimzubringen. Er ist wirklich ein Gentleman, dafür, dass er daher kommt, wo ich herkomme, der Herr Architekt."

„Anscheinend", meinte Stanford und versuchte, ihre wandernden Hände in Zaum zu halten und nicht daran zu denken, dass sie Aspinwall-House ihr Heim genannt hatte. Sie benahm sich wie ein betrunkener Hund, verdammt noch eins.

Sie öffnete einen weiteren Knopf, ihre Finger kreisten um eine seiner Brustwarzen und sie wartete auf eine Reaktion, in ihrem Blick lag Feuer und er wurde mit jeder Sekunde heißer. Gerade so konnte er das Stöhnen zurückhalten. Immerhin wusste sie, wie empfindlich seine Nippel waren – auch wenn es eher unüblich für einen Mann war.

„Ich bin nicht einmal ins Haus gegangen, Ollie. Hab' einfach nur gewartet, bis Streeters Kutsche die Auffahrt davongerollt war. Die ich zum ersten Mal in diesem Jahrhundert hübscher mache. Dann bin ich direkt hierher gerannt. Im Schatten der Häuser, wie ein Dieb. Entschuldige meine dreckigen Schuhe und den ausgefransten Saum. Auf dem Weg hierher habe ich Bekanntschaft mit einem Brombeerstrauch gemacht. Die *Duchess Society* fände das gar nicht gut." Wieder kicherte sie und als er ihren Atem auf seiner Brust spürte, begann seine Mauer zu bröckeln. „Aber dich auch nicht, Schurken-Earl of Derbyshire."

Er schnappte sich beide Handgelenke mit einer Hand, um sie aufzuhalten, denn sein Körper reagierte. Seine Hose war verdammt eng und sein Atem zitterte. Sein Nacken prickelte und er wusste genau, dass er bald die Kontrolle und allen Verstand verlieren würde.

Begeistert schnappte sie nach Luft und starrte ihn mit großen Augen an. Sie warf sich ihm wieder entgegen und bekam sein Ohrläppchen zwischen ihren Zähnen zu fassen. Alles um ihn herum verschwamm. „Oh Ollie, *ja*, genau so wie im Stall. Du erinnerst dich doch? Meine Hände über meinem Kopf, bis ich dich anflehe, loszulassen. Nimm mich so und dann …“

„*Nessie*!“, flehte er und hoffte *inständig*, dass er gerade verdrängen konnte, dass sie es mochte, wenn man sie fesselte. Die beiden hatten ein Experiment gestartet und bisher nur seine Hände und Krawatten ausprobiert. Was auch immer der *ton* von ihm behauptete, er wusste nicht viel darüber. Er ließ sich einfach mit ihr gemeinsam treiben. Vollkommen verloren in ihrem Enthusiasmus und seinem Verlangen. Vor dieser Abmachung mit Nessie war er, ehrlich gesagt, immer jemand gewesen, der kam, sah, siegte und ging. Natürlich immer erst, wenn die Dame auch ihr Vergnügen gehabt hatte, zumindest, soweit er wusste. Aber es war nie eine tiefgehende Beziehung gewesen, aus der er sich nicht mehr hatte befreien können. Und nun hatte man ihn ohne ein rettendes Seil in eine Schlucht gestoßen.

Kichernd befreite sie eine Hand aus seinem Griff. Sie zerrte und zupfte das Hemd aus seiner Hose und knabberte dabei an einer besonders empfindlichen Stelle an seinem Nacken. Sie war also bei den dreckigen Taktiken angekommen, denn sie wusste, dass sie ihn damit verrückt machte. „Ich liebe deine silbernen Strähnen“, säuselte sie mit honigweicher Stimme, vergrub ihre Finger darin und drehte seinen Kopf zu sich, um ihn besser küssen zu können. „Sooo köstlich, wie sie dein kantiges Kinn umrahmen.“

Für einen stolpernden Atemzug ließ er sich in den Kuss fallen, in sie fallen. Mit seiner Hand auf ihrem unteren Rücken drückte er sie fest gegen sich, Hüfte an Hüfte, da wo er hart und sie weich und warm war. Sie küssten sich wie zwei Verhungerte, offene Münder, wilde Zungen. Und wie immer ärgerte er sich ein wenig, da er *nicht* wusste, wie er die Oberhand gewinnen konnte, mittlerweile war es ein Teil dieses Spiels geworden. Immer wenn er mit ihr zusammen war, verschwamm die Welt: Lust, Hitze, Licht. Diese Momente waren besser als tausend Sternschnuppen am Himmel, was einst sein einziger wahrer Traum gewesen war.

Und er wollte jeden Moment festhalten, sich immer an sie erinnern.

Ihre Lippen glitten sein Kinn entlang und wieder schwankte sie, was ihn schmerzlich daran erinnerte, dass sie eindeutig zu betrunken war. „Kleiner Kobold, *warte*." Er hielt ihre Hand an seiner Hüfte fest, bevor sie tiefer wandern konnte, packte sie an den Schultern und schob sie zum Bett.

Aber Necessity zog ihn mit sich und zusammen landeten sie auf dem Bett. Vielleicht hatte er sich auch mitziehen lassen. „Ich lasse nur meine Brille an, genauso wie du es magst."

Er rollte sich von ihr hinunter, bis genug Platz zwischen ihnen war, um sie zu bremsen. Den Kopf auf dem Unterarm abgelegt, besah er sich ganz genau, wie das Mondlicht ihren wunderschönen Körper in silberklares Licht tauchte.

Wenn sie doch nur …, dachte er. *Wenn sie doch nur mehr wollte.*

Sie schob die Unterlippe hervor und schmollte, malte mit ihrem Finger verführerische Muster auf seine Brust. Sein Verlangen nach ihr geriet langsam außer Kontrolle, prickelte auf seiner Haut und sammelte sich in seinem Schwanz. Er wollte all ihre Berührungen spüren, tiefer, wollte ihren Mund spüren, aber er würde es nicht zulassen. Darum würde er sich kümmern, sobald sie schlief. Einfach nur neben ihr zu liegen und sich selbst zu berühren, war nicht die schlechteste Idee der Welt.

„Du willst wieder ehrenvoll sein, nicht wahr?" Sie schnaufte resigniert. „Das ist etwas, das nur ich und dein Schmugglerbruder über dich wissen. Dass du *gütig* bist. *Süß*. *Großzügig*, hinter deinen Narben und dem Schmollen." Ihre Augen glitzerten, als sich ihre Blicke trafen, so heiß wie die Kohle im Kamin am anderen Ende des Raumes. „Das Bildnis eines Gentleman, dabei will ich einen dreckigen, ungebändigten Earl, der mir die Kleider vom Leib reißt. Einen, der das Bett kaputt macht und Nachthemden zerreißt. Ich glaube, ich habe ihn hier schon einmal getroffen."

Sie wollte also einen räuberischen Schurken? Er überlegte,

versuchte abzuwägen, *wie* betrunken sie wirklich war, aber dann hickste sie und sein Verdacht bestätigte sich.

Er seufzte, belustigt und frustriert zugleich. Er strich ihr behutsam eine goldene Locke aus dem Gesicht, verweilte und streichelte ihre Wange. Auch nach all der Zeit war er noch immer von ihrem Haar fasziniert. „Ich werde dir ein Glas Wasser holen, die dreckigen Schuhe ausziehen, dein Mieder aufschnüren und dich schlafen lassen. Und noch vor dem Morgengrauen in dein Zimmer zurückbringen. Deine Anstandsdame wird nicht einmal wissen, dass du weg warst. Ich empfehle dir Toast und Tee zum Frühstück. Nur etwas Leichtes, denn glaube mir, ich weiß sehr genau, wovon ich rede, wenn man über die Stränge schlägt."

„Mein ehrenvoller Ritter", murmelte sie, während ihr schon die Augen zufielen. Selbst jetzt, obwohl er sie freundlich abgelehnt hatte, wollte sie sich an ihn kuscheln.

Während er sie bettfertig machte, dachte er erneut an das geklaute Lesezeichen in seiner Hosentasche. Die heimliche Liebe, die in seiner Brust nistete. An all die Dinge, die er vor ihr versteckte, um sein zerbrechliches Herz zu beschützen.

Vielleicht war er letztendlich doch kein so ehrenvoller Ritter, wie sie dachte.

Kapitel Elf

IN WELCHEM EINE GÄRTNERIN ALLES IN FRAGE STELLT

Necessitys Kopf dröhnte.

Aber lange nicht mehr so schlimm wie vor dem verordneten Toast und Tee.

Zwei Dinge hatten sie dazu gebracht, aufzustehen. Erstens hatte Mrs Rothbottom eine Nachricht geschickt, dass sie heute nicht kommen würde, da es im Dorf eine unerwartete Geburt gegeben hatte. Und zweitens war da Mrs McKinstry, die mehr als kompetente Haushälterin des Earls, die behauptet hatte, den Earl am Morgen das letzte Mal gesehen zu haben, als er sich auf den Weg zu einem Pächter gemacht hatte. Dessen Dach war beim letzten Sturm beschädigt worden.

Necessity wollte dem Earl of Stanford nicht noch mehr aufhalsen, als sie ihm ohnehin schon Probleme bereitete. Er musste nicht auch noch eine Frau mit Kater aufschultern.

Stanford ...

Necessity blieb abrupt auf dem Rasen im Vorgarten stehen und fluchte – laut und befreiend, denn immerhin war sie allein. Einfach, weil es sich gut anfühlte. Sie trat in das Gras, das dank ihr eine akzeptable Länge hatte, wünschte sich aber sofort, sie hätte es nicht getan, da die Wucht bis in ihren schmerzenden Kopf zog. Wütend zuckte sie grundlos eine makellose Azaleenblüte vom Strauch und warf sie in den Wind.

Ollie.

Schon seit ihrer atemberaubenden ersten Nacht zusammen hatte sie ihn insgeheim nicht mehr Stanford genannt. Und darauf waren nur noch mehr dieser wunderbaren Nächte gefolgt. Und Tage. Zeit, die sie sich morgens und nachmittags gegenseitig gestohlen hatten. Jede Sekunde, die sie für sich beanspruchen konnten, ließen sie sich ineinander treiben. Der Wäscheschrank im ersten Stock, abgehakt. Der Pferdestall, abgehakt. Neben dem kleinen Bach früh im Morgengrauen, wenn es noch nebelig war, abgehakt. Und natürlich das Kutschenhaus, ihr kleiner Rückzugsort vor der Welt.

Abgehakt, abgehakt, *abgehakt*.

Dort hatten sie zusammen gelernt, sich gegenseitig Dinge beigebracht und erforscht.

Verärgert stapfte sie über die hügeligen Wiesen und wusste nicht einmal weshalb - abgesehen davon, dass sie letzte Nacht nicht bekommen hatte, was sie wollte. Dabei erinnerte sie sich an den vergangenen Monat zurück und all die Arten, wie sie einander um den Verstand gebracht hatten. Kaputte Betten, zerrissene Kleider, Lachen.

So viel hatte sie seit Jahren nicht gelacht. Seit Ewigkeiten. Sie hatten zusammengearbeitet, seine Sterne und ihre Pflanzen diskutiert. Beinahe jede Nacht hatten sie miteinander geschlafen. Und das ineinander verschlungen und auf verschiedenen Seiten wie ihre Eltern.

Ollie hatte sein Bestes gegeben, ihre Wünsche zu erfüllen. Dabei hatte er ihren Körper enthusiastisch erkundet und seinen mit ihr geteilt. Er ging auf ihre Vorschläge ein und hatte kein Problem damit, wie viele Männer es hatten, wenn sie die Kontrolle übernahm. Er behauptete immer, dass er nicht alles über Sex wusste, aber er war so gut darin – erstaunlich, um genau zu sein –, dass sie es nicht glaubte. Er kommandierte sie nicht herum oder verurteilte ihre Träume. Er hörte zu. Dabei hörten ihr Männer nie zu.

Sie hob den Kopf zum überwältigenden blauen Himmel und ihr Herz wurde schwer. Die Realität holte sie ein. Wie eine Welle, die sie erfasste und mit sich trug, weg von ihm.

Nächste Woche Donnerstag hatte sie eine Verabredung. In ihrem

Kalender war das Datum schon dick mit schwarzer Tinte umkreist. Baroness Enderby hatte eventuell Arbeit für sie, aber auch nur, wenn sie die alte Krähe nicht mehr erzürnte, als erlaubt war. Ihre Gärten brauchten mindestens genauso viel Liebe und Zuwendung wie Ollies. Und in der Woche darauf eine weitere Diskussion mit Tobias Streeter über die Reihenhäuser in Islington. Necessity stellte eine Mannschaft zusammen, die sie begleiten würde, und hatte schon Pläne dafür gemacht, die bis ins nächste Jahr anhielten. Sie hatte schon alles bestellt, Zubehör, Ziegelsteine, Pflanzen, Bäume und Büsche. Es war zu spät, um es sich anders zu überlegen, um den Kurs zu ändern. Ihre Zukunft lag in London, aber ihr steinernes Herz hatte Risse bekommen und Teile lagen nun zu Füßen eines Earls in Derbyshire.

Als sie am Kutschhaus ankam, wurde sie langsamer. Wie immer in letzter Zeit wusste sie, dass er nicht da war.

Vorsichtig trat sie über die Türschwelle und sofort spielten sich großartige Erinnerungen in ihrem Kopf ab. Ollie über ihr. Das Licht des Kaminfeuers, das über seine breiten Schultern floss und seine Haut in warmes, goldenes Licht tauchte, als er sich mit ihr vereinte. Sein Lächeln, das immer die Dinge sagte, die er nicht aussprechen konnte. Die Unterhaltungen nach dem Sex waren wie keine anderen, die sie jemals mit einem anderen Menschen gehabt hatte. Die Picknicks in ihrem Liebesnest vor dem Kamin.

Auf dem Schreibtisch – ein Geschenk, das *kein* Geschenk war und auch *nicht* ihr Herz geschmolzen hatte – lag ihr aufgeklapptes Botanikbuch, und die Skizze, die sie hineingeklemmt hatte, war nirgends zu finden. Sie schloss das Buch und überlegte, wo sie sie denn hingelegt haben könnte. Hatte der Earl sie vielleicht an sich genommen? Und wenn ja, warum?

Vielleicht ist er ja genauso betrunken vor Liebe wie du? flüsterte ihr eine kleine Stimme in ihrem Kopf zu.

Dieses Experiment war ein bisschen ausgeartet, sie war zu weit gegangen. Den Mann zu beobachten, während er arbeitete, die Nase tief in einem langweiligen Astronomiebuch vergraben und die Finger tintenbefleckt, war sicher nicht nötig. Wie sie sich nach ihm sehnte, während er tief über sein Teleskop gebeugt seine neusten Erkenntnisse wortlos mit sich selbst diskutierte. Er war zufrieden hier auf dem Land, entdeckte ein Leben abseits des Tumults – und der offensichtlichen Gefahren – der Stadt. Tief im Herzen war er eben ein Philosoph. Sie verstand jetzt, was es mit Xander Macauleys Warnung über Ollies empfindliches Herz auf sich hatte.

Der Earl of Stanford hatte einen wirren Pfad genommen, dem Erbe zu entkommen, das er letztendlich doch mit offenen Armen empfing. Aber so war der Mann nun einmal. Mutig, aber keinesfalls der Krieger, den er nach außen hin gab.

Sie vergrub ihre Hände in ihrem Rock und sah zum Bett hinüber. Dieses wunderschöne Bett, das er selbst repariert hatte. Und sein Schlaf hatte sich verbessert, die Albträume wurden weniger. Zumindest ein bisschen. Aber sie wusste nicht, ob es an ihr oder daran lag, dass er Derbyshire wiederentdeckte. Das Anwesen nahm langsam Gestalt an. Er war hier tief verwurzelt. Sie hingegen hatte keine Wurzeln mehr seit dem Tod ihrer Familie.

Ehrfürchtig trat sie an das Teleskop heran, das Wertvollste in diesem Zimmer für ihn, abgesehen von den Bildern seiner Mutter. Sie sah durch das Okular und sah nichts außer verschwommener Dunkelheit. Aber sie konnte ihn fühlen. Denn dieser Ort trug ihn in sich. Und nun auch *sie*.

Ihn beim Schlafen zu beobachten, würde auch nicht dabei helfen. Sie hörte seinem leichten Atem im Schlaf zu und fragte sich, wie still ihr Schlafzimmer in der Bond Street im Gegensatz dazu wohl sein würde.

Er hatte sie in seinen Bann gezogen mit diesem traurigen Lächeln und dem Grübchen, bei dem sie gleich die Röcke fallen ließ. Jedes Mal, wenn er die düsteren Geschichten von Indien erzählte und davon, wie er allein hier auf dem Anwesen aufgewachsen war, kuschelte sie sich an ihn. Die Freude, an seiner Seite zu sein, strahlte aus ihr heraus. Sie hätte es nie vermutet, dass es so etwas in ihrem Leben geben könnte. Es verbrannte sie, hinterließ eine Narbe, wie die auf seiner lieblichen Wange.

Und der Gedanke daran, wieder allein zu sein, machte ihr Angst, was vorher nie der Fall gewesen war.

Und dieses bisschen Zerbrechlichkeit machte sie wütend!

Wenn er nur verschlossener gewesen wäre, dann hätte sie sich angepasst. Sie hätte sich zurückgezogen oder vor ihm versteckt. Der Buchhändler hatte nicht den Namen ihrer Katze wissen wollen. Oder wie ihre Wohnung aussah, ihre Zukunftspläne für das Geschäft, die Namen ihrer Eltern, wie viele Geschwister sie gehabt hatte.

Oliver schon. Es schien, als wollte er *alles*.

Aber sie musste dahin zurück, wo sie hingehörte. Konnte er das nicht sehen? Zurück in ihre Wohnung, die sie mit ihrem eigenen Geld bezahlte. Zurück zu ihrer Katze Delilah, die sich während ihrer Abwesenheit mit ihrem Nachbarn begnügen musste. Zurück zu Mr Limpet, dem Bäcker in der Birdie Street, der ihr jeden Morgen frisches Malzbrot verkaufte. Zurück zu den gefährlichen Docks und stinkenden Gassen von Shoreditch, auch wenn sie da schon lange nicht mehr lebte. Zurück zu *ihrem* Leben, nicht seinem. Aber es überraschte sie nicht, dass ihre Gefühle verrückt spielten, wenn sie daran dachte, wie attraktiv und schlau er war, wie liebenswürdig und reizend, wenn er denn *wollte*.

Jasper Noble verlangte nichts davon. Er versuchte nicht, sie zu ändern oder sich einen Weg in ihren Kopf oder ihr Herz zu bahnen. Er wollte nur unter ihren Rock. Er war *sicher*. Er wusste, worauf er sich bei ihr einließ. Er verstand, wie hart sie dafür gearbeitet hatte, überhaupt präsentabel zu sein. Er würde ihr jeden gesellschaftlichen Fauxpas einfach so vergeben, denn er würde sie auch begehen.

Und das Beste war, dass ihr Herz nicht jedes Mal schneller schlug, wenn sie ihn sah.

Es war kein Wunder, dass Necessity wütend war, als sie das Kutschhaus verließ, um weiter nach dem Earl zu suchen.

Sie fand ihn am Waldrand. Dort lehnte er gegen einen Zaun, den er gerade reparierte, und ein altes, schmutziges Tuch hing über seiner Schulter. Hinter ihm bot sich ihr die ganze Schönheit von Derbyshire, hügelige Wiesen und grasbedeckte Weite. Der Wind spielte mit seinem Haar, seine grauen Strähnen glitzerten in der Sonne. Er war von oben bis unten mit Dreck bedeckt und verschwitzt, das Hemd hing lose an ihm herunter. Die Hosen hingen tief auf seiner Hüfte, ohne Hosenträger, um sie hochzuhalten. Sie konnte seine Kinder förmlich vor sich sehen, wie sie über diese Wiesen rannten und seine Countess, wie sie ihn bei der Hand hielt.

Necessity könnte niemals *Countess* werden. Allein der Gedanke daran war lächerlich. Genauso als würde ein Mädchen aus Shoreditch Königin werden. Die reinste Farce, ein wilder Traum.

Er hatte sie noch nicht bemerkt und noch wollte sie es auch nicht. Dieses Bild würde sie sich klauen, wie früher die Geldbörsen der Adligen. Sie hatte ein, zwei Versuche gebraucht, bevor sie verstand, dass das Stehlen nicht ihre Stärke war. Weder waren ihre Hände schnell genug, noch konnte sie unschuldig spielen.

Mit dem dreckigen Tuch wischte er sich die Stirn ab, streckte sich der Sonne entgegen und lächelte. Sie kannte ihn gut genug, um diesen Gesichtsausdruck zu deuten: Zufriedenheit, Genügsamkeit. Seine Augen hatten die gleiche aschgraue Färbung, wenn er in ihrer Umarmung kam. Vielleicht waren sie in dieser Situation auch dunkler.

Ihr Herz brach entzwei.

Er liebte diesen Ort, sein Erbe, und sie könnte ihn niemals bitten, zu gehen.

Schließlich erblickte er sie doch und er konnte die Freude in seinem Gesicht nicht verbergen. Seine Augen wurden glasig, er kam einen Schritt auf sie zu, aber dann besann er sich *endlich*, zog den Kopf ein und versteckte seine Gefühle.

Leider zu spät.

Als sie näherkam, stützte er sich auf dem Zaun ab und spannte die breiten Schultern an. Es wirkte ungefähr so ungezwungen, wie man es sich bei einem Mann, der aussah wie ein Hafenarbeiter, aber einen uralten Adelstitel hatte, vorstellte. Er sah zum Anbeißen aus, ihr lief regelrecht das Wasser im Mund zusammen und ihre Knie schlotterten.

Necessity war dankbar für die hölzerne Barriere zwischen ihnen.

„Was hab ich angestellt?“, fragte er frei heraus. Erst jetzt fiel ihr die Zigarre auf, die zwischen seinen Lippen klemmte, dabei hatte sie ihn noch nie rauchen sehen. Sie wackelte sachte, während er sprach. Das hätte nicht dafür sorgen sollen, dass sie ihn noch mehr wollte.

Sie tat so, als ob es sie nicht interessierte, und war verärgert, dass er sah, wie verärgert sie war. „Nichts, ich war lediglich auf einem Spaziergang.“

Er schnaufte verächtlich. Seine Augen glühten so heiß wie die Spitze seiner Zigarre, und dann beachtete er sie nicht weiter, sondern hob die verrotteten Holzlatten vom Boden auf. Sie glaubte, sie hörte ihn „Sture Göre" flüstern.

Necessity kletterte auf die Sprosse des Zauns und beugte sich zur anderen Seite hinüber. Das Holz fühlte sich feucht an, aber war stark genug, um sie zu halten. Der Earl wusste seine Hände zu nutzen. „In meinem Buch hatte ich ein Stück Papier als Lesezeichen. Es lag im Kutschhaus und war eine Skizze von deiner Auffahrt. Ich brauche sie zurück."

Er zuckte nur mit den Schultern und sah nicht zu ihr. „Es wird schon wieder auftauchen. Vielleicht solltest du noch einmal danach suchen, wenn wir nicht nackt sind."

Necessity atmete tief aus und krallte sich so tief in die Zaunlatte, dass es ein Wunder war, dass sie nicht brach.

So wird es also ab jetzt laufen?

„Ich habe es für deinen neuen Gärtner Osgood Hagen aufgemalt."

Schon wieder machte er diesen abwertenden Laut und konzentrierte sich noch mehr auf seine Aufgaben. „Wer heißt denn bitte Osgood?"

„Er ist sehr kompetent, talentiert und mag das Landleben. Wir haben schon öfter zusammengearbeitet. Er war jahrelang Angestellter des Duke of Leighton, aber dann wollte er eine weniger anstrengende Position. Du kannst gerne seinen Lebenslauf prüfen. Ich habe ihm sehr detaillierte Notizen für alles hinterlassen: die andauernden Reparaturen am Wintergarten, den Gemüsegarten, über den wir gesprochen hatten, Pflanzzeiten, wann, wo und wie. Miss Palin-Wise bleibt noch so lange hier, wie er sie braucht, um zu helfen. Um besseren Anschluss zu finden, und ich finde, dass es bei der Ausführung der Pläne hilft, wenn jemand aus der ursprünglichen Mannschaft dabeibleibt." Ihr nächster Kommentar war nur, um ihn zu ärgern. „Das geht immer noch auf die Rechnung deines Bruders, also habe ich mich mit ihm abgesprochen. Er und du, ihr solltet euch wirklich absprechen, was die gärtnerischen Pläne angeht."

Ah ja, das hat ihn erwischt.

Stanford stand abrupt auf und bekam sofort einen dieser Schwindelanfälle. Er rieb sich die Schläfen und meinte mit zusammengekniffenen Zähnen: „Xander und ich sprechen uns so schon *genug* ab. Weißt du was, Nessie? Du solltest die Rechnungen bis zum Ende seiner verfluchten Tage an ihn schicken. Vergiss, was ich gesagt habe. Osgood klingt perfekt für mich. Aspinwall-House kann sein Meisterwerk werden. Er soll gerne abertausende Pfund ausgeben. Das alles sollte ihn begeistern, immerhin mag er das *Land*leben." Er hüpfte elegant und agil über den Zaun und sein Muskelspiel machte es ihr *sehr* schwer, ungerührt zu bleiben.

„Ganz im Gegensatz zu dir", warf er ihr entgegen und stapfte davon.

Sie rannte ihm nach, er wollte sich streiten. „Ich muss zurück nach London", schnaubte sie und hasste die Verzweiflung in ihrer Stimme. „Ich habe Termine, den ersten schon nächsten Donnerstag mit Baroness Enderby."

„Ja, ja, von dem hast du mir schon erzählt. Im Bett. Streitsüchtige, alte Jungfer mit tristem Garten. Das ist alles, woran ich mich erinnere, bevor du dich auf mich gesetzt hast."

Ihre Wangen glühten, aber sie lief weiter neben ihm her – zwei Schritte für sie, wenn er einen machen musste. Außerdem hatte er recht. Sie hatte ihm die Pläne für sein Anwesen unterbreitet, während sie ineinander verschlungen gewesen waren. Stundenlange Unterhaltungen im düsteren Morgengrauen, Haut an Haut. Eine Unterhaltung führte zur anderen und es endete nie, fast so, als könnten sie nicht genug voneinander bekommen. „Außerdem das Projekt mit Tobias Streeter in Islington. Ich habe meine Leute schon zusammengesucht. Weißt du, er hat sich in der Welt der Architektur hochgearbeitet. Wahrscheinlich ist das etwas völlig Neues für alle, weil er genau wie ich aus der Gosse kommt. Abgesehen davon, dass er der Bastard eines Viscounts ist, aber das scheint ihn nicht zu interessieren. Er will Kunden, selbst wenn sie nur kommen, um den Prinzen von Limehouse zu beschnuppern, oder wie auch immer sein dummer Spitzname ist. Und ich denke, mir geht es genauso, sollen die Leute doch starren, ihre Kommentare abgeben und mich verurteilen, solange sie mich dafür bezahlen."

„Der Schurkenkönig von Limehouse." Stanford warf seinen Zigarrenstummel einfach zu Boden und trat ihn mit der Ferse aus. Dabei war das Rasenstück gerade frisch gesät. „Aber du hast vergessen, zu erwähnen, dass du zurück zu deinem Liebhaber musst, der dir Botanikbücher schenkt."

Da sah sie rot. Sie wollte ihm direkt ins Gesicht schlagen, wie einer der Dukes. „Es war kein Geschenk! Ich habe dafür bezahlt!"

Wütend trat er einen Zweig aus dem Weg. „Ich wette, das hast du ganz sicher."

„Oh, du *Idiot*!" Sie zog fest an seinem Hemd, aber es hielt ihn nicht auf. „Arroganter Arsch! Hochnäsiger Köter! Und das nach all deinen Eskapaden, den Frauen, Schlägereien, all den entsetzlichen Geschichten, Wagenrennen, den Männern, die du in die Themse geschmissen hast. Du hast echt Nerven! Ich habe gehört, eine Frau hat dich angeblich einmal in der Oper überfallen, direkt in deiner Loge."

„Mein verdammter *Bruder* hat Leute in die Themse geschmissen, nicht ich. Ich war viel zu beschäftigt in den Opiumhöhlen." Plötzlich blieb er stehen und sie lief gegen ihn. Er wandte sich auf dem Absatz um, packte sie bei den Schultern und schüttelte sie leicht. „*Ich* habe Nerven, Necessity Byrne? Wohl eher du gehst mir auf die Nerven. Manchmal so sehr, dass ich mich selbst nicht wiedererkenne. In einem Moment fuchsteufelswild und im nächsten hechele ich dir hinterher wie ein treudoofer Hund. Ich hatte sogar überlegt, das Versteckspiel aufzugeben. Ich denke die ganze Zeit an dich, wenn du nicht bei mir bist. Tausendmal am Tag. Ich bin schon krank! Was macht sie nur? Wo ist sie? Wann kommt sie zu mir? Und um Gottes willen, du bist gekommen, *unter* mir, über mir, neben mir. Du hast mich so fest im Griff wie keine Frau vor dir – und es sind weniger, als du glaubst." Er hob ihr Kinn, bis sie ihn ansehen musste. Seine silbernen Augen waren beinahe weiß. „Wenn es um dich geht, traue ich mich alles. Ich gebe dir meine volle Aufmerksamkeit und kein Fünkchen. Ich kann dir einfach nicht weniger geben, aber du *willst* weniger und das ist das Problem."

Sie starrte ihn mit offenen Mund an, ihr Herz schlug schnell in ihrer Brust. Seine leidenschaftliche Rede war keine Erklärung, geschweige denn ein Vorschlag. Es war Sehnsucht, getarnt als Wut. Verlangen und Zweifel. Seine Gefühle erleuchteten sein Gesicht, wie das Sonnenlicht nur Minuten zuvor.

Was sollte sie damit anfangen?

Er knurrte, packte ihre Hand und stampfte weiter mit ihr über den Rasen hinweg. Sie wusste genau, wo er hinwollte und stolperte, so gut sie konnte, hinter ihm her. Obwohl er wütend war – was allein ihr zu verdanken war – achtete er darauf, wo sie hintraten.

Oh, dieser Mann.

Dieser sture, stolze, gutherzige Mann.

Er war der Grund, warum ihr Herz schmerzte, ihr Körper zitterte und ihr Kopf schwamm. Und vor ihr entfaltete sich eine Zukunft, für die sie noch nicht bereit war. Wahrscheinlich ging es ihm nicht anders.

Aber das bedeutete nicht, dass sie darüber *glücklich* war.

Also würde sie sich nehmen, was sie sich nehmen konnte. Ein letztes Mal stehlen und dann hatte sie ihm genug genommen.

Er platzte durch die Tür der kleinen Hütte und warf sie hinter ihnen sofort wieder ins Schloss, presste Necessity fest dagegen und packte sie mit beiden Händen. Sie war sprachlos, dabei wollte sie nicht einmal reden. Ollies einzigartige Poesie machte verrückte Sachen mit ihr. Schlug Löcher in die Mauern, die fest und unbeugsam standen, seitdem sie zwölf gewesen war.

Wenn sie aus der Sache unbeschadet herauskommen wollte, musste sie bei klarem Verstand bleiben.

Blitzschnell lösten sie Knoten, Schlaufen und sonstige Bänder, mittlerweile Experten, wenn es darum ging, schnell zu sein. Ihr Rock war schnell hochgeschoben, seine Hose offen. Es waren reine Automatismen, blendende Lust. Ihre Finger tasteten, ihr Atem raste. Seine Hände zogen an ihrem Haar und die Nadeln fielen geräuschvoll zu Boden. Er berührte sie, um sicherzugehen – *ja, bitte genau da* –, dass sie bereit für ihn war. Sie knabberte an seiner Unterlippe, bis er stöhnte. Sie wollte ihn markieren und ihr Brandmal auf seiner Haut hinterlassen.

Er schlug eine Hand gegen die Tür, für Hebelkraft, und hob sie hoch, sie schlang die Beine um seine Hüfte und zog sie so noch enger zusammen, Brust an Brust. Sie konnte seinen Schwanz spüren. Hart traf auf weiche, feuchte Hitze. Dann drang er in sie ein, träge und langsam, während er versuchte, nicht schon jetzt die Kontrolle zu verlieren.

Dann ließ er los, gab sich dem Sturm hin. Er fiel über ihre Lippen her, im Takt zu seinen Stößen, die immer schneller wurden. Sie reckte sich ihm entgegen, presste ihr Becken gegen seines, versuchte, sich zu beteiligen. Aufeinandertreffen, losstürzen, verfolgen.

Sie *gab* ihm alles, jeden Funken, so wie er es verlangte. Merkte er denn nicht, dass sie sich ergab?

Die Hitze zwischen ihnen breitete sich aus, bis die vor Spannung geladene Luft knisterte. Sie fühlte sich, als würden ihr Flügel wachsen und als könnte sie über das Anwesen davonfliegen. Ihr Stöhnen hallte durch die Hütte. Der Wind in den Storaxbäumen, das Ticken seiner Taschenuhr auf dem Schreibtisch, alle anderen Geräusche gingen in ihrer Lust unter. Sein starker Arm hielt sie fest, seine rauen Hände gruben sich tief in ihre Haut. Selbst durch alle Schichten hindurch konnte sie seinen Herzschlag im Takt mit ihrem spüren.

Es fühlte sich so an, als wäre dies wirklich der einzige Mann für sie. Der einzige, der sie jemals so anfassen würde, und sie nahm es an, *akzeptierte* es und schob alle Ängste, Reue und Verzweiflung beiseite.

Ungehindert knabberte sie an seinem Kinn, Nacken und Ohrläppchen und weil er es mochte, dort auch fester. Er hatte sich heute nicht rasiert und für Necessity gab es nichts Erotischeres auf der Welt als dieses Kratzen. Er stöhnte, verlagerte das Gewicht und hob sie höher, um tiefer zu kommen. Ihre Verbindung schien unendlich tief.

Vollkommen benommen nahm sie sich dennoch jedes bisschen, das sie kriegen konnte. Immer wieder stießen sie zusammen, bis seine Knöchel weiß waren vor Anstrengung. Sie schloss die Augen und sah trotzdem strahlend helles Licht, ihr Puls raste ihr in den Ohren. Die Tür knarrte laut und mit jedem Stoß spürte sie seinen rauen Atem auf ihrer Wange. Die Welt schrumpfte, bis nur noch sie beide übrig waren, eine Kammer aus Hitze und Gefühlen.

Stöhnend packte er sie fester, schob sie wieder nach oben und sie konnte spüren, dass er sich seinem Höhepunkt näherte. Aber wie immer wollte er, dass sie ihren zuerst fand. Mittlerweile kannte sie die Anzeichen. Sein flacher Atem, er zitterte, lange, langsame, wunderbare Stöße, von der Lust verschwitzte Haut. Ihre wortlose Antwort darauf war, ihr Gesicht in der warmen Baumwolle seines Hemds zu vergraben, während sie verzweifelt versuchte, sich an ihm festzuklammern.

„Lass los, verdammt nochmal“, knurrte er gegen ihre Wange.

Diese erzürnte Bitte, die heisere Stimme, und ihre Zurückhaltung war dahin. Sie klammerte sich an ihn, ihre Gedanken verschwammen und dann brach sie, schnappte nach Luft, stöhnte, kam. Die Welle aus Glück erfasste sie von Kopf bis Fuß, zerstörte sie und sofort danach spürte sie eine zweite. Necessity war in tausend Stücke zerbrochen, wie Keramik, das achtlos auf den Boden geschmissen wurde. Sie murmelte etwas gegen seinen Hals, das sie selbst nicht einmal verstand, und kostete seine süße Haut, vollkommen eingehüllt in Watte.

Auch er konnte sich nicht mehr zurückhalten, packte ihr Haar und vergrub sein Gesicht darin, als auch er sich fallen ließ. Er drängte sich noch einmal tiefer, wollte sie erobern, obwohl sie sich schon längst ergeben hatte.

Einen Augenblick lang gab es nur sie, ihren unregelmäßigen Atem und das Knarzen der Tür, gegen die sie gepresst waren. Er schüttelte den Kopf, als er versuchte, sich zu sammeln, aber es nicht schaffte und stattdessen nur lang und schwer ausatmete. Sie zitterten, beide an den jeweils anderen geklammert und Necessity war glücklich. Sie entschlüsselten einander gegenseitig. Sie hatte wirklich keine weiteren, erotischen Experimente erwartet, nicht nach allem, was sie im vergangenen Monat entdeckt hatten. Und dennoch ... brachte er sie zum Kochen, forderte sie heraus, bis sie beinahe verrückt wurde.

Verdammt.

Sie würde dessen nie müde werden, das war ziemlich sicher.

Tränen stiegen ihr in die Augen, aber Necessity hielt sie zurück, zwinkerte sie davon. Sie klopfte sachte gegen die alte Holztür, um ihm zu signalisieren, dass sie wieder stehen konnte. Dabei war alles, was sie wollte, ihm die Kleider vom Leib zu reißen, ins Bett zu krabbeln und zu schlafen, für ein ganzes Jahrhundert. Bis die Antworten auf ihre Fragen einfacher waren – bis sie überhaupt Antworten *hatte*.

Ihm erging es nicht anders. Die Stirn fest gegen die Tür gepresst, raste sein Atem, die Hand neben ihrem Kopf zuckte immer wieder leicht, als hätte er jegliches Gefühl darin verloren. Seine Haut war klamm und dreckig. Aber sein einzigartiger Geruch – Schweiß, Pinienseife und Ollie – erfüllte sie.

Sie waren beide vollkommen geschafft und ruiniert. Es war, als hielten nur noch ihre Knochen und Sehnen sie auf den Beinen. Die Realität und verletzte Gefühle holten sie ein. Das untere Fundament, das sie über die letzten Wochen im ehemaligen Atelier seiner Mutter geschaffen hatten, bekam Löcher. Ihr Stand in der Gesellschaft war zu verschieden und in ihren Vergangenheiten fanden sich Scherben, die noch gefährlicher waren als die, die seine Wange aufgeschnitten hatten.

Mit einem dumpfen Aufprall ließ sie den Kopf in den Nacken gegen die Tür fallen und sah zur Decke hinauf. Wütender Sex war unglaublich.

Verdammte Scheiße, wie Ollie sagen würde. *Verdammte, verdammte Scheiße.*

Aber die *Folgen* würden dramatisch werden.

Kein Lachen und erst recht kein Kuscheln.

Als hätte er sie gehört, ließ Ollie sie los. Besonders langsam. Es fühlte sich an wie ein Spießrutenlauf. Sein offensichtlicher Groll war eindeutig Strafe für ihre Sturheit. Weil sie ehrlich gewesen war oder Angst hatte oder welches Gefühl auch immer es war, dass sie davon abhielt, sich zu nehmen, was er ihr anbot. Auf seine eigene, zurückhaltende, vielleicht sogar schüchterne Art. Verletzlichkeit, Dickköpfigkeit und Hingabe, alles für sie, auf dem Silbertablett. Genau das, was sie hierhergeführt hatte und sie nun fürchten ließ, dass ihr Herz nicht mehr ihr gehörte.

Er hielt sie fest, bis ihre Knie sie wieder sicher trugen, dann löste er sich von ihr, lief zum anderen Ende des Raumes und stürzte Wasser aus einer Karaffe herunter, die sie genau für solche Zwecke angeschafft hatten. Seine Bewegungen wirkten steif, angespannt vor Wut. Er gab ihr die kalte Schulter, trotz der brennenden Atmosphäre, die sie geschaffen hatten. Unsichtbare Fäden banden sie aneinander, nur wollte keiner von ihnen dem Zug nachgeben.

Ihre Skizze lag nun auf dem Boden, unweit eines Knopfs, den sie im Eifer von seiner Hose gerissen hatte. Sie war vollkommen zerknittert, offensichtlich hatte er das Papier einfach unachtsam in seine Tasche gesteckt. Necessity war zwar immer noch wackelig auf den

Beinen, bückte sich aber dennoch, um es aufzuheben. Nach kurzem Zögern nahm sie auch den Knopf.

Es war wirklich ihre Liste, zusammen mit dem Entwurf für die Auffahrt. Er hatte sie die ganze Zeit gehabt.

„Warum hast du sie behalten?"

Er sah sie schief von der Seite an, fluchte lautlos vor sich hin und eilte wieder auf sie zu, nur um ihr das Papier aus der Hand zu reißen. „*Meins!*" Er zerknüllte es wieder in der Faust und rieb sich mit dem Handrücken einen Wassertropfen vom Mund, den sie am liebsten abgeleckt hätte. „Genauso wie dein verfluchtes Buch, ich glaube, das habe genau genommen ich bezahlt."

Dass er einfach keine andere Seite akzeptieren wollte außer seiner eigenen, machte sie blind vor Wut. Starrköpfige Kröte! Hatte der Sex seine Wut nicht wenigstens ein bisschen gedämpft? „Ollie, sei vernünftig."

Dickköpfig rammte er die Hände in die Hosentaschen. Seine Hose rutschte tiefer und sie konnte die Augen nicht von ihm nehmen. Um Himmels willen, sein Körper brachte sie noch zum Stöhnen. „Nichts da ‚Ollie'. Ich weiß genau, wie das ausgeht. Am Ende mache ich alles, was *du* willst. Egal, ob ich ein Loch für Rosenbüsche graben oder Sahne von deinem Oberschenkel lecken soll."

Sie schnaufte gekränkt und deutete mit dem Daumen hinter sich. „Es ist schon so weit, du Ochse! Genau deswegen stehen wir doch hier, fassungs- und atemlos und liegen gleich auf dem Boden. Weil wir uns gegenseitig so hart genommen haben, dass wir gleich tot umfallen. Nichts, was die Tür nicht mindestens schon einmal gesehen hat."

„Zweimal", knurrte er. „Und wir stehen wie eine Eins." Er stieß scharf die Luft aus und starrte auch verzweifelt zur Decke hinauf. Als er sie wieder ansah, brannten seine Augen, tiefe, dunkle Sturmwolken. „Du kannst deinen Weg im Leben ändern, Nessie. Pläne können sich, je nach Situation, ändern. Das bringt man uns als Soldaten bei. Nicht immer ist das, was man erwartet, auch das, was man bekommt, wenn man in den Krieg zieht."

„Wir befinden uns im Krieg? Falls ja, dann haben wir ein ganz anderes Problem."

Er schlug die Hand vor den Mund und lachte trocken. „Als ob

Necessity Byrne von den Shoreditch Byrnes nicht erbittert um jeden Zentimeter kämpft, den sie hergibt. Oder erobert."

Rasend vor Wut stapfte sie zu ihm, um ihn gegen den Arm zu boxen, aber erkannte schon bald ihren Fehler. Sie ließ ihren Arm wieder sinken. Noch immer brannte ungebremste Lust in seinen Augen und auch in ihr kochte noch die Leidenschaft – jede Berührung wäre ein Fehler gewesen. Es machte sie vollkommen verrückt, dass sie ihn nicht einfach aus ihren Gedanken streichen konnte. Wieso wollte sie immer noch *mehr*, obwohl sie ihn nun wochenlang gehabt hatte, auf die unterschiedlichsten Arten? Die Antwort lauerte im Schatten ihres Herzens, aber sie war noch nicht bereit, diesen zu erleuchten. „Du bist nur wütend, weil ich nicht sofort springe, ohne meine eigenen Wünsche in Betracht zu ziehen, und einfach deinem Kommando folge. Weil ich nicht buckele und kratze wie der Rest der feinen Gesellschaft, nur weil dein Titel fast so viel wert ist wie der eines Königs. Dabei muss der Herr Earl mir überhaupt erst einmal sagen, was er von mir will!"

„Und dir ist es nie in den Sinn gekommen, zu fragen, was ich dir geben will, nicht wahr?" Er breitete die Arme aus und deutete auf alles, was sie gemeinsam geschaffen hatten. „Wochenlang haben wir uns einander offenbart, so wie wir uns noch niemandem offenbart haben, das wette ich. Und hast du in der ganzen Zeit einmal daran gedacht, von deinen Plänen *abzuweichen*, meine Gärten zu erneuern und dann wieder nach London abzuhauen? Du hast einfach angenommen, du und deine verdammte Liste seien alles, was ich wollte. Denn was erwartet man schon anderes von einem Schürzenjäger und ehemaligen Drogenabhängigen? Ich hatte wirklich mehr von dir erwartet als die erstbeste Erklärung."

„Und warum erwartest du ausgerechnet von einem Mädchen aus der Gosse etwas Besseres?"

Er ballte die Hände erneut zu Fäusten, als er seine Worte beinahe schon spuckte: „Weil ich dir *mich* gezeigt habe."

Necessitys Herzschlag setzte für eine Sekunde aus und ihr Blick fiel auf eines der Bilder von Derbyshire, das seine Mutter gemalt hatte. Hatte sie jemals darüber nachgedacht, ihre Pläne zu ändern? Sie war nicht sicher. Wahrscheinlich nicht. Immer noch zitterten ihre Knie von seinen Berührungen, immer noch schmeckte sie ihn.

Sie. Konnte. Nicht. Denken.

Er knurrte und wandte sich von ihr ab, während er sich wieder anzog und seine Hose richtete. Er wollte gehen, er wollte wegrennen.

Sie überlegte, wie sie ihn aufhalten konnte, und massierte sich den Nasenrücken – was sonst eher seine Art war –, da sich Kopfschmerzen anbahnten. „Ich brauche Zeit. Kannst du vielleicht nicht sauer auf mich sein, wenn ich danach frage? Ich will weder dich noch mich verletzen."

Er lief zu seinem Schreibtisch, griff sich eine Ledertasche und stopfte wahllos tausend Dinge hinein – Akten, ein Astronomiebuch, lose Notizblätter. „Ich warte ganz sicher nicht dumm herum, während du abwägst, ob du mich willst, du das *alles* hier willst. Du gehst nicht nur mit deinem, sondern auch mit meinem Herzen rücksichtslos um. Und ich denke nicht, dass ich das akzeptieren kann."

„Rücksichtslos? Was schlägst du denn genau vor, Ollie? Kannst du mir das sagen? Machst du mir einen *Antrag*? Falls ja, dann ist es nicht gerade romantisch. Selbst für ein Mädchen wie mich, ohne Ansprüche. Ich schlage vor, du überdenkst das noch einmal. Vielleicht Blumen und Mondlicht? Aber eins muss man dir lassen, das hier ist unvergesslich."

Er hielt inne, die Tasche schwang sachte an seiner Hüfte hin und her. Der Seitenblick, den er ihr zuwarf, war vollkommen verblüfft und beladen wie seine Tasche, nur im Gegensatz zu Materialien war da das Zögern. Aber er sah sofort wieder weg, als sich Angst in seinen Augen zeigte.

Und auf einmal brach sie in schallendes Gelächter aus, es traf sie wie aus dem Nichts. Die Situation war nicht einmal witzig, sie war so ernst wie nur möglich. Aber sie lachte, so lange, bis sie keine Luft mehr bekam.

Er hatte auch keine Ahnung, wie es mit ihnen und ihrer Affäre weitergehen sollte.

Dann öffnete er die Tür und warf ihr einen letzten Blick über die Schulter zu. Der frühe Sonnenuntergang tauchte alles in Lila und Gold. Eine Aura, die zu einem Earl passte. Passend für den Mann, in den sie sich aller Wahrscheinlichkeit nach verliebt hatte.

Er hob die Hand zum Abschied und seine Brust zog sich zusammen.

Auf Wiedersehen.

Ihr Herz fiel wie ein Stein zu Boden. „Du gehst?“

Er wandte sich ab und war schon meilenweit weg, obwohl er noch im gleichen Raum stand wie sie. „Nein, Necessity Byrne von den Shoreditch Byrnes, du gehst.“

Kapitel Zwölf

IN WELCHEM EINE EINSAME GÄRTNERIN VON NEUIGKEITEN AUS DER BAHN GEWORFEN WIRD

Alle gierigen Mamas aus der feinen Gesellschaft werden sich freuen zu hören, dass der Vernarbte Earl in unsere schöne Stadt zurückgekehrt ist. Er ist in die alte Stadtvilla seiner Familie eingezogen. Sucht er nach einer Countess? Oder vielleicht nach seiner davongelaufenen Gärtnerin? Wer weiß das schon so genau, aber ganz Mayfair ist auf jeden Fall begeistert. Das Leighton-Pack strotzt nur so vor Kindern und Begeisterung – reformierte Schwerenöter, die sich zur Verwunderung aller als liebende Väter und treue Ehemänner herausgestellt haben. Da fällt einer mehr nicht auf.

Aber dieser verschlossene Lord wird wohl nicht so einfach zu fassen sein …

- Kleine Leckerbissen aus der feinen Gesellschaft

Necessity verschluckte sich prompt an ihrem Tee, als sie die Morgenausgabe der *Gazette* auf ihren kleinen Tisch in ihrer ebenso kleinen Küche fallen ließ.

Ollie war hier, in der Stadt.

Nur ein paar Straßen entfernt, wahrscheinlich spazierte er gerade Curzon oder Brook entlang. Und vielleicht ging er dann weiter zur Bond Street, um ein neues Halstuch zu kaufen, oder ein Paar Ziegenlederhandschuhe zum Reiten. Wenn er wüsste, wohin er schauen müsste, dann könnte er einfach nach oben und in ihr Fenster sehen. Immerhin wohnte sie über einem Handschuhmacher. Einem äußerst angesehenen sogar. Ihre eigenen Handschuhe kaufte sie lieber woanders, denn diese hier waren zu gut dafür, aber sie sahen wunderschön aus in der Auslage.

Ihre Gedanken kreisten wie wild umher. Der Vernarbte Earl – oh, wie sie diesen Namen hasste – hatte also ein Haus in Mayfair. Dieses kleine Detail war ihr bisher nicht bekannt gewesen, aber sie hätte es wissen müssen. Natürlich hatte er ein Haus in Mayfair. All die hochnäsigen Adligen hatten mehr Grundstücke, als gut für sie waren, denn sie hatten wiederum kein Geld, um sie zu erhalten. Und es war ihr klar, dass der Earl of Stanford London nicht für immer den Rücken zukehren konnte – nicht, wenn er sein Anwesen erhalten wollte, sich mit Anwälten treffen musste und seiner neu gewonnenen Familie gerecht werden wollte.

Auch wenn sechs Wochen sich durchaus so angefühlt hatten.

Genau genommen hatte sie immer das Neuste von ihm gehört.

Es waren nur kleine Happen, hier und da, die sie trotz allem gehortet hatte wie ein Kind seine Süßigkeiten – gierig. Hildy Streeter und Georgie hatten von ihm gesprochen, wenn sie sich mit Pippa Macauley und ihrer angeheirateten Halbschwester Theo unterhielten. Es ging um das Anwesen, geflüsterte Randbemerkungen, die nicht für ihre Ohren bestimmt waren. Immer während der wöchentlichen Nachmittagstees, zu denen sie nun eingeladen wurde und auf denen sie so tun musste, als interessierte sie nichts über irgendwelche Earls. Sie war lediglich dort, um zu üben, wie man Tee einschenkte und um anwesend zu sein, ohne zu erzürnen, wie Hildy es nannte. Also all die wunderbaren Dinge, die sie schrecklich langweilten, aber gut für das Geschäft waren. Tatsächlich war sie oft von sich selbst begeistert, was sie nicht alles tat, um Erfolg zu haben.

Außerdem erwartete schon wieder eine aus dem Leighton-Pack ein Kind. Necessity glaubte, es war die Duchess of Leighton, aber sie konnte sich nicht wirklich daran erinnern. Diese Bande schwamm regelrecht in kleinen Knirpsen. Eine sehr fruchtbare Gruppe.

Irgendetwas nagte aber noch an ihr und sie überflog die Mitteilung ein zweites Mal. Und ihr Herz rutschte ihr in die Kniekehlen, als sie den Verweis auf sich sah.

Verdammte Scheiße!

Davongelaufene Gärtnerin?

Sie war nicht davongelaufen, sondern *er*! Aber wenn sie ehrlich war, dann war sie schon mit einem Fuß aus der Tür gewesen.

Sie beide hatten Angst vor den Gefühlen gehabt, die ihnen ins Gesicht geschrieben standen.

Delilah umschlich ihre Knöchel, Necessity beugte sich zu ihr, um ihren Kopf und ihr Kinn zu streicheln. Schnurrend ging Delilah zu ihrem Lieblingsplatz am Morgen und streckte sich in einem hellen Sonnenstrahl.

Necessity sprang auf und ging zu dem Sekretär, den sie einem Baron abgekauft hatte, als sie an seinem Garten gearbeitet hatte. Frau, drei Kinder, eine Geliebte und das heruntergekommene Anwesen hatten ihn in den Ruin getrieben. Also war er gezwungen gewesen, Möbel, Schmuck und sein unbewohntes Herrenhaus in Schottland zu verkaufen, nur um sich über Wasser halten zu können.

Der Schreibtisch war umwerfend schön. Ein dreihundert Jahre altes Meisterwerk aus Mahagoni. Der Baron hatte es, ohne mit der Wimper zu zucken, hergegeben, aber für sie war es das beste Möbelstück, das sie je besessen hatte.

Die Einladung lag ganz oben auf dem ordentlichen Stapel unbeantworteter Korrespondenzen. Gedankenverloren fuhr sie die geprägten Buchstaben nach und überlegte, was sie tun sollte. Sie hatte nicht so viele Anfragen wie eine Duchess, aber dennoch einige. Eine Einladung zur Eröffnung eines Ateliers im Freien, nächsten Monat im Hyde Park. Nachmittagstee mit der verwitweten Countess of Newberry. Das Pferderennen in Newmarket nächste Woche, mit Jasper Noble. Das hatte sie zumindest noch nicht abgesagt, aber ihr Herz war nicht bei der Sache.

Ihr Puls beschleunigte sich, als sie die unterste Karte herauszog. Eine Einladung zu Lady Bediveres Salonfeier – angepriesen als eine Mischung aus Hauskonzert und Vortrag, aber in jedem Fall unterhaltsam. Necessity lachte trocken und schnippte gegen das dicke Papier. Die Musik würde mit Sicherheit schrecklich sein und der voraussichtliche Höhepunkt der Feier war Dash Campells Vortrag. Er stolzierte überall mit seinem Buch herum, wie ein Zirkusdirektor mit seinem Äffchen, allerdings flog sein Buch auch buchstäblich von den Regalen in die Wohnzimmer Londons. Sie konnte ihn gut nachvollziehen. Sich selbst zu präsentieren, war ein wichtiger Teil des Geschäfts.

Sie war nur eingeladen worden, weil die *Duchess Society* ihren Namen oft genug erwähnt hatte – als Freundin und als *Kundin*. Und so war ihr Name auf der Liste der feinen Gesellschaft gelandet. Der *ton* hatte gerne hin und wieder den ein oder anderen Mensch aus der Arbeiterklasse um sich, um zu zeigen, wie freidenkerisch er doch war. Sie war – nach einigen Anpassungen – eine akzeptable Wahl.

Necessity vergrub eine Hand in ihrer Tasche und fuhr mit den Fingerspitzen über Ollies Hosenknopf, den sie geklaut hatte. Sie erlaubte sich diese Geste fünf Mal am Tag, heute war sie schon bei Nummer drei. Und noch ein weiteres Mal, weil sie schwach war, bevor sie ins Bett ging. Danach legte sie ihn immer in die Schale auf ihrem Nachttisch, bis sie ihn am Morgen wieder an sich nahm.

Wenn Ollie wirklich in der Stadt war, dann war er höchstwahrscheinlich bei Lady Bediveres Feier. So wie sie ihn kannte, war es ganz und gar nicht seine Art, sich unter Menschen zu begeben, aber er war nun einmal mit Dash *befreundet*. Xander Macauley und der Rest des Leighton-Packs würden auch dort sein. Wo einer war, waren alle von ihnen. Sie reisten wirklich nur in einer Gruppe.

Rücksichtslos mit meinem Herzen.

Zum wiederholten Mal flüsterte sie die Worte vor sich hin. Wie konnte man denn rücksichtslos mit etwas sein, das man nicht *bekommen* hatte? Dabei hatte sie doch nur versucht, dagegen anzukämpfen, dass sie sich in einen Mann verliebte, den sie nie haben konnte. Und sie hatte seine Reaktion verarbeiten müssen, dass er endlich verstanden hatte, dass sie nicht seine Gräfin werden konnte. Sie hatte nur darum gekämpft, das Leben zu behalten, für das sie so hart gearbeitet hatte. Sie konnte sich auf niemanden verlassen. Alles Geld, was unter ihrer Matratze steckte, hatte sie selbst hart erarbeitet.

Sie hätte den Abschied gut verkraften können, wenn er nicht so unmissverständlich ganz er selbst gewesen wäre, nur Ollie. Süß und clever und so, so attraktiv. Verletzlich und voller Güte, die Wut nur am

Rande spürbar. Seine Augen hatten betrübten, aschgrauen Teichen geglichen, in die sie einfach hineinstürzen musste. Keine Spur vom zurückgezogenen, mürrischen Earl of Stanford.

Bei ihrem letzten Gespräch hatte er diesen entsetzlichen Ausdruck auf seinem Gesicht gehabt. Es war offensichtlich gewesen, dass er genauso überrascht über seine Gefühle war wie sie. Sein Versuch, sie bei sich zu behalten, ohne ihr einen Grund zu geben.

Allein die Erinnerung machte sie wütend und zeigte ihr, wie einsam und wie verliebt sie in ihn war.

Verdammt nochmal!

Es war kaum zu fassen, dass es sechs Wochen her war, dass sie ihn das letzte Mal berührt hatte. Seitdem sie gespürt hatte, wie er sie in die Matratze gedrückt hatte. Sie liebte dieses Gefühl. Seit Wochen hatte sie keine feuchte Strähne mehr hinter sein Ohr gestrichen oder ihm beim Schlafen zugesehen. Oder ihn geküsst, bis ihre Knie weich wurden. Endlose Wochen, seitdem sie bis zum Morgengrauen bei ihm gelegen und mit ihm gelacht und über alles Mögliche geredet hatte. Für ein paar Wochen hatte sie in der Wildnis von Derbyshire den engsten Freund ihres Lebens gefunden.

Sie entschied sich dafür, zu Dashs Lesung zu gehen, und legte die Einladung auf den ‚Ja'-Stapel. Es war nur gut für das Geschäft, sie konnte mit potenziellen Kunden sprechen und ihre Kompetenz in feiner Gesellschaft erweitern. Sie hatte sogar ein neues Kleid, zwei, um genau zu sein. Sie waren wunderschön, im Gegensatz zu allen anderen, die sie besaß. Eine Modistin mit Panasch, behauptete die Duchess of Markham. Mit Talent, meinte Necessity. Sie hatte sie nur anfertigen lassen, falls sich einmal eine Gelegenheit ergeben sollte. Das war auch schon alles. Ganz und gar nicht in der Hoffnung, den Earl of Stanford wiederzusehen.

Sie nickte, atmete schwer aus, weil sie den Atem angehalten hatte und um die Schmetterlinge in ihrem Bauch zu beruhigen.

Sie war zufrieden, sehr sogar. Mit ihrem Leben und ihrem Geschäft. Und wenn sie halt ein-, zweimal, vielleicht auch fünfmal in der Nacht aufwachte, um nach Ollie zu greifen. Oder wenn sie in *Debrett's* nach ihm suchte – sechster Earl mit zwei langen Paragraphen über seine Abstammung –, dann war es nur aus Neugier. Jedes Mal, wenn sie in *Hatchard's* die Karten studierte, um die Distanz zwischen ihrer Wohnung und seinem Anwesen in Derbyshire zu messen, dann war es nur aus Langeweile. Nur falls sie tatsächlich eine Schublade voller Briefe hätte, die an Aspinwall-House adressiert, aber nicht abgeschickt waren, dann würde sie behaupten, sie wäre verrückt.

Recherche zu *Fakten* war nichts anderes als ein Zeichen von Wissbegierde.

Sie seufzte. Die Briefe konnte sie aber nicht rechtfertigen.

Sie lief zum einsamen Fenster ihrer Wohnung, schob den Vorhang beiseite und spähte auf die geschäftige Bond Street hinunter. Die Menschenmenge, die von hier nach dort wanderte, mit Hutschachteln und Paketen unter dem Arm. Der Wind, der an Bonnets und Biberhüten zerrte. Das Geräusch der Pferdehufe auf dem Pflasterstein, schreiender Straßenverkäufer und aufgeregt rufender Kinder. Aber sie suchte nur nach einem großen Mann mit silbernen Strähnen im Haar und einer Narbe, die sein Gesicht zum außergewöhnlichsten in ganz England machte. Und nach diesem zurückhaltenden, langsamen Lächeln, das ihre Seele erhellte – wenn sie es denn zuließ.

Entnervt klopfte sie mit dem Fingerknöchel gegen das Fenster.

Sie würde dem Mann nicht extra aus dem Weg gehen, wenn das Gegenteil gut für ihr Geschäft war. Das konnte ihr Test sein – wenn er wirklich bei der Feier auftauchen würde –, um sich selbst zu beweisen, dass sie auf dem Weg der Besserung war. Ihr Abenteuer in Derbyshire vergessen konnte und zur Normalität zurückgekehrt war, was auch immer Normalität für sie bedeutete.

Vielleicht könnte Necessity danach Jasper Nobles Einladung zum Pferderennen annehmen. Oder die für das Abendessen, ins Theater, zur Oper ... Er hatte sie schon des Öfteren gefragt und keine Anzeichen von Traurigkeit gezeigt, jedes Mal, wenn sie ihn abgelehnt hatte. Was für ein arroganter Kerl. Sie waren schon seit langem Freunde und konnten vielleicht auch mehr sein. Jasper zumindest hatte mehr als klar gemacht, dass er dafür offen wäre. Aber sie war sich nicht sicher, ob er nur darauf drängte, weil er es für eine gute *Gelegenheit* hielt und nicht, weil er sie so verzweifelt wollte, wie sie es in Derbyshire erfahren hatte.

Es war beinahe so, als ob er auch vor etwas davonlief.

Wieder klopfte sie gegen das Fenster, diesmal stärker. Allein beim Gedanken, einen anderen Mann anzufassen, oder dass einer sie berührte, wurde ihr mulmig zumute. Wieder fragte sie sich, ob sie wirklich bereit dafür war, sich eine Reihe von Liebhabern anzulachen, wie ursprünglich ihr Plan gewesen war. Einfallsreiche, unabhängige Zukunft. Bedauerlicherweise und trotz all ihrer Fantasien, die das Gegenteil waren – etwas für Träume, nicht die Realität -, wollte sie nur einen Mann.

Aber ihre Erinnerungen an Oliver, Earl of Stanford, würden ihr genügen müssen.

Denn dieses Geständnis, genau wie der Knopf in ihrer Tasche, würde ihr kleines Geheimnis bleiben.

„Hast du heute schon in die *Gazette* geschaut, Kumpel?"

Ollie sah von seinem schweigsamen Wachposten am Fenster der Lagerhalle auf. Die Straßen von Limehouse sprudelten nur so vor Energie. Wie ein Bienenstock. Docker, Hafenarbeiter, Prostituierte, Rinder, Pferde, Karren, Kinder und Hunde. Die Geräusche schlängelten sich durch die kaputte Straße und trieben unbeirrt bis zu ihm hinauf. Er konnte nachvollziehen, warum Xander diesen hektischen, faszinierenden Ort so mochte. Er hingegen fühlte sich unwohl, wieder hier im närrischen Treiben der Stadt zu sein. „Nein, sollte ich?"

Macauley grinste besonders amüsiert. „Vielleicht."

Ollie eilte zu seinem Bruder und schnappte sich die Zeitung aus dessen Hand.

Zum Teufel noch eins, was haben sie jetzt schon wieder geschrieben?

„Davongelaufene Gärtnerin ...", murmelte er und hoffte sofort, er hätte es nicht laut gesagt. „Scheiße!"

„Genau mein Reden." Xander gähnte hinter vorgehaltener Hand. Das neue Kleinkind weckte sie alle drei Stunden. Und Xander mochte es im Gegensatz zu den meisten Vätern, beim Füttern zu helfen. Pippa konnte sich wirklich glücklich schätzen. „Miss Byrne wird die Erwähnung nicht gutheißen. Ein bisschen launenhaft, die Kleine. Wie Leighton, nur als Frau und das ist gruselig." Er zuckte mit der Schulter und präsentierte ein breites Grinsen, das Ollie ihm am liebsten mit der Faust wieder vom Gesicht gewischt hätte. „Mach dir keine Sorgen, Kleiner. Ein Mann kann nicht beeinflussen, wann einem das Wasser im Mund zusammenläuft. Aber dieses Temperament kann man sich zunutze machen, man muss nur wissen, wie."

Ollie brummte Zustimmung, aber ignorierte die Anspielung. Temperament hatte sie, ja, aber sie interessierte sich keinen Deut für die Gesellschaft. Falls Nessie diesen Müll wirklich sehen würde – und die Chance bestand, dass sie es *nicht* tat –, dann würde sie die Zeitung bestimmt so schnell wie möglich verbrennen. Und weil ihm die Idee so gut gefiel, setzte er sie auch gleich in die Tat um, lief zum Kamin und schmiss die Zeitung in die Flammen.

„Genau die richtige Antwort. Du wirst von Tag zu Tag mehr wie ich. Ich bin so stolz auf dich."

„Diese verdammten Geier", presste Ollie wütend hervor. Er ließ sich in den erstbesten Sessel fallen und starrte die lodernde Zeitung an. Die Flammen zerfraßen gerade das Wort ‚davongelaufen'. „Eigentlich sollte ich mich mittlerweile daran gewöhnt haben, so wie du."

„Ich hatte mehr Übung, Kleiner."

Er ließ sich tiefer in den Sessel sinken und massierte seine Schläfen. Der Vernarbte Earl. Es war nicht das erste Mal, dass sie ihn so genannt hatten. Eine Hand ließ er zu seiner Wange sinken und fühlte über die raue Haut. Das war sein Erbe, zusammen mit den Albträumen, einem heruntergekommenen Anwesen und einer schrecklichen Vergangenheit. Warum also sollte eine wunderschöne, intelligente, selbstständige Frau wie Necessity Byrne sich so etwas aufhalsen wollen? Sein größter Vorteil, die Grafschaft, war eine Last und kein Vorteil.

Die Wahrheit war, dass er nichts hatte, was er ihr geben konnte, außer seinem Talent im Bett. Und nun wünschte er sich beinahe, dass er dieses Können nicht hatte, denn wie er es erlangt hatte, war ein Grund dafür, dass sie davongerannt war. Immer war da dieser kleine Funken Zweifel gewesen. Beim Frühstück, wenn sie zusammen vor Sonnenaufgang über die Wiesen spaziert waren, immer hatte sie sich gefragt, was sie ihm eigentlich bedeutete, denn er war miserabel daran gescheitert, es ihr zu sagen.

Aber die Sache war die …

Sehnsüchtig seufzend sah er zu Xanders Whisky.

Wenn ich doch nur ...

Die Sehnsucht nach ihr war unbeschreiblich. Jede Nacht starrte er mit unverhohlenem Verlangen hoch in die Sterne und fragte sich, wie er solch eine Frau nur hatte gehen lassen können. Dieser Schmerz machte das Leben zur Hölle. Jeden Tag erinnerte er sich an eine Kleinigkeit, die nun nicht mehr da war. Ihr schlaues Lachen, ihr leicht schiefer Vorderzahn, die langsamen, hoch-erotischen Kreise, die sie auf seine Brust malte, wenn sie nachdachte, wie sie ihre Nase rümpfte, damit ihre Brille nicht rutschte.

Und was vermisste er am meisten? Die angeregten Diskussionen über das Leben in ihrem kleinen Zufluchtsort. Ein Ort, den er hinter sich gelassen hatte, sobald sie ihn verlassen hatte. Das Kutschhaus war nun wieder so still wie zuvor. Ihre spontanen Picknicks vor dem Kamin, die meistens damit endeten, dass einer von ihnen auf den jeweils anderen kletterte. Der Geruch von Farben, Regen und Erde war zu viel für ihn. Weder seine Mutter noch Nessie waren Geister, die er bezwingen konnte. Nicht, wenn ihn jede Nacht ohnehin schon Schreckliches heimsuchte.

Er musste seinen Verstand für die wichtigen Dinge schützen.

Obwohl er wusste, dass es da war, steckte er die Hand in die Hose und versicherte sich. Ein Stück Papier, das zu seinem Glücksbringer geworden war. Wie ein liebeskranker Narr nahm er Nessies Garten-Skizze überall mit hin. Nur aus Pflichtbewusstsein hatte er sich die Zeit genommen, sie auch Osgood Hagen, seinem *dauerhaften* Gärtner, zu zeigen und mit ihm zu besprechen. Aber Ollie hatte es ihm nicht erlaubt, die Skizze zu behalten, als er gefragt hatte, ob er sie für sein wachsendes Portfolio haben könnte.

Wahrscheinlich war es einfach nur eine komische Laune gewesen, sie zu behalten. Und wozu war sein Titel sonst da, wenn man ohnehin davon ausging, dass Earls und Dukes ein bisschen exzentrisch waren. Mr Hagen war ein ganz charmanter Gentleman, nur hatte er das Gesicht einer Forelle und Adleraugen, denen nicht viel entging. Der Mann platzte förmlich vor Freude, dass er nun eine Anstellung auf dem Land und einen Arbeitgeber hatte, der zu allem ja sagte.

Immerhin bezahlte Xander alles.

„Ich erinnere mich noch zu gut daran, als mein Spiegelbild genauso aussah wie deins jetzt."

Ollie rieb sich mit zitternden Händen die müden Augen. Wieder hatte ihn ein Albtraum Stunden vor Sonnenaufgang geweckt. Aber der Londoner Himmel war verhangen gewesen und er hatte keinen einzigen Stern gefunden, um sich ablenken zu können. „Halt den Mund, Xander. Keiner will hören, wie herrlich die Liebe zwischen Pippa und dir ist. Das Theaterstück kenne ich schon zur Genüge. Ich kann es dir Strophe für Strophe aufsagen. Es fing alles damit an, dass du ihr ein Taschenmesser geschenkt hast, lange Jahre, bevor ihr euch verliebt habt ..."

„Es war prachtvoll, *ist* noch immer prachtvoll. Aber genug von mir, meiner lieben Ehefrau und meiner wirklich bemerkenswerten Fähigkeit, das Richtige zu schenken. Ich will dich nicht noch weiter treten, wenn du schon am Boden liegst." Er knackte mit den Fingerknöcheln, es hallte durch den ganzen Raum. „Wie wär's, ich hol' Leighton, Dash und Streeter und du kannst dich ordentlich mit ihnen prügeln, ohne dass du dir Sorgen machen musst, unsere brüderliche Beziehung zu strapazieren. Markham prügelt sich nicht so gerne, wie du ja schon gemerkt hast, aber er schaut gerne dabei zu."

Ollie schüttelte den Kopf und strich sich vorsichtig über seine gesprungene Unterlippe. „Das haben wir gestern schon gemacht, falls du dich erinnerst." Ein kleines, freundschaftliches Handgemenge hatte dafür gesorgt, dass man das Leighton-Pack beinahe aus *White's* geschmissen hatte. Er schuldete Baron Nelson einen Mantel. Es war zweifelsohne *sein* Blut, was über dem gesamten Ärmel verteilt gewesen war. Leighton und sein äußerst bemerkenswerter linker Haken ... Und egal, was man tat, um den Fleck zu beseitigen, Blut kam nie wirklich aus Stoffen heraus. Eigentlich war er überrascht, dass *diese* Geschichte nicht in den Klatschspalten stand. Aber irgendwann würde auch das passieren. Ein Duke und ein Earl, die Tische umstürzten und Gläser zerbrachen, und das im berühmtesten Club Londons? Wenn das keine sensationelle Geschichte war, dann wusste er auch nicht weiter.

Er fragte sich, was Nessie wohl darüber denken würde, dass er sich seit Jahren das erste Mal wieder in der Öffentlichkeit geschlagen hatte. Wahrscheinlich konnte sie sich denken, dass er wieder in seine alten

Muster zurückverfallen war und sich voll und ganz darin bestätigt fühlen, dass sie nie wieder mit ihm sprechen wollte.

Wie es schien, waren Frauen schnell verärgert. Und das überall. Theo war stinksauer gewesen, als sie in Leightons Villa gestolpert kamen, die dem Club am nächsten gewesen war. Es war die beste Möglichkeit gewesen, sich zu waschen und die Prellungen zu behandeln. Dash hatte den größten Teil ihres Zorns abbekommen. Ollie hatte keinen blassen Schimmer, was zwischen den beiden vorgefallen war. Immer wieder warfen sie sich lange Blicke zu, bis einer von ihnen plötzlich aus dem Raum stürmte. Jedes Mal, wenn sie sich sahen, war die Luft elektrisch geladen, wie kurz vor einem Gewitter. Ollie erkannte es wieder, da es ihm und Nessie genauso ging.

Man konnte Anziehung tatsächlich *fühlen*. Vielleicht litt Dash ja auch unter den Auswirkungen davon, dass er eine Frau haben wollte, die er nicht haben konnte.

Gut so, dachte Ollie verbittert.

„Ich würde gerade für einen Whisky töten“, murmelte er vor sich hin, aber dann fiel ihm ein, in welcher Lagerhalle er saß. Als er aufsah, blickte er sofort in Augen, die genauso grau waren wie seine eigenen und sorgenvoll dreinblickten. „Keine Sorge, Xan, ich werde es nicht tun, *habe* es nicht getan. Natürlich denke ich auch darüber nach. Aber die meiste Zeit träume ich von den Opiumhöhlen, nicht dem Alkohol. Vergessen zu können, war wirklich für eine Weile ein Geschenk. Sich Nacht für Nacht in Londons fauligem Gestank zu verlieren ...“ Er ließ den Kopf in den Nacken fallen und starrte zur Decke hinauf, wo sich Rohre und Beschläge entlangschlängelten. Der Architekt von diesem Gebäude – und jedem anderen, das sein Bruder besaß – war selbstverständlich Tobias Streeter und er hatte sie in leuchtendem Kirschrot malen lassen. Es war eine gewagte Farbe, ohne Zweifel, aber eine, die zu seinem Bruder passte. „Aber ich will nicht mehr so viel vergessen.“

Die Genugtuung, die er plötzlich spürte, war erstaunlich.

Er seufzte zufrieden. So sehr er auch versuchte, es zu verstecken, es schien, als wäre er auf dem Weg der Besserung.

Ollie schloss die Augen und kämpfte mit einem Frosch im Hals. Necessity Byrne, mit ihrem frechen Lächeln und ihrer noch frecheren Art, hatte ihm tatsächlich geholfen. Sie hatte ihm einen Grund gegeben, aus dem Schatten von Aspinwall-House heraus und zurück ins Licht zu treten.

Jetzt musste er nur noch im Licht bleiben.

Aber genauso, wie er sie begonnen hatte, würde er seine Reise allein bewältigen müssen.

Plötzlich spürte er eine Teetasse an seiner Hand und zuckte zusammen. Er hatte nicht mitbekommen, wie Xander zu ihm gekommen war. „Danke", flüsterte er und hielt die Tasse mit beiden Händen, Wärme und Zuneigung durchdrangen ihn. Sein Bruder war wirklich durch und durch fürsorglich veranlagt.

Grummelnd ließ sein Xander sich in den Sessel ihm gegenüber fallen und streckte die Beine aus – ihre Stiefel berührten sich beinahe. „Es tut mir leid, falls ich alles nur schlimmer gemacht habe, Kleiner. Ich dachte wirklich, eine kleine Liebelei würde dich aus deiner Krise holen. Eine Frau, die dir gewachsen ist, und du ihr im Gegenzug. Harmlose Funken, falls überhaupt. Geistiges Kräftemessen, wie du es magst. Was ich damit sagen will, ist, *ich* mag sie. Mädels aus dem Armenviertel werde ich immer vorziehen. Und sie ist wirklich gut mit Pflanzen und Bäumen. Streeter ist sehr begeistert von ihrer Arbeit in Islington. Sie arbeitet so hart wie jeder Mann. Ich wollte nicht, dass es so ausgeht. Ich hätte nie geahnt, dass ..."

„Schluss, bitte. Du bringst mich noch um. Ich bin ... tatsächlich dankbar, dass du sie zu mir gebracht hast. Und ich freue mich, dass meine Gärten aussehen wie aus dem Lehrbuch oder bald zumindest. Einem *Garten*lehrbuch." Ollie lachte über den Witz, den sein Bruder nie verstehen würde, und stürzte seinen Tee in einem Schluck hinunter. Bilder von Nessie tanzten vor seinem inneren Auge: ihre glänzende Haut, ihre goldschimmernden Augen. Ihm wurde heißer. Er sah, wie sich ihr Körper über seinem erhob, er hielt sie fest und sie entführte ihn an Orte, an denen er noch nie zuvor gewesen war.

Wenn sie diesen Buchhändler noch einmal berührt, dann muss ich gewalttätig werden.

Er lächelte bitter. „Ich denke schon, dass ich dankbar bin, zumindest bin ich mir zu neunzig Prozent sicher."

Aber *hundert* Prozent der Momente, in denen er ohne sie

aufwachte, waren genauso düster wie Londons kohleschwerer Nebel. Es war einfache Mathematik.

Macauley holte eine Zigarre aus der Tasche und steckte sie sich in den Mund, aber Ollie wusste, er würde sie nicht anzünden. Das Rauchen hatte er sich noch vor der Hochzeit abgewöhnt. Es war nur eine Taktik, um Zeit zu schinden. Egal, wie charmant Xander Macauley in Sachen Geschäft auch verhandeln konnte, mit Gefühlen wusste er nicht umzugehen. Aber auch er hatte sich dank des Leighton-Packs und dessen tausend Kindern gebessert.

„Ich bin ganz Ohr", murmelte Ollie und spielte mit seiner Tasse in der Hand.

Macauley lächelte und wählte seine nächsten Worte mit Bedacht. „Du hättest diese Sache mit dem Anwesen auch von Derbyshire regeln können, nich' wahr? Immerhin ist es über ein Jahr her, dass du das letzte Mal in Mayfair warst."

Ollie starrte in seine Tasse und schwenkte den Teesatz hin und her. Langsam, aber sicher bereute er, bei seinem Bruder vorbeigekommen zu sein. Es war lediglich eine Ausrede gewesen, um das Treffen mit seinen Anwälten noch weiter hinauszuzögern, aber dieses Treffen stellte sich als genauso verhängnisvoll heraus. „Und was willst du mir damit sagen?"

Macauley steckte die Zigarre wieder weg und strich die karierte Weste glatt. Seitdem er mit Pippa verheiratet war, kleidete er sich farbenfroher. Nun passte das Äußere besser zu seinem strahlenden Inneren. „Morgen hat Dash wieder eine Lesung. Wenn du schon einmal hier in der Stadt bist, kannst du auch mitkommen. Ich garantiere dir, so etwas hast du noch nie gesehen, es ist beinahe Magie. Wirklich eine erstklassige Darbietung. Dieser Junge hält den *ton* in Atem. Und verdient sich dabei mit seinen schmierigen Fingern eine goldene Nase. Und Lady Bedivere will nun auch ein Stück von ihm abhaben. Dash macht es nichts aus, sich zu verkaufen."

Ollie strich mit den Fingern über Necessitys Skizze in seiner Hosentasche. Eine Lesung im Salon einer alten Dame klang noch schlimmer als ein Besuch beim Zahnarzt. „Danke, aber nein danke. Ich bin ohnehin nur für ein, zwei Tage hier, um …", aber er verstummte, es gab keinen Grund zu lügen, wenn sie beide doch wussten, warum er wirklich hier war.

Macauley strich sich unnötigerweise die Falten aus der Hose und summte fröhlich. Er war ein schrecklicher Schauspieler. „Deine Gärtnerin wurde auch eingeladen. Natürlich weiß ich nicht, ob sie kommt, aber die Chance besteht."

Ollie hob den Kopf und war plötzlich sehr interessiert.

„Außerdem wird auch Jasper Noble erwartet. Diese schreckliche Ratte lässt sich keine Gelegenheit entgehen, um sich bei denen einzuschleimen, die besser sind als er. Erst letzte Woche hat er mit Lord Bedivere einen Vertrag unterschrieben, um teure Vasen aus den pazifischen Inseln zu transportieren – eigentlich hatten Streeter und ich auf diesen Auftrag gehofft." Er fluchte leise und strich sich das Haar aus dem Gesicht. Die dunklen Ringe unter seinen Augen waren deutlich erkennbar. „Leider hat das Kleine in der Nacht vor dem Termin aber nicht schlafen wollen. Es hatte Fieber und hat uns große Sorgen gemacht. Und dann kam alles, wie es kommen musste, und ich bin bei den Verhandlungen eingeschlafen, bin beinahe vom Stuhl gekippt. Offensichtlich habe ich Bedivere beleidigt, aber es waren *wirklich* schlechte Manieren. Ansonsten hätte Noble mich nie geschlagen."

Obwohl sein Herz einen fröhlichen, kleinen Satz machte, presste Ollie fest die Lippen zusammen, um jegliche Gefühlsregung zu verstecken. Genau wie sein Vater so viele unzählige Male. „Wenn wir ehrlich sind, dann sind diese Leute *auch* besser als du, Xan."

Macauley lächelte seinen Bruder breit an. Es war dieses rasiermesserscharfe Lächeln, mit dem er alle Menschen in seinen Bann zog. Immerhin hatte er die Schwester eines Dukes so davon überzeugt, sich für immer an ihn zu binden. „In meinen Adern fließt das Blut eines Earls, blau und klar", er tippte sich auf das Handgelenk. „In ihren eingebildeten Augen bin ich beinahe schon akzeptiert. Und da die Verbindung dank dir nun bestätigt ist, werde ich sie für jedes Pfund ausnutzen, die sie wert ist. Wenn ich könnte, würde ich die Verbindung zu unserem Vater verkaufen, als wäre sie Whisky, wenn es nur möglich wäre, und es dem *ton* so richtig unter die Nase reiben. Das ist ohnehin alles, für das sie nütze ist."

Der letzte Kommentar kam schroffer heraus, als er beabsichtigt hatte, und Macauleys Lächeln war verschwunden.

Die beiden Brüder tänzelten wie auf Eierschalen umeinander herum, wenn das Thema auf den verstorbenen Earl of Stanford zu sprechen kam.

„Es tut mir leid, Ollie, ignorier‘ mich einfach. Ich werde nur immer noch wütend, wenn ich an ihn denke“, meinte Macauley nach langem, hilflosem Schweigen. „Dabei war er vielleicht doch zu etwas gut, vielleicht gut zu dir. Ich war nicht da, ich kann nur hoffen.“

„Er war nicht gut zu mir, oder zu irgendjemandem.“ Ollie massierte seinen Nasenrücken, um die Kopfschmerzen zu vermeiden, die immer zum Vorschein kamen, wenn die Vergangenheit drohte, ihn einzuhüllen wie ein dicker Nebel. Er hatte keinen medizinischen Tee mitgebracht, denn der Duft von Kamille versetzte ihm jedes Mal einen neuen Stich. „Du hast wenigstens nur die Hälfte geerbt, wenn man es so sehen will. Ich hingegen stecke von Kopf bis Fuß darin. Der Name, die Augenfarbe, einfach alles.“

„Hol‘ sie dir“, meinte Macauley bestimmt, mit diesem beunruhigenden brüderlichen Unterton. „Es sei denn natürlich, du willst, dass Noble schneller ist. Du solltest dir deine Chance auf Glück nicht wegen deines Vaters entgehen lassen, ist das klar!? Er ist es nicht wert, Ollie.“

„Es ist nicht so einfach, Xander. Ich bin kompliziert. Mehr als sie will, mehr als sie *braucht*.“

„Ich glaube, dass es nicht nur auf die Liebe ankommt, Kleiner. Sondern auch darauf, wie es sich anfühlt, Zeit mit der Person zu verbringen. Und da du sowieso schon halb verliebt bist ...“

Ollie lachte, hart und gekränkt. Nachdenklich strich er sich über das Kinn und fragte sich, wann genau er sich das letzte Mal rasiert hatte. „Mehr als das, fürchte ich.“

Macauley blinzelte ihn verwirrt und mit offenem Mund an. „Warum zum Teufel sitzt du dann noch hier bei mir?“

Ollie zuckte mit den Schultern. „Aus Angst?“

Macauley sprang zurück auf die Füße und deutete in die Richtung der besser betuchten Stadtteile Londons. Dahin, wo Nessie gerade war. „Kämpfe um sie, Kleiner! Mit all deinen geschmeidigen Worten, solange du sie auch so meinst. Du kannst die Zeit in der Stadt damit überbrücken, an der Villa herumzuwerkeln, die unser liebster Vater dir hinterlassen hat. Wenn es nur das ist, um das Mädchen für dich zu gewinnen, dann ist es eine Kleinigkeit. Ich gehe zu irgendwelchen verdammten Teefeiern für Pippa. Jede Woche woanders, bei all ihrer Wohltätigkeitsarbeit. Drury Lane oder Museen. *Scheiße*, letzte Woche hat sie mich zu *Gunter's* geschleppt. Alles für die Liebe, Ollie. Ich mache das gerne, weil ich sie liebe. Ganz einfache Lösung, nich' wahr?"

Ollie versank tiefer im Sessel, er musste sich geschlagen geben. „Pippa ist aber nicht Nessie. Meine Gärtnerin will nur das eine von mir. Ich will ja nicht indiskret sein, dabei muss ich, aber ... naja, ich bin sehr gut darin. Mit Frauen, meine ich. Ich hatte sehr viel Übung, aber die Klatschpresse hat trotzdem mehr daraus gemacht, als es war. An das meiste erinnere ich mich nicht einmal, aber das ist eine ganz andere Geschichte. Und so wird mir meine Liebe zum Detail gedankt. Das ist also meine beste Eigenschaft, vielleicht sogar das Einzige, was ich gut kann."

Macauley lachte so laut, die Bilder an den Wänden wackelten. „Hörst du dir eigentlich selber zu, Kumpel?"

„Ja, klar und deutlich."

„Du klingst wie der letzte Idiot."

Ollie machte eine abwehrende Handgeste in seine Richtung.

Ja, ja, du hast ja recht.

„Hast du sie wenigstens gefragt, ob sie dich heiraten will? Eine kleine Rede, zu Kreuze kriechen und gewandte Worte? Blumen und Schmuck? Ich habe noch einige Ideen in Reserve für dich. Bei Pippa musste ich es zweimal versuchen. Du erinnerst dich ja sicherlich an die Geschichte mit dem Schild für ihr Arbeitszimmer?" Nun rieb er sich verschwörerisch die Hände, als stünde er an einem seiner eigenen Glücksspieltische und konnte die Würfel nicht abwarten. „Wenn du wenigstens das gemacht hast, dürfte es nicht mehr so schwer sein, das alles in Sack und Tüten zu kriegen. Oh, wenn der *ton* das herausfindet ... dann will ich Sitze in der ersten Reihe. Der Vernarbte Lord und seine davongelaufene Gärtnerin werden die Schlagzeile des Jahres. Und du hast doch wenigstens etwas gemacht, nich' wahr?" Macauley schlug sich auf den Oberschenkel. „Oder, Ollie?"

Ollie sah ihn an und ihm entgingen weder die Empörung noch die Verzweiflung im Blick seines Bruders. „Nein, ich habe alles nur schlimmer gemacht. Ich habe ihr ein Ultimatum gestellt, das ganz und gar nicht gut ankam. Ein vollkommener Schuss in den Ofen. Irgendwas von ‚bleib hier in Derbyshire, auch wenn ich dir nicht sagen kann, warum, oder du wirst mich für immer verlieren.' Aber meine Worte waren alles andere als einfühlsam und auch Blumen hatte ich keine." Er stellte die Teetasse auf dem Beistelltischchen neben sich ab. „Wenn ich so darüber nachdenke, dann war es nur eine panische Schimpftirade voller Angst."

Macauley ließ sich mit einem Seufzer zurück in den Sessel fallen. „Du hast dieser sturen Göre ein Ultimatum gesetzt? Necessity Byrne, das Mädchen aus der Gosse, der übertriebene Freigeist, der im Dreck gräbt und Pflanzen heranzieht? Die sturste Frau, die ich kenne und das heißt einiges, wenn du bedenkst, wie Pippa ist. *Verdammt nochmal*, Ollie. Kaum zu glauben, dass du so gut im Bett bist, wenn du so schrecklich verhandelst, um die Frauen in dein Bett zu bekommen."

„Das kommt alles nur von der Begeisterung für Soldaten, tragische Helden und gequälte Earls. Das hat Wunder gewirkt. Und das war schon vor der Sache beim *Devil's Lair*. Ich fürchte, die Narbe im Gesicht würde alles nur noch einfacher machen." Er seufzte müde und beobachtete die Regentropfen, die träge die Fenster hinab rannen. Sein Herz war ihm schwer, passend zum Wetter. „Aber Nessie war das alles egal. Ich musste improvisieren."

„Das ist wirklich erbärmlich. Wir haben eine Menge Arbeit vor uns, Kleiner, damit sie dir die Tür auch nur einen Spalt breit öffnet."

„Sie hat die Tür verschlossen. Das versuche ich dir schon die ganze Zeit zu sagen. Ich kann sie nicht wieder öffnen." Das stimmte nicht ganz, er wusste, wo sie wohnte. Stanford hatte einem Detektiv eine lächerlich magere Summe bezahlt, um sie zu finden. In den vergangenen zwei Tagen war er öfter als nötig die Bond Street auf und ab gelaufen und hatte ein bestimmtes Fenster angestarrt – mit blauem Rand und schönen Vorhängen. Und das war ... er war sich nicht sicher, was es war, außer ein bisschen verrückt.

Aber er hatte ihr sein Herz schon einmal auf dem Silbertablett präsentiert und sie hatte es nicht gewollt. Er würde die Tür, die sie trennte, nur wieder öffnen, wenn sie zu *ihm* kam. Gewisse Umstände könnten das eventuell erfordern. Sie waren vorsichtig gewesen, aber nicht immer. Keine Methode war zu hundert Prozent sicher. Aller Wahrscheinlichkeit nach könnte sie sein Kind erwarten – und darüber hatten sie kein einziges Mal gesprochen. Er hatte es einmal versucht, drei Tage vor ihrer Abreise, aber hatte dann doch die Nerven verloren. Wenn er sich recht erinnerte, hatte sie ihn geküsst, ihn auf eine Weise berührt, dass alles Blut aus seinem Körper in andere Regionen floss und lustvoll und verführerisch in sein Ohr gehaucht, dass er nicht mehr denken konnte.

Oder irgendetwas Ähnliches.

Als er das Schauspiel aus Emotionen auf dem Gesicht seines Bruders sah, holte Macauley seine Zigarre doch wieder hervor. Dieses Mal sah es allerdings so aus, als dachte er wirklich darüber nach, sie anzuzünden. „Wenn ich die hier wegen deiner Irrwitzigkeit rauche, dann wird Pippa mich umbringen. Und dann werde ich *dich* umbringen. Du und Shoreditch seid leider perfekt füreinander gemacht. Zwei sturköpfige Narren."

Ollie schloss seine Augen, in der Gewissheit, dass sein Bruder recht hatte.

Kapitel Dreizehn

IN WELCHEM EIN STURER EARL AUF SEINESGLEICHEN TRIFFT

Ollie hatte entschieden, dass er Dashs stumpfsinnige Lesung nicht besuchen würde, egal, wie sehr sein Bruder ihn damit belästigte. Wenn er bereit war, seinen Zeh wieder in diesen stinkenden Teich zu stecken, dann würde er sich etwas Denkwürdigeres aussuchen. Vielleicht eine Lesung über die Forschung von William Herschel oder eine Gala, die die neue Astronomieausstellung im British Museum unterstützte.

Diese Veranstaltung war ihm einfach zu heikel – mit der Narbe, den neuen *Gefühlen* und der Möglichkeit, auf seine ehemalige Gärtnerin zu treffen.

Außerdem hatte er Dashs Buch schon längst gelesen – *Feine Benimmregeln fürs Betrügen*. Genau wie der Rest des Leighton-Packs hatte er eine signierte Ausgabe geschenkt bekommen. Typisch schottische Angeberei, wenn es nach Stanford ging, aber das Buch war tatsächlich recht gut. Unterhaltsam und provokativ, aber in einem akademischen Ton. Eindeutig Theos Einfluss, aber das interessierte niemanden. Tatsächlich hatte Ollie gestern Abend selbst eine Taktik daraus angewandt, um bei Blackjack im *Devil's Lair* zu betrügen.

Und genau deswegen entschied er sich endgültig dazu, diesen

Abend in der trostlosen Stadtvilla in Mayfair zu verbringen, die seit anderthalb Jahrhunderten im Besitz der Familie Aspinwall war.

Zumindest bis er die Morgenausgabe der *Gazette* vor sich hatte.

Wird die berühmte Gärtnerin etwa zur Notwendigkeit für einen bestimmten noblen Gentleman? Zumindest sieht es nach ihrem Ritt durch den Hyde Park danach aus.

Dieses lächerliche bisschen Journalismus hatte das Fass zum Überlaufen gebracht.

Wer wollte schon Necessity Noble heißen? Vielleicht sollte er sie vor sich selbst bewahren.

Ollie hatte dank seiner Größe freie Sicht über die Menschenmenge, die sich in den Salon der Bediveres gequetscht hatte. Die Verandatüren waren offen und ließen eine schwache Brise herein, die nach Kohle und verbranntem Zucker vom Süßigkeitenladen um die Ecke roch. Das Klirren von Gläsern und das Summen dutzender Unterhaltungen drifteten über ihn hinweg. Es duftete nach Zitrone, Verbene und Bergamotte. Im Musikzimmer spielte jemand Pianoforte und die fröhliche Melodie hüpfte den Gang entlang zu ihm hinüber, aber passte nicht zu seiner Stimmung.

Er war beleidigt. Und verblüfft über die Anziehungskraft, die er noch immer auf die Mamas und Töchter des *ton* ausübte. Er war durstig, auch wenn er nie wieder Alkohol anfassen würde, nicht einmal schlechten Ratafia. Und er schwitzte, da er hier so viel mehr Schichten tragen musste als auf dem Land. Die Unterhaltungen um ihn herum langweilten ihn, von allen Seiten hallten ihm nur bedeutungslose Gespräche entgegen. Mit Adleraugen beobachtete er jeden Eingang – zwei an der Zahl – und die Verandatüren, ob nicht schon bald eine schmutzverschmierte Furie mit bernsteinfarbenen Augen hereintrat.

Unruhig streckte er die Schultern und nippte an einem Glas Saft, der eigentlich für Kinder und alte Damen gedacht war. Das einzig wirklich Interessante heute Abend war Dash Campbell und wenn Nessie doch nicht auftauchen sollte, würde das auch so bleiben. Und das wiederum widerte Ollie an und machte ihn traurig über den Zustand seines Lebens.

Teil seines Vortrags war es, dass Dash einen Auszug aus seinem Buch las und dem Publikum dann den passenden Trick zeigte. Er wählte meist einen einfachen, so etwas Simples wie eine Karte in seinem Ärmel zu verstecken. Viele andere Betrügereien bauten auf komplizierter Fingerfertigkeit auf und genau deshalb hatte er auch so viele skandalöse Bücher verkaufen können, denn die meisten Leser würden nie in der Lage sein, seine Tricks in die Tat umzusetzen.

Die Menge jubelte und klatschte, als hätte sie schon vergessen, dass er sie einst bis aufs letzte Hemd ausgeraubt hatte. Alles an diesem Schauspiel irritierte Stanford, besonders Dashs aalglattes Grinsen. Mit diesem hübschen Gesicht, so hübsch, dass es weh tat. Zweifelsohne war das der Grund, warum so viele Leute hier waren, mehr noch als sein Auftritt.

Ollie nippte an seinem Glas und seufzte tief. Was für eine Last.

Genauso schwer wie sein Adelstitel.

Leider umkreisten auch ihn einige Damen, denn selbst ein entstellter Earl war sehr verlockend. Lady Marston-Germaine wurde langsam zum Problem für ihn. Schon seit geraumer Zeit versuchte er, die Aufmerksamkeit des Duke of Leighton auf sich zu ziehen, weil er ihm am nächsten stand. Oder Markham, Tobias Streeter, sogar sein Bruder ... *Irgendwer*, der ihn aus den Fängen dieser Frau befreien konnte. Abgesehen von Dash, der Bücher verkaufte.

„Haben Sie noch weitere Pläne für den Rest des Abends, Lord Stanford?", flüsterte Lady Marston-Germaine in sein Ohr und kam somit direkt zum Punkt. Warum sollte sie auch Zeit verschwenden? „Mein Mann ist bis nächste Woche in Oxfordshire, um sich dort um unser Anwesen zu kümmern, und ich bin in der Villa in Regent Square ganz allein." Mit ihren behandschuhten Fingern streichelte sie über das kleinc Stückchen Haut zwischen seinen Handschuhen und dem Ärmelaufschlag – das einzige unbedeckte Stück, abgesehen von seinem Gesicht.

Er sah zu ihr hinunter, als er sich in einer sehr alten, für Männer typischen Zwickmühle wiederfand. Als junger Mann träumte man von solch schlüpfrigen Angeboten, bis man sie wirklich bekam. Danach war es eine einzige Herausforderung, sie höflich abzulehnen.

Lady Marston-Germaine duftete nach Zitrone, was nicht abstoßend war. Ihre Augen waren wachsam und ein tiefes Blau, feucht wie das Meer. Sie hatte ein liebliches, wenn auch dünnes Gesicht. Früher wäre er vermutlich mit ihr mitgegangen. Ein, zwei Stunden hätte er in ihrem Bett verbracht und wäre sogar noch die angemessene, erforderliche Zeit nach dem Sex geblieben, um sie zu beruhigen, während er seine Flucht plante. Er hätte die fremde Decke angestarrt und sich gefragt, warum er sich trotzdem so leer fühlte.

Aber mittlerweile wollte er nicht mehr, dass sein Leben nur aus diesen gestohlenen Momenten bestand.

Die Entscheidung war getroffen. Gerade streckte er die Arme aus, um die Dame von sich zu schieben, da trat Nessie in den Salon. Stanford stockte der Atem und plötzlich hatte er einen Frosch im Hals.

Das hatte sie ihm also die ganze Zeit mit diesen schrecklichen, dreckigen Kleidern vorenthalten. Ein Diamant erster Güte, gekleidet in ein Ballkleid, das eindeutig von einer Schneiderin mit *Können* entworfen worden war. Endlich!

Das intensive Rosé unterstrich die honigfarbenen Strähnen in ihrem hochgesteckten Haar und das Bernstein in ihren Augen. Das elegante Mieder betonte die hinreißendsten Brüste in ganz England.

Er schämte sich ein wenig, dass er so etwas Anzügliches dachte von der Frau, die er über alles liebte, aber so war es nun einmal.

Natürlich war er vollkommen hin und weg.

Nessie warf ihm einen kurzen Blick zu - genau wie Xander, der verärgert die Luft ausstieß - und schon war ihre Entscheidung gefallen. Ihre Wangen brannten vor Empörung. Nur einen Moment später spazierte Jasper Noble hinter ihr herein und seine Haltung strahlte etwas Besitzergreifendes aus. Er war groß, vielleicht sogar größer als Ollie, hatte breite Schultern, aber war sonst schmal gebaut. Sein dunkles Haar glänzte im Schein der Kerzen, sein Blick glühte – er sah aus wie ein Panther, den man in einem Raum voller Menschen losgelassen hatte. Selbst mit einer Pistole in der Hand hatte Ollie nie so sehr wie ein Raubtier ausgesehen wie dieser Mann. Er war Astronom und hatte einfach nicht das Zeug dazu.

Die beiden sahen nicht einmal schlecht zusammen aus und schon loderte in Ollie eine Flamme auf, seine Augen glühten, genau wie Necessitys. Er konnte es förmlich spüren. Nur kurz neigte er seinen Kopf zu Lady Marston-Germaine.

Siehst du, ich komme wunderbar ohne dich zurecht.

Eigentlich hatte er sie nicht so benutzen wollen, aber sie hatte nicht verschwinden wollen.

Entschlossen presste sie die Lippen zusammen – was ihm schon hätte Angst machen sollen –, drehte sich zu Noble und warf ihm ein verführerisches Lächeln zu. Aber es war nicht echt, es schien nicht so, als hätte der Spekulant aus dem Armenviertel eine Ahnung von den falschen Versprechen, die sie ihm gab. Dann sah Necessity wieder zu Stanford hinüber und nun glich ihr Lächeln auch dem eines Raubtiers.

Ich komme auch ohne dich zurecht.

Und somit hatte das Spiel begonnen.

Nicht, dass er dieses Spiel je hatte spielen wollen, aber nun konnte er keinen Rückzieher mehr machen.

Ollie beteiligte sich so gut er konnte, während eine Dame nach der anderen versuchte, seine Aufmerksamkeit auf sich zu ziehen. Lady Marston-Germaine hatte den Wink mittlerweile verstanden und sich aus dem Staub gemacht. An die Namen der anderen konnte er sich nicht erinnern und er bemühte sich auch nicht, neue Leute kennenzulernen. Alles, was er wollte, war, Nessie aus den Fängen dieses Raubtiers zu befreien, ihr das feine, sonnenuntergangsfarbene Kleid vom Leib zu reißen und ihr die herrlich verwirrenden Gefühle zu zeigen, die in seinem Herzen umherschwirrten.

Die Versuche von Hildy und Tobias, ihn in Nessies Richtung zu schubsen, ignorierte er geflissentlich. Auch Xander versuchte sein Glück, aber gab schließlich fluchend auf und verlangte ein neues Glas Champagner. Pippa lächelte wie immer nur neckend und beobachtete das Schauspiel. Seine Schwägerin genoss es eindeutig, ihn in dieser absurden Zwickmühle zu sehen. Weder der Duke of Markham noch of Leighton halfen ihm. Nach der Schlägerei in *White's* – die größtenteils ihm zu verdanken war – wünschten sie ihm wahrscheinlich eher mehr Qualen an den Hals. Sie hatten ihren Kampf um die Liebe schon hinter sich und Stanford kannte die Geschichten. Also blieb ihm nur noch Dash, der ihm aber nur zuzwinkerte und weiter sein Buch verkaufte.

Dann soll sie sehen, wie es ist, wenn ich sie nicht heirate.

Sobald er diesen Gedanken gefasst hatte, wusste Ollie, dass er derjenige war und nachgeben würde, um mit ihr zu reden. Wenn es nötig war auch Kriechen und Betteln. Zum Teufel mit seinem Stolz *und* ihrem. Wenn sie ihn nicht wollte, dann eben nicht.

Aber es war an der Zeit, das herauszufinden.

Ihr Duft überwältigte ihn schon fünf Schritte, bevor er an ihrer Seite stand. Frühlingsregen mit einer floralen Note, die sein Herz höherschlagen ließ. Ihr Duft, nur ihrer. In einem Raum voll kräftiger Aromen war es nicht gerade einfach, ihn zu erhaschen, aber er hatte es geschafft.

Nessie sah erst auf, als er neben ihr zum Stehen kam, und ihr Blick hätte töten können. Eigentlich mochte Stanford es, dass sie nichts auf seinen Titel oder das ganze Spektakel um sich herum gab, aber zumindest einmal wäre es nett gewesen, ein Entgegenkommen zu sehen. „Sieh einer an, wenn das nicht der sechste Earl of Stanford ist. Wie geht es Ihren Gärten? Osgood hat mir nur Positives berichtet. Er meinte, die Zitronenbäume entwickeln sich prächtig, aber es wird wohl noch ein, zwei Jahre dauern, bevor sie Früchte tragen. Das undichte Fenster wurde ausgetauscht. Die Bäume in der Auffahrt gewöhnen sich gut an die Umpflanzung."

Ollie verkniff sich das Grinsen gegenüber Jasper Nobles spöttischem Lächeln. Wenn er dachte, dass diese oberflächliche Unterhaltung bedeutete, dass Necessity sich für *ihn* entschieden hatte, dann kannte er sie nicht besonders gut.

Das war lediglich ein Köder für den Mann, den sie *wirklich* wollte.

Und er hatte ihren Patzer auch nicht bemerkt.

Ollie schnappte sich ein Glas von einem vorbeieilenden Diener, auch wenn er keinen Schluck davon trinken würde. Das selbstzerstörerische Verhalten hatte er endgültig hinter sich. Er wollte lediglich etwas, um seine Hände zu beschäftigen. „Habe ich jemals erwähnt, dass ich der Sechste bin, Miss Byrne? Ich denke nicht."

Und das bedeutete, sie hatte es nachgeschlagen, in *Debrett's*. Das Buch, das sie einst scherzhaft als Adressbuch der Einfaltspinsel bezeichnet hatte.

Sie blinzelte ihn ungläubig an, als sie ihren Fehler erkannte. Auf ihren Wangen lag ein leichter rosa Schimmer. Einen Augenblick lang schien es die Welt um sie herum nicht zu geben, es gab nichts außer ihnen beiden.

Sie waren wieder im Kutschhaus, ausgestreckt vor dem Kamin, verschwitzt und müde. In seinen Gedanken streckte er die Hand nach genau dieser Befriedigung aus, spürte die Leidenschaft und atemlose Vorfreude, während sie nur standen, sich anstarrten, ineinander verloren.

In diesen wenigen Sekunden fragte er sie tausend Fragen und sprach keine davon aus.

„Sie haben ein paar Nachzügler auf der vornehmen Seite des Raumes gelassen, Stanford", murmelte Jasper amüsiert. Seine Augen waren dunkel und kalt, wie gehärtete Lava – beinahe schwarz. „Sie sehen so aus, als bräuchten sie alle Aufmerksamkeit, die der sechste Earl geben kann. Ganz besonders Lady Marston-Germaine."

„Verpiss dich, Noble!" Ollie trat einen Schritt enger an ihn heran, als angemessen war. Letztendlich war es wohl doch zu etwas gut, dass er sich seit zwei Jahren mit Macauley und seiner Bande prügelte.

Jasper leerte sein Glas mit einem spöttischen Seitenblick, als wolle er sagen: *Wünschst du dir nicht, du könntest es auch trinken?* Es verletzte ihn nicht besonders, immerhin wusste ganz London von Ollies Sucht. „Ich bin kein Mitglied bei *White's* – es wäre unzumutbar aufgrund meines Standes – aber soweit ich weiß, wäre das diese Woche dann schon die zweite Runde. Sind Sie Ihren Zorn nicht bei *Gentleman Jackson's* losgeworden, zusammen mit den anderen aus Ihrem eleganten Pack?" Er lehnte sich zu Stanford hinüber und man konnte Kampfeslust in seiner Stimme hören. „Wenn nicht, dann könnte ich mich durchaus dazu hinreißen lassen. Ich nehme an, ich könnte Sie sofort flachlegen, wie die meisten Gentlemen hier. Aber da Ihr Bruder ebenfalls aus dem Armenviertel kommt, vermute ich, er hat Sie unterrichtet und ich will es nicht riskieren."

Nessie drängte sich zwischen sie und schubste Ollie mit der Schulter einen Schritt zurück. „Jasper, wärst du so nett, etwas Essbares zu finden? Die Gurkensandwiches sehen nicht schlecht aus. Aber halte dich von dem Süßgebäck fern."

„Meine Liebste, du hast die Sandwiches noch nicht probiert?"

„Sei nett ...", erwiderte sie und lächelte ihn an, diesmal war das Lächeln echt. „... jemand von unserer Seite hat sie gemacht."

Schockiert musste Ollie feststellen, dass die beiden tatsächlich befreundet waren. Nessie und dieser Kleinkriminelle, der sie Liebste nannte. Und dieser Kriminelle war auf *ihrer* Seite.

Was bedeutete, er war auf der anderen.

Sein Blut kochte förmlich vor Wut. Das war also die Mauer, die sie zwischen ihnen gebaut hatte? Ihr sozialer Stand?

Aber Jasper ignorierte Ollies wütenden Blick, antwortete Necessity fröhlich und drängte sich dann durch die Menge, auf der Suche nach Essbarem.

„*Liebste*", grummelte Ollie, sobald Jasper ihn nicht mehr hören konnte. „Was erlaubt sich dieser dreiste Straßenköter eigentlich?"

Nessie bohrte ihm einen Finger in die Brust. „Was erlaubst *du* dir, du arroganter Tölpel. Der Straßenköter und ich kommen aus demselben Viertel. Wenn du ihn beleidigst, dann auch mich. Du weißt rein gar nichts über Jasper Noble und er ehrlich gesagt nichts über dich. Ihr seid beide überhaupt nicht, was der andere vermutet. Ich kann das bezeugen, denn ich kenne euch beide gut genug."

Ollie knallte sein Glas auf ein vorbeiziehendes Tablett, wobei er die Hälfte verschüttete. „Wir sind alle missverstandene Seelen, kleiner Kobold. Mitfühlend und liebenswert unter all den Narben und dem Panzer, nicht wahr? Ich bin verdammt froh zu hören, dass du ihn *gut* kennst."

„Nicht in diesem Ton, mein Lord Earl. Du kennst die Hälfte der Damen hier *gut genug*."

„Warum streiten wir uns die ganze Zeit?", flüsterte er und rieb sich die müden, trockenen Augen. „Entweder du beleidigst mich oder reißt mir die Kleider vom Leib. Entweder du magst mich oder du hasst mich, es gibt nichts dazwischen. Aber ich muss gestehen, deine Unberechenbarkeit ist genauso verführerisch wie Opium und ich bin eindeutig süchtig danach. Ich glaube, ich bin verrückt, denn offensichtlich liebe ich es, nicht zu wissen, was mich von einem Tag auf den nächsten von dir erwartet."

Weil ich dich *liebe.*

Egal, ob richtig oder falsch, es war kompliziert und andererseits auch einfach: Er liebte Necessity Byrne. Ihren Verstand, ihren Körper, ihr wildes Temperament. Seit Wochen jagte er der Wahrheit hinterher, dabei war sie fest in den Erinnerungen in seinem Herzen verankert.

Xander hatte gesagt – und dieser Rat war wirklich gut gewesen –, dass man sich die Person nicht aussuchen konnte, die sein Herz höherschlagen ließ. Die Person, die einen *heilte*. Wenn er eines Tages selbst einmal Rat verteilen würde, würde er das noch hinzufügen.

Aber dass er sie liebte, blieb ungesagt, denn er konnte es ihr nicht hier sagen.

Nicht hier, in diesem Raum voller Kriecher, wo alles nach Brandy und Makassaröl stank und jemand auf dem Pianoforte klimperte. Außerdem sah sein Bruder zu und sein Bekenntnis an Pippa war legendär. Sicher wetteten die beiden Herzoge darauf, ob er die Frau für sich gewinnen konnte, denn sie hatten ihre schon gewonnen. Und Tobias verfasste sicher gerade einen Lehrsatz über Romantik.

Wenn er an die verbale Prügel dachte, die er sicher vom Leighton-Pack einstecken musste, dann wurde ihm ein bisschen mulmig zumute. Er hatte sich immer noch nicht daran gewöhnt, dass er Menschen wichtig war, auch wenn er es insgeheim mochte. Aber vor allem mochte er es nicht, wenn er im Rampenlicht stand und seine persönlichen Sehnsüchte für jedermann zu sehen waren. Der *ton* kannte schon genug von seiner schweren Vergangenheit und jeder, der sich mit ihm abgab, blamierte sich ebenfalls.

Ihm war bewusst, was Necessity durchmachen müsste, wenn sie denn zuließ, sich ebenfalls in ihn zu verlieben.

Er vermutete, *hoffte* es. Vielleicht würde ihr ein kleiner Stupser helfen, wie Dash es nannte. Die Frage war nur, wie stark er schubsen sollte. Diese Frau hatte wenig Toleranz für Idioten.

Als sie über ihren nächsten Schachzug nachdachte, verdunkelten sich Necessitys hellbraune Augen. Ihre Träumereien konnte sie zwar vor anderen verstecken, aber nicht vor ihm. Sie hatte ihm nicht widersprochen. Sie seufzte lediglich tief – der Duft von Minze und Regen zog an ihm vorbei – und verschränkte die Arme vor der reizenden Brust. Sofort überkamen ihn Erinnerungen daran, wie er ihre steifen Nippel mit der Zunge umkreiste und daran saugte, um sie verrückt zu machen. Wie sie seine Hände perfekt füllten. Ihre Lustschreie und wie sie sich um seinen Schwanz verengte. Plötzlich war das Verlangen geweckt und er wollte es sofort stillen. Geduld war keins seiner Talente.

„Wenn Sie mich weiter anstarren wie ein verhungernder Kater, mein Lord Earl, dann werden die Leute es ganz sicher herausfinden."

„Das interessiert mich nicht", sagte er und hatte es noch nie so ehrlich gemeint. „Ich muss diesen Leuten nichts mehr beweisen. Sie haben mich schon vor Jahren aufgegeben und ich sie ebenfalls."

Wieder schnaubte sie verärgert und tippte mit der Schuhspitze auf den Boden, ihr wunderschönes Kleid raschelte im Takt. „Nun, vielleicht ist es mir aber nicht egal. Ich bin geschäftlich hier und nicht, weil ich dich sehen wollte, falls du das denkst. Denn es ist in Ordnung, mich dafür zu bezahlen, Gärten zu verschönern, aber mit einem der Earls zu schlafen? Das ist verboten."

Er lachte, er konnte einfach nicht anders. Und das Lächeln auf seinen Lippen wurde nur breiter, als sie rot anlief. Ob es aus Ärger oder Scham war, konnte er nicht sagen. Zum ersten Mal seit Wochen fühlte er sich leichter. Sie klang ganz und gar nicht sicher – um genau zu sein, eher zögerlich. Also entschied er sich, ihr entgegenzukommen. „Willst du mich denn gar nicht fragen, warum ich hier bin, wenn du doch genau weißt, dass ich Dashs Buch schon zweimal gelesen habe und solche Feiern hasse?"

In ihren Augen sah er Neugier aufblitzen und sie öffnete den Mund, um zu fragen, schloss ihn aber wieder und schluckte ihre Antwort hinunter. Sie wollte eindeutig nachfragen, war aber zu stur dafür. Unbewusst lehnte sie sich ihm doch entgegen, als wollte sie sagen: *‚Erzähl es mir'*, nur ohne Worte.

Jasper Noble war wirklich sehr gut darin, in den unpassendsten Momenten zurückzukommen. „Wie du es dir gewünscht hast, wenn du im Gesellschaftsdreck feststeckst, sage ich das Passwort." Er hielt ihr einen vollbeladenen Teller entgegen, mit Sandwiches, Keksen und einer einzelnen Weintraube. „Derbyshire."

Necessity kniff fest die Augen zu und stöhnte genervt auf. *„Jasper*! Um Gottes willen, willst du eine Prügelei provozieren?"

„Ich befolge nur deine Anweisungen, Liebste." Er warf Ollie einen scharfen Blick zu. „Du wirst mir später noch dafür danken."

Ollie reagierte genau, wie Jasper es wollte.

Voll besitzergreifender Rücksichtslosigkeit - männliche Dummheit.

Er sah nur noch rot, packte Necessitys Handgelenk und konnte ihren Puls unter seinen Fingern rasen spüren. „Was hast du ihm erzählt? Was hast du ihm verdammt nochmal erzählt?“

Dieser Verrat verletzte ihn tief und er wurde blind vor Wut. Es war, als zöge man ihm den Boden unter den Füßen weg, als er merkte, dass er Necessity Byrne von den Shoreditch Byrnes vielleicht doch nicht kannte. Dass dieser attraktive Teufel mit dem bedrohlichen Lächeln neben ihr sie wahrscheinlich besser kannte als er.

„Hände weg, Stanford, bevor die Befürchtungen von Miss Byrne wahr werden. Ich bin unterlegen, denn alle Ihre Freunde sind ebenfalls hier, aber ich würde es dennoch tun. Muss wohl an meiner Herkunft liegen.“

Das musste man Ollie nicht zweimal sagen. Das Blut rauschte ihm in den Ohren. Er ließ sie los, im doppelten Sinne, verbeugte sich so tief wie noch nie zuvor in seinem Leben und marschierte wütend aus dem Salon, ohne sich noch einmal umzudrehen.

Necessity schnappte sich das erstbeste Glas, das sie sah.

Der sprudelnde Champagner kratzte im Hals und stieg ihr sofort zu Kopf. Sie sah Ollie zu, wie er davoneilte, schlank und elegant in formellem Schwarz, die feinste Kleidung, die sie je an ihm gesehen hatte. Das Kerzenlicht brachte seine silbernen Strähnen zum Glänzen. Die breiten Schultern und muskulösen Arme strapazierten die Nähte seines Mantels. Und in seinem Gesicht sah sie wieder den Schmerz, den sie ihm bereitet hatte.

Sie hätte ihm sagen wollen, dass sie Jasper Noble nichts über ihre Zeit in Derbyshire berichtet hatte, wenn er nicht so schnell und verärgert davongelaufen wäre.

Aber sie war zu spät. Er war schon verschwunden und alles, was zurückblieb, war sein Duft, der sie heimsuchte und die Erinnerungen hervorholte, die sie tief in ihrem Herzen vergraben hatte. Und wahrscheinlich war er nach diesem Desaster für immer aus ihrem Leben verschwunden. Der Earl of Stanford war im Laufe seines Lebens schon genug misshandelt worden, es war nicht überraschend, dass er vor noch mehr Vernachlässigung floh.

Das war doch, was sie wollte, oder nicht? Dass er sie in Frieden ließ.

„Das war unter der Gürtellinie, Noble", flüsterte sie, sobald der Applaus für das schlechte Pianofortespiel verklungen war. Tränen stiegen ihr in die Augen und der Hals schnürte sich ihr zu, aber sie hielt alles zurück. Sie würde nicht vor all diesen Leuten weinen. Das waren nur zukünftige Kunden. Leute, von denen sie Geld für ihre Dienste verlangte, aber keine Freunde, kein einziger von ihnen.

Abgesehen vom Leighton-Pack – an denen fand sie langsam, aber sicher Gefallen. Aber wenn Ollie sie nun von sich stieß, dann würden sie es vielleicht auch tun. Und schon verkrampfte sich ihr Magen in einer neuen Welle der Verzweiflung.

Jetzt nicht, später darfst du dir Tränen erlauben, in deiner eigenen, gemütlichen Wohnung, versprach sie sich selbst.

„Du hast mir doch gesagt, ich soll es sagen, wenn er dir zu nahekommt. Um dich vor seinem Bann zu bewahren." Jasper griff an ihr vorbei nach einer Champagnerflöte, als der Diener an ihnen vorbeirauschte. „Aber ich glaube, du wolltest gar nicht wirklich, dass ich es tue, nicht wahr? Du hättest ruhig ein Wörtchen zu mir sagen können, um mich davor zu bewahren. Abbruch. Es ist nicht so, als ob es mir Spaß macht, mich mit dem Vernarbten Earl zu prügeln. Er hatte wirklich schon genug Ärger im Leben. Und ich habe keinen Streit mit ihm. Nur sein Bruder und Tobias Streeter stehen auf meiner Liste – und ich auf deren."

„Nenn' ihn nicht so." Ihre Stimme schwankte und gab allein dadurch viel mehr preis, als sie beabsichtigt hatte. „Wag es nicht, ihn noch einmal so zu nennen."

Jasper nippte uninteressiert an seinem Glas, jedoch sprach sein verärgerter, angestrengter Blick Bände. „Alles, was du getan hast, ist, dem älteren Bruder Ärger zu bereiten, Liebste. In zehn Minuten, wenn er bemerkt, dass und warum sein jämmerlicher Bruder verschwunden ist, wird Macauley sich gezwungen sehen, seine Männer in die Cable Street zu schicken, um in den Opiumhöhlen nach einem ganz bestimmten Süchtigen Ausschau zu halten. Wie so oft in der Vergangenheit. Was für eine Verschwendung auf allen Seiten." Nachdenklich fuhr er sich mit dem Rand des Glases über die Unterlippe.

„Vielleicht ist das der perfekte Zeitpunkt, um ein bisschen Unheil in seinem Lagerhaus anzurichten, solange er den Weltverbesserer spielt. Etwas, was er wohl nicht lassen kann. Er steckt seine Finger überall hinein."

Necessity verschluckte sich an ihrem Getränk, vollkommen schockiert, Champagner kitzelte in ihrer Nase.

Um Himmels willen.

Daran hatte sie keine Sekunde gedacht. Hastig sah sie sich nach einem Platz für ihr Glas um. Sie würde Ollie suchen, mit ihm reden, ihn *beruhigen*, nie würde sie ihn wieder diesen Weg gehen lassen. Und gleichzeitig Macauley mitteilen, dass er zusätzliche Wächter zu seiner Lagerhalle schicken sollte, ein anonymer Hinweis.

„Das beantwortet auch alles andere", murmelte Jasper und er klang vollkommen angewidert, aber ansonsten unberührt. „Unsere Affäre endet, bevor sie überhaupt angefangen hat. Ich hätte es besser wissen sollen, als zu versuchen, aus einer Freundschaft mehr zu machen. Nicht alle köchelnden Töpfe kochen auch, nicht wahr? Jetzt bleiben mir nur noch die Dirnen, vielleicht hier und da eine Schauspielerin, Witwen. So etwas eben. Nicht unweit von deiner Wohnung hat sich eine französische Schneiderin niedergelassen. Erst kürzlich hat sie mir ein paar Seidenstrümpfe mit einer *sehr* interessanten Nachricht geschickt. Vielleicht ist es an der Zeit, ihr Angebot anzunehmen."

Necessity warf Jasper einen schiefen Blick zu und fragte sich, wie viele verbale Ohrfeigen sie heute noch bekommen würde. Er war die perfekte Mischung aus arroganter Raffinesse und mürrischem Charme. Groß, schlank, kräftig und attraktiv. Seine dunkelblauen, beinahe schwarzen Augen zeugten von seiner Intelligenz. Eine bedrohliche Persönlichkeit, die aber durch angeborene Finesse gemildert wurde, die er mit sich trug wie einen Koffer.

Trotz seiner Anziehungskraft – was sie aber für sich behielt – hatte ihr Topf bei ihm nicht einmal *geköchelt*.

Eines Tages würde sich schon ein Topf finden, der überkochte, denn dieser Mann hatte Geheimnisse. Die Geschichte, die er allen erzählte, dass er in der Gosse geboren war, stimmte nicht mit ihren Erinnerungen überein. Jasper Noble war vor zehn Jahren einfach aufgetaucht und streifte seither durch die Hintergassen und Docks. Erst hatte er sich ein Imperium aufgebaut und nun kämpfte er darum, es zu erhalten. Und nie hatte er diese kultivierte Aura abgelegt.

Er war genauso wenig in Shoreditch aufgewachsen wie sie in Mayfair, aber das war seine Sache und Necessity hielt sich heraus.

„Was soll das bedeuten, ‚beantwortet alles'?" Sie fragte nur, um zu prüfen, ob er sie wirklich durchschaut hatte. Ob er Ollie durchschaut hatte. Es war eine ungeschickte Art und Weise, herauszufinden, wie viel sie wirklich unwissentlich mit ihm geteilt hatte.

Jasper rutschte seine Krawatte zurecht, seufzte und fuhr mit der Schuhspitze einen Faden im Teppich nach. Er sah in sein Glas und beschloss, es in einem Zug zu leeren. „Du liebst ihn und er liebt dich. Gerade überlegst du, wie schnell du ihm hinterherrennen kannst und was es für euch bedeutet, wenn du ihn einholst. Weißt du, Liebste, wenn die betroffenen Personen es nicht sehen können, aber alle anderen um sie herum schon, dann ist es Schicksal. Also musst du dich einfach ergeben. Genauso war es auch bei meinen Eltern. Sie sind die einzigen beiden Seelen, die ich jemals so tief verbunden gesehen habe. Man hat die Vibration sofort gespürt, wenn man mit ihnen in einem Raum war. Mein Vater hat mir oft davon erzählt, dass er sich Hals über Kopf in sie verliebt hatte, und er hat sich nie erholt."

Necessity versteckte ihr Glas hinter einem Farn und fragte sich, wie dreist es wohl war, wenn sie einfach an Ollies Tür in Mayfair klopfte. Sie war sich auch nicht zu fein dafür, durch einen Dienstboteneingang hineinzuschleichen. Wenn sie musste, konnte sie Schlösser knacken. Vielleicht würde sie sogar selbst die Opiumhöhlen durchsuchen.

Aber vorher *musste* sie noch eine Frage loswerden. „Ich dachte, du bist ein Waisenkind?"

Jasper sah sie eine Sekunde überrascht an, fing sich aber wieder. Seine Mundwinkel bogen sich amüsiert nach oben, das Lächeln ging bald in Spott über, beides galt ihm selbst. „Ein Punkt für Miss Byrne. Das ist wohl nur ein Teil der Geschichte, die ich spinne, um die Wahrheit zu verdecken. Die Lüge spricht die Leute auf der emotionalen Ebene mehr an. Wer würde schon ein Waisenkind zurückweisen?"

Sie legte eine Hand auf sein Handgelenk, um es ihn wissen zu lassen. Er *musste* es sogar wissen, so gequält wie er sie ansah. Sie wusste nicht so richtig warum, aber sein Schmerz wirkte echt. „Wir sind Freunde. Da lagst du nicht falsch. Ich bin für dich da, wenn du mich brauchst, ganz egal wann. Wir Straßenkinder müssen zusammenhalten."

Nun legte er seine Hand auf ihre und drückte sie sanft. „Du bist wirklich eine außergewöhnliche Frau." Das war seine Art, Danke zu sagen, weil sie nicht weiter nachfragte. Weil sie seine Lügengeschichte für den *ton* aufrechterhielt. „Dann lass' uns deinen liebeskranken Earl finden."

Überrascht stolperte sie zurück. „Du willst mir helfen?"

Er steckte sein Glas einfach in seine Manteltasche und drehte sich ruckartig zur Tür. „Ich lasse dich garantiert nicht allein in London herumirren. Du grübelst nur, wie du dich entschuldigen willst oder auf seine Entschuldigung reagierst. Ich weiß genau, was in deinem Kopf vor sich geht. ‚Wenn er nicht zuhause ist, dann durchsuche ich eben selbst die Opiumhöhlen!' Du bist ein hartnäckiges Mädel und mutig, genau die Art von waghalsiger Dreistigkeit, die mich hat denken lassen, dass wir wunderbar zusammenpassen."

Mit ihm zusammen huschte sie davon und Necessity ignorierte die Blicke der *Duchess Society* in ihrem Nacken. Sicherlich würden Hildy und Georgie nach diesem schrecklichen Auftritt verlangen, dass sie weitere Lektionen in Benehmen nahm. „Wir beide passen vielleicht nicht, aber es gibt auch jemanden für dich. Deine bessere Hälfte." Tatsächlich errötete sie bei dem verträumten Geschwafel, was sie von sich gab, spontane Poesie, aber es fühlte sich wirklich so an, als gehörte Ollie zu ihr. Sie musste es ihm nur zeigen, es ihm sagen, ihn *lieben.*

Wenn er es denn zuließ.

Jasper winkte ab. „Oh, ich habe sie schon getroffen, vor Jahren. Genau das, was du meinst, die ideale Frau. Eine Kindergartenliebe, wenn man es so nennen will. Aber das klingt gar nicht nach mir. Liebe auf den ersten Blick, noch grün hinter den Ohren und schon habe ich die Frau gefunden, mit der ich den Rest meines Lebens verbringen will? Wer glaubt schon sowas?"

„Ich", flüsterte sie. Jetzt *glaube ich daran.*

„Du kleines, naives Kind. Wahre Liebe ist eine schöne Geschichte, aber in meinem Roman hat die Heldin einen anderen geheiratet, nachdem der Held ihr sein Herz zu Füßen gelegt hatte. Und das passiert mir nicht noch einmal. Genau deswegen dachte ich, würde es funktionieren, wenn man zuerst befreundet war, wie bei dir.“ Er schubste den Diener beiseite, der ihnen die Tür öffnen wollte, und tat es selbst. Er eilte die Marmortreppen hinunter und tauchte in Londons Nebel ein. „Nimm es mir nicht übel, Liebste, aber ich greife definitiv wieder auf Dirnen zurück.“

Seine Trauer darüber hallte bis zu ihr hinüber und alles, was sie denken konnte, war: *Ich nicht*. Dabei versuchte sie, schrittzuhalten und den unzähligen Pfützen auszuweichen.

Ich werde Oliver nicht verlieren, ich werde ihn nicht allein lassen.

Er würde nicht mehr in dieses einsame Loch zurückkriechen und nie wieder auftauchen. Wenn er wirklich dachte, er hätte sich auf seine eigene unsichere Weise das Herz für sie herausgerissen, dann würde sie ihn nicht ablehnen.

Und wenn sie sich irrte, dann würde sie das Problem sofort beseitigen und sich *ihr* eigenes Herz herausreißen und es *ihm* zu Füßen legen. Dafür fehlte es ihr nicht an Mut.

Genau wie Ollie einst gesagt hatte, als er ihr ihre Skizze aus der Hand gerissen hatte.

Meins.

Genauso fühlte sie sich.

Kapitel Vierzehn

IN WELCHEM DAS MÄDCHEN AUS DEM ARMENVIERTEL EINEN PLAN SCHMIEDET

Jasper schob sich einen Zweig aus dem Gesicht und presste sein Gesicht gegen die schmutzige Scheibe der Stadtvilla des Earls. „Verdammte Hortensien." Er nieste kräftig in seine Armbeuge und suchte dann in seiner Westentasche nach einem Taschentuch. „Als kleiner Junge hatte ich fürchterliche Allergien. Ich war wirklich erbärmlich. Schmächtig und blass. Ich hoffe, das Problem kommt nicht zurück."

„Schneebälle", murmelte sie. „Die beiden werden oft verwechselt."

„Wen interessiert das schon? Ach ja, *dich*. Seitdem ich dich kenne, bist du verrückt nach Pflanzen. Jetzt ist es ein verdammter Earl." Schon wieder musste er niesen und diesmal stieß er mit der Stirn gegen das Fensterbrett. „Verdammt nochmal, Necessity, das ist doch vollkommen verrückt, selbst für meine Verhältnisse." Er rieb sich die Stirn. „Und *was* genau soll ich jetzt für dich tun?"

Necessity stellte sich auf die Zehenspitzen und warf einen Blick durch das Fenster in Ollies Arbeitszimmer – vermutlich. Ein Wandleuchter warf sanftes, gelbes Licht auf die ausgeblichene Verkleidung. Verschiedenste Bücher und Akten waren über einen riesigen Kirschholztisch verstreut. Sie musste sich strecken, um in alle Ecken sehen zu können. Kein Teleskop. Macauley hatte erwähnt, dass sein Bruder hier in der Stadt keins hatte. Ein seltsamer Kommentar – sie glaubte, er hatte *beabsichtigt*, dass sie ihn aufschnappte. Ihr Blick schweifte über ein Sofa, bemerkte etwas und blieb hängen. Der Mantel, den Ollie heute Abend getragen hatte, lag unachtsam dahin geworfen auf der Armlehne. Plötzlich wollte sie ihn packen und ihre Nase tief in der feinen Wolle vergraben. Sie wollte seinen reizenden, verlockenden Duft tief einatmen. Sie konnte ihn praktisch schon riechen.

„Ich will, dass du noch *heute* Abend findest, was ich dir gesagt habe. Bring es zu meiner Wohnung und stell es dort aufs Dach. Einer deiner Grobiane kann dir sicher dabei helfen. Mir ist ganz gleich, ob du es stehlen musst. Egal wie. Du schuldest mir was und diesen Gefallen fordere ich jetzt ein. Immerhin habe ich dir das Geschäft mit Lord Spellman verschafft. Immer wieder habe ich dich gelobt, als ich diesen lächerlichen Bambuswald für die Gräfin gepflanzt habe. Und jetzt transportierst du alle seine Käufe aus Asien. Ich wette, das bringt dir ganz schön Geld."

Sie sah ihn eindringlich an, wartete aber geduldig, bis er sie auch ansah. Es war ihr todernst und sie wollte, dass er es auch wusste. Das sanfte Mondlicht konnte seinen Unmut nicht mildern, aber sie konnte sich gerade nur um einen Mann Sorgen machen. „Jasper Noble, du behauptest, die flinksten Finger in ganz England zu haben. Angeblich hast du seit Jahren schon Erfahrung mit Diebstählen. Beweise es."

„Du kannst um diese Uhrzeit nicht einfach an die Haustür eines Earls klopfen, Liebste! Selbst du nicht. Sein armer Hausdiener erleidet vor Schock am Ende noch einen Schlaganfall. Und am nächsten Morgen weiß es jeder Diener in der Stadt, weil sie natürlich alle miteinander reden."

„Das hatte ich nicht vor, aber danke für den Hinweis."

Er löste sich von der Wand, schob seinen Rockzipfel beiseite und stopfte das Taschentuch tief in seine Hosentasche. „Wo zum Teufel soll ich noch vor Sonnenaufgang ein Teleskop herbekommen?"

Ermahnend hielt sie einen Finger in die Höhe.

Er seufzte und murmelte vor sich hin: „Ein *gutes* Teleskop. Besser noch spektakulär."

Necessity zupfte an ihren Fingern, schwenkte den Kopf von einer Seite zur anderen, schnalzte mit der Zunge. Plötzlich schien sie nervös zu sein. „Ich weiß, dass es eine anspruchsvolle Aufgabe ist. Sicher kann *Streeter and Macauley Shipping* – oder wie auch immer sie heißen – ohne lange Wartezeit eins besorgen. Ja, ich gehe gleich sofort zu Pippa. Niemand wird sich wundern, wenn jemand bei ihr zur mitternächtlichen Stunde klopft. Ihre Angestellten sind das schon gewöhnt. Vielleicht könntest du mich in der Kutsche mitnehmen."

„Das ist so ziemlich das Durchtriebenste, was du je getan hast. Wie tief du doch sinken kannst, Byrne. Als ob ich zulasse, dass Macauley mich übertrumpft. Selbst dann nicht, wenn es um Diebstahl geht."

Sie grinste verschlagen und präsentierte ihm ihren besten Wimpernaufschlag. „Ich habe keinen Schimmer, wovon du sprichst, Jas."

Er grummelte nur und fuhr sich durch das schwarze Haar. „Meine Kutsche steht hinten bei den Stallungen, falls du sie brauchen solltest. Ich habe dem Fahrer gesagt, er soll warten. Bitte, gehe *nicht* allein irgendwo hin. Ich laufe lieber, während ich auf diese lächerliche Mission für dich gehe." In vollkommener Missachtung ihrer zarten Gefühle fluchte Jasper lautstark, als er sich durch den Schneeballstrauch zurück ins Freie kämpfte. „Ich habe wirklich Mitleid mit dem Earl, wenn du ihn aufspürst. Der arme Mann, wirklich. Ich habe keine Ahnung, wie ich jemals glauben konnte, dass ich dich für den Rest unserer Leben in Schach halten kann. Wahrscheinlich war ich vollkommen verrückt, als ich ernsthaft in Erwägung gezogen habe, dich zu heiraten, die davongelaufene Gärtnerin."

„Wenn ich nicht zuhause sein sollte, liegt unter dem gelben Blumentopf ein Ersatzschlüssel", rief sie ihm noch nach, als er im Nebel verschwand. „Und die Tür klemmt, du musst sie praktisch aufstemmen. Vor dem Sonnenaufgang, du musst es vor Sonnenaufgang schaffen, bitte vergiss das nicht!"

„Ich brauch keinen verdammten Schlüssel!", rief er zurück.

Necessity klatschte in die Hände, vorübergehend zufrieden. Jaspers Ausbruch hatte zu ihrer Überraschung den Knoten in ihrem Magen gelockert. „Ich auch nicht, mein Freund."

Tatsächlich nutzte sie diese Fähigkeit oft in ihrer Arbeit. Viele Gartenschuppen hatten verrostete Schlösser, mit denen verhandelt werden musste, Schränke, zu denen es schon lange keine Schlüssel mehr gab oder eine verschlossene Schreibtischschublade, nur zum Spaß. Schlösserknacken hatte sie erst gelernt, nachdem ihre Familie gestorben war, als ihre Zukunft und ihr Überleben auf Messers Schneide gestanden hatten.

Vor dem Dienstboteneingang blieb sie stehen, rüttelte am Türknauf und war nicht im Geringsten überrascht, dass abgeschlossen war. Immerhin war es bald *Mitternacht*. Sie hatte alles dabei, das Diebeswerkzeug war in einer speziell dafür angefertigten Tasche ihrer Stiefel. Rechts die Werkzeuge, links das Messer. Necessity schob den Spanner vorsichtig in das Schlüsselloch, schloss dann die Augen und konzentrierte sich darauf, die Riegel zu verschieben.

Wie es weiter gehen würde, sobald sie drin war, war nicht ganz klar. Aber als sie seinen Mantel gesehen hatte, hatte sie nichts anderes mehr gewollt, als zu *ihm* zu gelangen. Er war nicht wie in der Vergangenheit in die Opiumhöhlen oder die Arme einer Prostituierten geflüchtet.

Ihre große Geste sollte nur vier Straßen weiter in ihrer Wohnung stattfinden. *Wenn* Jasper seinen Teil dafür tat. Ihre Aufgabe war es nun, mit dem Earl dort anzukommen. Er sollte sie verstehen.

Und Jasper würde schon einen Weg finden. So waren gute Freunde nun einmal.

Sie setzte einen Fuß in die Villa und bereitete sich darauf vor, im Halbdunklen den Korridor entlangzuschleichen, um ihren Mann zu finden. Aber dann fiel ihr auf, dass sie nicht allein war.

Ollie stützte sich mit beiden Armen an der Wand neben ihr ab, so dass er sie zwischen seinem Körper und dem Türpfosten gefangen hielt. „Was haben wir denn hier?"

Sie drehte sich zu ihm um, ihre Wange streifte seinen Bizeps. Sein Duft – nur Ollie, für immer Ollie – setzte sich in ihren Lungen fest. Sofort spürte sie die Hitze zwischen ihren Schenkeln. Fast schon ein Zischen in der kalten Nachtluft.

Sie vermisste nicht nur sein Lachen und seine Intelligenz, seine Witze und seine Großzügigkeit. Sie vermisste auch seine *Berührungen*.

Sein Lächeln war gleichermaßen verwirrt und freudig und sie sah die Sehnsucht in seinen rauchgrauen Augen. „War das Jasper Noble, der meine Hecke erklommen hat?"

Sie entschied sich für ein unentschlossenes Summen, bis sie eine bessere Antwort fand.

Er senkte einen Arm, aber hielt sie weiterhin mit dem anderen gefangen, nahm das Werkzeug aus ihrer Hand und hob skeptisch eine Augenbraue. „Nicht nur eine Verräterin, sondern auch eine Diebin. Du *und* deine Freunde."

Als sie sich das Lederbündel zurückschnappen wollte, schnellte sein Arm in die Höhe. „Ich habe niemandem etwas erzählt, mein Lord Earl. Von uns. Wenn du nur kurz gewartet hättest, hätte ich dir das auch gesagt."

„Aber du hast ein Passwort, um zu entkommen. Warum das?"

„Weil ..." Sie schluckte schwer. Alles, was sie ihm sagen wollte, wollte sie *nicht so* sagen. Sie wollte, dass er dabei lächelte oder lachte und ihre Lippen rau waren von seinen Küssen. Nicht mit diesem schiefen Grinsen voller Zweifel und dem unsicheren Blick.

„Warum, Nessie?" Sein Ton war kalt, scharf, der Earl trat nach vorn und drängte den sanften Mann, den sie von ganzem Herzen liebte, zur Seite. Er packte ihr Kinn und drückte ihren Kopf zurück, bis sich ihre Blicke trafen. „*Warum?*"

Sie befreite sich aus seinem Griff und wollte an ihm vorbeischlüpfen.

„Diesmal nicht!" Er drückte sie mit seinem gesamten Körper gegen den Türrahmen, ließ das Lederbündel mit den Werkzeugen fallen, aber nicht ohne vorher einen Metallpick an sich zu nehmen. „Nachts liege ich wach und sehne mich so sehr nach dir, dass es schmerzt. Mein Körper trauert, mein Herz ist schwer, als wäre jemand gestorben. So habe ich mich nicht mehr gefühlt, seitdem Xander mich damals verlassen musste, dann verschwunden ist und mich mit Vater allein gelassen hat. Ich habe dich mehr vermisst, als ich mir je vorstellen könnte, als ich es je wollte. Ich hätte mir nicht im Traum vorstellen können, jemanden so sehr zu vermissen. Ich *will* niemanden so sehr vermissen."

Die Spitze des Picks legte er auf die sanfte Wölbung ihrer Brüste und zog damit eine Bahn zu ihrem Nippel, umkreiste ihn, als er härter wurde. Sofort stand ihre Haut in Flammen und sie stöhnte verhalten.

„Ich bin bereit, dir alles zu erzählen, was in diesem schweren Herz vor sich geht“, raunte er und kreiste immer weiter, bis sie nicht mehr klarsehen konnte und ihre Knie drohten nachzugeben. „Mehr als bereit ... Aber jetzt, in diesem Moment, will ich dich keuchen hören. Ich will, dass du bettelst, ich will deinen Atem spüren. Deinen Schweiß auf meiner Haut, deine Finger in meinem Haar, ich will deine Beine um mich spüren, wie du mich zusammendrückst, deine heiße Mitte um mich.“ Er lehnte sich zu ihr hinunter, leckte über einen besonders empfindlichen Punkt hinter ihrem Ohr, sog daran und biss sanft zu. Als er stärker saugte, um ein Mal zu hinterlassen, stöhnte sie laut und unkontrolliert auf. Überwältigendes Verlangen ergriff Besitz von ihr und sein fester Griff war alles, was sie noch auf den Beinen hielt.

Dann brachte er wieder Abstand zwischen sie und zog mit dem Pick eine Linie über ihre Wange, ihren Nacken hinunter. Niemals hätte sie sich vorgestellt, dass jemand dieses Werkzeug so benutzen würde, aber er riss einen Knopf mit einem plötzlichen Stich ab. Wie ein schneller Säbel. Ein weiterer Stoß, und ein zweiter Knopf flog in die Nacht davon.

Seine Augen waren kalt und sein Mund fest zusammengepresst, wahrscheinlich hatte er an der Front genauso ausgesehen. Aber im Gegensatz dazu waren seine Wangen vor Lust rot angelaufen, sein Atem flach. Der Pick zitterte in seiner Hand, als er an ihrem Kinn entlangfuhr. Er wollte sie genauso wie sie ihn. Was konnte es Verlockenderes geben?

Zu sehen, wie er die Kontrolle verlor, reichte *beinahe* aus, um sie zu ihrem Höhepunkt zu bringen. Was würde er davon halten?

Er brauchte sie und sie brauchte *das hier*. Macht, Liebe ohne Worte und ihre Begeisterung mit ihm geteilt. Sie wollte sich einfach nur in der Lust verlieren, bevor sie ihm alles erzählen und ihre Leben für immer verändern würde. Und entweder waren sie zusammen oder *ruiniert*.

Aber gerade wollte sie zerstört werden, wollte, dass er sie zerstörte.

Und dann wollte sie ihm sagen, dass sie ihn nie wieder verlassen würde.

Instinktiv fiel sie auf die Knie und befreite sich aus seiner Umarmung, ließ ihn zurück, aber nur für einen Moment.

„Nessie“, murmelte er gequält. Der Pick fiel klirrend zu Boden.

Als er versuchte, sie zurück auf die Beine zu ziehen, schlug sie seine Hand beiseite. „Lass mich, Ollie. Ich will das."

Sie hatte es erst einmal mit ihm getan, im Bett. Aber er hatte nur geknurrt, sie auf den Rücken gerollt und ihr Höhen gezeigt, von denen sie vorher nur geträumt hatte. Er schmeckte wunderbar, ein bisschen salzig, sein Schwanz fühlte sich weich und seiden an, aber hart und pulsierend, ein verwirrender Kontrast. Sie wollte mehr. Sie wollte ihn auf jede Weise kennen, auch *diese*.

Mühelos öffnete sie seine Hose und fing an, ihn zu streicheln. Träges Gleiten. Diese Kunst hatte sie gemeistert, als sie eines Morgens in seinem Arbeitszimmer experimentiert hatten, bis er sich über ihre Finger ergossen hatte. Es war das erotischste Erlebnis ihres Lebens gewesen, ihm dabei zuzusehen, wie er zitterte und kam. Immerhin geschah es sonst immer tief in ihr, wo sie es nicht sehen konnte.

Sie hauchte heißen Atem über seine Spitze und streichelte ihn, bis er zitterte, sich zu sehr verkrampfte, um aufrecht stehen zu bleiben, und sich letztendlich doch am Türrahmen festhielt. Als er besonders schwer aufstöhnte, nahm sie ihre Lippen dazu. Sie legte sie sanft um seine Eichel und glitt dann tiefer. Ihre Zunge streichelte seine Unterseite – etwas, das sie vor langer Zeit in einem französischen Text gelesen hatte.

Und bisher nie ausprobiert hatte.

Er flehte sie an, heiser und zischend, voller Verlangen. Und er drohte ihr damit, was er mit ihr machen würde. Er zählte all die Weisen auf, wie er ihr zeigen wollte, Lust zu spüren. Seine Finger vergruben sich tief in ihren Haaren und er gab das Tempo vor, als er seine Hüften passend im Takt bewegte. Zusammen fanden sie fließende Schönheit in der rohen Pracht, die sein Verlangen und ihr Hunger schafften.

Sie kratzte über die feuchte Haut seines Oberschenkels und er zuckte fluchend zusammen. Sie kratzte ihn nur kurz mit ihren Zähnen und schon war es um ihn geschehen. Er verlor die Beherrschung und zog sie zurück auf die Beine. Er schlug die Tür zu und zog sie tiefer in den Gang hinein, in dem ihr Stöhnen laut echote.

„Dreh' dich", befahl er ihr mit schweren Atemzügen, aber drehte sie ungeduldig selbst herum und presste ihren Körper gegen die kalte

Wand. Hart, aber zärtlich. Er trat einen Schritt nach vorn, zwischen ihre gespreizten Beine.

Hastig riss er den Rock ihres Kleides bis zu ihren Hüften hoch. „Festhalten", grummelte er gegen ihr Schulterblatt und knabberte an der zarten Haut, um seinen Befehl zu untermalen. Sie hielt die zerknitterte Seide fest, als er mit ihrer Unterhose kämpfte und sie zerriss. Er ließ seine Finger in sie gleiten, um zu testen. Zwei gleich. Seine Worte – *feucht, eng und perfekt* – durchfuhren sie wie ein Blitz.

Necessity hielt sich krampfhaft an der Wand fest und drückte ihm ihren Hintern entgegen. Sie wollte von ihm auseinandergenommen werden. Was für ein wunderbares Gefühl, sich nach so etwas zu sehnen. Sie bettelte ihn an – *jetzt, jetzt, jetzt, Ollie* – und verschwendete keinen Gedanken daran, was sein Überfall ihr antun würde.

Er packte sie fest an der Hüfte und neigte ihr Becken nach vorn. Seine Finger gruben sich in ihre Haut und mit einem kräftigen, entschlossenen Stoß glitt er in sie. Erst dann legte er eine Hand um ihre Brust und seufzte dabei erleichtert. Er liebte ihre Brüste, so viel wusste sie, und es brachte sie zum Grinsen, ganz egal, wie sehr seine Berührungen sie erhitzten. Ganz egal, ob sie nichts mehr sah oder nur schwer atmen konnte, ganz egal, dass sie ihre Zehen und Finger nicht mehr spürte. Ihr war heiß und in nur einem Moment würde er wissen, wie es um sie bestellt war. Ihre Haut prickelte, was bedeutete, sie war beinahe so weit. Und jedes Geräusch, das sie von sich gab, war rau und beinahe schon animalisch, kaum menschlich.

Um sie herum drehte sich die Welt weiter, irgendwo schrie eine Eule, das alte Haus knarzte und sie hörten das Ticken einer Standuhr den Gang entlang. Er stieß weiter zu, aber diesmal langsamer, um sie zu ärgern und lachte, als sie sich aufbäumte.

Mehr!

Er riss ihren Arm über ihren Kopf und hielt sie so fest und ließ auch nicht los, als sie daran zog. Aber sie wollte es auch nicht wirklich und das wusste auch Stanford. Sie mochte dieses Spielchen. Diese Spiele, deren Entdeckung gerade erst begonnen hatte.

Sein Mund war an ihrem Ohr, sein Atem verglühte ihre Wange. Sie keuchten, er stieß zu, keine weiteren Spielchen.

Sie tasteten und kämpften, drängten sich dem Höhepunkt entgegen. Necessity presste ihre Wange gegen die kalte Wand. Während alles an ihrem Körper glühte, drohte sie zu verbrennen. Sie zitterte, als ihr Orgasmus sie einholte und ihre Knie weich wurden. Aber er hielt sie fest, mit einem Arm eng um ihre Taille geschlungen. Seine Worte – primitiv, brutal, wild – hallten in ihren Ohren wider. Sie schnappte nach Luft, stöhnte. Ihre Hand packte seine Hüfte und drückte ihn an sich. „Ollie ... Ollie ...“ Ihr Verstand war völlig verloren, ihr Körper ebenfalls. Sie spürte, wie sie sich um seinen Schwanz verengte und schon hörte sie sein gequältes Stöhnen.

Sie stolperten, aber er hielt sie beide aufrecht, verbunden. Keuchend, nach Luft schnappend. Ihre Knie zitterten und die Lungen brannten. Hier und da geflüsterte Worte, auf die keiner antworten konnte. Verständnis und Verarbeitung. Necessity war nicht sicher, ob sie jemals wieder laufen können würde, geschweige denn sprechen.

Mit den Lippen streichelte er sanft über ihre Wange, aber gab schon bald auf und sank zusammen mit ihr zu Boden. Er zog sie auf sich, ein Bündel aus Gliedmaßen.

Chaos.

Es war wundervoll.

Die Sekunden vergingen und langsam, aber sicher wurde Necessity kalt, es zog im Gang. Gott sei dank war es still, abgesehen von der Uhr, deren Ticken ihr sagte, dass sie noch am Leben war und die Zeit verging. Ihre Seele hatte trotz des guten, harten Sex nicht ihren Körper verlassen.

Sie streckte sich, gesättigt, und schmiegte sich wieder an den Earl of Stanford. Sein langer, warmer Körper stand im starken Kontrast zum kalten, alten Läufer unter ihr. Es war spät genug, sicher schliefen alle Angestellten schon. Was, wenn einer von ihnen sie gehört hätte? Wie *das* wohl geklungen hätte?

Sie konnte sich absolut nicht kontrollieren, stellte sie verwundert fest. Sie war vollkommen erschöpft zu einer Pfütze verlaufen.

„Lachst du? Ich bin völlig am Ende und werde mich nie wieder erholen. Ins Schlafzimmer komme ich wohl kaum, geschweige denn, dass ich dich tragen kann. Wir schlafen einfach hier, bis die Haushälterin uns findet, aber sie ist schon fast blind.“

Necessity ließ sich zur Seite fallen und rollte von Ollie herunter.

Soweit sie konnte. Ihr rechter Arm lag unter ihm und war schon eingeschlafen. Ihr Kleid häufte sich an ihrer Hüfte und war an einigen Stellen gerissen, der Saum hing nur noch am seidenen Faden. Sie sah sich kurz um. Wo waren ihre Schuhe? Und außerdem hatte sie doch ein Bonnet aufgehabt. Das Lederbündel mit ihren Werkzeugen war hoffentlich nicht abhandengekommen, immerhin war es eine Sonderanfertigung.

Wieder brach sie in schallendes Gelächter aus. Ollie blinzelte sie aus einem silbernen Auge an. Voller Anerkennung musterte sie ihn von Kopf bis Fuß, wie er hier lag, als hätte man ihn auf den Kopf geschlagen. Sein Haar war eine Katastrophe, seine Krawatte verschwunden, die Hose hing ihm in den Kniekehlen und sein Hemd war zerknittert.

Sanft zog sie mit einem Finger eine Linie seinen Hals hinunter zu seiner Brust und er schnurrte, streckte sich aus und seufzte tief und erlösend. Nessie beobachtete ihn mit purer Freude.

Der Gedanke, ihn jeden Tag so sehen zu können, war außergewöhnlich. Vielleicht auch zweimal am Tag, wenn sie endlich eine Lösung fanden, wie sie zusammensein konnten. Keine Hochzeit, natürlich nicht, denn eine Göre aus der Gosse konnte nicht Gräfin werden, aber es gab auch andere Wege, wenn man nur mutig genug war, die Regeln zu ignorieren.

Ihre alte Liste kam nicht an die Wirklichkeit heran. Ein echter Mann. Eines Abends hatten sie sogar *drei* Runden geschafft: Bett, Boden, Schreibtisch. Die spaßigste Nacht ihres Lebens. Oliver übertrumpfte jeden, auch die Männer, die sie noch nicht einmal getroffen hatte. Er war ein großzügiger Liebhaber. Einfallsreich, spielerisch. Aber das Beste an ihm war sein großes Herz und das wollte sie ganz für sich allein.

Er rieb sich das Kinn und unterdrückte ein Gähnen. „Aber unser Problem haben wir immer noch nicht gelöst, kleiner Kobold. Wir haben uns nur wieder einmal um den Verstand gevögelt, der uns nicht mehr hat denken lassen. Oder ‚leidenschaftliche Zusammenkunft', wie die *Duchess Society* sagen würde. Oder am besten gar nicht davon sprechen. Ich wünschte, ich könnte meine Finger bei mir behalten, wenn ich dich sehe, aber ich bin peinlich schwach. So werden wir nie unsere Streitsucht stillen, nur unser Verlangen füreinander."

„Ich *liebe* die leidenschaftliche Zusammenkunft. Viel mehr als irgendwelche doofen Lösungen“, meinte sie kichernd, hielt sich überrascht eine Hand vor den Mund und kicherte trotzdem weiter.

„Verdammte Scheiße.“ Er starrte sie an. Auf seiner vernarbten Wange tauchte wieder das Grübchen auf. „Hat Necessity Byrne von den Shoreditch Byrnes gerade gekichert? Die härteste Nuss in ganz London? Mach nur weiter so, meine davongelaufene Gärtnerin, und man denkt noch, du seist glücklich.“

Ihr Herz sank tiefer, aber nicht bis ganz zum Boden. Diese Situation hatte eine Lösung. Wie ein Fleckchen Erde, das man erneuern musste. Eine verzweifelte Seele war wie ein einsamer Garten. Sie spürte, dass Ollie unter dem Nachhall der Lust trotzdem ein gebrochenes Herz hatte. Aber sie würde diese Wunde genauso heilen wie damals die an seiner Wange. Mit Sorgfalt und Entschlossenheit.

Nie wieder würde sie leichtsinnig mit seinem Herzen umgehen – oder ihrem.

Endlich befreite sie ihren Arm, rollte sich auf die Seite und stützte ihren Kopf auf der Hand ab. „Ich will dir etwas zeigen.“

Seine Augen fielen ihm schon zu und er atmete nur noch flach. „Mmh …“

Sie schubste ihn, aber wieder grummelte er nur. „Nicht einschlafen, Ollie. Wir sind mitten im Flur, jeder könnte uns finden. Man muss sich von schnellen Nummern genauso schnell erholen. Deine Worte. Sicherlich erinnerst du dich daran, wie der Stallbursche uns beinahe erwischt hätte.“

Plötzlich panisch setzte sie sich auf und sah den verlassenen Gang entlang. Wenn sie jemand so fand, würde das ihren Plan vermasseln. Am Ende fühlte Ollie sich noch genötigt, sie zu heiraten – was überhaupt nicht ihr Vorschlag war –, und das wäre schrecklich für ihn.

Für sie wäre es wunderbar.

Aber es war ein unerreichbarer Traum, den sie für den erreichbaren zurückdrängte.

Außerdem, wenn sie schon ein neues Leben für sie plante, dann wollte sie, dass es *sofort* anfing.

Ungeduldig schüttelte sie ihn noch einmal. Wie konnte er nur so tief schlafen? Als läge er auf einer Federmatratze und nicht auf einem kalten Steinboden. Aber offensichtlich konnte er schlafen, denn nur eine Sekunde später war er wie weggetreten. Und hatte keine Ahnung, dass sie seine Zukunft plante und ihn vor einem katastrophalen Skandal bewahrte. Aber es gab ihr die Gelegenheit, sich sattzusehen.

Ein zufriedener Mann, ausgestreckt in seinem Königreich. Wenn sie eine Malerin gewesen wäre, hätte sie dieses Motiv mit größter Liebe zum Detail festgehalten. Seine Hand lag locker auf seinem Bauch, die Finger ausgestreckt. Seine vollen Lippen waren leicht geöffnet und sie konnte die scharfe Kante seiner Zähne sehen. An seinem Hemd fehlte ein Knopf, aber diesmal würde sie ihn nicht suchen. Seine Hose hing tief und war immer noch offen, sodass man sein dunkles Schamhaar sehen konnte. Die blasse Narbe auf seiner Wange war nur noch der Überrest des Vorfalls, der sie zusammengebracht hatte.

Liebe war wie ein Schlag in die Magengrube und Heilung für ihre Seele. Ihre Augen füllten sich mit Tränen und als sie versuchte, sie zurückzuhalten, schnürten sie ihr den Hals zu. Sie stieß scharf die Luft aus, überwältigt. Mit zitternden Händen strich sie seine und ihre Kleidung glatt, dann lehnte sie sich an die Wand. Für eine Stunde oder so konnte sie ihn schlafen lassen. Somit hatte Jasper genug Zeit, seine Mission zu Ende zu bringen.

Danach war es Zeit für *ihre* Mission.

Und genau so würde es sein, beschloss sie voller Elan.

Kapitel Fünfzehn

IN WELCHEM EIN ADLIGER SEIN GLÜCK KAUM FASSEN KANN

Er war noch wackelig auf den Beinen.

Ollies Hirn war schwerfälliger als ihres. Im Gegensatz zu ihm sah sie erfrischt und wunderschön aus. Er fühlte sich nur zerknittert, wie verbrannter Toast. Ausgelaugt, benommen und verwirrt.

Wo nahm sie nur diesen Elan her?

Seitdem er Necessity Byrne kannte, hatte er zwei grundlegende Dinge über sich herausgefunden: Erstens, er brauchte kein Opium mehr, zweitens, er *brauchte* Schlaf. Vor Jahren, noch während des Kriegs, hatte er fast keinen gebraucht, vielleicht eine Stunde oder zwei, hier und da, blutunterlaufene Augen und ausgemergelt. Aber jetzt, mit dem Alter, mit der Zufriedenheit brauchte er mehr. Oder vielleicht war es die Feststellung, das Liebe und Sex einem Mann mehr abverlangten als jegliche Droge.

Er brauchte viel mehr von so vielen Dingen. Und er fragte sich, ob Nessies *Mission* – wie sie es genannt hatte, als sie ihn aus dem besten Schlaf seit Wochen geweckt hatte – ihm dies bieten konnte.

„Ist das deine?“, fragte er, trat einen Schritt zurück und reckte den Hals, um das Gebäude, zu dem sie ihn gezerrt hatte, genau zu betrachten. Es war nur geschauspielert, denn dank seines Privatdetektivs wusste er genau, welches Fenster zu ihrer Wohnung gehörte. Darin saß eine Katze – Delilah. Ihre Wohnung war tatsächlich nur wenige Minuten von seiner Villa entfernt. Die zweite Etage über einem Laden auf der Bond Street. Das Haus war kirschfarben gestrichen mit blauen Fensterläden, wirklich sehr hübsch. Er hatte einer seiner Affären – *der Schauspielerin oder der italienischen Opernsängerin?* – hier einmal Ziegenlederhandschuhe gekauft.

Aber das behielt er lieber für sich.

Necessity und er hatten sich durch nebelverhangene Hintergassen hierhergeschlichen. Die Hüte (beide gehörten ihm) tief ins Gesicht gezogen, hatten sie sich wie Geister durch den Boulevard geschlängelt. Zum Schutz vor was genau, wusste er aber nicht. Er befürchtete, dass es zu seinem Wohle sein sollte. Dabei brauchte er keinen Schutz, erst recht nicht vor seinen Gefühlen. Ganz besonders nicht, wenn ihr Duft an seiner Haut klebte, ihr Geschmack noch auf seinen Lippen lag. Aber neben den zarten Gefühlen, die sein Herz zum Bersten brachten, spürte er auch Unsicherheit. Wie jedes Mal nach dem Sex. Sie war viel zu viel mit ihrem verdammten sozialen Stand beschäftigt, mit den Unterschieden in ihrer Erziehung und ihn interessierte es kein bisschen.

Und dennoch war er neugierig und vollkommen von ihr verzaubert, ihre verschwörerischen Antworten vertrieben seine Angst nach und nach, bis er zuließ, dass sie ihn mitten in der Nacht an der Hand durch das vernebelte Mayfair lotste. Dabei wollte er sie nur an sich ziehen, wieder gegen die rauen Ziegelsteine drücken und küssen, bis *ihre* Beine nachgaben. Bis sie nur noch seinen Namen hauchte. *Ollie*. Vor seinem inneren Auge sah er, wie der Dunst sie umspielte, als er sie hochhob, ihre Beine um seine Hüfte schlang und mit einem Stoß tief in sie eindrang.

Erstaunlicherweise reagierte sein Körper auf die Fantasie, hier mitten auf der Straße.

Diese Frau entmannte ihn auf völlig verblüffende Art und Weise.

„Da!“, meinte sie und zeigte nach oben, vollkommen nichtsahnend von seinen Fantasien. Sie hakte sich bei ihm ein und zog ihn zur Rückseite des Hauses. „Auf dem Dach, wir nehmen die Hintertreppe.“

„Das Dach?“ Schon seit Jahren war er nicht mehr auf Dächern

herumgeturnt. Und selbst damals war er dabei nie nüchtern gewesen. Zusammen mit einer Gruppe junger Männer, die ohnehin nichts Besseres zu tun hatten. Und nichts zu verlieren. Das war kurz nach seiner Rückkehr aus dem Krieg gewesen, nachdem er dachte, dass auch er alles verloren hätte, also war es ihm auch egal gewesen. Xanders Männer hatten ihn an einem besonders folgenschweren Abend abgefangen und nach Hause gebracht. An diesem Abend hatte sich sein Bruder aber nicht blicken lassen, sondern ihn nur aus der Ferne beschützt.

So viel Glück hatte er heutzutage nicht mehr, dachte Ollie ein bisschen beleidigt, aber dennoch voller Zuneigung. Der Mann tauchte heute immer und überall auf.

Als sie am Hintereingang angekommen waren, ließ Nessie ihn endlich wieder los, um in den Taschen ihres Mantels den Schlüssel zu suchen. Diesen steckte sie in ein Schloss, das eindeutig schon vor zwanzig Jahren bessere Tage gesehen hatte, und drückte kräftig dagegen – was ihnen nichts brachte außer einem lauten Knarren. „Ich benutze diesen Eingang nicht oft“, erklärte sie und drückte noch einmal mit der Schulter dagegen. „Ansonsten ist das Gebäude sehr gut erhalten.“

Aber Ollie verdrehte nur die Augen, legte eine Hand an die Tür und stieß sie auf. Sie stolperten zusammen in das kleine Foyer. Natürlich hatte er trotz der Hutkrempe bemerkt, wie ihr Blick seinen Arm hinaufgeglitten war, kurz an seinem Bizeps hängenblieb und dann erst zu seinem Gesicht wanderte. Ihre Augen schienen wie Bernstein im Sonnenlicht und sofort konnte er die Hitze spüren. Sie liebte es, wenn er im Bett ein bisschen rauer war. Und sie wurde auch selbst gerne ein bisschen rauer, denn abgesehen von der körperlichen überstieg ihre Kraft ihn in jeder Hinsicht.

Sofort war ihm klar, wo ihre Gedanken waren – genau wie bei ihm vor wenigen Minuten. Noch nie zuvor hatte er diesen unstillbaren Hunger für einen anderen Menschen gefühlt. Noch nie hatte er sich nach dem Sex gewünscht, gleich weiterzumachen.

Und immer so weiterzumachen.

Ollie glaubte, er würde nie im Leben genug von ihr bekommen und das machte ihm ein wenig Angst – vielleicht sogar viel.

Sie lächelte, sündhaft selbstbewusst, sinnliche Gewissheit. „Bald", flüsterte sie und strich neckend mit einem Finger seine Brust hinunter. „Sooft, wie wir wollen. Überall da, wo wir wollen. *Wie* wir wollen. Ich will alles Unbehagen aus deinen Augen vertreiben, egal, wie lange wir dafür brauchen."

Unerschrocken nahm er sich einfach, was er wollte, ein Feuer brannte auf einmal in ihm und er drückte sie fest gegen das Treppengeländer. Ihre Hüte fielen unbeachtet zu Boden, als er ihr Gesicht ihn beiden Händen hielt und sie innig küsste, ein Versuch, das tiefe Verlangen in ihm zu stillen. Tiefer, Zungen, Zähne, Lippen, bis nichts mehr übrig war. Atemlos, versunken, gefesselt. Sie waren allein in seinem ganz eigenen Universum voller Poesie.

Sie umklammerte ihn fest, mit ihren Fingern tief in seinem Mantel verborgen. Ihr leises Stöhnen brachte ihn beinahe schon wieder um den Verstand.

Er wollte sie haben – gestand er sich selbst mit rasendem Herzen, Brust an Brust mit ihr – und zwar als seine Gräfin und nichts weniger. Er beendete den Kuss, damit das Blut wieder zurück in seinen Kopf wanderte, und lehnte seine Stirn gegen ihre. Sie konnte dieses kleine Projekt noch zu Ende bringen, ihre Präsentation auf dem Dach, danach würde er ihr erzählen, was er fühlte. Er würde ihr alles erzählen. Und am Morgen würde er die Heiratserlaubnis holen, die er vor einigen Wochen mit seinem Anwalt schon vorbereitet hatte, für den Fall der Fälle.

Bald würde es eine Hochzeit geben, die sie zusammen planen konnten. Ausschweifend, in Westminster Abbey, wenn er sich die Kirche sichern konnte oder vielleicht in Gretna Green, falls es ihr lieber war. Im Wohnzimmer des Duke of Leighton, Markhams Ballsaal, Streeters Dach – es war ihm völlig gleich.

London, Derbyshire oder auch der Mond, sie sollte entscheiden, wo sie lebten. Er wäre immer da, an ihrer Seite. *Das* würde er ihr versprechen. Aber er hatte den schlimmen Verdacht, sie würde ihm weniger anbieten, weil sie glaubte, es war, was er wollte oder annehmen könnte.

Vor allem, was die Gesellschaft akzeptieren würde. Dabei waren ihm diese Leute egal.

„Komm“, meinte sie schließlich, schnappte sich die Hüte und stieg weiter mit ihm die Treppen hinauf. Ihre Stimme zitterte, was ihn mehr als zufrieden stimmte. Wenn alles scheiterte, konnte er sie immer noch so lange küssen, bis sie nicht mehr wusste, wie ihr der Kopf stand und ihn heiratete. Jedes Mal, wenn sie eine Beschwerde hatte, würde er sie nur vor Lust zum Schreien bringen.

Darin waren sie äußerst gut. Nach all der Übung kannte er sie so gut, er konnte sie knacken wie sie sein Schloss.

Die unebenen Treppen führten sie im Dunkeln vier Etagen nach oben, nur auf den Treppenabsätzen erleuchteten schwach einige Wandleuchter ihre Umgebung. Der beißende Geruch des Leders aus dem Handschuhgeschäft stieg in seine Nase. Auf der zweiten Etage sah er kurz den Gang entlang zu der Tür, die ihre Wohnungstür sein musste. Er konnte es kaum erwarten, ihre Wohnung zu sehen, mit allem, was sie ihm verraten würde. Vielleicht war das ja Teil ihres Versprechens, als sie *bald* gesagt hatte. Grinsend fragte er sich, ob sie ihr Bett genauso strapazieren konnten wie das im Kutschhaus.

Die Tür zum Dach stand einen Spalt weit offen, ein Scharnier protestierte laut, als sie dagegen schlug, um sie zu öffnen.

Der plötzliche Windzug umspielte den Saum seines Mantels, als er ins Freie trat und starrte. Ohne einen Hut, um es zurückzuhalten, peitschte ihm sein Haar immer wieder ins Gesicht. Für Londoner Verhältnisse war die Nacht sehr hell, der Mondschein tauchte die Dächer der Stadt in gleißendes Licht. Während seiner schlechten Zeiten hatte er so etwas missachtet, die schöne Aussicht. Sein Kopf war klarer, seitdem er nicht mehr trank.

Schweren Schrittes ging er bedächtig auf sein Geschenk zu.

Das Teleskop war überwältigend. Aus Messing und es stand auf einem Dreibein aus Eichenholz. Das goldbraune Metall schimmerte im Mondlicht. Abgesehen von Nessie war es das schönste Ding hier auf dem Dach. Behutsam neigte er es zu sich und sah durch die Linse. Der Himmel schien förmlich zu explodieren, tausende Sterne waren plötzlich zum Greifen nah. So etwas Erstklassiges hatte er vorher nur auf dem Astrologie-Symposium in Oxford gesehen. Er trat wieder einen Schritt zurück und umkreiste das gute Stück. Dann sah er zu Nessie. „Das hier ist ein *Negretti and Zambra*. Die beiden sind die Optiker des

Königs, dieses Teleskop kostet ein Vermögen. Wo zum Teufel hast du das her?“ Er sah kurz in den Himmel auf und sein Herz schlug schneller. „Der Ort, das Dach ist außergewöhnlich, noch nie habe ich von so hoch oben die Sterne beobachten können.“

Sie öffnete den Mund, um ihm zu antworten, aber zögerte, als sie das Teleskop sah, als hätte sie es vorher noch nie gesehen, und sie hatte *definitiv* Angst, es zu berühren. „*Oh* ... Naja, ich habe meine Mittel und Wege. Aber am besten sprechen wir nicht darüber.“

„Ich habe erst einmal mit diesem Modell gearbeitet und selbst dann war es nur eine Leihgabe des Museums. Ich kenne niemanden, der eines besitzt.“ Er grinste schief. „Außer natürlich, es ist gestohlen, was natürlich nicht sein kann.“

„Dieser dreckige Schuft ...“, glaubte er sie flüstern zu hören, aber es musste wohl der Wind gewesen sein, denn diese Antwort ergab keinen Sinn, es sei denn, es war *wirklich* gestohlen.

Dann kam ihm plötzlich eine Idee. „Hat Xander etwas damit zu tun? Früher war er ein guter Betrüger. Wenn er sich nur genug anstrengt, kann er alles in die Finger bekommen. Sogar die Schwester eines Dukes. Zufälligerweise führte das zu weniger kriminellen Machenschaften.“ Ollie konnte nicht genau sagen, warum es ihn ärgerte, dass Xander etwas mit diesem wundervollen Geschenk zu tun haben könnte. Er vermutete nur, dass er seinen Bruder nicht in der Nähe haben wollte, wenn er sich bemühte, sein Liebesleben in den Griff zu bekommen.

Necessity sah ihn mit einem listigen Grinsen an. „Ob du es glaubst oder nicht, hatte er nicht.“

Er drehte sich zu ihr, er *musste* es einfach wissen. Also verschränkte er die Arme vor der Brust und schwor sich, sie nicht anzufassen, bevor sie geredet hatten. Und das bedeutete auch, dass er seine Hände von ihrem Geschenk ließ, egal, wie sehr er es erkunden wollte – oder sie.

Die Faszination, die beide auf ihn ausübten, war außergewöhnlich und ärgerlich. „Was soll das hier, Nessie?“

„Das ist mein Angebot“, sagte sie nach kurzer, hilfloser Stille. „Entsetzlich krude, aber so bin ich nun einmal, nicht wahr? Ich bin nicht sehr traditionell. Selbst dann nicht, wenn ich warten sollte, bis der Mann weiß, was er will.“ Sie strich sich über ihr Mieder und knabberte an ihrer Unterlippe – sie war wirklich nervös. „Es ist ganz einfach, ich biete dir mich." Sie trat auf ihn zu, bis sich ihre Schuhspitzen berührten. Tief aus ihrer Tasche holte sie einen Knopf, den sie ihm mit offener Hand präsentierte. „Beim letzten Mal, bevor ich nach London zurück bin, habe ich ihn auf dem Boden des Kutschhauses gefunden. In unserer Hast haben wir ihn abgerissen und ich dachte, es wäre das Einzige, was ich von dir haben werde, abgesehen von den Erinnerungen. Ich habe entschieden, dass mir das nicht reicht."

Mit den Fingerspitzen strich er über den Knopf, aber zog sie hastig zurück, als hätte er sich verbrannt. Auch wenn sie sich *nicht* berührt hatten, fühlte er eine liebevolle Umarmung.

Auch er griff in seine Tasche und zeigte ihr das zerknitterte Blatt Papier, ihre Skizze, die er ihr nie wieder zurückgegeben hatte. Ihre Blicke trafen sich und er verlor sich im flüssigen Bernstein ihrer Augen, die ihn so fragend anstarrten. Hauchdünnes Mondlicht tanzte um sie herum, hüllte sie ein und verzauberte den Moment. Auch ihr Haar war völlig vom Wind zerzaust und er widerstand dem Drang, eine Strähne um seinen Finger zu wickeln.

Nicht anfassen, Ollie.

„Genau das habe ich auch gedacht, als ich dir das hier geklaut habe, Kobold. Ich wusste, es würde nicht ausreichen."

Langsam, aber sicher erweichte sein Herz, der Ärger verflog. Missverständnisse gab es immer. Und immerhin waren sie beide verwirrt, entzweigerissen von ihren Gefühlen füreinander. Zwei Dickköpfe, die plötzlich vor einem riesigen, unerwarteten Problem standen: Anziehungskraft, mit der keiner gerechnet hatte. Und nun brauchte es reichlich Feingefühl, ihre zwei Leben, die so verschieden waren, zusammenzuführen.

Sie war so weit, sie war *hier*, sie würde ihn nicht verlassen, sondern bot sich ihm an.

Die Ehe würde voller Herausforderungen stecken, das stand fest. Sie war so stur wie keine Zweite und war nachtragend. Ihre Intelligenz wurde ihr oft selbst zum Verhängnis, ganz zu schweigen davon, wie sehr sie ihre Freiheit schätzte. Sie wollte ihr eigenes Geschäft leiten und Stanford glaubte nicht, dass sich daran etwas ändern würde, wenn sie Gräfin werden sollte. Wahrscheinlich hatte sie keinen Schimmer davon, wie man so einen großen Haushalt verwaltete oder mit vielen Angestellten umging, eine Aufgabe, die er selbst kaum bewältigte. Er war Frühaufsteher, sie eine Nachteule. Bei vielen Themen eckten sie aneinander an und sie täuschte nicht vor, dass sie ihm zustimmte. Um ehrlich zu sein, widersprach sie oft aus Prinzip.

Aber ansonsten ...

Er hatte sich entschieden und steckte die Skizze wieder ein. Es war ganz einfach, wie sie gesagt hatte. Er liebte sie. Ihre Scharfsinnigkeit, ihre Lebensfreude, ihren Mut. Ihr wunderschönes Gesicht und ihre reizende Figur. Ihren allumfassenden Charme. Er liebte es, wenn sich bei ihr nach nur einem Glas Wein ihr Cockney-Akzent einschlich. Er liebte die Falte zwischen ihren Augenbrauen, wenn sie ihn streng anstarrte. Die Sommersprosse an ihrer Oberlippe oder die Narbe an ihrer linken Hand – beides hatte er schon mit seiner Zunge erkundet. Sie war die einzige Frau, mit der er sein Leben teilen wollte, die einzige, die er überhaupt jemals in Betracht gezogen hatte, und er würde alles dafür tun, damit es funktionierte. Stanford wusste, dass sie einander sehr glücklich machen konnten, wenn sie es denn schafften, sich länger als zwei Sekunden zu vertragen.

Wegen all dem blühte sein Herz auf.

Und nur einen Moment später zerstörte Necessity Byrne von den Shoreditch Byrnes seine zarten Gefühle.

Sie legte eine Hand an seine Wange und er schmiegte sich an sie, trat sogar noch einen Schritt nach vorn, bis er ihre prallen Brüste an seinem Oberkörper spüren konnte. „Ich komme, sooft ich kann, nach Derbyshire und du kommst, sooft du kannst, nach London. Wir müssen diskret sein, aber so können wir zusammen sein. Das Leighton-Pack müssen wir einweihen. Ich werde es der *Duchess Society* schon irgendwie beibringen, dass wir ...“, ihre Hand an seiner Wange zitterte, „... uns für diesen Weg entschieden haben und sie werden es akzeptieren müssen. Immerhin haben sie selbst genug Skandale hinter sich. Mit ihren Eskapaden wurde schon literweise Tinte verschwendet.“

Ollie stand der Mund offen und durch seinen Kopf kreisten unzählige Antworten und er war ganz und gar nicht erleichtert, dass Nessie ihm den einfachen Ausweg bot. Verdammt nochmal, er hatte sich doch gerade für den schwierigen entschieden. Er atmete scharf ein. „Was schlägst du hier vor, Nessie? Denn es klingt ganz und gar nicht nach einem Antrag. Du meintest ja schon, dass du gerne den ersten Schritt machst, bevor der Gentleman überhaupt weiß, was er will. Allerdings muss ich dir sagen, dass *dieser* Gentleman weiß, was er will."

„Ich will mein Leben mit dir verbringen. Das Teleskop ist meine unbeholfene Art, dich darum zu bitten. Alles, was dir wichtig ist, kannst du mitbringen und wir können zusammen sein." Aber sie hielt lieber schnell wieder die Klappe und trat einen Schritt zurück, als sie seinen Gesichtsausdruck sah. Er spürte die Hitze, wie er langsam wütend wurde.

„Moment, Antrag? Heiratsantrag?"

Vollkommen verloren und verwirrt schlug sie sich die Hand auf die Brust und tätschelte dann versöhnlich die seine. „Ollie, ich kann nicht deine Gräfin werden."

„Warum zum Teufel denn nicht?", platzte es aus ihm heraus und er zerrte lieber an seinen Haaren, anstatt sie zu schütteln. „Ich komme gut damit zurecht, Earl zu sein, und ich wollte diese Bürde auch nicht haben."

Verblüfft schüttelte sie den Kopf. Sie schloss ihre Finger um den Knopf und starrte auf ihre Hand, ohne sie wirklich anzusehen. Es machte ihn nur wütender – denn sie war der Brandy und er das Feuer -, dass sie eine Heirat nicht einmal in Erwägung gezogen hatte. „Sie werden mich nie akzeptieren, es würde dir nicht guttun, mich zu heiraten. Ich habe nicht einmal eine Mitgift, nur das Geld, was ich selbst verdient habe. *Arbeit*, Ollie. Ich komme aus Shoreditch und bin durch und durch ein Mädchen aus dem Armenviertel, selbst wenn ich jetzt am Rande von Mayfair wohne. Aber über einem Handschuhladen, du kannst das Leder doch sicher riechen. *White's* würde dir nie wieder Einlass gewähren, *Almack's* ebenfalls. Man würde dich nie wieder zu Feiern oder Bällen einladen oder ..."

„*Hör auf!*" Er schnappte sich ihre Hand, als sie gerade an ihren Nägeln kauen wollte – noch eine nervöse Angewohnheit. „Nessie, sieh mich an! Sieh mich an und sage mir, ob mich diese Dinge interessieren. Ich bin auch kein guter Fang. Ich habe meine Probleme, aber du kennst sie schon. Meine Familie mischt sich überall ein und wird von Tag zu Tag größer. Und die Grafschaft, für die es mehr als zwei Hände braucht. Vielmehr glaube ich, dass du mit mir viel schlechter dran wärst als ich mit dir."

Sie gehorchte, sah zu ihm auf und er konnte einen Hoffnungsschimmer in ihren Augen erkennen.

Also doch, dachte er, *sie hat es in Erwägung gezogen, sie hat die Hoffnung nur nicht zugelassen.*

„Ich liebe dich, mit allem, was ich bin. Ich kann dir nicht mehr bieten, denn du hast es schon, aber mein Herz und meine Seele sind dein, wenn du sie willst. Du musst nur *dein* Herz öffnen und mich hineinlassen." Sie wollte widersprechen, also redete er schnell weiter. „Ich streite nicht ab, dass wir einen Skandal verursachen werden, zumindest für eine Weile. Jeder wird über uns tuscheln und die Klatschblätter werden über uns lästern. Der ein oder andere wird meine Seite in *Debrett's* sicher herausreißen und unsere Ehe wird gründlich unter die Lupe genommen. Aber mir ist das egal. Sollen sie doch darüber grübeln, wie wir uns in dieser verrückten Welt gefunden haben. Ich hoffe nur, sie schäumen vor Eifersucht. Auch Geld ist kein wirkliches Problem mehr. Ich investiere zusammen mit Xander in seine Geschäfte, irgendwann werde ich wieder Vermögen haben."

„Liebe ... Du liebst mich. Ich habe es vermutet, aber es zu hören ..." Sie atmete schwach aus und fächerte sich Luft zu, als wäre sie außer Atem. „Gräfin, deine Frau. Josephine Byrne heiratet einen Earl. Den fünften Earl of Stanford." Sie trat ein paar Schritte zurück und setzte sich vorsichtig auf den Ausläufer der Backsteinmauer. Sie vergrub das Gesicht in den Händen. „Ich brauche einen kurzen Moment, ich glaube, ich falle gleich in Ohnmacht."

Er lächelte und kniete sich vor sie hin, was er schon lang hätte machen sollen. „Der sechste, aber das ist nicht wichtig. Mein Vater wäre jetzt beleidigt, aber allein der Gedanke macht mich glücklich." Vorsichtig nahm er ihre Hand, die immer noch seinen Knopf umklammerte und küsste zärtlich ihre Knöchel. „Ich habe noch etwas für dich. Seitdem du mich in Derbyshire so einfach mit gebrochenem Herzen stehen lassen hast, trage ich es schon mit mir herum."

Schon wieder sah sie ihn vollkommen verwirrt an, das musste ein neuer Rekord sein. „Ich habe dich nicht verlassen, ich würde dich nie verlassen. Ich habe doch nur getan, was ich für richtig hielt. Wenn ich auf mein Herz gehört hätte, wären wir schon wochenlang verheiratet. Schon nach der ersten Nacht im Kutscherhaus. Ich war so von dir eingenommen, ich hätte beinahe damals schon gefragt."

Liebe traf ihn direkt in die Brust. „Eingenommen? Necessity Byrne von den Shoreditch Byrnes war von mir eingenommen. Ich kann es kaum glauben."

Endlich gab sie dem Impuls nach und lächelte, schüchtern, wenn ihn nicht alles täuschte. Er packte die Gelegenheit beim Schopf, immerhin war es eine der wenigen zärtlichen Emotionen, die sie zeigte. Er holte die kleine Samtschachtel aus der Tasche und öffnete sie. Das Diamantentrio glitzerte im Mondlicht und hob so das Goldband nur noch besser hervor. „Der Ring gehörte einst meiner Großmutter. Ich hätte nie gedacht, dass ich ihn einmal jemandem geben würde. Selbst wenn ich einen Ring für dich gekauft hätte, hätte ich keinen gefunden, der ... besser passt. Außerdem habe ich ihn schon, seitdem ich fünf Jahre alt war, da ich ihn so liebe. Wahrscheinlich habe ich nur gewartet, auf dich."

Sie streckte ihre Hand aus und seine zitterte, als er ihr mit rasendem Herzen das Schmuckstück ansteckte. Er passte gut, nicht perfekt, aber nichts, was ein Juwelier nicht erledigen könnte.

Necessity sagte auf ihre Weise ‚Ja' und das war in Ordnung. Immerhin hatte er auch auf *seine* Weise gefragt. Sie würden nie versuchen, den jeweils anderen zu verändern. Sie verstanden und wollten einander, so wie sie waren. Mit ihren Marotten und Schwächen. Liebten einander ...

Er lehnte sich nach hinten auf seine Fersen. „Du liebst mich doch, oder? Ich glaube, das hast du vergessen zu erwähnen."

Sie lachte, beinahe schon wieder ein Kichern. Diese Nacht steckte voller erstaunlicher Überraschungen. Eine Hand legte sie in seinen Nacken und zog ihn an sich für einen stürmischen Kuss. „Glaubst du, ich würde einem Mann, den ich nicht von ganzem Herzen liebe, ein gestohlenes Teleskop schenken? Ihn meiner Katze vorstellen? Oder anbieten, umsonst seine Gärten zu restaurieren? Ihm Kinder versprechen und dass ich ihn *niemals* wieder verlasse? Nicht mal für eine Nacht."

Überglücklich lehnte Ollie seine Stirn gegen ihre. „Du meine Güte, es ist *tatsächlich* gestohlen. Die Polizei wird mir morgen sicherlich die Tür einrennen. Die ganze Stadt weiß, dass ich mich nach den Sternen sehne."

Mit einem Finger fuhr sie zärtlich über seine Wange, um ihren Willen zu bekommen. Es störte ihn kein bisschen, manipuliert zu werden. „Müssen wir es denn zurückgeben? Immerhin ist es schon hier. Ich persönlich denke, es würde wunderbar in der Bibliothek in Derbyshire aussehen. Dort, wo wir die meiste Zeit verbringen werden, weit weg von London."

Er sah über seine Schulter. Das Teleskop stand stolz vor einer atemberaubenden Kulisse. Unzählige, schimmernde Lichter auf samtener, dunkler Oberfläche. Ein schöneres hatte er noch nie gesehen. Xander würde ihm sicher helfen, es unbemerkt aus der Stadt zu schmuggeln.

Sein Bruder und seine zukünftige Gräfin waren also Diebe, daran konnte er sich gewöhnen. „Ich habe wirklich hart dafür gearbeitet …", murmelte er.

Sie schnaubte amüsiert auf und lachte dann trotzdem. Mit einer Hand an seiner Wange zog sie seinen Kopf wieder zu sich und küsste ihn erneut, bevor sie ihn neckend biss. Typisch, und typisch für ihn wirkte es. „Ich werde mich daran gewöhnen müssen, dass du Dinge sagst, die mir nicht gefallen, Oliver."

„Wenn du das wirklich tun würdest, wäre ich bis in alle Ewigkeit verwirrt." Er zog sie an seinen schützenden Körper und sah verstohlen zum Himmel auf. Noch zwei Stunden, dann würde die Sonne aufgehen, wenn er sich nicht irrte. Und dann würde er nach Hause gehen, sich umziehen und direkt zu seinem Anwalt weiterspazieren. Danach würde er bei Xander vorbeischauen, um ihm die guten Neuigkeiten zu überbringen. „Wie stehen Katzen zu leidenschaftlichen Zusammenkünften, Miss Byrne?"

Necessity sprang auf die Beine und zog ihn über das Dach mit sich zurück zur Tür. „Sie sind einverstanden, sie sind immer einverstanden. Hörst du sie nicht in den Gassen schreien? Sie lieben es."

Als Antwort packte er sie nur bei der Hüfte, warf sie sich über die Schulter, stieß die Tür auf und eilte die Treppen hinunter, während sie nur laut lachte. „Eine gute Sache, kleiner Kobold. Eine sehr gute Sache."

Epilog

IN WELCHEM EIN EARL UND SEINE GRÄFIN IHR GLÜCK KAUM FASSEN KÖNNEN

Derbyshire, zwei Jahre später

Die Obstbäume wurden nicht länger von Ranken eingenommen. Die Fenster des Wintergartens waren nicht mehr zerbrochen. Der Rasen war gemäht, die Seitengärten voller blühender Büsche und Reihen voller Gemüse. Die Eichen und Eukalyptusbäume, die die Countess of Stanford am westlichen Rand des Anwesens gepflanzt hatte, gediehen wundervoll. Aber es würde noch Jahre dauern, bevor sie Privatsphäre oder Schatten spenden würden. Der schwere Duft von Schneeball und Tuberose erfüllte die Luft sowie das Zwitschern von Spatzen und Finken. Überraschenderweise hatte Necessity nichts über Vögel gewusst, bevor sie aufs Land gezogen war, jetzt schrieb sie jeden Tag ausführlich ihre Beobachtungen auf.

Mit einer Hand wehrte sie die Sonne ab und beobachtete eine Weile den kleinen Bach, der sich durch das Anwesen schlängelte und in der späten Sommersonne sprudelte. Es war ein perfekter Sonntagnachmittag.

Die Männer vergnügten sich mit Rasenbowling. Genau wie das grelle Sonnenlicht schmerzte so viel männliche Schönheit in ihren Augen. Dash und der Duke of Leighton hatten sich bereits über einen außergewöhnlichen Wurf gestritten, der angeblich gegen eine sehr obskure Regel war, von der niemand je gehört hatte. Sobald sie sich zu nahe kamen, hatten alle Frauen nur gestöhnt und einen Schritt zur Seite gemacht. Und schon lagen sie auf dem Boden, grunzten und schlugen um sich, ein einziges Knäuel aus Armen und Beinen. Alle anderen standen nur daneben und feuerten sie an – unter anderem auch ihr Mann. Der einzige Mann, der sich zu langweilen schien, war der Duke of Markham. Mitten im Kampf war er einfach davon spaziert, um sich eine Tasse Tee zu suchen. Und jetzt waren sowohl Dash als auch Leighton blutverschmiert und dreckig, ihre Kleidung war zerrissen, aber sie grinsten von einem Ohr zum anderen.

Komischerweise schien dieses Pack nach einer Tracht Prügel glücklicher zu sein.

Sie verstand es nicht. Verstand *Männer* nicht wirklich. Seit ihrer Hochzeit hatte sie versucht, alles über Ollie zu lernen. Jedes. Kleine. Bisschen. Mit jeder Sekunde schien die Faszination für ihren Mann nur zu wachsen. Niemand war cleverer, schlauer oder großzügiger. Genauso wie die Männer, mit denen er sich oft herumtrieb, wie sie festgestellt hatte.

Trotz dieser Verwirrung über die männliche Spezies wollte sie, dass ihre Kinder in dieser stürmischen Gruppe aufwuchsen – oder gerade deshalb. Sie legte eine Hand auf ihren Bauch und ihr Herz machte einen Satz. Besonders falls das Kind, das sie in sich trug, ein Junge sein sollte. Das Leighton-Pack war liebevoll und loyal. Im Gegensatz zur feinen Gesellschaft hatten sie sie großzügig aufgenommen. Man nannte sie die Landgräfin. Lächerlich, wenn man bedachte, dass sie nicht vom Land kam. Necessity versuchte, die Klatschspalten nicht zu lesen, und Ollie tat sein Bestes, sie zu verstecken.

Aber es interessierte sie ohnehin nicht. Immerhin hatte sich das Geschäft aufgrund ihres neuen Rangs verbessert – diese Heuchler. Sie wollten, dass die Landgräfin ihr Anwesen verschönerte. Eigentlich wollten sie nur die Möglichkeit, mit ihr anzugeben, stellte Nessie schon bald fest. Aber sie war die Beste seit Capability Brown, also machte es ihr nichts aus, dem *ton* ihr Talent für Geld zu geben.

Und dennoch, trotz der Gerüchte und ihrer Abneigung gegenüber dem Leben, in das Ollie hineingeboren worden war und von dem er auch nicht loskam, war ihr Ehemann glücklich. Die Albträume ließen nach, seine Kopfschmerzen waren praktisch nicht mehr da, seitdem er zweimal täglich den verschriebenen Kamillentee trank. Es war ungerecht, wie attraktiv er war, wie er da so stand, mit den silbernen Strähnen in seinem schulterlangen Haar. *Oh*, diese breiten Schultern. Ihre Finger juckten, als sie daran dachte, wie sie sich heute Morgen beim Sex noch daran festgeklammert hatte. Wie sie gelacht hatten, weil sie vergeblich versucht hatten, mit dem Haus voller Gäste leise zu sein.

Als könnte er ihre Gedanken lesen, sah er zu ihr hinüber. Und schon schien die Zeit stillzustehen. Seine aschgrauen Augen wurden beinahe schwarz, als er an zwei Stunden vorher zurückdachte, wie sie einander verschlungen hatten und verloren waren. Er trat sogar unbewusst einen Schritt auf sie zu, aber Xander stieß ihm in die Seite und er war wieder im Hier und Jetzt.

Sie nickte ihm zu.

Später, mein Liebling.

Er wurde rot, beinahe unerkennbar, es war so ehrlich und süß und jedes Mal verliebte sie sich ein bisschen mehr.

Aber als die anderen Männer Stanford auslachten, widmete er sich wieder dem Spiel. Mit einem geschickten, einwandfreien Wurf traf der Ball Xanders und schubste ihn aus dem Spielfeld. Ollie war wirklich ein sehr sportlicher Mann, egal, welchen Sport er spielte, ihn zu beobachten war fesselnd. Macauley sah ihn wütend an, lächelte aber sofort und stieß Ollie so heftig gegen die Schulter, dass er einen Schritt zurück stolperte. Sie schubsten sich, schrien sich Beleidigungen zu, und hoben die Fäuste, aber Gott sei dank blieb die Schlägerei diesmal aus. Tobias Streeter trat zwischen sie und schlichtete.

Aber das musste er nicht einmal. Xander und Ollie standen sich näher als jegliche Brüder, die sie kannte. Sie waren zufrieden, ihre Geschäfte, Familien und Ziele miteinander zu teilen. Zusammen vergruben sie sich bis spät in die Nacht zum Arbeiten oder Reden, egal, ob hier im Arbeitszimmer oder in der Lagerhalle in London. Sie schienen sich *wirklich* zu mögen und wollten verlorene Zeit aufholen, was Nessie vollkommen nachvollziehen konnte. Wenn ihre Familie noch am Leben gewesen wäre, hätte Nessie sie in London oder Derbyshire untergebracht, nur wenige Häuser entfernt, um sie jeden Tag sehen zu können.

Die Brüder bauten sich ein gemeinsames Leben auf, fast zum Trotz, weil sie einst gezwungen worden waren, getrennt zu leben. Sie wollte unbedingt auch zwei verschmitzte Jungs bekommen, genau wie die beiden. Die zu Männern heranwuchsen, die einander ohne Vorbehalte liebten. Mit Eltern, die diese zarte Verbindung beschützten, anstatt sie zu zerstören.

Pippa gesellte sich zu ihr und hakte sich bei ihr ein, um sie enger an sich zu ziehen. „Ich habe dich vermisst, Countess. Es ist mindestens einen Monat her, seitdem wir uns gesehen haben."

„Du hast alle Hände voll zu tun mit Theos Hochzeit, die gute, hingebungsvolle Schwester, die du bist. Hildy und Georgie sind dieses Wochenende nicht einmal mitgekommen, so beschäftigt sind sie damit. Ich kann kaum glauben, dass es nächste Woche schon so weit ist! Wo ist nur die Zeit hin? Ich hoffe nur, der Florist, den ich empfohlen habe, hat Zeit. Macon und Deloitte wurden mit Nachdruck empfohlen. Ich glaube, sie haben schon einige Veranstaltungen für den König ausgerichtet, aber deswegen kosten sie auch so viel. Mr Deloitte war sehr wählerisch, damals, als ich den Terrassengarten für seine Familie umgestaltet habe."

Pippa pfiff durch die Zähne und trat von einem Fuß auf den anderen und wechselte dann abrupt das Thema – sehr untypisch für sie. „Sieh sie dir an, diese Bande Witzbolde. Xander hat ständig blaue Flecken wegen dieser Ränkekämpfe. Aber sind sie nicht alle so bildhübsch? Vernarbte Earls, Titanen aus der Gosse und unergründliche Dukes. Wir haben wirklich alles, nicht wahr? Du meine Güte, Dash sieht aus wie ein griechischer Gott mit seinem kurzen Haar. Vorher konnte man kaum sein Gesicht sehen. Ich wünschte, ich könnte ihn malen, so hübsch ist er, aber ich kann keinen geraden Strich ziehen."

Pippa und ihre angeheiratete Schwester Theo waren wie eine

zweite Familie für Necessity. Das Leighton-Pack gehörte nun zu ihr und sie zu ihnen.

„Wirst du es ihm sagen? Du musst mir sagen, wann du es tust", flüsterte Pippa ihr verschlagen ins Ohr. Sie liebte es wirklich, überall Ärger zu stiften, Gerüchte zu verbreiten und Unfug zu veranstalten. „Das erste Kind, du meine Güte, wenn er das erfährt, dann wird er tagelang nicht so herumrennen können. Er wird nur in die Gegend starren, mit sich selbst debattieren und beinahe gegen Wände rennen. Du solltest besonders gut darauf achten, dass er seinen Tee trinkt und zwei Wochen lang nichts Gefährliches tut. Nachdem ich Xander von Kit erzählt hatte, wäre er beinahe von einem Müllwagen umgefahren worden. Tobias musste ihn eine Zeit lang überall hin begleiten."

Necessity warf Pippa einen amüsierten Seitenblick zu. „Und wann wirst *du* es deinem Mann erzählen? Ich mache es, wenn du es auch machst."

Pippa kaute nervös an ihrem Daumen. „Xander wird sofort in Ohnmacht fallen. Vorher brauche ich Riechsalz, um ihn wiederzubeleben. Und dann Laudanum, um ihn zu beruhigen, sobald er wach ist. Ganz zu schweigen davon, dass er sich sicherlich den Kopf stößt und Schmerzen haben wird. Wir hatten eigentlich entschieden, geplant und gehofft, dass wir warten. Eigentlich ein oder zwei Jahre. Zumindest bis beide Kinder keine Windeln mehr brauchen und Kit eine ganze Nacht allein im Kinderzimmer schläft. Wie soll das denn werden, mit *drei* Kindern? Ich habe jetzt schon keine Zeit zum Atmen. Unser Bett ist nicht groß genug für fünf. Aber wir lieben offensichtlich das Chaos. Wir gehen unter vor Glück und Freude. Aber merk dir meine Worte, genieße deinen Schlaf, solange du kannst." Grummelnd ließ sie den Arm sinken. „Ich vermute, ich schlafe dann, wenn sie alle zur Universität gehen."

„Ich kann es kaum erwarten. Ich will den Streit im Salon, aufgeschrammte Knie und Marmeladenflecke auf meinem Rock. Ich kann es kaum erwarten, dass sie Kekse klauen, lose Zähne haben und jemandem das Lesen beizubringen. Ich will eine so große Familie, dass es Angst macht. Ich will, was ich verloren habe. Ollie ist ..." Sie schluckte schwer und musste mit den Tränen kämpfen, denn immer noch war sie so überglücklich, ihn gefunden zu haben. „Er wird begeistert sein, mehr noch als das. Er hat so viel Liebe zu geben, mehr als alle immer denken. Als er *selbst* denkt. Ich wollte noch nichts sagen, weil ... naja, es kann so viel passieren. Aber ich glaube, nun ist es sicher."

Pippa drückte sanft ihre Hand. „Sag es ihm. Aber sei geduldig. Denn deine Ausflüge in dem kleinen Einspänner, den Ollie dir gekauft hat, sind vorbei. Und du wirst kein einziges Geschäftstreffen mehr ohne ihn haben. Meine Freiheit wird auch dahin sein, vorbei, finito. Meine Besuche beim Waisenhaus und dem Arbeitshaus werden warten müssen, bis das Kind auf der Welt ist. Xander wird panisch, wenn ich schwanger bin. Was ich esse, wie es mir geht. Sobald nur eine laue Brise weht, macht er sich schon Sorgen um mich und das ungeborene Kind. Und ich kann mir vorstellen, dass sein Bruder genauso sein wird. Die Männer, die man nur schwer unter Kontrolle bekommt, sind die, die am stärksten lieben. Viel Glück ist alles, was ich damit sagen will. Genieße all die Zuwendung, die er dir widmen wird. Das ist der angenehme Teil."

Necessity lächelte bei der Vorstellung, wie Ollie reagieren würde. Er überschüttete sie immer mit Zuneigung, also würde sich nichts ändern. Heute Abend, vor dem Schlafen, sobald sie allein waren, würde sie es ihm erzählen.

Pippa atmete überrascht auf und deutete auf etwas – was man laut *Duchess Society* nie machen durfte, also hatte sie ihre Unterrichtsstunden wohl genauso gut gemeistert wie Necessity. „Was macht *der* denn hier?"

Necessity drehte das Samtband ihres Bonnets um den Finger und zog daran. Eigenlich hatte sie diese Frage früher von ihrer aufmerksamen Schwägerin erwartet. „Wer?"

Pippa lachte und stieß gegen ihre Schulter. „Du sollst mich nicht hereinlegen, Gräfin. Jasper Noble natürlich. Xander und er vertragen sich wie zwei Katzen in einem Sack, das weißt du doch. Wenn die beiden beginnen, sich zu prügeln, dann nicht nur zum Spaß. Dann werden Nadel und Faden gebraucht."

Necessity zuckte nur mit den Schultern, aber merkte, wie sie sich etwas versteifte. Jasper Noble war vom gleichen Schlag wie sie. „Was soll ich sagen? Er ist einsam und ich bin hartnäckig. Wir zwei kennen uns schon lange, noch aus Shoreditch. Er würde nie zugeben, dass er in

Schwierigkeiten steckt, aber ich sehe es ihm an. Wenn ich das Chaos rund um Ollies Freunde akzeptiere, dann kann er auch akzeptieren, dass einer meiner Freunde für einen Besuch aufs Land kommt. Es tut mir leid, dass es kein Mädel aus der feinen Gesellschaft ist, das Wassermalfarben malen oder Taschentücher mit Herzchen besticken will, sondern ein Halunke mit einem schlechten Ruf. So *sind* meine Freunde nun einmal und Ollie wusste das von Anfang an."

Pippa murrte nur abschätzig und musterte Jasper, als wäre er eine Fliege, die gerade auf ihrem Kuchen gelandet war.

„Sei nachsichtig, Pippa. Ich weiß, du kannst es. Immerhin ist es dein Beruf, Menschen in Not zu helfen. Erinnerst du dich noch daran, wie es Macauley ging, als du ihn besser kennengelernt hast? Die Frauen, mit denen er sich abgegeben hat? Der ganze Übermut? Natürlich ist es nicht so schlimm wie Ollies Opiumsucht, aber das ist, was Jasper gerade durchmacht."

„Es war schrecklich. Ich habe Monate gebraucht, um ihn von der schiefen Bahn zu holen." Nachdenklich neigte Pippa den Kopf. „Noble sieht wie ein Mann mit Geheimnissen aus. Und du kennst mich, ich weiß ein gutes Rätsel zu schätzen. Vielleicht solltest du die *Duchess Society* um Hilfe bitten. Die werden ihn schon zurechtbiegen und dann finden sie ihm jemanden, der ihn haben will, keine Prostituierte. Er wäre jedenfalls eine Herausforderung."

„Vielleicht mache ich das tatsächlich. Macauley und er haben sogar viel gemeinsam. Was sie sehen würden, wenn sie nur den Kopf aus dem …"

Pippa lachte und drückte Necessitys Hand sanft, bevor diese ihren Satz beenden konnte. „Wir sind mehr als nur Freunde, meine Liebe. Wir sind eine Familie. Außerdem weißt du doch, dass sie ihren Kopf niemals da rausziehen würden. Sie stecken für immer und *ewig* in ihrem Hintern fest."

Sie brachen in schallendes Gelächter aus, was die Aufmerksamkeit der Männer erregte, die einen Haufen Bälle anstarrten, als enthielten sie die Antworten auf alle Fragen des Lebens. Ollies Blick war so voller Liebe und Hingabe, dass ihr Herz einen Schlag aussetzte, und wieder war da diese magische Anziehungskraft, als wären sie durch ein unsichtbares Seil verbunden.

Pippa warf resigniert die Arme in die Luft. „Frischvermählte!“

„Du hast geschummelt, Kumpel“, hörte Necessity Macauley sagen, als sie sich zu ihnen gesellten. Mit der Stiefelspitze stupste er einen der roten Bälle an. „Nach dem Landen lag der nicht an dieser Stelle, Noble. Ich bin doch nicht blind. Streeter, lag der Ball hier?“

Tobias Streeter runzelte die Stirn und besah sich die Bälle genauer über den Rand seiner Brille hinweg. „Ich bin nicht sicher. Aber wenn es gilt, dann war es ein guter Wurf.“

Ollie zog Necessity an seine Seite, legte ihr einen Arm um die Schultern und küsste ihr Haar. Immer, wenn sie an einem Ort waren, konnten sie nie lang die Finger voneinander lassen. Und sie hoffte, dass sich das nie änderte, auch wenn das Leighton-Pack sie damit neckte. „Im Rasenbowling schlägt mich ohnehin niemand außer meiner Frau, also was ist schon schlimm an ein bisschen Schummelei, Xan?“

Jasper trat gegen einen Ball und er rollte vom Spielfeld unter einen Azaleenbusch, der dringend gestutzt werden musste. „Ich habe nicht geschummelt. Es war ein ausgezeichneter Wurf. Dieses Spiel spiele ich schon, seitdem ich laufen kann, *Kumpel*. Du bist hier der berühmte Schwindler, Macauley, nicht ich. Ich spiele immer fair.“

Macauley deutete auf die Villa. „Immer fair also? Und was hat es mit dem verfluchten Teleskop in Ollies Arbeitszimmer auf sich? Das sollte eigentlich im *British Museum* stehen. Wir wissen alle, *wo* es herkam. Man sagt sich, ein ganz bestimmter Viscount vermisst es.“

„Ich werde es nicht zurückgeben“, murmelte Ollie so leise, dass nur seine Frau es hörte.

„Wer’s findet, darf’s behalten, sagt man doch so. Vielleicht hatte dieser ‚gewisse Viscount‘ Schulden und das Ding war die Bezahlung.“ Jasper warf einen Ball von einer Hand in die andere und grinste betont düster. Er passte sehr gut in diese Gruppe, auch wenn diese Tatsache ihn überraschen würde. „Oder vielleicht ist es wirklich gestohlen und der König von Limehouse ist nur eingeschnappt, dass er es nicht war. Wir Männer aus Shoreditch sind würdevollere Diebe, ich kann deine Verwirrung verstehen. Was bedeutet, dass du die Wahrheit nie erfahren wirst.“

Macauley trat mit geballten Fäusten einen Schritt auf Jasper zu. Aber er grinste nur und warf einen Seitenblick zu Pippa hinüber.

„Weißt du was, Noble? Mein Liebling Pippa sagt immer, ich soll lieber meinen Verstand benutzen als meine Fäuste. Also frage ich mich, wie ein Mann aus der Gosse schon Rasenbowling spielt, seitdem er laufen kann? Die meisten Jungs aus dem Viertel hatten nicht solche Vorteile."

Jaspers Ball fiel mit einem dumpfen Knall zu Boden. Aber schon als er sich bückte, um ihn aufzuheben, war die Farbe in seinem Gesicht zurück. „Ich habe keine Ahnung, was du meinst, *Kumpel*."

Jetzt, da Necessity beschlossen hatte, ihrem Mann von der Schwangerschaft zu erzählen, konnte sie es nicht länger für sich behalten. Also nahm sie ihn bei der Hand und zog ihn weg von dem aufkommenden Kampf. „Du kannst dich gerne später mit deinen Freunden prügeln."

Ollie küsste ihre Wange und passte sich ihrem Tempo auf dem Weg über den Rasen an. „Er ist dein Freund, solltest du nicht bleiben und ihn beschützen? Wahrscheinlich ist es gut, dass Leighton nicht hier ist."

Necessity drückte ihr Gesicht gegen seine Brust und atmete tief ein. Er duftete nach Geborgenheit, Liebe, Zukunft. „Jasper kann auf sich selber aufpassen, mach dir keine Sorgen. Ich glaube, diese Gruppe ist genau das, was er gerade braucht."

„Und was brauchst du, Kobold? Das interessiert mich mehr."

Sie verschränkte ihre Hände und küsste dann seine Fingerspitzen. „Ich brauche *dich*."

Er hob ihr Kinn und küsste sie zärtlich, bis sie leise stöhnte und sich gegen ihn presste. „Du hast mich doch schon, Necessity, Countess Stanford."

Ich habe alles, dachte sie und zog ihn enger an sich.

Um sein Leben noch einmal zu verändern.

ENDE

Danke, dass Sie Ollies und Nessies Geschichte gelesen haben! Es hat so viel Spaß gemacht, dieses Pärchen zu schreiben. Ein großherziger, aber rauer Earl und die sture, temperamentvolle Frau, die er liebt. Ein Sterngucker mit Narben und ein Mädel aus dem Armenviertel. Was könnte es Besseres geben?

Als Nächstes in der *Duchess Society* sind Dash und Theo an der

Reihe (ich will nicht zu viel verraten, aber Sie wussten ja, dass es kommen würde), mit *Zwei Skandale und ein Schotte*. Keine Sorge, Theos Schicksal ist sicherlich *kein* langweiliger Professor. Und ich überlege, ob ich ein Buch über Jasper Noble schreibe, der sich beim Schreiben dieses Buchs einfach verselbstständigt hat wie Xander Macauley, als ich *Die Wette des tollkühnen Blaustrumpfs* geschrieben habe. Vielleicht nenne ich das Buch *Drei Sünden und ein Schurke*? Ich kann Ihnen zweite Chancen, zweite Chancen und zweite Chancen versprechen. Mein Lieblingsmotiv, wie Sie ja alle wissen. Was halten Sie von Jasper? Kann er ein wirklicher Held werden?

Haben Sie schon alle Bände der Duchess Society gelesen? Auch die bezaubernden Weihnachtsnovellen *Das Glücksspiel der Gouvernante* und *Das Abenteuer der waghalsigen Debütantin,* die Novelle über die nächste Generation, Tobias Streeter's Sohn und Xander Macauley's Tochter?

Nachwort von Tracy Sumner

Kleine Einblicke, für alle, die mehr über *Eine Hochzeit und ein Earl* wissen wollen:

1. Capability Brown hat wirklich gelebt. Er war der berühmteste Gartenarchitekt im England des 18. Jahrhunderts! Ich habe ihn auch schon früher in Büchern erwähnt. Es muss wohl am Namen liegen, ich liebe ihn einfach.

2. Ich habe Ollies Titel nach meinem Lieblingscharakter in *Sex and the City* ausgewählt, Stanford Blatch.

3. Wie jeder, der mich kennt weiß, bin ich durch und durch #teamjess (*Gilmore Girls*). Für immer. Erinnern Sie sich, wenn Necessity ‚es' nachschlägt? Wenn Sie sich fragen, was das in der Gilmore-Welt bedeutet, dann sind Sie nicht auf dem Rory/Jess-Level, auf dem ich bin. Was vielleicht ganz gut so ist. Aber ich teile meine Gedanken trotzdem. Genau wie bei Jess, der nicht zugeben wollte, dass er sich verliebt hatte, war Necessitys Recherche ein erster Hinweis, dass sie sich verliebt hatte. Wer würde sich sonst die Zeit nehmen, Ollies Titel in *Debrett's* nachzuschlagen? Auch wenn sie immer verwechselt, ob er der Fünfte oder

Sechste ist, muss man ihre Bemühungen doch zu schätzen wissen. Typisch Mädchen aus dem Armenviertel, die für das, was sie will, kämpft!

Fröhliches Lesen! Liebesromane sind die Besten.

xoxo

Über Tracy Sumner

Die *USA Today* Bestseller- und preisgekrönte preisgekrönte Autorin Tracy Sumner begann ihre Karriere als Geschichtenerzählerin, als sie bei einem Strandausflug am College einen historischen Liebesroman in die Hand nahm. Sie macht LaVyrle Spencer für ihre Besessenheit von diesem Genre verantwortlich. Sie wurde mit dem National Reader's Choice ausgezeichnet, und ihre Romane wurden ins Niederländische, Deutsche, Portugiesische und Spanische übersetzt. Sie lebte in New York, Paris und Taipeh, bevor sie ihren Weg zurück in das Lowcountry von South Carolina fand.

Wenn sie nicht gerade heiße, knisternde Liebesgeschichten über temperamentvolle Heldinnen und ihre temperamentvollen, aber absolut liebenswerten Helden schreibt, genießt Tracy das Lesen, Snowboarden, College Football (Go Tigers!), Yoga und Reisen. Sie liebt es, von Liebesroman-Lesern zu hören!

Verbinden Sie sich mit Tracy und bleiben Sie auf dem Laufenden über neue Veröffentlichungen:

www.tracy-sumner.com

facebook.com/Tracysumnerauthor
x.com/sumnertrac
instagram.com/tracysumnerromance
bookbub.com/profile/tracy-sumner
amazon.com/Tracy-Sumner/e/B000APFV3G

Printed in Germany
by Amazon Distribution
GmbH, Erfurt

11020290R00161